NELLE DAVY
EL
LEGADO
del EDÉN

Editado por Harlequin Ibérica.
Una división de HarperCollins Ibérica, S.A.
Núñez de Balboa, 56
28001 Madrid

© 2012 Janelle Davy. Todos los derechos reservados.
EL LEGADO DEL EDÉN, N° 140 - 1.9.12
Título original: The Legacy of Eden
Publicada originalmente por Mira Books, Ontario, Canadá.
Traducido por Victoria Horrillo Ledesma

Todos los derechos están reservados incluidos los de reproducción, total o parcial. Esta edición ha sido publicada con permiso de Harlequin Enterprises II BV.
Todos los personajes de este libro son ficticios. Cualquier parecido con alguna persona, viva o muerta, es pura coincidencia.
™ TOP NOVEL es marca registrada por Harlequin Enterprises Ltd.
® y ™ son marcas registradas por Harlequin Enterprises Limited y sus filiales, utilizadas con licencia. Las marcas que lleven ® están registradas en la Oficina Española de Patentes y Marcas y en otros países.

I.S.B.N.: 978-84-687-0431-9

Para Jack

Prólogo

Estaba llamándola.

Apuntando la linterna hacia la oscuridad, hendí con círculos blancos la bruma púrpura del anochecer. El aire iba cargado del olor de las azaleas y el canto de los grillos, y empecé a pensar en cuánto iba a echar de menos mi hogar. Por un instante me dio verdadero miedo dejar la finca, y el temor y el anhelo de lo desconocido se apoderaron de mí. Me estremecí.

Y entonces lo oí.

El chasquido seco de unos palitos incrustándose en la tierra. Di media vuelta y, apartándome del sendero, bajé a la rosaleda. Los oí antes de verlos. Él hablaba en voz baja, casi en un susurro, pero su voz llegaba hasta mí en medio del silencio nocturno.

–Dilo –ordenó, y luego repitió con más ímpetu–. ¡Dilo!

Oí entonces otro ruido. Al principio no me di cuenta de que era ella. Era un sonido que nunca antes había oído en sus labios.

He revivido esa noche muchas veces desde entonces. En otro

tiempo me atreví a creer que era distinta de mi familia, que era yo la que no encajaba. Pero como dijo una vez mi abuela Lavinia, la forjadora de nuestra abigarrada historia familiar, «la sangre siempre aflora».

Quizá vosotros hubierais tomado otra decisión esa noche. De haber obrado de otra manera, mi corazón no estaría ahora cargado de un pesar tan profundo. Pero sabiendo quién soy, cuál era mi familia, ¿qué otra cosa podía esperarse?

MEREDITH

El camino del recuerdo

Capítulo I

Para comprender lo que significaba ser una Hathaway primero tendríais que ver nuestra finca, Aurelia.

Si el nombre de mi familia os suena, puede que ya la hayáis visto o que conozcáis al menos de oídas su reputación. En tiempos, tuvo fama de ser una de las fincas más prósperas de nuestro condado, en Iowa. Una fama que solo superó con el tiempo la de la familia propietaria.

He pasado los últimos diecisiete años intentando olvidar, olvidarme de mi familia y olvidar mi pasado. Durante diecisiete años se me concedió un respiro, pero pasado ese tiempo uno deja de mirar por encima del hombro y olvida lo precaria que es su tranquilidad. La das por sentada; aprendes a enterrar tu mala conciencia y luego te convences de que nunca volverá para pedirte cuentas.

Entonces murió él.

Mi primo, Caledon Hathaway Junior, dejó este mundo a finales de octubre, a la edad de cuarenta y cinco años. Murió de cirrosis. En él se cumplió la maldición que parecía perseguir a todos los hombres de la familia Hathaway desde mi abuelo: morir joven y solo. Ignoro cómo lo encontraron; vivía completamente solo y, para entonces, Aurelia había dejado de ser una explotación agrícola y se había convertido en un vasto espacio de tierras baldías. Aunque el periódico local publicó una breve reseña dando noticia de su fallecimiento, nadie lloró su desaparición y a su entierro solo asistieron el párroco y un abogado designado por el bufete que gestionaba los bienes familiares. Se dio reposo a su cuerpo, al fin incapaz de herir o hacer daño a nadie, y ese debería haber sido el punto y final.

Pero luego, ocho meses después, a las tres menos diez de la tarde de un jueves, recibí una carta. Me senté en mi sillón orejero junto a la ventana, con las manos aún manchadas de arcilla, pues había pasado la mañana trabajando en mi estudio. Desde que salí de la facultad de Bellas Artes me he dedicado a la escultura, aunque solo desde hace cinco años he conseguido ganar el dinero suficiente como para consagrarme a ella a tiempo completo. Antes de eso era como cualquier artista-camarera: aceptaba cualquier trabajo alimenticio que lograra encontrar. No gano mucho pero voy tirando, y mientras hojeaba el montón de facturas y folletos del correo, las manchas de mis esfuerzos de esa mañana fueron dejando su rastro entre los sobres hasta que me topé con uno blanquísimo, distinto de los demás por su peso y por la tersura de su papel. Llevaba el membrete de un eminente bufete de abogados cuyo nombre me resultaba familiar, pero no le di ninguna importancia al abrir el sobre con el dedo. ¿Por qué iba a dársela? Había olvidado tantas cosas... O al menos eso fingía.

Cuando acabé de leer la carta, el daño ya estaba hecho. Al levantar la vista del papel impreso, mi apartamento se había convertido en un lugar ajeno. El sol, que entraba a raudales por las ventanas, se reflejaba en la superficie de la encimera y en los suelos de madera. Sentí un hilillo de sudor en mi nuca y un sabor dulce y ardiente en la boca, y comprendí que era el sabor del pánico. Corrí al cuarto de baño y vomité violentamente. Al incorporarme, me llevé las manos a la cara y me pasé los dedos por el pelo, apartándome los mechones de la frente. Vi mi teléfono y, a pesar de que notaba el peso del miedo en el estómago, tenía que saber, tenía que saber si se lo habían dicho a ellos. La carta afirmaba que habían intentado contactar con otros miembros de la familia. ¿Quién más? ¿Quién más? Cerré los ojos y volví a abrirlos, pero no sirvió de nada. En cuanto empezaba a formular una idea, cruzaban por delante de mis pupilas los vivos y también los muertos, y los recuerdos que me había esforzado por enterrar durante casi dos décadas empezaban a difuminar el escenario real de mi cocina: mi abuela podando sus rosales con sus guantes de jardinería de color caramelo; mi padre echándose agua por la cabeza para refrescarse, la espesa mata de pelo rubio echada hacia atrás rozándole el cuello de la camisa; Claudia con un traje blanco y sus gafas de sol rojas; mi tío Ethan sacudiendo un paquete de Lucky Strike hasta que un cigarrillo caía sobre su palma... Me aparté de un salto del lavabo y corrí al estudio. Esquivando esculturas, llegué a mi mesa y hurgué en los cajones hasta encontrar una vieja agenda de piel sintética. Pasé las páginas y al fin di con su número.

¿Dónde estaría ahora?, pensé mientras marcaba. ¿En casa? Sabía que desde que tenía a las niñas trabajaba media jornada en la clínica, pero no sabía con qué horario. Mis cavilaciones se interrumpieron bruscamente cuando contestó al cuarto pitido del teléfono:

–Diga –dijo ligeramente falta de aliento.
Abrí la boca para decir algo.
–¿Diga? –repitió.
Hubo un silencio. Me la imaginé a punto de colgar.
–¿Di...?
–¿Sí?

—¿Sí?
Nuestras voces se superpusieron. Ella se cohibió. Entre tanto, yo conseguí decir:
—¿Ava?
Estaba anonadada. Oí cómo tomaba aliento. Repetí su nombre.
—Meredith —dijo por fin, y luego suspiró, llena de impaciencia. Enredé el cable del teléfono alrededor de mi dedo y lo apreté.
—¿Puedes hablar? —pregunté.
—Sí.
—Pensaba que a lo mejor estabas en la clínica. No sabía si estarías en casa.
—Acabo de terminar mi turno.
—¿Las niñas están por ahí?
—Estoy sola, tranquila.
Cerré los ojos y tragué saliva.
—Bien, yo... necesito hablar contigo. Es...
—¿Es por Cal Junior? —preguntó bruscamente.
Abrí los ojos de golpe. Me faltaba la respiración. Cuando me salió la voz, sonó áspera, animal.
—¿Cómo...?
—Me llamaron los abogados de la familia.
—¿Cuándo?
—Hace un par de días.
—¿Por qué?
—Imagino que por la misma razón por la que se han puesto en contacto contigo.
—A mí no me han llamado —dije, y miré la carta, que sostenía arrugada en la mano derecha—. Me han escrito.
—Les dije directamente que no me importaba. Ni que se hubiera muerto, ni la finca, ni que lo hubieran enterrado tan hondo que estuviera casi en el infierno. Me hablaron de mis responsabilidades. Les contesté que había hecho por ese sitio mucho más de lo que me correspondía.
Me mordí el labio con tanta fuerza que me pareció notar un sabor a sangre.

–Supongo que estuve un poco brusca –añadió pensativamente–, pero me dio la sensación de que seguirían llamando si pensaban que podían convencerme de algo. Imagino que por eso te habrán buscado a ti –hizo una pausa–. ¿Has tenido noticias de Claudia? ¿Sabes si también se han puesto en contacto con ella?

Pensé en nuestra hermana mayor, que seguramente estaría en algún centro comercial de Palm Beach, desdeñando a dependientas con ademán aburrido.

–No, pero ahora se llama de otra forma. Se ha casado.

–Eso no les impidió encontrarme a mí. Ni a ti, ¿o es que ya no usas el apellido de mamá?

Tragué saliva con dificultad, acusando el reproche.

–No, sigo llamándome Pincetti.

Ava resopló.

–Antes los Hathaway nos salían por las orejas y ahora no queda ni uno. Imagino que he sido la primera persona a la que has llamado después de recibir la carta, ¿no? Estoy conmovida. ¿Por qué será?

Cerré los ojos, intentando bloquear el estrépito de los taxis y el gentío de la calle, y la algarabía de voces que se elevaba como una niebla desde las aceras. Obligué a mi mente a vaciarse, a contener el aliento, a permanecer en perfecta quietud.

–Entonces, ¿lo sabes? –logré preguntar de algún modo.

Por un momento pensé que había colgado; sólo se oía silencio; luego dijo:

–Sí.

Intenté digerirlo.

–Entiendo –dije, y era cierto: lo entendía con dolorosa claridad. Aquello era un error.

–Les dije que no quería tener nada que ver con eso –agregó–. Que hicieran lo que quisieran –soltó una risilla–. Hasta me preguntaron por los preparativos del entierro. Les dije que sólo estaba dispuesta a ayudar para asegurarme de que estaba muerto y bien muerto.

Hice una mueca. Detestaba aquella faceta suya, sobre todo porque si existe es en parte culpa mía.

–No queda nada, ¿sabes? La finca... –comenzó a decir–. Al final estaba cargada de deudas. Van a venderla, ¿lo sabías? –se detuvo y cuando volvió a hablar se le quebró la voz–: Fue todo para nada y ella nunca lo sabrá.
Se hizo un silencio.
–¿Qué vas a decirles? –preguntó Ava por fin.
–¿Qué?
–¿Qué vas a hacer? –insistió con cautela, premeditadamente, y me di cuenta con un ligero estremecimiento de que me estaba poniendo a prueba y de que no tenía ninguna esperanza de que aprobara el examen.
–Supongo que tendré que llamarlos.
Se hizo de nuevo el silencio. Durante un instante no hubo nada, solo un vacío. Después, cuando Ava volvió a tomar la palabra, su voz se había transformado en un grito de furia contenida.
–¿Por qué?
Esta vez hablé sin pensar, y lo que dije no solo me sorprendió por su atrevimiento, sino también porque era verdad.
–Imagino que todavía no estoy preparada para marcharme del todo.
Mis palabras me chocaron incluso a mí. Quedaron suspendidas entre nosotras, en medio del silencio. Esperé a que ella dijera algo y en ese lapso de silencio sentí cuánto deseaba ella atacarme, servirse de mis palabras como de un nudo corredizo y levantarme en vilo, pataleando frenética intentando hacer pie.
–Tengo que colgar. Me toca ir a recoger a las niñas –dijo.
De pronto me sentí exhausta. Aquello no acabaría nunca, pensé. Había todavía tanto dolor que infligir... Hacía mucho tiempo que había dejado de enzarzarme en aquel intercambio de golpes. Había marcado a Ava una vez y con eso me bastaba. Casi dos décadas después la herida seguía aún rosada y fresca. Ella, sin embargo, no había acabado aún.
–Yo te llamo –se ofreció.
–De acuerdo –dije, y colgamos. Yo sabía, no obstante, que

no llamaría. Como si todavía fuéramos niñas, mi hermana seguía hablando en clave, usando un código que yo debía descifrar.

«No has hecho lo que esperaba. Me has fallado. Otra vez».

Aurelia... No sé qué aspecto tendrá ahora. Hace años que la vi por última vez desde la ventanilla del coche, pero no me engaño ni por un instante: sé que aunque la casa esté en ruinas y los campos de maíz, antes amarillos, no sean ahora más que tierra resquebrajada, seguiré sintiendo la misma atracción por ellos, el impulso de hacer lo inefable por ella. Por eso, entre otras razones, no he vuelto nunca.

¿Por qué surte ese efecto sobre mí? Por un motivo: porque, pese a mi madre y su linaje, soy una Hathaway. Poco importa que haya adoptado su apellido de soltera y que ya nadie me llame de otro modo, salvo mi asociación de antiguos alumnos para pedirme dinero, o Claudia en sus postales. Puedo vivir en Nueva York, puedo haber cambiado de color de pelo, de nombre y de amigos, pero si se tira del hilo adecuado, todo ese artificio cuidadosamente construido se derrumba de golpe.

Aflora la sangre.

En su época de esplendor, la finca de mi familia era impresionante: tenía mil trescientas cincuenta hectáreas, cuando las fincas tenían de media ciento ochenta o doscientas. Pero, más que por su extensión, nuestra finca era famosa por su rareza. A diferencia de las demás fincas del condado, o de cualquier otra de la que yo haya tenido noticia, gracias al empeño de mi abuela se convirtió en un lugar de verdadera belleza. Ella hizo lo impensable y funcionó, lo cual resultaba aún más asombroso.

Se supone que las explotaciones agrarias han de concentrarse en aquello que las mantiene a flote: las cosechas, el ganado, las herramientas. Son lugares de trabajo y, en el lugar de donde procedo, las que se consideraban más impresionantes eran aquellas que podían presumir de campos bien labrados, ricas cosechas y maquinaria moderna. Esa era la actitud de nuestros vecinos, y sus fincas la reflejaban.

Mi abuela, en cambio, quería más. No entendía por qué no iba a querer algo más y de algún modo, para perplejidad y luego para mofa de sus vecinos, logró convencer a mi abuelo, el hijo de un curtido agricultor educado en los principios que acabo de enumerar, para que no hiciera caso de lo que le habían enseñado y se plegara a su voluntad.

Como resultado de ello cundieron durante meses las habladurías, los chismorreos en el colmado del pueblo, las miradas curiosas y las sonrisas crispadas cuando se cruzaban por la calle. Los granjeros se burlaban de mi abuelo a sus espaldas; se lamentaban entre sí de su inminente ruina y le rogaban a las claras que pusiera coto a la locura de su esposa. Nuestro pueblo, hay que entenderlo, era una comunidad muy cerrada, y eso significaba que todo el mundo podía intervenir hasta cierto punto en los asuntos del prójimo.

—Esto acabará en lágrimas —decían con la secreta esperanza de que así fuera.

En poco más de un año, mi abuela decidió que su proyecto inicial estaba lo bastante acabado como para satisfacer sus expectativas y celebró una fiesta. Para mi abuelo, Cal padre, fue un alivio: lo vio como una oferta de paz. Ella no lo sacó de su error.

«¿Cómo puede ser tan fácil para ella?», pensé sentada en mi estudio mientras mi conversación con Ava se repetía una y otra vez, en un bucle constante, dentro de mi cabeza. Ella que, a diferencia de mí, se había pasado años obligándose a recordar mientras yo me esforzaba por olvidar. Fuera la luz empezaba a fenecer y las ávidas farolas de las calles se recortaban afiladas en medio de la oscuridad creciente. Me había sentado en el rincón del estudio, rodeada por modelos de arcilla a medio acabar cuyas sombras animaban espectros deformes en las paredes, detrás de mí. Había notado mientras hablábamos que, al contrario que yo, Ava no veía un letrero en forma de arco colgado entre dos pilares de roble con el nombre de la finca escrito en ensortijadas letras negras, ni las veredas de grava que cruzaban zigzagueando recortadas praderas verdes sembradas de lechos de flores. El camino descendía sinuoso hasta una suave loma, en lo alto de la cual se alzaba una casa tan imponente que hace setenta años los invitados a la fiesta, cargados con postres y ensaladas, se pararon en seco al verla por primera vez.

La vieja casa en la que se había criado mi abuelo, la que tanto se había parecido a las de sus vecinos, había sido derribada y en su lugar se alzaba un edificio alto y cuadrado, construido en falso estilo colonial. Lo que primero les llamó la atención al verlo fue el color: era blanco. De un solo vistazo, antes incluso de entrar, comprendieron que era una casa de maderas bruñidas y altos y olorosos ramos de flores en jarrones de cristal.

No, mi hermana no veía nada de aquello y, aunque lo hubiera visto, yo sabía que no le habría interesado.

No veía la rosaleda cuyas American Beauty trepaban por las espalderas del sendero, ni la arboleda con la fuente del diosecillo de piedra que arrojaba agua con su trompeta. Su memoria había cerrado las persianas a todas las cosas que mi abuela tanto se había esforzado por acumular y en las que tanto esmero había invertido. Yo oía su voz, le oía decir lo poco que le importaba ya, cuánto se regocijaba de su ruina. Lo que antaño había sido un lugar hermoso, rebosante de campos de maíz que en verano se teñían de tales tonos de amarillo y naranja que se habría dicho que uno estaba contemplando el mundo a través de una neblina de ámbar, era ahora un cascarón vacío, un reflejo de la degradación y el fracaso de su último y más dañino propietario.

Ava no siempre había pensado así. Al ver la finca en su época dorada, cualquiera la habría descrito como un lugar lleno de paz y se habría convencido de que vivir allí era ser feliz. Eso era lo que, en el fondo, pensaba todo el mundo. Mi abuela lo sabía y se regocijaba de ello. Yo en su momento no entendía por qué. Reaccionaba ante la envidia y la admiración de los demás con actitud casi triunfante. Solo después llegué a comprender cuánto había ansiado ser objeto de esa envidia, hasta qué punto había condicionado su vida esa meta. Había sido al revés tanto tiempo...

¿Me entendéis? ¿Podéis imaginar a partir de estos recuerdos deshilvanados el influjo de aquel lugar? ¿Por qué quienes vivían en él eran capaces de hacer cualquier cosa para protegerlo, al margen de las consecuencias? Era un amor más fuerte que los lazos de la solidaridad, más fuerte, a la postre, que el amor por la familia. Nos afectaba a todos. No era nunca el mismo pero siempre dejaba su impronta, y uno sabía entonces quién era en realidad y por qué llevaba el apellido Hathaway.

Las raras veces en que había hablado con mi hermana desde que habíamos retomado el contacto hacía un par de años, nuestras conversaciones giraban siempre, aunque fuera de puntillas, en torno a su amargura, a su (yo diría que justificada) ira. Por miedo o por tacto, evitábamos cualquier tema que pudiera obligarnos a tomar un camino que nos hiciera mirar de frente lo que hay entre nosotras. He sido yo principalmente quien ha ejecutado este baile. Creo que a veces ella se habría alegrado de dejar que las cosas degeneraran en el derroche de culpas y recriminaciones que yo ansiaba evitar, pero Ava nunca forzaba las cosas. Cuando llegara el momento, y creo que ambas hemos sabido siempre que llegaría, ella no tendría nada que temer. Era la traicionada, no la traidora.

Y ahora por fin allí estábamos, ella esperando que yo volviera a las andadas y me marchara, y yo negándome a hacerlo. No me pasó desapercibida la ironía cuando colgué el teléfono. Sé lo que piensa: que estoy siendo premeditadamente terca, hiriente, cruel. Mi parte racional sabe que no tengo derecho a reprocharle que piense así: ¿acaso no he demostrado ya que soy todas esas cosas? Pero sigo furiosa con ella porque deseo hacer lo que me pide, abandonar Aurelia a su suerte sin remordimientos, y no puedo. Así podría demostrar que lo que ocurrió, lo que hice, fue un error, no fui yo. Que puedo cambiar. Que he cambiado.

Estaba llamándola. Fui yo quien se ofreció a encontrarla.

Dios mío, si no hubiera... si no hubiera abierto hoy esa carta, si Ava no hubiera dicho a los abogados que no quería saber nada, si Cal Junior no hubiera heredado la finca, si yo hubiera hecho las cosas que me creía capaz de hacer, si no hubiera sido capaz de las cosas que había hecho, si... si... si... Allí fuera, en alguna parte, todas las versiones posibles de mi vida gravitaban en planos paralelos. En uno de ellos, yo no salía esa noche; en otro más probable, ella no cuelga. Sigue al teléfono. Hablamos mucho, mucho tiempo.

Ella me escucha.

Me perdona.

¿Creéis en fantasmas?

Yo no, hasta que empecé a convivir con ellos.

Han pasado dos días desde que llegó la carta. Paso junto a mi madre sentada en mi sillón, remendando mi delantal, o junto a mi padre, que canturrea junto a la nevera, contemplando mis escasas existencias de comida orgánica. Los muros que separan mis recuerdos de la realidad se están desintegrando y todas las cosas del pasado que he intentado contener tras ellos se precipitan a escapar.

Una vez, camino del cuarto de baño, pasé junto a mi primo Jude, al que no veo desde que tenía diez años. Me dio una palmada en la parte de atrás de las piernas.

–Palillos –dijo riendo.

Le hice un gesto obsceno.

En parte estoy aterrorizada. Me pregunto si estoy perdiendo la cabeza. Pero lo cierto es que sus intromisiones me resultan extrañamente reconfortantes. Es como presentarme en un reencuentro familiar que temía y rememorar de pronto todas las cosas que teníamos en común, todos los recuerdos que nos hacían reír, y revivir un tiempo en el que era fácil ser una misma.

En cierto momento, mientras pasaba canales de televisión, dudé al encontrarme con una serie que encantaba a mi abuela. Aunque sabía que era un bodrio y nunca me había parado a verla, la dejé por ella e, imaginándomela detrás de mí, esperé a oírla pasar y a sentir el suave crujido de la silla de mimbre cuando se sentara a verla. Justo antes de que la serie se interrumpiera para dar paso a los anuncios, dije en voz alta:

—Esto es un disparate.

Ella se apresuró a responder:

—Solo si esperabas un resultado distinto.

Fue entonces cuando decidí llamar a los abogados.

—Dermott y Harrison, buenas tardes, ¿en qué puedo ayudarla?

—Sí, soy Meredith... —titubeé. «¿Qué nombre uso?». Y después, con cierto cansancio, pensé, «¿Qué sentido tiene fingir?»—. Meredith Hathaway. ¿Puedo hablar con Roger Whitaker, por favor?

—¿Sabe él a qué asunto se refiere? —preguntó la recepcionista.

Me quedé perpleja un momento.

—Sí.

Esta vez estaba sentada. Respiré hondo y me recosté en el sillón mientras me dejaban en espera. Pasados unos segundos, una voz masculina contestó:

—Señorita Hathaway, qué alegría tener noticias suyas.

—¿Sí? —pregunté.

—Claro. Deduzco que ha tenido tiempo de pensar en lo que le detallábamos en la carta.

—¿En qué parte? ¿En la que me informaban de la muerte de mi primo o en la que me anunciaban que van a sacar la finca a subasta y a venderla al mejor postor para saldar sus deudas?

—Sé que es difícil de asimilar...

«No, llevo esperándolo diecisiete años».

—Pero creemos que quizá sea conveniente hablar de esto cara a cara. Uno de nuestros socios más veteranos era amigo de su abuelo. Sabe lo importante que era la finca para su familia.

—¿Lo era?

—¿Cómo dice?

–¿De veras era importante para nosotros? Porque ¿con cuántos han intentado contactar antes de dar conmigo? ¿Cuántas veces les han colgado el teléfono o no les han respondido? Seguramente hasta les habrán insultado un par de veces, ¿no es cierto?

La voz adoptó un tono deliberadamente suave.

–Éramos conscientes de que existían diferencias importantes entre varios miembros de la familia. Sabemos que es una situación delicada y, atendiendo a la relación que su familia tuvo antaño con este bufete, queríamos facilitarles las cosas todo lo posible...

Comprendí que se disponía a obsequiarme con una larga homilía jurídica.

–No pueden.

–Creo que no...

–No pueden facilitarnos las cosas. No pueden hacer que sean agradables, ni fáciles, ni sencillas, así que háganse un favor y no lo intenten.

Hubo un silencio.

–Se decía por aquí que quizá fuera más eficaz que usted o algún otro miembro de la familia dejaran legalmente en nuestras manos la gestión de la venta de la finca y sus bienes. Podría ser complicado, naturalmente, teniendo en cuenta que no hay un heredero directo de la propiedad y que otros familiares podrían impugnar el procedimiento si se enteraran y...

–Nadie lo hará.

–Bueno, aun así está la cuestión de los efectos personales y las antigüedades. No sabíamos si alguien querría venir a elegir lo que hay que vender con la casa y lo que quieren conservar.

Vi la casa de mi infancia, la que estaba a casi dos kilómetros de la casa grande, con sus ladrillos amarillos. De pronto me encontré en nuestro cuarto de estar azul, con el asiento de la ventana y las cortinas blancas debajo de las cuales me escondía mientras esperaba a que papá llegara a casa.

–Claro, claro.

–¿Cuándo puede venir?
–¿Qué?
–¿Cuándo podría pasarse por la finca para hacerlo? Cuanto antes mejor, para serle sincero. No sé si trabaja usted, ni si va a tener problemas para tomarse algún día libre...
–Trabajo por mi cuenta. Soy artista. Escultora, en concreto.
–Estupendo, entonces, ¿para cuándo fijamos la cita?
Abrí la boca, afligida de pronto. Levanté los ojos del suelo y me estremecí. Se habían colocado a mi alrededor formando un semicírculo y me miraban con expresión solemne y sagaz.
–No lo sé.

Aurelia estaba a las afueras de un pueblo rodeado por las fincas de nuestros vecinos, personas con cuyos hijos habíamos jugado, con cuyas familias estábamos unidos por lazos conyugales, en cuyas mesas habíamos comido. Juntas, nuestras fincas formaban un círculo de campos de labor que envolvía nuestro pueblecito de ciento setenta años de antigüedad, con sus edificios de ladrillo rojo y blanco y sus calzadas estrechas y grises.

Gente sencilla, aspiraciones sencillas, valores anticuados: allí es donde nuestra finca puede encontrarse aún. Hacía casi dos décadas que no la veía, pero al mirar el cúmulo de caras que me miraban desde el otro extremo de la habitación, comprendí con un leve estremecimiento de horror que no tenía elección, que tenía que volver. Y me estremecí tan violentamente que tuve que taparme la boca para no gritar.

–Dejaremos que se lo piense, pero, por favor... –su voz volvió a adoptar un tono suavemente ceremonioso–, no se demore demasiado.

Tardé tres horas en encontrarlo. Maldije a montones, me arranqué un botón de la camisa y me arañé el brazo, pero por fin me senté en la alfombra con las piernas cruzadas y alisé el plástico arrugado de la portada del álbum antes de abrirlo.

Ava lo había guardado en mi maleta la víspera de mi partida hacia la universidad, la noche en que la encontré en la rosaleda. Al abrir mi baúl en la residencia, lo vi metido entre mis vaqueros y mis pantalones cortos. Durante mucho tiempo no soporté mirarlo. Lo había dejado al fondo del baúl y, cuando tuve que volver a hacer las maletas para el entierro de mamá, lo coloqué en el suelo y solo me atreví a mirarlo de reojo. Creo firmemente que lo que no se ve no puede ser real. Por eso me alejé del catolicismo, para profunda decepción de mi madre.

Esta vez, en cambio, abrí el álbum y me quedé mirándolo. Me embebí en él. El tiempo había descolorido las fotografías. Los colores, antes rojos y azules vibrantes, estaban ahora teñidos de tonos de marrón y mostaza. Deslicé los dedos por las páginas, viendo cómo las personas que había en ellas envejecían, se cortaban el pelo y se lo dejaban crecer otra vez. Mi padre se inclinó y, mirando por encima de mi hombro, se vio de joven, el día de su boda. Detrás de mis padres, la luz formaba una aureola gris que envolvía los peldaños de color crema del ayuntamiento de Nueva York. Se habían casado en noviembre, justo antes de Acción de Gracias, y allí parados en la calle, con sus camisas y sus trajes ligeros, sus tensas sonrisa dejaban entrever el frío que habían pasado.

–Caray, ¿a que era un bombón tu madre? –dijo.

En efecto, lo era. Llevaba el pelo igual que lo llevaría el resto de su vida: largo y con la raya en medio, cayéndole por la espalda. Una perpetua Ali McGraw. Décadas después de tomarse aquella fotografía, sería viuda, sus hijas estarían dispersas y destrozadas y le habrían arrebatado su hogar. ¿Pensó en ello en sus últimos momentos? No lo sé. Yo no estaba con ella; solo estaba Ava.

No estaba sola, si tuvo que afrontar su pasado y todos sus demonios. Como no lo estaba yo. Los sentía apretujándose contra mí: el olor del aliento de mi padre, un olor a tabaco mascado y a cerveza Coors en algún lugar, a mi izquierda.

Miré el álbum sin apresurarme, aunque en mi fuero interno había empezado a gritar. Me temblaban las manos, pero seguí volviendo las páginas. Cada nuevo recuerdo salía de mí abriendo un tajo, tomaba cuerpo y forma junto con todos los demás. No me importaba el dolor: era solamente un preludio de la agonía que, agazapada, esperaba el momento oportuno para hacer acto de aparición y que ya casi había llegado.

Era como si, con una sola llamada telefónica, todos esos años de huida se hubieran borrado de un instante para otro. Mi vida es una casa construida sobre arena. Debía sentirme triste, pero solo sentía cansancio. Volví otra página. Parecíamos tan normales... Y lo éramos en muchos sentidos, salvo en los importantes.

Pasé la página y vi a mi tía Julia, a la que nunca tuve oportunidad de conocer. Su pelo seguía siendo rojo, fue antes de que empezara a teñírselo de rubio. Por los retazos de conversaciones que había oído aquí y allá, Claudia se parecía mucho a ella.

Luego aparté la vista del álbum y lo vi allí de pie.

El humo del cigarrillo dibujaba volutas sobre su cara. Le habían puesto el nombre de mi abuelo, que por suerte nunca llegó a saber en qué acabaría convirtiéndose su tocayo.

—¿Estás en el infierno, Cal? —le pregunté.

Se rio.

—¿Tú no?

—¿De qué te acuerdas? —preguntó con repentina urgencia.

—De lo mismo que tú —respondió con una sonrisa astuta—. Solo que mejor.

—No le hagas caso, tesoro —dijo mi padre, levantando la barbilla con desdén.

El primo Cal le lanzó una mirada de puro odio.

—¿Qué sabrás tú? ¡Ni siquiera estabas allí!

Me levanté y salí de la habitación. «Ya está», me dije. «He tocado fondo. Me he vuelto loca por fin».

—¡No eres real, joder! —grité de repente.

—Santo cielo, niña, sigues igual de malhablada —dijo mi abuela saliendo de la cocina. Su lengua hacía restallar las palabras como un látigo—. Siempre le decía a tu madre que debería haber usado la vara con vosotras más a menudo, pero era demasiado blanda.

Me volví para mirarla, cerrando y abriendo los puños junto a los costados.

—¡Tú! Si no hubieras...

Dio media vuelta, desdeñosa y aburrida. Si todo aquello estaba sucediendo dentro de mi cabeza, ¿qué cabía concluir de mí?

—Basta de excusas, Meredith.

Temblaba con tanta fuerza que me atropellé al hablar.

—Eras un monstruo, ¿lo sabías? Un auténtico monstruo.

—No nací así, me hicieron así —contestó, y me miró con intención.

—Ah, no —sacudí la cabeza—. Yo no me parezco nada a ti.

—No, Merey —sonrió—. Tú superaste todas nuestras expectativas.

Di un paso hacia ella, hacia el lugar donde creía que estaba.

—Voy a volver a la finca. Para venderla, para recoger lo que quede de tus cosas y venderlas en el mercadillo más cercano.

—Ah, Meredith —suspiró—. Tendrás que esforzarte más. ¿Es que no has aprendido nada? En cuestión de venganza, las dos sabemos que puedes hacerlo mucho mejor.

Meneé la cabeza y me froté los ojos hasta que la luz se tiñó de rojo.

—No estás aquí —dije de nuevo, pero sentí la ligera presión de su mano en mi muñeca.

—Tú tampoco —susurró.

Abrí los ojos y levanté la cabeza.

Y allí estaban: los campos de cereal y el dorado maíz de mi recuerdo, de mis sueños. Se extendían ante mí como un océano de tierra cuyos colores se fundían en un filtro de grisura.

Exasperada, le hice por fin la pregunta que yo sabía que quería oír.

–¿Qué haces aquí?

–Cariño –soltó una risilla llena de inesperada ternura. La seda de su vestido verde rozó mi brazo cuando se detuvo a mi lado–, nunca nos hemos ido.

LAVINIA

La buena tierra

Capítulo 2

Crecí rodeada de historias. Todo el mundo sabía un cuento sobre algo o alguien: así era como nuestro pueblo apuntalaba sus derechos sobre sus habitantes. Y ellos me han contado cosas y han hablado en torno a mí toda mi vida, de modo que mi memoria no es solo mía, sino que se remonta a mucho antes de mi nacimiento.

Están ahí, en medio de un vago crepúsculo medio gris, esperando a que les permita ser recordados. Les veo empezar a abrir la boca para abrumarme con sus explicaciones, con sus cómos y sus porqués. Quieren el perdón tanto como yo y lo ansían ahora más que nunca.

Pero ¿por quién empezar? ¿Quién lo necesita más? Después, ella se separa de los demás, su forma se endurece y pasa de simple silueta a forma tangible. Avanza envuelta en verde, saliendo del tiempo y de los sueños: un fantasma que ha recorrido la tierra de mi memoria tantas veces que el suelo está desgastado bajo sus pies.

Lo más difícil no es empezar por el principio, sino intentar decidir dónde está el principio.

Si mi abuela tuviera que elegir, para ella nuestra historia daría comienzo en mayo de 1946. Nos encontraríamos en una fiesta parroquial, con sus platos de papel, sus globos blancos atados al extremo de las mesas cubiertas con manteles de cuadros rojos y su comida traída de casa.

El padre Michael Banville, parado delante de una fuente de ensalada, charla amigablemente con la señora Howther acerca del estado de sus geranios. A su izquierda hay un pequeño grupo de esposas de labradores que rumian las últimas noticias del pueblo entre bocado y bocado de pastel de boniato y, más allá, ataviada con una suelta camisola de flores, el pelo color caoba cayéndole rizado sobre los hombros, una mujer alta da los últimos toques a su tarta. Ha traído la nata en un recipiente envuelto con paños mojados que ha mantenido guardado en su bolso durante el oficio en la pequeña iglesia blanca.

Cada vez que alguien pasa a su lado y sus miradas se cruzan, se disculpa diciendo lo mismo: que la noche anterior tuvo un problema con su horno y que ha tenido que ir corriendo a casa de su tío a acabar la tarta antes de la ceremonia, y que por eso no ha tenido tiempo antes de ponerle el recubrimiento. La gente asiente con la cabeza al oírla y hasta le muestra cierta simpatía, pero la mayoría se aleja preguntándose por qué diablos se ha empeñado en hacer algo tan contrario a las circunstancias. ¿Por qué no ha traído una ensalada, o algo más sencillo? Pero no, esas personas estaban en lo cierto: ella tenía algo que demostrar. Así era Anne-Marie Parks, pensaban todos.

La comida estaba siendo más bulliciosa que de costumbre. Acotada por una serie de mesas plegables y sillas de color miel, la reunión en el pequeño prado de la entrada a la iglesia añadía una pincelada de colorido al por lo demás prosaico escenario que componían el cielo y el blanco edificio. Era la primera que se celebraba en el pueblo desde el fin de la guerra. Los soldados, vestidos aún con sus uniformes del Ejército, soportaban el peso de sus agradecidas esposas, que se aferraban a ellos, al tiempo que intentaban jugar con bebés que no los conocían. La gente se mezclaba y sonreía, y hasta había un gramófono colocado sobre un montón de revistas, en una silla. Todo el mundo charlaba y comía y se mecía al son de la música, menos Anne-Marie Parks, que seguía cubriendo de nata su tarta, ajena a todo aquello.

Frente a ella, parado junto a un plato de muslos de pollo, su marido, el doctor Lou Parks, un hombre alto y de largas manos, mantenía en equilibrio una fuente de ensalada de col con jamón, mientras fingía no ver lo que estaba haciendo su esposa. Joe Lakes, su acompañante, un agricultor del pueblo, hacía lo mismo y llevaba, por tanto, el peso de la conversación. Hablaba animadamente de sus verduras, de sus animales, de su trabajo, de cualquier cosa con tal de no sacar a relucir el tema de las esposas y las casas. Fue ese rasgo de bondad el que le hizo mencionar un cotilleo del que no solía hablar: al ver que Anne-Marie usaba una espátula para quitar un pegote de nata que no le gustaba, se agarró a la primera noticia que encontró para mantener viva la conversación hasta que aquella necia hubiera acabado su tarta.

–¿Sabes que dicen que va a volver el chico de Walter?

–¿Ah, sí? –Lou Parks levantó la cara de su plato al oír aquello, y sus cejas grises formaron medias lunas de sorpresa.

–No es seguro, claro, pero corren muchos rumores. Walter lleva un tiempo en cama y Leo se ocupa de todo él solo desde entonces. Además, dicen que Walter se está poniendo peor.

Lou Parks mantuvo el semblante rígido mientras veía a Joe escudriñar su cara en busca de confirmación.

–¿Cómo se ha enterado? –preguntó por fin.

–Por telegrama. La vieja Florence dice que Leo le mandó

uno hará un par de semanas. No ha dicho lo que ponía ni nada, y no llevaba remite, pero Florence dice que aun así respondieron y aunque no sabía qué decía exactamente, Leo abrió la respuesta allí mismo, en la oficina. No podía esperar, y a Florence no se le ocurría qué otra cosa podía ser tan urgente.

—Eso no prueba que el telegrama fuera de su hermano —insistió Lou cuando se tragó otro trozo de jamón.

—No, no, claro, pero Mac, el del almacén, dice que su hermana Piper ha ido a comprar más sábanas y otras cosas. Y de las buenas, además. Y cuando le preguntó qué pasaba, se puso muy digna y le dijo que a lo mejor esperaban visita.

—Puede que solo sea eso —dijo Lou.

—Qué va, todo el mundo sabe que Walter no conoce a nadie fuera del pueblo. Todos los parientes que le quedan vivos y con los que se habla están aquí. Todos, menos su chico.

Lou estaba masticando pensativamente cuando vio de reojo que su mujer cortaba un trozo de tarta para el pastor. La tarta era ahora toda blanca, con capullitos de rosa en las esquinas y formando un corazón de flores de azúcar en el centro. Vio que el pastor tomaba con los dedos el grueso trozo de tarta y que asentía en silencio mientras lo devoraba.

—Muy rica, señora Parks —dijo mientras se alejaba lamiéndose el pulgar con aire pensativo—. Muy rica.

Una sombra cruzó el semblante de Anne-Marie, pero Lou no acertó a adivinar qué era. Luego, ella recogió su nata y su paño, se quitó el delantal y dejó por fin la tarta. No cortó un pedazo para ella, ni para su marido.

—Hace muchísimo tiempo que no veo a ese hombre —dijo Joe melancólicamente.

Lou vio a Anne-Marie alejarse entre la gente, que se apartaba para dejarla pasar y que sin embargo no la miraba ni interrumpía sus conversaciones para dirigirse a ella. Su mandíbula se detuvo lentamente. Después se volvió rápidamente hacia su interlocutor.

—Bueno, ¿qué tal está tu rodilla, Joe? Me ha parecido que cojeabas menos que la semana pasada.

–Ajá –dijo Joe, mirando hacia atrás.
–¿Otro trozo de jamón, Joe? –preguntó Lou, dejando su tenedor y haciendo amago de cortar una loncha.
–¿Eh? Ah, sí, gracias.
–De nada –respondió Lou mientras llenaba el plato hasta arriba.
Joe apartó una silla y se dispuso a sentarse. Lou se acomodó a su lado, aliviado, tomó otra cucharada de ensalada de col y juntos comenzaron a comer en silencio, metódicamente.

Esa noche, mientras esperaba en la cama a que ella acabara en el cuarto de baño, Lou pensó en la comida parroquial. Pensó en la tarta y en los delicados capullos de rosa, en la cara de su esposa mientras observaba al pastor que, dichosamente ajeno a todo aquello, había engullido la porción que ella le había cortado sin apenas darle importancia. Ella había desaparecido el resto de la tarde hasta que, justo cuando Lou empezaba a pensar que le apetecía marcharse, le había deslizado un brazo alrededor de la cintura. Habían pasado junto a la mesa de la tarta al ir hacia el coche, y Lou había notado que seguía tal y como la había dejado Anne-Marie, con una sola porción cortada.

Deseaba decirle lo que pensaba, explicarle sus reflexiones y aguardar su respuesta; de ese modo quizá llegara a entender por completo el significado de lo que había visto, pero como ocurría siempre que ella entraba en el dormitorio, el cuerpo pálido bajo el camisón de algodón blanco y el cabello arremolinándose sobre sus hombros en ondas teñidas de rojo, Lou abrió la boca y le faltaron las palabras. En lugar de dar voz a sus pensamientos dijo:

–¿Sabes?, corre el rumor de que Cal Hathaway va a volver a casa.
–¿Quién? –preguntó su esposa.
–El chico de Walter.
–Ah. ¿Y qué importa eso?

Lou se volvió para mirar el techo.

—Nada, supongo —se movió para darle la espalda cuando ella se tumbó a su lado—. Pero está bien que Walter tenga a su hijo de vuelta.

—¿Cómo has dicho que se llama? —preguntó ella.

—Abraham, oficialmente, aunque casi todo el mundo lo llama Cal.

—¿Y eso por qué?

—En su segundo nombre.

—Como yo —dijo ella con voz queda.

—A mí me gusta Anne-Marie —repuso su marido, sintiendo una punzada de inesperada ternura. Esperó a que ella dijera algo más, pero al ver que seguía callada se relajó y se dispuso a dormir.

Fuera los grillos cantaban a una media luna lechosa y Anne-Marie estuvo oyéndolos hasta bien entrada la madrugada, cuando por fin se quedó dormida. No pensó en lo que le había dicho su marido; no había razón inmediata por la que aquello tuviera que importarle. Ignoraba entonces que más tarde se casaría con el hombre cuyo nombre había volado ya de su memoria mientras yacía abrazada a la almohada, esperando a que le llegara el sueño. Ignoraba todo lo que iba a sucederle, esas cosas cuyo anhelo la mantenía en vela noche tras noche y que, al despertarse junto a su marido, la hacían odiar el modo en que subía y bajaba su espalda porque eso, y no lo que había soñado, era su vida real. Vivía aún ajena a lo que le deparaba el destino, a lo que era capaz de hacer, a quién era en realidad.

Entonces era todavía Anne-Marie Parks, la esposa del médico del pueblo. Siete meses, cuatro días y diez horas después, se convertiría en Lavinia Hathaway.

Cuando Abraham Caledon Hathaway regresó por fin a casa, fue para encontrar a su padre en su lecho de muerte. El hombre que, cuando él tenía dieciséis años y se llevó sin permiso la camioneta de la familia para irse a beber, lo había arrojado al suelo y azotado con el cinturón se había marchitado y yacía ahora entre sábanas de hilo blancas, vestido con un pijama a rayas azules.

Cal se había quedado en la puerta de la casa de su niñez, pensando en la muerte que parecía rondar a su padre. No sentía horror al pensarlo. Hacía más de un año que la muerte le había tocado de cerca. Su esposa había muerto decapitada en un accidente de coche mientras él estaba fuera, trabajando de vendedor. Un camión cargado con escaleras metálicas había frenado de golpe delante de un semáforo en rojo. Las escaleras no estaban bien sujetas y la fuerza del frenazo había desprendido una de ellas, que había atravesado limpiamente el parabrisas del coche de su esposa y seccionado su cabeza a la altura del cuello. Julia, su hija de tres años, iba en el asiento del copiloto, pero había salido milagrosamente ilesa. Cal la había recogido en el hospital después de identificar el cadáver de su esposa. Aún tenía la piel y el vestidito con dibujos de cerezas manchado con la sangre de su madre. Cal había mirado los serenos ojos marrones de su hija y había sabido de pronto lo que era de verdad la muerte y que a la tierna edad de tres años Julia también lo sabía.

Por eso la dejó subir con él a ver a su padre al llegar a casa, a pesar de las protestas de su hermana Piper.

—No está bien —dijo Piper alzando la voz tras ellos desde el pie de la escalera.

—¿El qué? —preguntó su hermano Leo al entrar para comerse el almuerzo que Piper le había dejado en la mesa de la cocina.

Piper se dio la vuelta.

—Ha llevado a Julia a ver a papá.

Su hermano resopló al hincar el diente al sándwich de fiambre de ternera con mostaza.

—Así que han llegado, ¿no? Además, ¿a ti qué te importa? Es hija suya.

—¿Tú dejarías subir a la tuya?

—Yo no tengo hijos, así que yo qué sé. Además, eso debería ser su madre quien lo dijera. Y no tiene madre.

Piper alzó la barbilla, irritada.
—Aun así no está bien.
—¿Ha dicho cuánto tiempo va a quedarse?
Piper observó a su hermano, que la miraba por encima del plato.
—No he tenido tiempo de preguntárselo. Ha dejado sus maletas y se ha ido derecho arriba.
—Imagino que no tiene sentido andarse por las ramas. Solo ha venido por una cosa y todos lo sabemos.
Cuando volvió a bajar, Cal se paró en el último peldaño de la escalera al ver a su hermano. Piper ignoró a los dos y, agachándose, sostuvo la mirada fija y muda de su sobrina.
—¿Quieres comer algo, cariño?
Julia miró a su padre, que le devolvió la mirada asintiendo en silencio.
—Lo pedirá cuando tenga hambre —dijo.
Luego miró a su hermana. Piper seguía como siempre: delgada, enjuta, la mandíbula fuerte y los ojos inquisitivos escudriñándolo todo con su mirada. Miró también a su hermano, que, sentado a la mesa, lo observaba pensativamente mientras comía. Sintió que le embargaba una oleada de hostilidad. De pronto se encontró sumamente cansado y añoró el silencio de su pequeño apartamento en Oregón.
Inclinó la cabeza a modo de saludo.
—Cuánto tiempo —dijo.
Leo levantó las cejas. Piper clavó la mirada en el suelo.
—Ya lo creo —contestó Leo.
—Tengo entendido que te has casado —dijo Cal.
—Sí. Justo antes de la guerra.
—¿Luchaste? —preguntó Cal, curioso de repente.
Leo utilizó el último trozo de sándwich para rebañar la mostaza del plato.
—Sí —levantó la vista y miró a su hermano—. Hice mi parte.
Cal desvió los ojos, como abstraído. Después se aclaró la garganta.
—¿Estuviste en el frente, Cal? —preguntó su hermano suavemente.

Cal miró los ojos impasibles de su hermano.
—Sí, bastante.
—Papá se alegra de que hayas vuelto —comentó Piper, y el tono ligero de su voz pareció raspar el aire de la cocina.
—Papá casi no sabe ni cómo se llama —replicó Cal.
Piper miró hacia el porche y sollozó.
Julia arrugó el ceño y comenzó a mecerse, agarrada a la mano de su padre. Cal la miró como si hubiera olvidado que estaba allí.
—Julia, este es tu tío Leo —dijo, levantando un dedo—. ¿Te acuerdas de las fotos que te enseñé?
Julia miró a su tío y sacudió la cabeza.
—Bueno, no importa —dijo Cal—. En las fotos era mucho más joven que ahora.
—Hola, niña —dijo Leo, y la saludó agitando la mano con desgana. Volvió a concentrarse en su plato—. ¿Vais a quedaros mucho tiempo? —preguntó bruscamente, sin levantar la mirada.
Cal fijó los ojos en él y se encogió de hombros.
—No creo. Tengo que volver al trabajo, para empezar.
—¿No les has explicado lo que pasa? —preguntó Piper, sorprendida.
—Claro que sí. Me han dicho que podía tomarme todo el tiempo que necesitara, pero la verdad es que... eh... no creo que vaya a hacer falta mucho tiempo.
Piper deslizó de nuevo los ojos hacia el suelo. Leo se quedó callado; después empujó la silla hacia atrás y se limpió la boca con el envés de la mano.
—Muy bien —dijo—. Muy bien. Entonces, nada de alborotos.
—Lo mismo pienso yo —dijo Cal.
Naturalmente, no fue así como acabaron siendo las cosas.
Todo empezó cuando, un par de días después, Piper bajó de la habitación de su padre y, sentándose a la mesa de la cocina, comenzó a hacer una lista de cosas que había que comprar. No en el colmado del pueblo sino en la ciudad, en la tienda a la que siempre había ido su madre cuando le hacía falta algo especial. Luego fue a ver a Leo. Lo encontró

metiendo balas de heno en el granero y le dijo que reservara el día siete.

—¿Para qué? —preguntó él entre gruñidos de cansancio.

—Papá está planeando algo —contestó ella.

—Papá no puede ni limpiarse el culo. Eres tú quien está planeando algo.

—¿Y?

—¿Y para qué?

—Para la familia.

Leo rezongó de nuevo, pero no dijo nada más.

Luego, tres días más tarde, al ir a comprar un poco de carne para cenar, Anne-Marie Parks vio a Piper Hathaway encargando dos costillares de ternera, tres jamones, cuatro pollos y un lechón.

—¿Estáis preparándoos para el invierno? —preguntó Dan Keenan desde detrás del mostrador—. Si es así, empezáis pronto. Todavía no estamos ni en otoño.

—La suerte favorece a los precavidos —respondió Piper mientras contaba el dinero.

Esa semana, unos días después, mientras comían salchichas con puré de patatas y cebollas, Lou Parks le habló a su esposa de la invitación que había recibido.

—Walter va a dar una fiesta en su casa —dijo.

—¿Dónde? —preguntó Anne-Marie.

—En Aurelia, su finca. Estamos invitados.

—Ah —dijo Anne—. ¿Por qué?

—Para celebrar que ha vuelto Cal.

—Qué bien —dijo ella sin entusiasmo.

—No creo que a Leo se lo parezca —masculló su marido antes de fijar de nuevo la vista en el periódico que estaba leyendo.

Anne-Marie no se molestó en hacerle más preguntas y, como de costumbre, acabaron de cenar en silencio.

Dos semanas después, mi abuela puso por primera vez el pie en Aurelia. La finca, tal y como era entonces, me habría parecido irreconocible: no había ni letrero adornado, ni lechos de flores, ni casa blanca. He visto fotografías de aquella época. En lugar de margaritas y jacintos, a la entrada de la finca no había más que un camino de tierra abierto entre la grama. La casa de la loma no era alta, ni blanca, sino gris y chata, con postigos oscuros y un tejado que se alzaba en pico sobre la fachada formando una cornisa inclinada. La hierba se extendía hasta muy lejos, interrumpida de vez en cuando por parcelas de pasto, hasta que, al final, lindaba con los campos de cereal y el riachuelo. Era una finca grande y destartalada, y lo primero que pensó Anne-Marie al verla fue que era todo muy feo.

¿Vio entonces lo que podía llegar a ser? ¿Rehizo el paisaje que tenía ante sí y vio con los ojos de la imaginación lo que podía llegar a ser aquella tierra bajo su mano? No nos habría sorprendido que así fuera. De hecho, en cierto modo es lo que habríamos esperado de ella, porque al final el modo en que supo amoldar la finca a sus gustos y sacar a la luz su belleza resultó casi profético. Era tan intuitiva que todos dábamos por hecho que tuvo que sentirse vinculada a Aurelia desde el principio. No fue así, en realidad. Es posible que Lavinia Hathaway llegara a sentir de ese modo, pero en 1946 ese no era el caso de Anne-Marie Parks. Aurelia, de hecho, no le gustó, y la idea de ir a aquella fiesta le parecía aborrecible.

No era la primera vez que le ocurría. Cada vez que se enfrentaba a un acontecimiento de esa especie, la angustia le encogía las entrañas. La finca no era en aquel entonces la gran explotación que llegaría a ser después de nacer yo, pero aun así tenía fama de próspera y los Hathaway eran una familia muy respetada en el pueblo. Nadie se habría perdido la fiesta si podía evitarlo, y el peso de la expectación que implicaba una ocasión semejante abrumó a Anne-Marie desde el instante en que su marido mencionó la invitación a la hora de la cena. Porque, independientemente de lo que se pusiera o de las horas que pasara arreglándose el pelo y maquillándose, se sentía siempre como la sobrina inoportuna de su tío el abogado, como la niña abandonada, fruto de la caridad de los otros.

Era como si estuviera marcada a hierro y nada pudiera borrar su estigma. Ni haber conquistado al médico del pueblo y haberse casado con él, ni haberse mudado a una casa propia solo algo más pequeña que la de su tío. A menudo se preguntaba si aquello sería todo. Si viviría y moriría siendo únicamente la esposa del médico y la hija adoptiva de su tío. Pensaba en estas cosas mientras cocinaba o hacía sus recados, y de pronto se apoderaba de ella el impulso de aniquilar cuanto la rodeaba. Una vez acercó el cuchillo de la cocina a las cortinas de color rosa suave que tapaban la ventana de encima del fregadero. Las cortó sin importarle dónde clavaba el cuchillo, hundiéndolo tan violentamente que la punta raspó la ventana y dejó largos y finos arañazos grabados en el cristal. Cuando por fin se detuvo estaba casi agotada, pero no sintió malestar, ni vergüenza. Recogió los jirones, inventó una excusa que darle a su marido y encargó cortinas nuevas a una revista a la que estaba suscrita. Ignoraba por qué se sentía así, pero le parecía que siempre había sido del mismo modo: siempre amargada y resentida porque no contaba para nada, y porque a aquellas alturas de su vida seguía sin saber cómo remediarlo.

Mientras subía la loma camino de la casa, salpicada ya de luces, comenzó a prepararse para la noche que la aguardaba. Sabía que a su marido le molestaba que fuera incapaz de relacionarse con sus vecinos. Lou se había enterado de los comentarios y las habladurías que habían circulado después de anunciar su compromiso, pero solo de lejos. Saltaba a la vista que, al menos cara a cara, todos los hombres lo envidiaban por haber logrado enamorar a una preciosidad de diecinueve años. Ignoraba que las mujeres habían tildado a su esposa de golfa y de seductora y que, a pesar de la respetabilidad de su nombre, a sus ojos seguía siendo poco más que una fulana. Tampoco adivinaba cómo habían empezado a vigilar su vientre después de los primeros seis meses de casados, ni cómo fruncían los labios y se sonreían para sus adentros al ver que seguía sin abultarse. No notaba su desagrado; únicamente veía el aislamiento de su esposa, un aislamiento que creía autoimpuesto. Por eso la dejaba sola en las reuniones. Pasadas las primeras semanas de vida conyugal, le dijo que, si se quedaban juntos en las reuniones, ella jamás haría el esfuerzo de relacionarse con los demás. Prefirió no darse por enterado de que nada cambiaría estuviera con ella o no.

Así pues, cuando llegaron a la puerta y fueron conducidos al jardín, Lou se separó inmediatamente de ella y la dejó sola en el porche de atrás, con las flores que había llevado todavía en los brazos, mirando los islotes de invitados dispersos por la pradera de césped, en la que se veían mesas cubiertas con manteles blancos y serpentinas plateadas, amarillas y de color turquesa.

Deambuló entre aquellos islotes como un navegante por aguas traicioneras, deslizándose por los resquicios que encontraba hasta que llegó a un pequeño claro que aún no estaba invadido. Ni siquiera intentó ver adónde había ido su marido. Se acercó a una de las largas mesas repletas de jamones humeantes y bandejas de ensalada y depositó las flores junto a los vasos de papel y la fuente del ponche. Cerca de allí había un grupo de hombres, pero no les hizo caso. Se sirvió una bebida y, mientras echaba un vistazo a la comida comenzó a preguntarse cómo iba a soportar el resto de la velada sin clavarle un cuchillo a algo.

–Tiene que estar reconcomiéndote, Leo –comentó uno de los hombres reunidos allí cerca.
–Se irá pronto, todos sabemos que no va a quedarse.
–¿A qué se dedica en Oregón, de todas formas?
–Es vendedor.
–Walter sabe que el campo no le interesa. Lo llevará o no en la sangre, pero te ha visto sudar la gota gorda trabajando estas tierras y no ha hecho nada por la finca. No hay vendedor que sepa labrar la tierra.
–Sí, pero antes sí que trabajó en la finca, ¿verdad?
–Eso fue hace mucho tiempo.
–Claro, claro.

–Eres tú el que ha estado siempre aquí. ¿Qué más da que el primogénito sea él? Lo que importa es lo que hace uno, no si ha nacido antes o después.
–Espero que él lo sepa.
–Es un hombre muy astuto, tu padre.
–Sí, pero está enfermo. Y los enfermos dejan de ser astutos y se vuelven sentimentales.
–No cuando se trata de dinero.
–Y, además, si tu padre empieza a ponerse sentimental, no tienes más que recordarle por qué mandó marcharse a Cal.
–Vamos, Dan, todo el mundo sabe que eso fue un accidente.
–No quiero hablar de eso.
–No, claro, Leo, claro. No era por faltarte al respeto.
–Vaya, Anne-Marie, estás guapísima.

Anne-Marie se giró y vio ante ella a su prima, la niña con la que había crecido. Una amplia sonrisa dibujaba un agujero en su cara ancha y sonrosada.

–Gracias, Louise –contestó con calma, pero se volvió un instante y cerró y abrió lentamente los ojos. Hacía semanas que no hablaba con su prima, pero cada vez que se encontraban acababa agotada. Mantener una expresión neutra, morderse la lengua, consumía todas sus energías. En el fondo, habría querido que Dios le concediera el deseo que tantas veces había formulado y partiera el cuello de aquella muchacha como una ramita.

–Pero qué delgada estás, Anne-Marie. Cualquiera que te vea pensará que estamos todavía en la Depresión. ¿Sabes?, creo que has vuelto a perder peso. No has parado de adelgazar desde que te fuiste de casa, pero imagino que es lo que pasa cuando una tiene que hacerse la comida. Me he fijado en que Lou también está más delgado. Quizá deberías convencerlo para que contrate a una criada, si es que un médico de pueblo puede permitírselo con su sueldo.

–No lo sé. No le pregunto por su economía –Anne-Marie se concentró en su plato.

Louise soltó una risa y le puso una mano sobre el hombro.

–Dios mío, ¿qué mujer no sabe qué puede pedirle a su marido? Eres tan graciosa... Lo menos que puede hacer es ponerte una chica negra, y mejor si es del sur. No son tan tercas como las de aquí. Insisto en que lo intentes. Si sigues adelgazando, la gente empezará a pensar que te pasa algo.

–Estoy perfectamente –replicó Anne-Marie, pero le dolía la mandíbula de apretarla.

–Aunque puede que no –dijo Louise, ladeando la cabeza y tocando el dobladillo de su vestido–. Puede que solo sea el vestido el que te hace parecer más delgada. Chica, eres capaz de hacer cualquier cosa con una máquina de coser –comentó y, bajando la mano, alisó la seda de color crema que caía sobre su cintura y se desplegaba a la altura de sus caderas. De pronto se echó a reír–. ¡Cuántas veces llegaba a casa y te encontraba cosiendo! Siempre remendando, siempre retocando tu ropa. Nunca entendí por qué no le pedías a papá que te comprara algo nuevo.

Anne-Marie miró fijamente a su prima. La vio ladear la cabeza y observarla como esperando algo, siempre esperando algo. Después, por fin, sonrió como solía cuando comprobaba que a Anne-Marie no se le ocurría una respuesta.

–Papá decía que eso lo habías heredado de tu madre, ese afán por ahorrar –se inclinó hacia ella–. Para serte sincera, creo que se alegraba de que solo hubieras sacado eso de ella.

Anne-Marie se aclaró la garganta e intentó volverse. Louise dio un paso atrás y frunció el ceño.

–Perdona, olvidaba que nunca hablas de tu madre.

Y así era: nunca hablaba de ella. Recuerdo que mi padre contaba que una vez le había preguntado por ella. Mi abuela se había levantado de la silla y había salido de la habitación sin decir palabra, y cuando él le había preguntado a su padre por qué se comportaba así, mi abuelo se había limitado a decir:

–Algunas cosas te calan tan hondo que solo dejan un agujero.

Y así había sido en el caso de mi abuela, convertida en poco más que un vacío con ropajes de mujer.

Pero aunque Anne-Marie se negaba a hablar de su madre, casi todo el mundo hablaba de ella. No podían remediarlo después de que la esposa de su tío, una mujer rotunda con desafortunada predilección por los estampados de colores chillones, hubiera aprovechado cada oportunidad que se le presentaba en la tienda o en la calle para contar a sus vecinos que su cuñada se había presentado en su puerta con una bolsa de tela, un cachorro de spaniel y una hija de siete años con un delantalito a cuadros azul.

Pronto fue del dominio público que Eleanor Brown había abandonado a su marido, un maestro de San Diego, para regresar a su pueblo natal. Corría el rumor de que el hombre estaba cargado de deudas y de que su casa estaba a la venta, aunque la gente sospechaba que era culpable de indiscreciones mucho más vergonzantes. Nadie lo decía a las claras, pero todo el mundo sabía que iban a divorciarse. La gente, incluida su propia familia, daba por hecho que Eleanor se quedaría en el pueblo y que, con el apoyo y la supervisión de su hermano, fundaría una nueva familia. No fue así, sin embargo. Tres semanas después de su llegada, un miércoles por la mañana, muy temprano, al bajar a tomar su café matutino, su hermano se encontró con que no solo el café no estaba hecho, sino que su esposa estaba sentada a la mesa con la cabeza entre las manos y una nota desplegada ante ella. Aunque concisa, no cabía duda de que Eleanor sabía ser directa. La niña iba a quedarse con ellos hasta que encontrara un trabajo y una casa en otra parte. No dejaba ninguna dirección por si acaso se les ocurría enviarle a la cría, además del correo. Así pues, se quedaron con aquella niña de San Diego a la que solo habían visto una vez antes y con la que tendrían que cargar Dios sabía cuánto tiempo.

Al principio, Eleanor decidió seguir fingiendo que se hacía cargo de sus responsabilidades maternales y les enviaba dinero todos los meses. La cantidad variaba constantemente. Luego, pasados dos años, mandó cuarenta dólares y una fotografía de boda en la que aparecía con su nuevo marido. Su cuñada había resoplado al verla.

–Por lo menos no iba de blanco –había comentado.

Fue la última vez que supieron de ella.

Después de aquello, le cambiaron el nombre a mi abuela. A su tía nunca le había gustado. Le parecía frívolo y pretencioso; en resumidas cuentas, le recordaba demasiado a su madre descarriada. Así pues, se lo quitaron y empezaron a llamarla por su segundo nombre, Anne, pero como Anne Brown les parecía demasiado vulgar, le pusieron también Marie. A su modo de ver, era un rasgo de generosidad por su parte.

De modo que mi abuela vivió y creció con ellos con el nombre de Anne-Marie Brown. Formaba parte de la familia pero siempre fue consciente de que no vivía allí por derecho, sino porque sus tíos la habían admitido y que, por tanto, podían repudiarla en cualquier momento sin que nadie interviniera para impedirlo. Nadie sabrá nunca hasta qué punto era una impresión suya o respondía a las insinuaciones que dejaban caer sus tíos. Lo que sí se sabe es que un día, cuando tenía diecinueve años, Anne-Marie depositó delante de su tío, sobre el salvamanteles, la bandeja de plata con el pollo asado a la miel y que cuando él se levantó y frotó uno contra otro los cuchillos de trinchar, Anne-Marie levantó la voz para hacerse oír por encima del chirrido metálico y anunció sin preámbulos que pensaba casarse con el doctor Lou Parks.

Su tía dejó caer el tenedor, su tío dejó el cuchillo de trinchar y su prima soltó una risa chillona.

–¡No puedes casarte con Lou Parks! –gritó Louise–. ¡Tiene cien años!

–Cuarenta y nueve –había contestado Anne-Marie con calma.

La habían interrogado durante más de una hora entre el brillo mortecino de las velas, los gemidos de incredulidad y otros ruidos, mientras el pollo se resecaba y las verduras al vapor empezaban a marchitarse. Al final, se les enfrió la cena y se quedaron con más preguntas que respuestas.

¿Cómo había ocurrido aquello?, querían saber. ¿Había hecho algo indecente? En cierto momento, Louise preguntó si se había acostado con él, y ya fuera por asco o por temor, su madre le dio una bofetada en la boca y Louise se echó a llorar, lo que hizo que a su vez su madre empezara a sollozar desconsoladamente. Su tío se quedó allí sentado intentando mantener la compostura, pero tenía hambre y miraba anhelante el pollo mientras se lamentaba pensando que a esas horas, cualquier otra noche, estaría ya sentado en su despacho, bien cenado y satisfecho, en vez de estar tieso como un palo en la mesa del comedor, rodeado de mujeres llorosas.

–¿No quieres casarte con alguien de tu edad? –le preguntó su tía–. Si tenéis hijos, cuando sean mayores –se volvió hacia su marido con las manos unidas en un gesto de súplica y exasperación–, será tan viejo que parecerá su abuelo.

–No sé si os habéis fijado, pero ya no quedan hombres jóvenes –contestó Anne-Marie con serenidad–. Y no me apetece criar a un mocoso sola mientras mi marido se va al extranjero para que le vuelen la cabeza de un disparo.

Su tía había abierto y cerrado la boca como un pez asfixiándose.

Por fin, en un esfuerzo por reconducir la situación, su tío le había preguntado si de veras amaba a aquel hombre; si estaba dispuesta a pasar el resto de su vida con él, hasta que la muerte los separara, y, lo que era más importante, si de veras era consciente de lo que eso significaba. Ella se había recostado en su silla y había suspirado; después lo había mirado con un fastidio tan cargado de desdén que, cuando bajó la cabeza y se volvió, él no se atrevió a insistir en que le diera una respuesta. Por primera vez había visto su semblante desnudo y de pronto sentía un deseo abrumador de que aquella muchacha abandonara su casa de una vez por todas.

No sabía hasta qué punto era correspondido ese sentimiento, seguramente lo único, aparte de la sangre, que tenían en común.

Su familia no entendía por qué Lou Parks quería casarse con ella. Soltero, amante del buen whisky y presbiteriano de fuertes convicciones, parecía el candidato menos probable para enamorarse de Anne-Marie. Su tío no pudo evitar preguntarle por la legitimidad de su relación cuando Lou, como un adolescente enamorado, se presentó en su casa al día siguiente para pedir formalmente la mano de Anne-Marie. Inclinada sobre la barandilla de la planta de arriba, Anne-Marie había visto a su prima y a su tía en el pasillo de abajo intentando escuchar lo que contestaba él, y se había sonreído al pensar en lo que había conseguido, y más aún al recordar que jamás sabrían cómo lo había logrado.

Nadie creía que el matrimonio fuera a llevarse a efecto. Pensaban que era un arrebato de locura que se iría diluyendo antes de pasar a mayores. La víspera de la boda, tumbados en sus camas, se preguntaron en voz alta si Lou llegaría hasta el final, y así fue, en efecto: al día siguiente, el médico se presentó en la iglesia y no vaciló ni una sola vez al hacer sus votos matrimoniales. Hasta su beso pareció sincero cuando agarró a Anne-Marie por la cintura y la atrajo hacia sí. Louise fingió que le daban arcadas hasta que alguien le dio un golpe en el brazo para que dejara de hacer aquel ruido.

Después de aquello, su familia la temía y Anne-Marie se alegraba de ello. Veía cómo la saludaban y cómo, cada vez que decían «señora Parks», la lengua parecía resbalarles sobre aquellas dos palabras como si, en caso de que se demoraran demasiado al pronunciarlas, alguien fuera a reírse de ellos y fueran a comprender de pronto que eran el remate jocoso de una broma que ella les había estado gastando todo ese tiempo. No andaban muy lejos de la verdad, y en parte lo sospechaban. Para ellos, Anne-Marie era una extraña capaz de... No sabían de qué, ni querían averiguarlo. Pero Anne-Marie sí, y estaba esperando: esperando la ocasión de que aflorara su verdadero yo, al margen de con quién estuviera o en qué casa viviera. Pero cuanto más esperaba, menos improbable le parecía que aquello fuera a suceder.

Vio que su prima miraba anhelante hacia atrás y aprovechó la oportunidad para escabullirse. Cuando Louise notó su ausencia, Anne-Marie estaba tan lejos que no le dieron ganas de llamarla. Se abrió paso entre la gente, por el jardín. Lo llamaban jardín, pero a su modo de ver no era más que un campo baldío cubierto de matorrales y hierba crecida, que se extendía desde la parte de atrás de la casa formando un amplio arco. Casi sin darse cuenta, se alejó siguiendo el recodo que el jardín describía hacia la izquierda, detrás de unos árboles. Fue allí, sentado en un banco, donde se encontró con Cal Hathaway. Años después, Cal diría que ella lo estaba buscando sin saberlo. Que era el destino el que la había conducido hasta allí. Me inclino a darle la razón.

–Lo siento, no quería molestar –dijo ella.
Él la miró. Estaba recostado en el banco blanco, con un vaso a su lado y una botella de whisky.
–¿Quién eres tú? No te había visto antes –dijo con curiosidad.
–Soy Anne-Marie Parks –contestó con calma, y le tendió la mano como si se lo pensara mejor, pero él ya se había vuelto hacia su whisky y ella dejó caer la mano desmayadamente.
–¿Eres de por aquí? –preguntó Cal enérgicamente.
–He vivido aquí casi toda mi vida.
–¿Cómo es que no te conozco, entonces?
–No sé. A mí nadie me conoce mucho.
Él la miró de arriba abajo.
–Seguramente es mejor así –comentó–. Aquí, en cuanto saben algo de uno, empiezan a querer un pedazo. Pues de mí ya pueden olvidarse, que no van a sacar nada más.
–¿Dónde has estado? Dicen... He oído que has estado fuera algún tiempo.

—En Oregón. Trabajo allí, de vendedor.
—¿Ah, sí? —preguntó Anne-Marie tranquilamente—. ¿Qué vendes?
Cal se encogió de hombros.
—Lo que haya que vender.
Así era mi abuelo: frío, tranquilo, indiferente a todo y a todos excepto a su hija. A esas alturas de su vida, el apego por los demás solo le había traído una cosa: dolor.
—He oído que tu padre se está muriendo.
—Has oído bien.
—Lo siento.
—No lo sentirías si lo conocieras.
—Creo que tú lo conoces y que aun así lo lamentas, o no estarías aquí, apartado de todo el mundo, bebiendo whisky.
En la oscuridad, vio que su mirada se llenaba de sorpresa. Su mano quedó suspendida un instante sobre la botella antes de servirse otro vaso.
—¿Quieres probarlo?
Ella se envaró
—No hace falta que pongas esa cara. Un trago no va a matarte y, además, es del bueno. Mi padre tiene buen gusto para el alcohol.
—¿Cuántos años tienes? —preguntó Anne-Marie.
—Treinta y cinco.
—Pues es una pena que un hombre de tu edad esté escondiéndose en un rincón del jardín, bebiendo whisky robado mientras se da una fiesta en su honor.
Cal se echó a reír.
—No tienes muchos amigos, ¿no?
Anne-Marie se llevó una mano al cuello y la dejó caer, irritada.
—Igual que tú, por lo que dice la gente. Además, ¿quién dice que no los tengo?
Él pareció sonreír en la oscuridad.
—Nadie que vaya diciendo la verdad a las claras a los demás tiene muchos amigos.
Se levantó y ella vio entonces lo alto que era, sus anchos

hombros, su nariz fina, su mandíbula recta y sus largas manos, en las que se mecía el vaso de whisky. Poco después llegaría a saber cuánto le gustaba beber y durante mucho tiempo no le importaría.

—¿Cómo has dicho que te llamas?
—¿Es que estás sordo? Anne-Marie, he dicho.

Cal se encogió de hombros.

—Es solo que Anne-Marie no te pega nada. No tienes pinta de llamarte Anne–Marie —se lamió los labios–. Las Anne-Maries son unas blandas. Y tú no eres blanda, tú eres dura y frágil, y aún más dura porque sabes que eres frágil. Tu nombre es mentira, Anne-Marie, pero también lo es el mío. La gente me llama Cal, me ha llamado así toda la vida, pero mi nombre es Abraham. Ya sabes lo que dice la Biblia: Abraham, el padre de las doce naciones del pueblo elegido por Dios, el gran sabio, el que todo lo sabe. Pero yo no soy Abraham, igual que tú no eres Anne-Marie, así que ¿cómo te llamas de verdad, niña?

Fue entonces, diría después mi abuela, cuando lo supo. Contempló a aquel hombre que se tambaleaba intentando sostenerse sobre sus pies de borracho y aunque no era guapo, aunque no era más que un vendedor de Oregón, aunque ella sentía ya la enredadera del desdén tirándole de las comisuras de la boca, nada de eso cambió el sentido de su revelación.

«Algún día lo sabrás», diría mucho después. «Lo sabrás y lo único que podrás hacer será pedir al cielo que te dé serenidad para aceptarlo y valor para seguir adelante».

—Mi madre me puso Lavinia —dijo por fin.

Él le sonrió y, al inclinarse hacia delante, ella notó el denso olor del whisky en su aliento.

—¿Lo ves? —Cal tocó su cuello con la palma de la mano—. ¿No te lo decía yo?

Eso era cuanto contaba mi abuela sobre lo que sucedió esa noche en el jardín. Mi abuelo, en cambio, era menos reservado. Una vez me dijo que, aunque había notado que ella llevaba anillo de casada y aunque no era más que una cría deslenguada y desdeñosa, la enlazó por la cintura y pegó su boca a la de ella. Estaba borracho y furioso, y advertía en ella la misma rabia hacia todas las cosas. Puede que fuera un acto de consolación o la atracción de dos desconocidos que habían encontrado el uno en el otro una especie de afinidad. O puede que me esté poniendo demasiado sentimental y que no fuera más que un simple beso.

Más tarde, cuando su marido decidió irse a casa y empezó a buscarla, ella apareció junto a la mesa del ponche y él le preguntó si ya estaba cansada y quería marcharse, y ella contestó que sí, que de buena gana.

En el trayecto a casa, contaba mi abuela, se debatió consigo misma. Pensó en lo que le había dicho Cal mientras daba vueltas a su alianza. Rememoró las caras de su prima y sus tíos, se acordó de la última vez que había visto a su madre y, por último, de la cortina rosa que había hecho jirones. El peso de todo aquello, de lo que conocía y detestaba y de lo que deseaba y temía, la hizo hundirse en el asiento. Por una vez, su marido pareció notarlo. Se inclinó hacia ella mientras circulaban por las estrechas calles bordeadas de árboles y, tomándola de la mano, preguntó:

—¿Estás bien, Anne-Marie?

Y así, de pronto, ella se derrumbó.

Cuando pienso en el momento en que las cosas podían haber cambiado y en lo que hizo que fueran lo que son, me imagino de nuevo en aquella fiesta en el jardín. Si fuera posible deshacer esa sola cosa, todo lo demás se desharía con ella, y nosotros quedaríamos limpios y se renovaría en nosotros la esperanza.

Esa noche, antes de irme a la cama, marqué el número de Ava. Era tarde, pero no me importó. Al final saltó el contestador. Normalmente no habría dejado un mensaje, pero esta vez era distinto. Esta vez, dije:

–Voy a volver. He pensado... Bueno, alguien tiene que hacerse cargo de las cosas y no quiero que las cosas de mamá las compren extraños o los cotillas de los vecinos. Estaba pensando... No sé si... Me preguntaba si te apetecería venir conmigo, solo para ver qué cosas te gustaría guardar para recordarlas... Pero no, para qué, ¿verdad? Ya lo sé. Yo voy a ir, de todos modos. Solo he pensado que debías saberlo.

Colgué y me tumbé en la cama. Sabía que esa noche soñaría, pero me traía sin cuidado. En medio del silencio, dije para mis adentros: «Que vengan».

Como si necesitaran invitación.

Capítulo 3

A sus setenta y un años, Walter Hathaway tenía cáncer de colon. Solamente por eso había vuelto su hijo mayor. El cáncer se lo había diagnosticado un oncólogo de primera clase, un especialista recomendado por Lou Parks, que había ido a la universidad con él y desde entonces había seguido su carrera con una admiración teñida de envidia.

Tras diversas pruebas y semanas de espera, Walter había regresado a la consulta, donde después de unos minutos de charla de cortesía, el médico le había dicho que no solo tenía cáncer de colon, sino que no había nada que pudiera hacer por salvarlo.

–Tonterías –había respondido Walter.

Había recogido su sombrero y le había dado las gracias al médico, que, tras una pausa para recuperarse de la impresión, seguía intentando explicarle atropelladamente que, con sus síntomas, no duraría más allá de un año. Pese a los argumentos del médico, Walter se había limitado a inclinar la cabeza brevemente para darse por enterado antes de marcharse. Se negaba a creer que la muerte fuera a buscarlo tan pronto y, al llegar a casa, se sentó delante de la cena que le había preparado su hija y cuando esta le preguntó dónde había estado contestó que había pasado el día en una reunión con un proveedor.

Cuatro meses después, sin embargo, se había despertado en medio de un charco de sangre y heces y había visto a la muerte sentada a su lado en una silla de mimbre. Así pues, se había recostado en su almohada y, suspirando, había dicho:

—De acuerdo, tú ganas.

Fue entonces cuando empezó a hablar de su hijo mayor y de hacerle volver a casa.

Fue también la primera vez que habló de Cal desde su marcha, hacía más de dieciséis años.

Estando acostado en la cama después de que el médico le diera su medicación, rechinó los dientes, clavó las uñas en las sábanas y, retorciéndose de dolor, le hizo señas a su hija de que se acercara.

—Ve a buscar a tu hermano —le dijo.

—Claro, papá, enseguida voy —contestó Piper.

Unos minutos después regresó con Leo, que hizo una mueca al ver el estado en que se hallaba su padre.

Walter cerró los ojos y suspiró, irritado.

—No, él no. Me refiero a tu hermano Cal. Trae a Cal.

Piper sintió tensarse a Leo a su lado, pero no se atrevió a mirarlo. Miró a su padre, pero el viejo luchaba contra su propio cuerpo con los ojos fijos en el techo y, al comprender de pronto lo que sería de ella algún día, sus hombros se hundieron bajo el peso de aquella revelación.

—¿Papá?

—¿No me has oído, niña? Me haces hablar cuando no tengo fuerzas. ¡Haz lo que te digo! —gritó Walter, y luego se dobló sobre sí mismo.

Piper intentó ayudarlo y él la apartó de un manotazo. Luego miró a Leo, desesperada, pero su hermano ya se había marchado.

Al bajar, se lo encontró en el porche delantero, la mano apoyada en el borde de la cornisa que colgaba sobre ellos. Estaba mirando el camino. Sin apartar la mirada de él le preguntó:

—¿Se ha muerto ya?

—¿Se puede saber qué mosca te ha picado? Claro que no —respondió Piper.

Él se volvió para mirarla.

—Te juro por Dios que me gustaría que se hubiera muerto ya. Ojalá se dé prisa y estire la pata antes de hacer alguna tontería.

—No quiero oírte hablar así.

—Ese de ahí arriba no es mi padre.

—Puede que lo sea más de lo que te gustaría.

Leo bajó bruscamente los escalones del porche.

—¿Qué quieres que haga? —gritó Piper.

Él se dio la vuelta, pero su cara seguía aún medio en sombras.

—Agarra una pistola y acaba de una vez. Si fuera un caballo, no te lo pensarías dos veces.

Piper se echó hacia atrás y juntó las manos sobre la falda.

—Si no te gusta la respuesta, no vuelvas a preguntarme —añadió él. Su perfil arrojaba largas sombras mientras caminaba hacia su casa.

Pasado un rato, pareció que la medicación comenzaba a hacer efecto. Su padre estaba débil pero en calma, como si se hubiera resignado a su suerte. A veces, al cruzar el pasillo que llevaba al dormitorio de Walter, Piper oía su voz y se preguntaba con quién estaría hablando. Una vez se lo comentó a Lou Parks, que le dijo que no se preocupara, que uno de los efectos secundarios del tratamiento eran las alucinaciones. Lou le preguntó si no quería trasladar a su padre a una clínica de cuidados paliativos donde pudieran mantener a raya el dolor hasta que muriera, pero Piper se negó. Había cuidado a su madre hasta su muerte en aquella misma cama y le parecía que lo más justo era hacer lo mismo por su padre. Lou Parks se encogió de hombros y se tocó el ala del sombrero al despedirse. Piper entró en la cocina para preparar la cena.

Luego, un par de días después, Lou entró en el cuarto de estar donde ella estaba remendando sábanas y dijo suavemente:

—Tu padre está preguntando por Cal.

—¿Qué? —dijo ella, sobresaltada.

Lou entró en la habitación con actitud cautelosa.

—Walter no deja de hablar del chico. Quiere verlo.

—¿Podría ser efecto de la medicación? —preguntó Piper esperanzada.

—No, es más bien efecto de la agonía y de los remordimientos que se tienen antes de morir.

—Ah —dijo Piper, recostándose en la silla, decepcionada—. Entiendo.

—¿Sabes dónde está?

—¿Cal? Claro que sí.

—Pensaba que como Walter tenía esa opinión sobre él quizá...

—Nunca he dejado de hablar con Cal —afirmó Piper—. Aunque procuro que mi padre no me oiga.

—En fin, tú decides, claro.

—Sí, supongo que sí.

Más tarde, esa misma noche, Piper bajó a casa de Leo, una casita de color miel que su hermano había construido a un kilómetro de la casa grande. Tocó a la puerta y al entrar encontró a su cuñada sacudiéndose harina de las manos.

—Hola, Elisa —dijo—. ¿Está Leo en casa?

—Claro, está arriba, dándose un baño. ¿Quieres esperarlo?

Piper asintió con la cabeza.

—Creo que no me queda más remedio.

Se sentaron en la cocina y estuvieron charlando mientras Elisa daba los últimos toques a su pastel. Luego, sin alterar el tono de voz, Elisa dijo:

—Mi hermana está otra vez embarazada.

—Ah, qué maravilla —respondió Piper sin pensarlo.

Elisa sonrió antes de lamerse la confitura de cerezas de los dedos.

—Sí. Me alegro mucho por ella. Me encanta jugar con mi sobrina y mis sobrinos. Le daba un poco de miedo decírmelo, creo, por los problemas que estamos teniendo Leo y yo, pero me alegro de que me lo haya dicho. Debe de sentirse tan llena de vida...

Piper guardó silencio, pero observó atentamente la parte de atrás de la cabeza de su cuñada. Normalmente habría alargado un brazo y la habría tocado, pero en ese momento no podía permitirse hacerlo sabiendo lo que tenía que comunicar a su hermano, sabiendo que disponía aproximadamente de treinta segundos para decir lo que tenía que decir antes de que la echaran de aquella casa.

Cuando bajó, Leo la saludó con una inclinación de cabeza.

—Le he dicho a Piper lo del embarazo de mi hermana —dijo Elisa mientras recubría el pastel de azúcar en polvo.

Leo la miró y luego, como si fuera consciente de que su hermana los estaba observando, tosió tapándose la boca con la mano y se volvió.

—Entonces, ¿has venido a cenar? —preguntó.

—No, no exactamente.

Piper se puso una mano en el estómago y procuró hacer acopio de valor, pero no lo consiguió. Así pues, fue al grano, confiando en que su valor acabara por manifestarse, aunque fuera tarde.

—Creo que deberíamos pedirle a Cal que venga.

Vio por el rabillo del ojo que la mano de Elisa se detenía en el aire y que luego, suavemente, volvía a espolvorear azúcar sobre la masa. El único sonido que se oía en la habitación era el golpeteo de su mano sobre el tamiz.

Por fin, Leo dijo:

—¿A qué demonios viene eso?

—Papá se está muriendo. Hay que respetar los deseos de un moribundo.

La silla arañó el suelo cuando Leo se sentó frente a su hermana.

–¿Se te ha ocurrido pensar alguna vez que lo que hay que respetar son los deseos de un hombre cuando está sano y en pleno uso de sus facultades, en lugar de enfermo y desvariando? ¿Que si estuviera en su sano juicio a papá jamás se le ocurriría pedir tal cosa?

–No es solo por papá. Cal tiene derecho a saberlo.

–¿Por qué? –Leo soltó un bufido–. ¿Cuántos años hace que no quiere saber nada? ¿Quiso saber algo cuando murió mamá?

–Creo que papá está dispuesto a perdonar.

–Y yo creo que eso son bobadas.

Piper se levantó de la mesa y desplegó los dedos sobre su borde en abanico. Se cernió sobre su hermano.

–Creo que estamos por encima de esto. Creo que somos mejores que algunas personas que antepondrían sus intereses en lugar de hacer lo correcto, y creo que el hecho de que Cal vuelva no cambiará nada, excepto que papá dejará por fin de preguntar por él y podrá tener un poco de paz antes de morir.

Leo se quedó pensando y, al notar su expresión de duda, Piper decidió aprovechar su ventaja momentánea.

–Tienes que confiar en que papá valore todo lo que has hecho, Leo. Eres tú quien ha estado aquí, no Cal. Quizá tendría que haber sido de otro modo, pero ha sido así. No vamos a perder nada por que Cal vuelva. Antes era lo que querías.

En medio del silencio que se hizo a continuación, las manos de Elisa siguieron sirviendo de ruido de fondo: el abrir y cerrar de la puerta del horno, el chirrido de los platos en el fregadero... Piper deseó que su hermano mostrara un atisbo del niño al que ella había conocido en su infancia. Lo deseó con tanta fuerza que su deseo era casi una plegaria y por un instante, al levantar Leo la cabeza, pensó que quizá Dios la hubiera escuchado.

–Está bien –dijo Leo, y salió de la cocina.

Piper sabía que en aquel asunto no debía buscar consuelo en su cuñada, de modo que se marchó y regresó a casa. Tres días después, cuando Leo fue a almorzar, ella deslizó un trozo de papel y algún dinero junto al brazo con que su hermano sostenía su sándwich de fiambre de ternera.

–¿Para qué es eso? –preguntó Leo.
–Necesito que mandes un telegrama por mí.
–¿Para quién?
–Para Cal.
Leo chasqueó la lengua contra los dientes.
–¿Lo harás?
–No pensaba ir al pueblo.
–Yo tampoco.

Se quedaron allí, enfrentados en silencio, y cuando comenzaba a sentir que flaqueaba, una sombra cruzó el semblante de su hermano y Leo dejó caer el sándwich en el plato. Se encorvó para levantarse y Piper hizo amago de tocarlo, pero él le lanzó una mirada que la obligó a retirar la mano.

Después la llamó su padre. Subió corriendo y, cuando volvió a bajar y vio que el plato estaba en el fregadero y que el dinero y el trozo de papel habían desaparecido, tuvo que agarrarse a la barandilla y apoyarse en la pared para no caerse.

¿Era Walter consciente de hasta qué punto había alterado su sencilla petición el equilibrio familiar? ¿Le importaba, acaso? Piper deseó preguntárselo, pero se contuvo. Pensó en la última vez en que habían estado todos bajo el mismo techo. Fue el día del velatorio de su madre, cuando ella tenía trece años. Recordó cómo había mirado el azul del cielo, la vajilla de porcelana buena cargada de tartas y emparedados llevados por los vecinos y la casa llena de gente, y recordaba haber pensado que cualquier otro día aquello habría parecido una fiesta.

Recordó a su padre sentado en su sillón, cuando todavía era un hombre fuerte e imponente, rodeado de vecinos, y a Leo, solo dos años mayor que ella, merodeando por la puerta y vigilando en silencio las sombras que Cal proyectaba en el suelo mientras se alejaba de ellos por el camino.

Recordó todas esas cosas vivamente y, parada aún entre la escalera y las paredes, se sintió temblar.

Cada vez que mis abuelos hablaban de su noviazgo parecían pintar un idilio tan apasionado que era imposible que no transgrediera todos los límites. En cierto sentido así fue, pero, pensándolo bien, ¿cómo podrían haberlo presentado de otra manera? Porque la verdad pura y dura, tal y como le encantaba señalar a Piper (que hablaba de ello cada vez más a menudo a medida que se hacía mayor), era que aunque el suyo era un matrimonio respetable, su noviazgo estuvo muy lejos de serlo, habida cuenta de que mi abuela ya estaba casada.

A menudo me ha extrañado el modo distinto en que Piper y Lavinia describían los primeros años de la relación de mis abuelos, y de hecho sus versiones me fascinaban porque, pese sus divergencias, ambas arrojaban luz sobre un aspecto de su relación del que ni mis hermanos ni yo, ni tan siquiera sus propios hijos, habíamos sido testigos: una época en que era mi abuelo quien mandaba, no Lavinia.

Mi abuela y Cal iniciaron su romance cuando ella aún respondía al nombre de Anne-Marie Parks. Al principio no iba a ser nada serio, al menos, qué duda cabe, desde el punto de vista de mi abuelo. Él no tenía intención de quedarse en Iowa, y aquel era simplemente un modo de pasar el rato hasta que muriera su padre y él fuera libre. Además, le gustaba Anne-Marie: le gustaba cómo se retorcía el pelo con las manos a un lado del cuello mientras le escuchaba contar historias de su niñez; le gustaba que oliera a agua de rosas; le gustaba que dijera la verdad sin pensar en las consecuencias, ni en los sentimientos ajenos; le gustaba que fuera infeliz.

Mi abuelo tenía debilidad por las mujeres desdichadas. Las barruntaba a kilómetros de distancia y se sentía invariablemente atraído por ellas porque no esperaban gran cosa y porque se mostraban en extremo agradecidas por lo poco que pudieran obtener. Pero, sobre todo, porque las mujeres desgraciadas, cuando alguien las hacía felices, gozaban de ello como un gato refocilándose al sol: se esponjaban, florecían y sus sonrisas de incrédulo deleite al advertir esa metamorfosis suscitaban en Cal un arrebato de orgullo y admiración por sus propias capacidades. Le hacían sentirse una buena persona, antes de que recordara que no lo era.

Se encontraban carretera abajo, a unos kilómetros de Aurelia y siempre de día, cuando Lou estaba en la consulta o cuando tenía que ir a visitar a algún paciente. Anne-Marie aparcaba su coche detrás de un recodo, en un claro oculto por la larga hierba de las praderas, y Cal iba a reunirse con ella en su Chevy. Iban a bosques apartados y a veces conducían largo rato sin rumbo fijo y aparcaban en el primer lugar recoleto que encontraban. Se quedaban allí durante horas. Mi abuela decía a menudo, años después, que vivía para esos paseos en coche, aunque nunca se lo dijera a Cal. Sabía que no podía presionarlo, pero oía rumores de que Walter estaba cada vez peor y escuchaba a Cal hablar de Oregón y de lo que pensaba hacer cuando volviera allí, y empezaba a retorcerse el pelo para no ponerse a gritarle.

Durante esas salidas esperaba a que se presentara el instante de inspiración, como había hecho con Lou. Sabía que no debía forzarlo, pero aun así se angustiaba. No soportaba la idea de que Cal regresara a Oregón y ella tuviera que quedarse en casa con su marido, levantando la vista noche tras noche para verlo sentado al otro lado de la mesa de la cena.

Para colmo de males, Lou había redoblado sus atenciones desde la fiesta en el jardín. Desde la noche en que ella había roto a llorar en el coche, se mostraba más tierno y preocupado por ella. Anne-Marie había intentado soportarlo lo mejor que podía.

Así pues, se sentaba allí, en el coche, con Cal, y esperaba una señal, atenta a cualquier forma en la que pudiera presentarse, mientras él acariciaba su piel y la llamaba Lavinia.

Luego, por fin, sucedió.
Cal le dio una bofetada tan fuerte que le rompió el labio

y sus dientes se tiñeron de sangre. Ella lo vio echarse hacia atrás, el rostro macilento, y mirarse la mano con el semblante contraído de espanto. Sin decir palabra, salió del coche y echó a andar. Había dejado aparcado su coche a quince kilómetros de allí. Esperó a que Cal fuera tras ella, pero no fue. Oyó arrancar el motor, pero su ruido se fue desvaneciendo. De modo que hizo a pie esos quince kilómetros y mientras tanto pensó en lo ocurrido.

Mi abuelo no había levantado nunca la mano a una mujer ni volvería a hacerlo, excepto once años después, cuando abofeteó a su hija con tanta fuerza que la tiró al suelo y se golpeó la sien con el pico de la mesa. Miraría entonces su propia mano con el mismo horror con que la había mirado ahora, con Anne-Marie. Cuando oí por primera vez esas historias, lo que me chocó no fue solo que mi abuelo, cuando lo provocaban, pudiera perder el dominio de sí mismo hasta ese punto, sino la existencia misma de esos actos de provocación.

Quizá parezca extraño, pero quien conociera a mi abuelo no lo habría creído capaz de algo así. Era un hombre tan mesurado que se hallaba en perpetuo estado de placidez. Ni sus modales ni su carácter se desbordaron nunca, salvo en tres ocasiones a lo largo de su vida, a lo cual contribuyó indudablemente la bebida: una vez cuando murió su madre, otra en un coche aparcado en el lindero del bosque de Sunrise y la última en la cocina de su casa, en la primavera de 1968. Pero en aquel momento Anne-Marie no sabía nada de esto. Sabía, en cambio, que había dicho algo que, sin darse ella cuenta, había pulsado un interruptor en el hombre sentado a su lado, de tal modo que por un momento ese hombre había dejado de existir. Ella ni siquiera lo había presentido. Había sucedido sin previo aviso. Estaban hablando y, de pronto, los nudillos de Cal golpearon sus labios incrustándolos contra sus dientes. Así pues, Anne-Marie repasó de memoria lo que había dicho, en busca de lo que podía haber causado esa reacción.

Habían estado hablando del padre de Cal. Había sido él quien había sacado el tema.

–Ayer vino el médico.
–¿Lou? –preguntó ella.
–Sí –se removió en su asiento–. Dicen que ya no le queda mucho.
–Ah.
–Mandó que subiera a la habitación.
–¿Quién? ¿Lou?
–No, mi padre.
Guardaron silencio. Ella cerró la mano sobre el cuello abierto de la camisa de Cal.
–¿Subiste?
–No, no subí.
–¿Por qué?
Su pecho subía y bajaba bajo la mejilla de Anne-Marie. Por más que lo intentaba, ella no oía su corazón a través de la camisa.
–Hace dieciséis años que no hablo con él.
–Bueno, habrás hablado con él ahora que estás aquí.
–No, nada de eso. Lo he visto, pero no le he dicho ni una palabra.
–Ah. ¿Por qué?
–No lo sé. Es como si me gustara verle sufrir.
Ella levantó la cabeza y, posando un dedo bajo su barbilla, lo obligó a mirarla.
–¿Por qué odias tanto a tu padre?
–¿No odia todo el mundo un poco a su padre?
–Yo no conozco a mi padre, así que no lo odio, y tus hermanos tampoco lo odian. Y Julia no te odia a ti –añadió con cautela.
–Eso es porque ella no se ha criado en un infierno.
–A mí no me parece un infierno.
Él apartó la cabeza.
–¿Sabes lo de mi madre?
Ella negó con la cabeza.
–Murió. Hace ya tiempo. Se puso enferma, bebió agua contaminada y murió en la misma cama en la que va a morir él. Está enterrada en la finca. Mi hermano y yo bajamos el ataúd.

Se detuvo para humedecerse los labios y luego se recostó en su asiento y miró de nuevo de frente. Era ya tarde. Lou había ido a una conferencia en otro condado, así que se habían quedado hasta más tarde. El sol del atardecer que entraba por el parabrisas moteaba la piel de ambos en tonos de naranja y rosa claro.

–Yo tenía diecinueve años cuando la enterramos, y ese mismo día me marché de casa de una vez por todas. Enfilé el camino y seguí andando. Nadie me paró, nadie me pidió que volviera. Dormía al sereno, hacía autoestop, me daba una ducha cuando podía y pasaba sin ducharme cuando no podía. Cuando me marché, ni siquiera sabía que iba a marcharme, aunque imagino que mis pies eran más lúcidos que yo. Sabía que a mi padre iba a importarle un comino. Me lo dijo él. Me dijo que me largara de allí cuando muriera mi madre. Que no quería que siguiera viviendo bajo su techo. Le he estado dando vueltas durante años. Podría haber sido cualquiera de nosotros, pero me tocó a mí.

Seguía mirando hacia delante. Mi abuela sabía que casi había olvidado que estaba con él. Pero no le importaba. Se quedó allí, mirándolo sin apenas moverse, con la respiración agitada. Él suspiró profundamente y cuando volvió a hablar su voz sonó baja y monocorde.

–Siempre habíamos ayudado en la finca, pero cuando cumplí dieciséis mi padre empezó a enseñarme de verdad lo que había que hacer. Siempre estaba hablando de la finca y de dejárnosla a Leo y a mí, de cómo teníamos que llevarla y de lo que había que hacer. Estaba enamorado de ella, sobre todo porque se la había comprado a su jefe a fuerza de mucho sudor. ¡Y cómo se aseguraba de que nosotros también nos dejáramos la piel! Pensaba que así la querríamos tanto como la quería él. Y así era, supongo. La verdad es que no nos quedaba otro remedio.

Entornó los párpados al recordar.

–Cuando cumplí dieciocho empezó a darme más responsabilidades. Yo me alegré de ello. Quería hacer las cosas bien. Y, claro, no me imaginaba otra vida que la que mi padre había dispuesto para mí. Tenía mucho cuidado de seguir solamente sus pasos, sin desviarme a la derecha ni mirar a la izquierda. Solo de frente –añadió dando lentamente un tajo en el aire, delante de él–. Usábamos un pesticida para fumigar la cosecha. Una vez, me encargué yo de ello. Lo había visto hacer cien veces. Era una tontería, cosa de nada. Solo era peligroso si no tenías cuidado. En uno de los campos de trigo, cerca del río, teníamos un pequeño pozo de piedra. En realidad no era un pozo, sino más bien una pequeña alberca. Los críos solíamos beber allí en verano, cuando hacía calor y estábamos en el campo y nos daba pereza volver a casa a por agua. La tapábamos siempre que había que fumigar. Y recuerdo... recuerdo que puse la losa de piedra encima antes de empezar a fumigar. Lo recuerdo muy claramente. Levanté la losa. Pesaba mucho, pero aun así la levanté y la puse sobre la alberca. Lo hice, sé que lo hice, recuerdo haberlo hecho.

»Mi madre solía ir a vernos. A veces ayudaba en el campo cuando había mucho trabajo. No a menudo, pero nunca le importó ensuciarse las manos. Se crió en una finca de Indiana con seis hermanos y era... –se rio–. Era una mujer de armas tomar. A veces intentaba decirle a mi padre lo que tenía que hacer en la finca y se ponían a discutir como locos. A ella le importaba un bledo que mi padre le diera en la boca y le dijera que se callara. Siempre tenía que decir la última palabra.

»Un día fue a vernos a Leo y a mí. Estábamos haciendo no sé qué y todavía la veo apoyada en el pozo. Todos dijeron que tenía que haber bebido, que si no era imposible que se hubiera puesto así. Pero si bebió... En fin... Leo dijo que la había visto beber, pero yo no la vi. Al día siguiente se puso enferma, un par de días después se metió en la cama y ya no volvió a salir. Piper la atendió todo el tiempo, y eso que solo tenía trece años. No tardó mucho en morir. Se fue casi sin darse cuenta. Casi sin que nos diéramos cuenta.

Inclinó la cabeza y, mordiéndose el labio, movió el cuello adelante y atrás. Anne-Marie lo miró un momento.

—Era joven, ¿sabes? Solo tenía cuarenta años cuando murió.
—¿Por eso te fuiste? —preguntó ella.
Cal pareció desconcertado. Parpadeó como asintiendo.
—Dios, cuánto odio este lugar —masculló—. Ojalá no hubiera vuelto. No me fui por elección. Ese hijo de perra... Puede que no fuera precisamente un niño cuando me fui, pero nunca había salido del estado, ¿sabes? ¡Por amor de Dios! Lo más lejos que había ido había sido a Des Moines, una vez que fui a una feria —apoyó la mano en el volante y empezó a reírse.

Anne-Marie se echó hacia atrás y se recostó en su asiento mientras Cal luchaba con sus recuerdos contrayendo el rostro.

—Hijo de perra. Me alegro de que le duela. Los veo a todos, a nuestros vecinos, preguntándose por qué he vuelto, por qué me ha pedido que vuelva ahora. No saben cómo saludarme. Antes era la oveja negra, un asesino —gruñó—, y de pronto pide verme como si fuera el hijo pródigo. La gente no sabe qué pensar. Ellos no lo entienden, pero yo sí. Sé por qué me ha pedido que vuelva, y me importa un bledo. Quiere que Leo y yo nos hagamos cargo de la finca. Que vuelva a ser un Hathaway. Bien, ese es su sueño, no el mío. Estoy esperando y, cuando llegue el momento, cuando más lo necesite le daré el zarpazo: dejaré que se muera sabiendo que va a irse todo al infierno con él. Y disfrutaré de lo lindo al hacerlo.

—Cal... —dijo ella tocando su hombro—. Lo siento muchísimo —se quedó callada un momento—. No fue culpa tuya. Tu padre debería haberse dado cuenta. Debería haber comprendido que solo fue un accidente.

Un segundo después... ¿Había sido un segundo después? ¿No había sido menos? Medio segundo, un instante y los nudillos de Cal se incrustaron en su boca. El golpe la había empujado contra la ventana. Él le había gritado, pero en aquel momento Anne-Marie no se había dado cuenta. Se había llevado la mano a los labios. Al principio estaba tan atónita que no había sentido dolor, pero había visto sus nudillos manchados de sangre cuando él había apartado la mano.

Y así fue como se descubrió caminando por la cuneta de la carretera, a solo trece kilómetros del lugar donde había aparcado su coche.

¿Qué pasó por su cabeza en ese momento? ¿Era ira? ¿Era dolor o un sentimiento de haber sido traicionada? ¿Era vergüenza por su propia necedad?

Recordó lo último que Cal le había dicho al golpearla. No se había dado cuenta en ese instante, pero al pensarlo ahora lo oyó con toda claridad:

—¡Le puse la tapa al pozo! —había gritado él.

De modo que no: no eran esas las emociones que embargaban a Anne-Marie mientras caminaba. Se llevó la mano a la mandíbula dolorida y levantó la comisura de los labios en una levísima sonrisa. No estaba furiosa, sino eufórica. Había visto su oportunidad.

Me pregunto ahora si no estaré siendo injusta con ella. Quizá lo que sé que ocurriría después haya coloreado hasta tal punto mi percepción que ya no sea capaz de presentarla como una persona inocente o buena. Estoy demasiado acostumbrada a verla como la mala. Pero, como ella misma acostumbraba a decir, no había nacido así, la habían hecho como era. Primero, quienes nos precedieron en el curso de su vida, y ahora, años después, yo a través de mis recuerdos. Me gustaría decir que no pensaba ni sentía esas cosas, que todo eso surgió después, con motivo y por culpa de las circunstancias. Pero no es cierto. Siempre estuvo ahí, fraguándose. Tenía que estar. Tiró por ese camino con demasiada facilidad.

Igual que yo cuando me llegó el momento.

Capítulo 4

Cuando llegó a casa, lo primero que Cal le dijo a su hermana fue:
−¿Ha llamado alguien?
Piper, que estaba removiendo algo en una fuente, se detuvo y miró a su hermano.
−No −dijo con cautela−. ¿Esperas a alguien?
−No −contestó Cal.
Apartó una silla de la mesa y se dejó caer en ella.
−¿Dónde está Julia? −preguntó al cabo de un momento.
−Fuera, en el jardín. Le he dado unos juguetes y unas cosas mías de cuando era pequeña. Se está divirtiendo.
−Creo que deberíamos irnos pronto −dijo Cal rápidamente.
La muñeca de Piper se detuvo un momento; después siguió meneando la cuchara dentro del cuenco.

—¿Antes de que muera papá?
—¿Qué importa eso? ¿Qué más da que me quede o me vaya antes de que se muera?
—A él le importa.
—¡A la mierda papá! —alargó las palabras, colérico, estrangulándolas en la garganta de tal forma que salieron dilatadas por la furia. Se llevó las manos al pelo y se agarró la coronilla. Piper vio que tenía sangre en los nudillos.
—¿Quieres decirme algo, Cal? —preguntó.
Su hermano se levantó bruscamente y salió de la cocina.
—No —dijo ella mientras seguía batiendo—, eso me parecía.

Tres días más tarde, empezó a angustiarse. Se preguntaba si ella se lo diría a su marido. Le había dado motivo, desde luego, y de algún modo tendría que explicar su labio roto. Deambulaba por la finca esperando a que apareciera Lou. Se decía que no le importaba. Podía arreglárselas de sobra con Lou Parks. Se decía que la gente podía hablar y que sus hermanos podían mirarlo con reproche, que nada de eso le afectaría. De todos modos, pronto se iría de allí. Se decía que estaba acostumbrado al exilio.

Pero aun así se despertaba por las noches con la cabeza llena de voces que se atropellaban unas a otras intentando hacerse oír.

Probó a llamarla una vez, pero se dio cuenta de que, aunque contestara, no tenía nada que decirle. Era consciente de que se había metido en un lío, pero se consolaba pensando que lo único que tenía que hacer era esperar a que muriera su padre; después podría marcharse. Aconsejaba a su corazón tener paciencia, tener paciencia y olvidar. Olvidar que la había golpeado; olvidar el tacto de su piel.

Olvidar que la echaba de menos.

Piper estaba tensa; notaba la inquietud de su hermano. En contra de su voluntad, y para su consternación, empezó

a desear que su padre se diera prisa en morirse. Había intentado sondear a Lou Parks al respecto. Él se había limitado a sacudir la cabeza y había dicho:
—Se está aferrando a la vida. Por qué, no lo sé, pero se está aferrando.
Piper había asentido en silencio, pero la respuesta del médico solo consiguió aumentar su preocupación. Sabía por qué se estaba aferrando su padre a la vida y sabía que Cal no daría su brazo a torcer. Había tenido la esperanza de que su hermano flaqueara en su determinación, o de que las fuerzas abandonaran por fin a su padre, pero ahora comprendía que ninguno de los dos iba a cumplir sus deseos, de modo que una tarde, mientras lavaba las sábanas manchadas del moribundo, tomó una decisión y pidió a Dios que la ayudara y, acto seguido, que la perdonara.
Leo ya no iba tanto por casa, así que tuvo que ir a buscarlo al establo. Llevó un plato con sándwiches de ternera y mostaza como ofrenda de paz.
—Ya he comido —dijo él al mirar de refilón el plato.
—He venido a pedirte un favor.
—Ah —dijo, limpiándose las manos en un trapo—. Di lo que sea de una vez.
—Necesito que hables con Cal.
Leo se apartó y empezó a reírse, pero ella lo agarró del brazo y le hizo girarse.
—Ya basta. Quieres que papá se muera, ¿no? Pues entonces escúchame. Si sigue agonizando en esa cama es solo por Cal. Puede que te duela, pero es la verdad. Solo se irá cuando Cal hable con él, es la única manera.
—¿Para qué?
Piper suspiró, el plato entre los brazos.
—Creo que quiere que lo perdone —dijo, bajando la mirada.
—¿Por qué? —preguntó Leo lentamente.
Ella suspiró.
—Por haberlo echado hace tantos años. Lo que le pasó a mamá pudo ser un accidente, Leo. Tú antes también lo pensabas.

Cuando Leo respondió, su voz estaba cuajada de veneno.
—Y ahora papá también lo cree, ¿no es eso?
—No sé —contestó Piper, exasperada—. Lo único que sé es que Cal está deseando marcharse, que tú estás deseando que se vaya y que papá está deseando morirse, y que va siendo hora de ventilar estas cosas antes de que el daño sea mayor.
—Y yo que pensaba que estabas disfrutando de tu reencuentro familiar...
—Llévate a Cal al pueblo cuando vayas a comprar el pienso para los caballos. Habla con él.
—¿Y qué le digo?
—Santo cielo, ¿es que tengo que pensar en todo? —se mordió el labio y atemperó su voz—. Hazlo esta tarde.
Hizo amago de marcharse.
—Deja el plato encima de esa bala de heno —dijo Leo después de un silencio.

Si se le preguntaba a mi tía Julia cuál era su primer recuerdo, afirmaba que era la decapitación de su madre. Pero mentía.

Más tarde le diría a Jess, su marido, que en realidad no recordaba gran cosa del accidente, ni de cuando su padre fue a buscarla al hospital, ni de la sangre que manchaba su cuerpo. Diría que tenía la sensación de que el recuerdo estaba ahí pero que por algún motivo no lograba alcanzarlo. Una parte de ella se negaba a dejarlo aflorar. Eso fue lo más cerca que estuvo nunca de intentar comprender su propia psique.

Su primer recuerdo auténtico era la segunda boda de su padre. Recordaba el olor del juzgado, lo bruñida que estaba la madera y cómo columpiaba los pies rozando el suelo mientras esperaba a que acabasen. Recordaba a su tía Piper abrazándola, la presión de sus dedos en la cintura y el profundo suspiro que había dejado escapar cuando su padre besó a su nueva madre. Piper diría que esa fue la primera vez que Julia vio a mi abuela.

Pero en eso se equivocaba porque, sin saberlo ella, Julia había conocido ya a la mujer que cuatro meses después sería su madrastra, mientras yacía sollozando en el suelo de tierra delante del colmado del pueblo.

En el coche, camino de allí, había ido viendo cambiar el panorama por las ventanillas. Según mi padre y mi tío, solía decir que, de niña, siempre que se sentaba en un coche tenía la sensación de que su madre iba sentada a su lado, la cabeza seccionada del cuerpo, las manos inermes, el extremo del cuello torcido y el hueso formando una pirámide de sangre y carne en lo alto. Cualquiera sabía por qué tenía esa impresión, dado que no guardaba memoria del accidente. Quizá fuera un recuerdo latente que cobraba vida de vez en cuando. O quizá fuera simplemente el modo en que su imaginación se representaba los efectos físicos de una decapitación. En ese caso cabía esperar que visualizara un tajo limpio y preciso, y no la carne destrozada que creía ver. Fuera cual fuese el motivo, más adelante se convertiría en un arma valiosa que enarbolar contra sus hermanos pequeños. Pero un año antes de que naciera el primero iba sentada en la parte de atrás de la camioneta de su tío, tan concentrada en no mirar la última imagen que conservaba de su madre, que no oía la tensa conversación de los hombres sentados en la parte de delante. Solo sabía que el coche se detuvo de pronto y que, pensando en el regaliz que su padre le había prometido tácitamente, salió de la camioneta con cuidado de no tocar el vestido de su madre.

Cuando se apearon de la camioneta corrió para entrar en la tienda, pero se llevó una desilusión. No había tarros de caramelos de colores, ni bobinas de regaliz rojo y morado. La tienda olía mal y todo en ella parecía insulso y aburrido. Sintió que la habían engañado y reaccionó como siempre cuando se llevaba una desilusión: le dio una rabieta.

Su padre se enfadó con ella más que de costumbre. Normalmente la miraba con calma, conteniéndose, hasta que cedía o a ella se le agotaban las fuerzas. Esta vez, sin embargo, la golpeó en la parte de atrás de las piernas, la agarró del brazo y, levantándola en vilo, la sacó de la tienda mientras ella pataleaba llena de rabia y frustración. Luego, de pronto, la dejó caer; simplemente la soltó y el raspón de su piel contra la tierra hizo que un sollozo se atascara en su garganta. Se hizo entre ellos un silencio sobrecogedor, pero mientras Julia miraba a su padre, Cal miraba a otra parte.

Mi abuela decía que, nada más ver a Julia tirada en el suelo junto a su padre, mirándolo con obstinación, con los labios y la nariz manchados de baba y mocos, supo que aquella niña no le gustaba. Y no porque se hubiera ensuciado, sino por cómo los había mirado a su padre y a ella y cómo, al ver que Cal no le prestaba atención, había entornado los ojos y escupido otro hilo de saliva, que quedó prendido a su barbilla.

—No sabía que ibas a estar aquí —dijo Cal cuando por fin recuperó el habla.

—He salido a hacer la compra —contestó Anne-Marie.

Cal vio sus labios pintados de rojo y la hinchazón de la mandíbula bajo la gruesa capa de maquillaje. Estiró el brazo para tocarla y ella retrocedió y miró rápidamente hacia atrás para ver si alguien los estaba mirando. Cal se metió los dedos entre el pelo, ofuscado.

—He pensado en llamarte —dijo.

—Me alegro de que no lo hayas hecho.

Parecía tan fría allí de pie, esperando a que él acabara, como si Cal fuera un obstáculo fastidioso que tenía que superar antes de poder seguir con sus quehaceres diarios. Aquella frialdad suya enfureció a Cal. Le dieron ganas de abofetearla otra vez solo para que reaccionara. De pronto se sentía enfermo.

—No sé qué... No...

Ella siguió mirándolo mientras se frotaba un pie contra el tobillo del otro con impaciencia. Cal sintió que su hija se removía y le lanzaba una débil patada. Bajó la vista y la vio mirándolo con rabia. Le sangraba la rodilla.

—Por favor, no vuelvas a hablarme —dijo Anne-Marie por fin.

Cal se asustó.

—Lavini...

—Jamás —dio un paso adelante y él vio con más claridad el moratón amarillento de su mandíbula—, jamás vuelvas a llamarme así.

Se alejó y pasó junto a Leo, que acababa de salir con un saco de pienso para caballos. Leo vio a su hermano allí parado, mirando boquiabierto a la esposa del médico, y a su sobrina tendida en el suelo con la rodilla ensangrentada, la cara colorada y una mirada llena de odio clavada en su padre.

—¿Cal? —dijo—. ¿Qué haces?

Cal miró a su hija y la levantó con una mano. Ella dobló la pierna herida al levantarse, pero su padre no pareció notarlo.

—¿Puedes llevarte a Julia, por favor? —preguntó.

—¿Has pensado en lo que te he dicho? —preguntó Leo con el saco de pienso en los brazos.

—Sí, he... Te he escuchado.

Leo se quedó callado un momento.

—Está bien —dijo por fin—. Vamos, niña —ordenó a su sobrina.

Nadie sabe qué sucedió realmente después. Durante algún tiempo hubo muchas especulaciones sobre lo que ocurrió en el transcurso de las dieciséis horas siguientes. Cada cual tenía su teoría. Leo creía que Cal lo tenía planeado desde el principio; Piper, que simplemente se presentó la oportunidad y Cal fue demasiado débil para resistirse a ella; mi abuela creía que había sido el destino. En cuanto a mí, no sé qué creer.

Porque fue todo tan inesperado, tan sorprendente, que en realidad nunca tuvo sentido. Solo mediante conjeturas, haciendo un ejercicio de imaginación, podría intentar explicarlo ahora de una manera racional. Lo único que sé es que mi abuelo era un hombre que se tomaba las cosas muy a pecho. Era un rasgo de su carácter que él aborrecía. Intentaba no sentir apego alguno, pero tenía facilidad para asumir cargas y, cada vez que intentaba sacudírselas, el peso de su mala conciencia volvía a aplastarlo. Así pues, esto es lo que creo que ocurrió:

Creo que tenía miedo. Miedo de quién era y de lo que quería, y de lo que no quería ser.

Creo que estaba cansado de luchar por lo que quería, cansado de luchar consigo mismo por desear esas cosas y cansado de sentirse culpable por todo lo anterior.

Creo que quería sentar la cabeza. Creo que quería que todo aquello acabara. Creo que sabía que la vida tenía voluntad propia y que por segunda vez estaba dispuesto a dejarse arrastrar por ella. Creo que se decía que esta vez era un hombre, no un niño, y que podía afrontar mejor la situación.

Creo que estaba harto de sentirse un fracasado.

Esa noche, Piper hizo la cena para Julia y para ella. De postre hizo una tarta de chocolate y nueces pecanas que Julia devoró en un santiamén, enfurruñada y lastimosa. Acostó a su sobrina y fue a ver a su padre antes de irse a la cama a eso de las once. Cal no había vuelto aún. A la mañana siguiente preparó el desayuno, cambió a su padre y lo aseó con la esponja. Pidió a Julia que la ayudara con las faenas de la casa, pero se dio por vencida cuando su sobrina se tiró al suelo y fingió que le dolía horrores la «pierna mala». Fue a ver cómo estaba su hermano mayor, pero al tocar a la puerta Cal no respondió y, cuando probó a girar el pomo, descubrió que había cerrado con llave. Supuso que seguía durmiendo.

Fue a llevarle el almuerzo a Leo. Su hermano estaba en los campos de labor, al otro lado de la finca, cerca del río. Cuando le dio el almuerzo, Leo se lo agradeció inclinando un poco la cabeza antes de señalar a su izquierda.

—¿Ves eso? —preguntó.

Piper se volvió. La losa de piedra estaba apoyada contra el pozo. Estaba rota, y los trozos se amontonaban junto a la base del pozo.

—¿Qué ha pasado?

Leo se encogió de hombros.

—A mí no me preguntes.

Eso fue antes de que Piper descubriera que Cal había ido a hablar con su padre. Antes de que fuera a ver a Walter a las seis para llevarle la cena y lo encontrara con los ojos abiertos, fijos en el techo, la boca medio abierta y una mosca posada en su labio superior.

Fue antes del entierro y de la lectura del testamento, cuando las cosas aún tenían sentido para ella. Más adelante, cuando todo pasó, recordaría aquel momento y empezaría a hacerse preguntas.

Anne-Marie estaba en la cocina cuando se enteró de que había muerto Walter Hathaway. Estaba pelando patatas para un estofado. Oyó decir a su marido que le había fallado el corazón y procuró no gritar. Cuando Lou habló del entierro, atravesó la patata y se clavó la punta del cuchillo en la palma de la mano.

–Santo cielo, mujer, ¿qué te pasa últimamente? –preguntó su marido levantándole el brazo, del que brotaba ya un hilillo de sangre–. Primero la cara y ahora esto. Estás en las nubes, Anne-Marie.

–Lo siento –masculló ella.

La víspera del entierro planchó el mejor traje negro de su marido y un vestido azul marino con el cuello alto y abotonado hasta arriba que le irritaba la piel y colgó ambas cosas delante del armario. Después, cuando su marido estaba dormido, bajó las escaleras, sacó la media jarra de leche que había dejado para que se cortara en el hueco entre la nevera y la pared y se obligó a beberla. Había descubierto por las malas que fingirse enferma siendo su marido médico no era una opción viable.

Estuvo mala toda la noche. A la mañana siguiente, Lou le dio un vaso de agua y unas sales de frutas para asentarle el estómago y se fue solo al entierro. Anne-Marie pasó casi todo el día durmiendo y soñó.

Eran más de las ocho de la noche cuando por fin volvió su marido. Lo oyó ir de acá para allá por la cocina, abajo; siguió sus movimientos por el abrirse y cerrarse de las puertas. Por cómo se entretuvo en el cuarto de estar largo rato, sin hacer ningún ruido, comprendió que estaba tomando una copa. Calculó cuánto tardaría en subir. Si eran diez minutos, significaría que no había ocurrido nada fuera de lo normal; si eran veinte, el día habría estado cargado de tensiones; y si eran cuarenta, habría sido infernal.

Lou subió una hora después.

Se sentó al borde de la cama y acarició su brazo con una mano mientras con la otra sujetaba un vaso de whisky.

–¿Te encuentras mejor? – preguntó.

–Ajá –Anne-Marie asintió con la cabeza y deslizó la mirada sobre el vaso–. Háblame del entierro.

Él bebió un largo trago y luego miró pensativo el fondo del vaso vacío.

Pasado un momento, dijo:

–Imagino que ya estará en boca de todos.

«*Estuvo allí sentado, mirando el vaso vacío mucho rato*», me dijo mi abuela mientras yo permanecía sentada junto a su cama. Fue después de que enfermara, cuando ya estaban todos muertos y solo quedábamos los cinco.

«*Yo tenía tenso todo el cuerpo. Estaba tan rígida que empecé a sentir de nuevo calambres en el estómago. Tuve que hacer un enorme esfuerzo para no quitarle el vaso y golpearlo con él en la cabeza. A menudo me maravilla la paciencia que tenía de joven. Fue una suerte, pero no supe apreciarlo hasta que me hice mayor*». Había abierto las manos mientras hablaba. «*Lo que ves aquí, ante ti, es producto de la paciencia, Meredith*».

Pero su marido habló al fin y la historia que le contó cambiaría su vida.

Habían llegado a la iglesia para el funeral. Cal y Leo portaban el féretro. Había acudido mucha gente, como era de esperar tratándose de un hombre de la talla de Walter. Lou se había sentado cerca del altar durante el oficio, detrás de Piper y Elisa. Después, todo el mundo había vuelto a casa para el velatorio. Nadie había advertido nada raro en Cal. Parecía tan normal como era de esperar, dadas las circunstancias.

Había habido discursos y comida y luego Piper, Cal y el abogado habían subido a una de las habitaciones de arriba para leer el testamento.

La gente no entendía por qué lo habían hecho en ese momento. Alguien dijo después que había sido por insistencia de Cal: que sabía lo que iba a pasar y quería apropiarse de todo lo antes posible. Otros dijeron que no podía haberlo sabido, porque cuando Leo comenzó a darle patadas y puñetazos ni siquiera intentó defenderse. Estaba pálido y macilento, como si se hubiera quedado sin sangre. Piper susurraría después que había sido deseo de Walter: quería que su testamento se leyera el día de su entierro. Diría que en su opinión, si esa había sido la voluntad de su padre, era porque creía que de ese modo Leo lograría dominar su ira. Le asombraba, diría después, lo poco que conocía Walter a sus propios hijos.

Comenzaron a darse cuenta de que pasaba algo raro cuando Cal se precipitó escalera abajo. Leo lo agarró cuando cayó sobre el último peldaño y le asestó un puñetazo en la mandíbula. La gente se levantó para apartarlo de Cal. Luego se desató el caos: Julia comenzó a chillar; el sheriff del condado, que había ido al funeral y formaba parte del club de póquer de Walter, enseñó su insignia y se interpuso entre ellos utilizando su enorme barriga como barrera de contención.

Fue entonces cuando Leo gritó:

–¡Maldito hijo de puta rastrero! –su dedo hendía el aire a la altura del cuello de su hermano–. Sabía que intentarías algo así. ¿Qué has hecho? ¿Qué has hecho?

Pero Cal no podía hablar. Lo intentó, pero su boca se abrió y se cerró sin emitir sonido. Leo se abalanzó hacia él, pero sin ímpetu. Su esposa se puso a su lado y los hombres se lo llevaron hacia la puerta mientras seguía gritando. Pataleando, golpeó una de las patas de la mesa, en la que había una bandeja con distintos guisos. Se estrellaron todos contra el suelo con estrépito.

La gente del pueblo estaba en su elemento. Llevaron a la cama a Julia, que seguía sollozando, y a Cal arriba, a que se aseara y se calmara. Piper se descubrió arropada por los brazos de alguien. Alguien recogió los platos rotos mientras otros se dispersaban, congregándose en los rincones. El abogado lo observaba todo horrorizado, meneando la cabeza y mascullando en voz baja. Alguien le pasó una copa.

Luego, cuando se acabó la carnaza, la gente comenzó a irse a casa. Aunque algunos se quedaron a ayudar, la llanura de la finca se convirtió en una batería de faros traseros que iban desaparecieron detrás del recodo.

Fue entonces cuando Lou dejó de hablar. Sentado en la cama, se quedó pensativo. Luego se levantó.

—¿Quieres algo? —preguntó a su esposa.

Ella parecía acalorada. Lou se inclinó y le tocó la frente, pero no tenía fiebre.

—Un poco de agua, creo —dijo como para sí mismo antes de volverse para salir.

—¿Qué era? —preguntó ella suavemente a su espalda—. ¿Por qué se ha comportado Leo así?

—¿Por qué va a ser? Por la finca —respondió Lou—. Por lo que he podido deducir, Cal lo ha heredado todo, o casi todo, al menos —se detuvo en la puerta y la miró. En la penumbra, los rasgos de la cara de Anne-Marie se convirtieron en un agujero lleno de sombras—. ¿Quieres un poco de hielo? —preguntó su marido.

Las instrucciones del testamento de Walter eran muy sencillas. Aparte de algunos legados de poca importancia a amigos y parientes lejanos, el grueso de la propiedad se dividiría como sigue: Piper recibiría el diez por ciento de la finca, así como mil dólares en efectivo. Leo se quedaría con un veinte por ciento y con otros dos mil dólares, y Cal con el setenta por ciento restante, con la casa grande y con todo lo que esta contenía, así como con el grueso de los ahorros de Walter. Walter tenía reputación de ser un hombre de frugalidad rayana en la miseria, y aunque nadie sabía concretamente a cuánto ascendían sus ahorros, todo el mundo tenía claro que debían de ser más que sustanciales.

Mi abuelo le diría a mi padre que Walter había dictado

una carta un par de días antes de morir explicando por qué había hecho lo que había hecho, para que la leyera el albacea del testamento. Todo el mundo comentaría después que eso tenía que significar que había cambiado el testamento en el último momento y que por tanto no era válido porque se hallaba tan enfermo que no estaba en pleno uso de sus facultades mentales.

La gente ansiaba preguntar qué decía aquella carta, pero lo cierto era que nadie lo sabía en realidad. Ninguno de los presentes había podido oírla del todo porque a mitad del primer párrafo Leo se volvió y asestó un puñetazo en el estómago a Cal. Piper diría más tarde que ignoraba por qué estaban presentes Cal y ella. Por lo que habían podido inferir, la carta iba dirigida sobre todo a Leo. No había en ella ni una sola mención a Cal, ni a ella.

Eso fue lo que ocurrió. Pero, naturalmente, no fue eso lo que diría la gente.

Ella esperó. Por la mañana preparó el desayuno de su marido, hizo las tareas de la casa, redactó sus listas y por la noche sirvió la cena para los dos. El sol salió y se puso mientras aguardaba pacientemente, aguzando el oído y confiando en que lo que había hecho fuera suficiente.

He aquí una pregunta que me veo obligada a formular: ¿amaba de veras a mi abuelo en aquel entonces? No hay duda de que después lo quiso. Eso era evidente hasta para nosotros. Pero en aquel momento, hace tantos años, ¿lo quería de verdad? ¿O era simplemente una escapatoria, como lo había sido Lou cuando era una niña de diecinueve años: el siguiente peldaño de la escalera? ¿O acaso mi abuelo había visto en ella todas las cosas que Anne-Marie había estado esperando que alguien descubriera, y ella veía en él la posibilidad de hacer realidad todos esos sueños? ¿Puede llamarse a eso amor?

¿Por qué, os preguntaréis, no me hago esa misma pregunta respecto a mi abuelo?

Porque hay un modo mucho más sencillo de aclarar eso.

Pasaron dos semanas y esto fue lo que averiguó Anne-Marie durante ese tiempo:

Averiguó que Leo no había vuelto a la finca desde el día del funeral.

Averiguó que Cal no había rechazado su parte y que seguía viviendo en la casa grande, con su hermana y su hija. Cuando llegaban los proveedores, era él quien los atendía, y cuando los empleados llegaban al pueblo por las tardes, afirmaban que era él quien les daba instrucciones durante el día. Leo se alojaba en un hotel a las afueras del pueblo y Cal empezó a hacerse cargo de la explotación de la finca.

Piper intentó ver a Leo. Él la dejó entrar en su habitación. Ella empezó a explicarle la versión de Cal. Le rogó que entrara en razón y volviera a casa. Podían seguir llevando la finca juntos, insistió, cada uno con su parte. Sería un negocio familiar, como habría querido su padre.

Pero a la semana siguiente, cuando intento verlo otra vez, el recepcionista del hotel le dijo que su hermano no iba a recibirla y, cuando telefoneó, la informaron de que Leo había pedido que no se le molestara. Piper decidió escribirle una carta que llevó a la oficina de correos y entregó a Florence Baxter, quien leyó el nombre y las señas con una mueca de evidente disgusto. Nadie había visto a Cal fuera de la finca.

Luego, una noche, Anne-Marie y su marido se sentaron a cenar. La carne estaba demasiado hecha y las verduras mustias, pero comieron de todos modos. Cuando sonó el timbre, Lou empujó su plato y se limpió la boca con la servilleta antes de ir a ver quién era.

Anne-Marie oyó su voz antes de verlo.

Cuando entró en la sala, vio de inmediato que estaba distinto. En lugar de los trajes de vendedor baratos que solía llevar, se había puesto un pantalón de vestir y una camisa de cuadros azul. El sol había aclarado su pelo y Anne-Marie vio la raya del moreno que el trabajo a la intemperie había dejado en sus antebrazos.

—Bueno, Cal, ¿qué te trae por aquí que es tan urgente que no puedo acabarme mi cena? —preguntó Lou al sentarse a la mesa para hacer justamente eso.

Cal no miró a Anne-Marie cuando respondió:

—Señor, he venido a hablar con usted de un asunto que me pesa en la conciencia desde hace algún tiempo.

—¿Y por qué acudes a mí? Soy médico, no pastor —bromeó Lou.

Anne-Marie vio que la ignorancia de su marido vaciaba de expresión su semblante mientras removía su comida con el tenedor, y se permitió sentir un instante de irritación.

—No hay forma fácil de decir esto, así que supongo que será mejor que lo diga sin más —contestó Cal.

Lou no levantó la vista del plato.

—Creo que estoy enamorado de su esposa, señor —concluyó Cal.

Anne-Marie vio que el tenedor de su marido se detenía bajo un montoncillo de maíz dulce. Su mandíbula se movió lentamente mientras su boca intentaba reaccionar a lo que había oído.

—¿Me ha oído, señor?

—Sí, te he oído —Lou dejó su tenedor y lo miró fijamente, posando las manos sobre el regazo—. ¿Qué esperas que haga al respecto?

Cal lanzó una ojeada a Anne-Marie, pero ella no dejaba traslucir nada. Había decidido que aquella batalla era suya, aunque jamás se lo perdonaría si no salía victorioso.

—No sé a qué se refiere, señor.

—Bueno, Cal, vienes a mi casa, interrumpes mi cena y me dices que estás enamorado de mi mujer. Supongo que lo habrás hecho por algún motivo.

—Sí, señor. Así es. He venido a llevarla a casa conmigo, si a usted no le importa.

Lou lo miró con incredulidad. De pronto se echó a reír.

—Cal, aunque quisiera no podría golpearte. Tal y como hablas, no creo que como médico pudiera volver a mirarme al espejo si pegara a un tonto.

—He estado acostándome con ella –dijo Cal–, en el pleno sentido de la palabra. Desde hace tiempo. La he conocido y he estado con ella sabiendo que era su esposa. Pero lo es solo de nombre, y va siendo hora de que venga a casa conmigo, señor. En vista de que hace mucho tiempo que no es suya, no veo por qué habría usted de poner reparos en que vuelva al lugar que le corresponde.

Por primera y última vez en su vida, Anne-Marie vio que un tropel de emociones cobraba vida en los ojos de Lou Parks. El hombre que había sido poco más que un fantasma desde que vivía con él como su esposa pareció recordar que tenía sangre y dejó que tiñera su piel de un color entre morado y verdoso. Se quedó tan quieto que ella se preguntó si cuando por fin rompiera su silencio sería para lanzarse sobre Cal con intención de matarlo. Vio que Cal se tensaba, alarmado por la misma idea, pero ella se mantuvo inmóvil, retorciendo la servilleta entre los dedos bajo la mesa.

Por fin Lou se volvió hacia su esposa y preguntó:

—¿Es eso cierto?

Anne-Marie asintió con la cabeza.

—¿Y quieres irte con él?

Ella se quedó callada y volvió a asentir.

—Bien... –dijo Lou. Luego se levantó de la mesa, entró en el cuarto de estar y cerró la puerta.

Cal se quedó mirando el lugar por el que había desaparecido.

—Recoge tus cosas —dijo rápidamente.

Anne-Marie acabó en veinte minutos. Hacía semanas que había hecho inventario de memoria y se había asegurado de tener a mano todo lo que iba a necesitar. Bajó las escaleras llevando su abrigo y una sola maleta.

—¿Quieres hablar con él? —preguntó Cal.

Ella le dio su maleta.

—Nos vemos en el coche —dijo con firmeza.

Cal vaciló, pero ella ya había abierto la puerta del cuarto de estar.

Esperó diez minutos en el coche, tamborileando con los

dedos sobre el volante. Por fin se abrió la puerta de la casa y un instante después ella se sentó a su lado.

Se dirigieron a casa sin decir palabra. Fue entonces cuando mi abuela dejó de ser finalmente Anne-Marie Parks, la esposa del médico del pueblo, y se convirtió en Lavinia Hathaway: adúltera, fulana, monstruo... Vencedora.

Ahí es donde mi abuelo solía poner punto final a la historia. Era donde todo el mundo concluía el relato, y sin embargo no fue el final.

Al pararse delante de un semáforo en rojo, mi abuela dijo en voz baja pero con claridad:

–Si alguna vez vuelves a pegarme, te apuñalaré mientras duermas.

Mi abuelo asintió con un gesto y, cuando el semáforo se puso en verde, siguió conduciendo.

Capítulo 5

Hoy he sacado la maleta de lo alto de mi armario y la he abierto sobre la cama. Luego me he preparado una copa.

He metido en la maleta algo de ropa, mi diario y una agenda de teléfonos y me he puesto a intentar organizar mi vida para las próximas semanas. He hecho una lista de cosas que hacer: gente a la que llamar para avisarlos de que me marcho; cambiar mi buzón de voz; dar un repaso a la nevera y tirar lo que pueda estropearse, no sea que a la vuelta me obsequie con un olor repugnante. Al llegar al final de la hoja he estado unos minutos dando golpecitos con el bolígrafo sobre el papel, esperando.

No sé qué esperaba, pero pasado un rato me he dado cuenta de que mi resistencia a levantarme y a empezar a ponerme manos a la obra obedecía, más que a un acto voluntario, a una incapacidad mía. Por más que lo intentaba no podía moverme. Me he quedado allí sentada, sintiendo el peso de mis piernas anclándome al suelo. Pasaba el tiempo y yo sabía que tenía cosas que hacer. Veía la lista en el cuaderno mirándome con reproche, pero mi cuerpo se negaba a cooperar. Por primera vez en mi vida, mi cabeza decía sí y el resto decía no, y no había nada que yo pudiera hacer para remediarlo.

Y de pronto me he acordado de mi madre. Ella había padecido una versión exacerbada de aquel mismo estado cuando murió mi padre. No había salido de su habitación en un mes. Después del entierro, se había aseado, había limpiado la casa y preparado las cosas para el desayuno del día siguiente, y luego había subido a su habitación, se había desvestido y se había metido en la cama, y allí se había quedado.

Piper había ido a atenderla con Georgia May, la esposa de mi tío, pero había sido mi abuela quien se había ocupado de mis hermanas y de mí. Nos había llevado a la casa grande. No hubo discusión, ni preámbulos, sencillamente se había presentado en nuestra casa al día siguiente del entierro y esperado en la cocina mientras hacíamos cada una nuestra maleta. Después la habíamos seguido por el largo camino. Ella nos hacía el desayuno, nos preparaba para ir al colegio, nos vigilaba mientras hacíamos nuestras tareas y los deberes de la escuela: se había comportado intachablemente. Durante ese mes, había asumido por completo la responsabilidad de nuestro bienestar. Mi abuelo la ayudaba, claro, pero la muerte de mi padre había sido un duro golpe para él. Creo que, si mi madre no se le hubiera adelantado, él también se habría metido en cama.

Lo único que detestamos durante ese tiempo fue que no se nos permitiera ver a nuestra madre. Fue deseo de Lavinia. Rechazaba nuestras preguntas con tal ferocidad que al final dejamos de preguntar. Una vez Claudia se escabulló cuando Lavinia estaba atareada con el abuelo, que se había bebido todo el whisky que había en casa y luego había intentado ir en coche al pueblo en busca de más. Claudia bajó caminando hasta nuestra casa en plena tarde, pero lo que vio u oyó allí la hizo encerrarse en su cuarto cuando regresó y, por más que insistimos Ava y yo, se negó a contarnos nada. Al final, como no la dejaba en paz, me dio un bofetón y me echó de su habitación. Después de eso, hice caso a Ava y dejé de preguntarle. Desde entonces nunca hemos vuelto a hablar de ello.

Fue raro vivir con mis abuelos. Fue entonces cuando empecé a comprender lo que significaba ser un Hathaway. En lugar de sentarnos a comer en nuestra cocina bien fregada, allí las cenas eran una ocasión de gala y se servían cada noche en la larga mesa de roble bruñido con pañitos blancos y platos de porcelana con dibujos de golondrinas azules en el borde. En lugar de las ocho habitaciones a las que estaba acostumbrada en mi casa, ahora tenía veintidós. Nuestras camas tenían sábanas finísimas, había flores frescas en todos los jarrones (y había muchos) y varios recortes de periódicos enmarcados y colgados en las paredes, entre los retratos de familia habituales.

Una vez Piper me sorprendió mirándolos. Sonrió y me pasó la mano por la trenza.

–A veces cuesta creerlo –dijo–. Las cosas eran tan distintas cuando tenía tu edad...

No fui la única que cobró conciencia de nuestra posición social gracias al tiempo que pasamos allí. Claudia supo de ella de manera muy distinta. Para intentar ayudarnos a superar la pena, nuestra abuela se empeñaba en hablar de nuestro padre, no como habría hablado mi madre de él, sino como parte de un linaje: un linaje cercenado que ahora nosotros debíamos retomar.

–Haced que se sienta orgulloso –había dicho una vez. Y Claudia la había mirado ansiosamente, el ceño fruncido por el desconcierto.

–¿Cómo, abuela?

–Recordando quiénes sois. Recordando cuál es vuestro apellido –se había echado hacia atrás y había sonreído.

Como si esa fuera la clave de todo. Como si hubiéramos nacido en un mundo de puertas abiertas en el que todo cuanto había detrás estuviera a nuestra disposición. Claudia se había convencido de ello, y mira cómo acabó. Pero si hubiéramos sido más listas, nos habríamos acordado de nuestra madre en su cama, completamente destrozada por la muerte de su marido, y habríamos sabido que nuestro apellido era solo un apellido: no nos ofrecía protección mágica; no llevaba aparejado ningún derecho divino.

Mientras estoy aquí, sentada en mi silla, me pregunto si fue así como se sintió mi madre inmediatamente después de morir mi padre. Ahora puedo entender que, durante ese periodo, su cuerpo estaba acusando un hecho que su mente había sido incapaz de asimilar, y creo que fue este: que tenía miedo, más miedo del que había tenido nunca, de lo que la esperaba, de lo que tenía que hacer y, más aún, de tener que hacerlo sola. Lo sé porque eso es exactamente lo que estoy sintiendo ahora.

–Todos estamos solos –me había dicho mi abuela una vez–. Nadie siente nuestras penas con nosotros, ni nuestros dolores, ni nuestras alegrías. Somos como islas flotando juntas en el mar, nada más, seguimos siendo solo islas, tan cerca que podemos tocarnos y olernos, pero siempre desde lejos.

Es extraño que lo que recuerdo ahora sea su voz y no los brazos acogedores de mi madre cuando por fin regresamos a casa, ni cómo nos abrazó y escondió su cara en nuestro pelo y nos dijo que nunca volvería a dejarnos. No, no es eso en lo que pienso, sino en las palabras de mi abuela. Las oigo alargadas por el timbre de su voz, mientras estoy aquí sentada, delante de mi mesa. Giran y giran en mi cabeza en un bucle constante, mientras fuera la luz cambia del perla al gris.

Unas semanas después de que se confirmara su sentencia de divorcio, mis abuelos se casaron en el juzgado. Solo se conserva una fotografía de ese día. Había de acabar en un marco de madera oscura, encima de una pequeña cómoda, en el pasillo de la entrada. Mi abuelo, muy envarado, enlaza con el brazo la cintura de mi abuela. Mira a la cámara con los párpados entornados, aunque la imagen es tan granulosa que cuesta verlo. Mi abuela no mira a la cámara: está de lado, la cara medio oculta en el pecho de su flamante esposo. Se diría, al verla, que miraba a su marido con adoración, rebosante de amor. En realidad estaba intentando contener las náuseas que la asaltaban desde hacía días. No tardó mucho en darse cuenta de a qué se debían.

Me quedaría muy corta si dijera que la boda de mis abuelos fue un escándalo, si bien el modo en que lo manifestaron los vecinos del pueblo fue más bien discreto. Los naturales de Iowa son corteses por naturaleza, cueste lo que cueste, y aunque ardan en deseos de decirte lo que piensan de ti algo los refrena, ya sea la moral cristiana o su apego por la comunidad en la que viven. Así pues, pese al desprecio que sentían por ella, siguieron saludando a mi abuela con una inclinación de cabeza cuando se cruzaban por la calle, aun cuando lo hicieran con un mohín en los labios y esquivando su mirada. Siguieron contestando a sus preguntas y a sus siempre fallidos intentos de trabar conversación, aunque fuera mínimamente. Ella supo siempre que en cuanto la dejaban atrás se miraban unos a otros y renegaban de ella y de todo lo que representaba, empezando por el día en que apareció en casa de su tío con un delantalito, acompañada por la inútil de su madre.

Pero por primera vez en su vida no le importaba. No le importó que notaran que su vientre empezaba a hincharse, ni que alzaran las cejas con sorpresa y las bajaran a continuación con desaprobación. No le importó que su familia le retirara la palabra y se desentendiera por completo de ella (fueron los únicos del pueblo que lo hicieron). Ni siquiera le importaba que la gente mencionara intencionadamente a Lou Parks cuando ella podía oírlos. Nada de eso tenía importancia. Nada podía afectarla, porque por primera vez en su vida era feliz. Verdadera, impecablemente feliz. Cantaba al bebé que llevaba en su vientre, hacía sus tareas y mientras su marido trabajaba en los campos imaginaba Aurelia tal y como yo llegaría a conocerla después y en la que viviría, la finca de nuestros desvelos, el hogar por el que moriría y pecaría Lavinia.

Entre tanto, Piper se desesperaba. El lío de su hermano con la esposa del médico y su boda habían sido un enorme disgusto para ella. Mientras viviera recordaría la noche en que Lavinia llegó a la finca con Cal. Estaba sentada a la mesa de la cocina, en bata, esperando angustiada a que volviera su hermano. Cal se había marchado hacía horas sin decirle adónde iba ni cuándo volvería, y con todo lo que había pasado durante las semanas anteriores, el no saber le había atacado los nervios. Así que lo esperó después de acostar a Julia y vio cómo fuera la luz del sol se volvía mortecina y luego se apagaba. Cuando por fin oyó los pasos de su hermano en la entrada, a eso de las diez, se levantó de un salto y corrió a su encuentro, pero al ver a la mujer del médico detrás de Cal con su maleta, los miró a ambos y propinó a su hermano una bofetada tan fuerte que el ruido hizo que mi abuela diera un respingo y chocara con la mesita de palisandro que había junto a la puerta. Volcó las flores del jarrón y el agua se derramó sobre la superficie y cayó al suelo.

—Por amor de Dios, Cal —exclamó mi tía—, ¿es que esta familia no tiene ya bastantes problemas?

Cal se frotó suavemente la mejilla, pálida por el golpe.

—Ya está hecho, Piper.

Su hermana miró a mi abuela, que la observaba indecisa desde detrás de Cal, y puso un mohín de desprecio.

—¿Anne-Marie Parks? —preguntó con los ojos entornados. Calibró a mi abuela con una larga mirada cargada de desdén.

—Me llamo Lavinia —puntualizó mi abuela.

—¿Qué?

—Viene a vivir aquí, Piper. Va a ser mi esposa —Cal bajó los ojos hacia su hermana, que lo miraba con horror.

—¿Ella? Pero si está casada con el médico, con el médico de nuestro pueblo. Por amor de Dios, ¿tú sabes lo que va a decir la gente? —chilló Piper.

—Calla —dijo Cal, mirando escaleras arriba—. Vas a despertar a la niña.

—Tú necesitas una esposa buena y fiel —espetó ella, mirando a mi abuela—. Una mujer que sepa algo de las labores del campo, que esté dispuesta a trabajar contigo de sol a sol, no una señoritinga de pueblo que solo sabe ir de compras y pedir lencería por catálogo.

Cal dio un paso hacia su hermana.

—Cuidado con lo que... —pero se detuvo, porque mi abuela ya se había apartado de él.

Se puso delante de Piper, clavó en ella su mirada y mi tía abuela echó la cabeza hacia atrás y parpadeó. Luego pasó a su lado y entró en la cocina. Empezó a rebuscar en los cajones, abriéndolos y cerrándolos, mientras Cal y Piper la miraban desde la puerta, boquiabiertos.

Cuando sacó el cuchillo largo y lo alzó de modo que la luz hizo brillar su hoja, Cal levantó las manos y dio un paso atrás, pero Lavinia ya se estaba acercando a ellos. Se apartaron de un salto cuando pasó a su lado y abrió la puerta. Salió, se paró en el porche y, acercando el cuchillo a la tierna carne de la parte interior de su brazo, pasó la hoja por ella. La sangre que brotó de la herida salpicó el suelo.

Piper sofocó un grito. Cal la miraba atónito. Mi abuela levantó el cuchillo manchado de rojo y el brazo, del que seguía manando sangre. Miró a Piper a los ojos y dijo:

—Ya no me llamo Anne-Marie, ni soy la mujer del médico. Puede que no haya nacido aquí, pero viviré y moriré aquí. Puede que no tenga ningún derecho sobre esta tierra, pero ahora soy parte de ella, igual que tú. Más vale que te vayas acostumbrando, porque no pienso ir a ninguna parte.

Nadie habló durante un minuto. Piper se ceñía la bata con fuerza, como si fuera un escudo. Por fin, mi abuelo dio un paso adelante y tras dudar un momento le quitó el cuchillo a mi abuela.

—Ha sido un día muy largo —le dijo a su hermana—. No quería asustarte.

Piper bajó la mirada; luego, lentamente, dio media vuelta

y entró en la casa. Nadie supo nunca lo que pensó entonces, ni lo que aquello la hizo sentir. A lo largo de su vida, Piper solo confió en una persona: en Bella, su amiga de la infancia. Bella era su mejor aliada. Cuando estaban juntas, acababan cada una las frases de la otra e iban y venían de la cocina a por tazas de té en un extraño ritual que fue uno de los rasgos más visibles de su amistad. Eran un libro cerrado que solo se abría para la otra. Cuando Bella murió, en 1981, Piper estuvo días sin hablar, y recuerdo que todos los años, en el aniversario de su muerte, iba al cementerio y arreglaba las flores de su tumba acompañada del marido de su amiga.

Lavinia le dijo una vez a Cal delante de mi padre:

—Si quieres saber por qué no se casa tu hermana, solo tienes que echar un vistazo —y señaló con la cabeza a las dos mujeres que, sentadas la una junto a la otra en los escalones del porche, con las cabezas inclinadas, hablaban en susurros.

Mi padre decía que Cal había arrugado el ceño y levantado los ojos del libro de cuentas que estaba mirando, y que había dicho con voz extraña:

—Cariño, a veces tienes unas ideas de lo más extraño.

Pero desde la noche en que llegó, Piper vio la ambición y la determinación de su cuñada, y eso la asustó. La vio casarse con Cal, a pesar del miedo que atenazaba su estómago. Se tragó su vergüenza cada vez que entraba en una tienda del pueblo y notaba que la gente dejaba de hablar y retomaba sus conversaciones cuando se marchaba. Se enfurecía cuando veía reproche en el rostro de los vecinos del pueblo, y aunque ansiaba deshacerlo todo, se sentía impotente. Leo se negaba a hablar con ella y Cal no quería escucharla. Estaba atrapada.

Unos días después de la boda de mis abuelos, Leo fue a sacar sus cosas de la casa. Piper vio pasar por el camino los faros de los camiones de mudanzas que había mandado su hermano, pero cuando bajó a verlo Leo se negó a hablar con ella. Al final, fue su mujer la que salió al porche y miró a su cuñada con gélido desdén.

—Mi marido no quiere cuentas con traidoras —dijo.

Creo que puedo entender cómo se sentía Leo. Había trabajado toda su vida en la finca y hasta la lectura del testamento había estado convencido de que allí seguiría viviendo y allí moriría. No pudo soportar que mi abuelo se quedara con casi todo. Posiblemente tenía razón, pero aunque todo el mundo lo sabía y pese a que durante mucho tiempo habían estado ellos solos, Piper se había negado a tomar partido. Al menos eso era lo que decía ella. No se daba cuenta de que, al no ponerse de parte de Leo, se estaba poniendo de la de mi abuelo. Y Leo no era hombre que admitiera medias tintas.

Se marchó del pueblo y se mudó a Indiana, donde había nacido y se había criado su madre. Corría el rumor (que resultó ser cierto) de que vivía en casa de uno de sus tíos, dueño de una finca. La gente pensaba que impugnaría el testamento alegando que su padre no estaba en pleno uso de sus facultades mentales en el momento de dictarlo, pero nunca lo hizo. Sencillamente abandonó el pueblo, dejando atrás el escándalo y las habladurías. Fue lo último que supimos de él durante mucho tiempo. Tardó veinte años en volver a hablar con mi abuelo, y diez con su hermana Piper. Fue nuestra primera desavenencia familiar. Echando la vista atrás podría considerarse un mal presagio, pero puede que solo sea superstición por mi parte.

En cuanto a mis abuelos, pocas veces salieron de la finca durante su primer año de matrimonio. Si se ocultaron, fue por insistencia de Cal. El adulterio de Lavinia, su boda y la marcha de Leo lo habían convertido en foco de atención y mi abuelo, incluso cuando yo lo conocí, era un hombre que se sentía sumamente incómodo cuando se sabía blanco de miradas ajenas, fuera para bien o para mal. Mi abuela cumplió su deseo. Cal confiaba en que cuanto menos se dejaran ver más rápidamente se olvidaría la gente de lo ocurrido.

Empezó a concentrarse en sacar adelante la finca. Quería demostrar a sus vecinos que valía tanto como Leo, que era igual de capaz. Acusaba la frialdad, la desconfianza con que lo trataban los otros agricultores y era consciente de que el único modo de ponerle remedio era hacer florecer Aurelia, o al menos mantenerla al mismo nivel que su hermano. Así pues, vivían y trabajaban, y Lavinia, llena de ambición y de orgullo, se humillaba y esperaba.

Pero no le importaba, porque era todo suyo. Al fin tenía un hogar. Solía decir lo distinta que sentía la finca de la casa de ladrillo rojo de Lou. La finca no le había gustado la primera vez que la vio, en la fiesta en el jardín, pero a medida que trabajaba en ella con su marido, a medida que paseaba por ella y la iba conociendo, mientras su vientre se hinchaba bajo su mano, empezó a extraer fuerzas de ella. Pronto la conoció como si hubiera nacido allí, y cada vez que se sentaba a la mesa con su marido y su cuñada les acribillaba a preguntas. Cal se sentía halagado. Piper sospechaba de ella.

Después, cuando Piper no estaba presente, empezó a hablarle a Cal de sus ideas, de sus proyectos para la casa. Aunque al principio la exasperara, pronto se dio cuenta de que su aislamiento era una suerte, un don que le permitía horadar los estrictos principios de mi abuelo sin interferencias ni influencias ajenas. Puede que al principio Cal considerara sus ideas simples fantasías. Se sentaba con ella a la mesa y dejaba que sus palabras lo bañaran mientras comía o leía el periódico. Mi tía abuela estuvo siempre convencida de que, en un principio, no hizo ningún caso de lo que decía su esposa; se limitaba a seguirle la corriente. Fue un grave error de cálculo y quizá por eso, una día, casi sin darse cuenta, mi abuelo comenzó a escucharla de veras.

Por primera vez en su vida Piper se sintió a punto de desmadejarse. En el espacio de unos meses había perdido a su padre y a su hermano pequeño, su familia era objeto de murmuraciones y, para colmo, Cal estaba empezando a llevar a cabo las absurdas ideas de su esposa.

Lo primero fue la casa.

Esta parte no está del todo clara. Piper nunca hablaba de ello, ni tampoco mis abuelos. Cada vez que surgía el tema, mi abuela se limitaba a decir que la vieja casa se estaba cayendo y necesitaba tantas reparaciones que lo más lógico era construir una nueva. Si estaba presente, Piper soltaba un bufido y apretaba los labios con muda hostilidad. Mi abuela la miraba torciendo el gesto y por fin saltaba:

—¿Qué te pasa, Piper? ¿Es que estás chupando un limón?

Su cuñada levantaba la mirada, el semblante crispado por la sorpresa.

—No sé a qué viene eso, Lavinia. Es que me duele una muela, nada más —respondía, y seguía leyendo o cosiendo, impertérrita ante la mirada de odio que mi abuela concentraba en ella desde el otro lado de la habitación.

Sigue siendo un misterio cómo consiguió mi abuela que su marido accediera a reconstruir la casa, estando ella embarazada de seis meses y él adaptándose todavía a la finca y las responsabilidades que conllevaba. Lo que está claro es que lo persuadió para emplear en ello gran parte del dinero que Walter le había dejado en herencia. Lo cual demuestra cuánta influencia tenía sobre él en aquella época.

Se mudaron a la vieja casa de Leo para vivir allí mientras duraran las obras y, mientras Lavinia hacía planes y se preparaba para el nacimiento de su hijo, Piper se encargó de ayudar a mi abuelo a sacar adelante la finca. Eso es algo que le honra, que ella siempre le agradeció y que quizás incluso fuera su salvación: dejó que Piper participara en los asuntos de la finca mucho más de lo que se lo había permitido nunca Leo. Ella llevaba las cuentas y el dinero mientras él se ocupaba de los asuntos prácticos de la explotación.

Pero, como llevaba las cuentas, Piper comenzó a darse cuenta de cuánto estaba gastado mi abuela. Más de una vez, cuando veía planos arquitectónicos desplegados sobre el suelo de la cocina, o muestrarios y telas colgados de las sillas, chasqueaba la lengua, rezongaba algo y se preguntaba en voz alta cuándo acabaría todo aquello.

—Cal —dijo una vez mientras su hermano estaba sentado junto a la encimera de la cocina, masticando un trozo de ternera con la vista fija en el periódico—, ¿sabes cuánto está gastando tu mujer? Porque creo que ella no lo sabe.

—Déjala, Piper —contestó él entre bocado y bocado—.

Nunca ha tenido nada suyo. Solo está intentando que tengamos un hogar.

—¿Y para eso tiene que llevarnos a la bancarrota? —preguntó ella, enfadada, y se acercó con un fajo de facturas en la mano.

Cal las apartó de un manotazo.

—El dinero de papá se le está yendo entre los dedos como agua, Cal.

—Ya lo recuperaré yo.

—Más te vale —respondió Piper, mirándolo con enojo—. ¿Por qué no te tomas esto en serio?

Él la había mirado cansinamente.

—Porque ya lo haces tú por mí.

Así pues, Piper se quedó en vela esa noche, haciendo cuentas y cuadrando balances, y se llevó las manos a la cabeza al ver cuánto sumaban los gastos de su cuñada. Cuando pasaba junto a la casa en la que había vivido siempre, ahora derruida para levantar el alto armazón de madera de un edificio que no reconocía pero que pronto sería su hogar, veía números saliendo de él en una neblina y la preocupación no la dejaba dormir por las noches.

Una noche en que se había quedado levantada hasta tarde con un montón de libros de cuentas sobre la mesa, oyó que su hermano pasaba por delante de su dormitorio y lo llamó. Cal se asomó a la puerta.

—¿Qué haces ahí, sentada a oscuras? —preguntó.

—Siéntate, Cal —dijo ella.

Su hermano se sentó, ceñudo, a los pies de su cama.

—Mira esto —dijo, y le pasó un libro de cuentas.

Cal paseó los ojos por él y empezó a palidecer.

—Exactamente.

Piper esperó un momento mientras paladeaba su inquietud, su miedo. Le estaba bien empleado, pensó.

—Piper... —comenzó a decir, atónito.

—No quiero saber nada, Cal. Las cosas están como están —dijo ella, y le quitó el libro de cuentas.

Él se miró las manos vacías, desconcertado.

EL LEGADO DEL EDÉN

—He estado dándole vueltas y me parece que lo mejor sería que invirtiera parte del dinero que me dejó papá.

Cal miró a su hermana. Ella se echó la trenza sobre el hombro y se la acarició mientras hablaba pensativamente:

—Claro que, si lo hago, lo justo es que tenga más voto en lo que pase en esta casa. Porque a fin de cuentas es dinero mío, aunque vaya a servir para remediar el despilfarro de tu esposa.

—¿Qué quieres, Piper? —preguntó Cal lentamente.

Y así fue como mi abuelo hizo a su hermana socia de la finca, para disgusto de mi abuela. Aunque con el tiempo hasta ella tuvo que reconocer que Piper conocía el negocio mejor que ella. Quizá fuera mi abuelo quien habló primero de montar una granja de cerdos, pero fue Piper quien lo hizo económicamente posible esperando dos años, ahorrando dinero de las cosechas e invirtiendo en soja y maíz. Con Piper al frente, Lavinia no podía gastar tanto, no tenía el acceso ilimitado que antes daba por supuesto, pero gracias a ella la finca se mantuvo a flote esos primeros años, pese a los excesos de mi abuela, porque ella podía hacer aquello de lo que su hermano era incapaz: decirle que no a su cuñada.

Los tres juntos se convirtieron en un equipo ganador. Cal era un hombre enérgico y trabajador, Piper tenía muy buena cabeza para los números y Lavinia se ocupaba de todo lo relativo a la presentación. Sabía cómo hacer que una cosa pareciera mejor de lo que era, de modo que los otros agricultores comenzaron a mirar Aurelia con respeto y hasta con envidia, al tiempo que Cal y Piper le procuraban el capital para respaldar esa imagen. Hasta Piper lo reconocía, aunque el respeto que empezó a sentir por mi abuela no acallara nunca sus sospechas respecto a Lavinia y sus motivaciones.

Mi tío Ethan nació en 1947, antes de que la casa grande estuviera acabada, y se decía que mi abuela se enamoró de él perdidamente. Por lo visto era igual que ella, aunque tenía el pelo castaño oscuro en vez de rojizo. De Julia, en cambio, se decía que el recién llegado le causó escasa impresión.

Pero el nacimiento de mi tío no solo afectó a su familia: sus repercusiones llegaron muy lejos de Aurelia. Al venir Ethan al mundo comenzó a circular por el pueblo un nuevo rumor, según el cual Lou había sido incapaz de dar hijos a Lavinia y que por eso lo había dejado ella. ¿Cómo, si no, se explicaba que con Cal hubiera quedado en estado en un abrir y cerrar de ojos, mientras que durante los años de su matrimonio con Lou su vientre había permanecido obstinadamente plano? El nacimiento de mi tío no despertó compasión hacia mi abuela entre los vecinos del pueblo, pero sí al menos una especie de empatía teñida de recelo. Seguían desaprobando su comportamiento, pero eran más cautos: no sabían ya si habían blandido sobre su cabeza la espada de la verdad. Empezaron a preguntarse si cabía identificarse con sus actos; incluso si estaban justificados. Empezaron a sentirse culpables.

La familia se instaló en la casa al acabar las obras, justo después de que Ethan cumpliera un año y Julia empezara a ir al colegio. Lavinia tuvo la idea de dar una fiesta e invitar a todos sus vecinos para celebrarlo. Convenció a mi abuelo de que era un buen modo de retomar las relaciones con sus conocidos y de demostrarles a todos lo bien que les había ido en ausencia de Leo, lo cual probaba que Walter había actuado con razón. Eso fue lo que convenció a mi abuelo.

Mi abuela decía que recordaría ese día el resto de su vida. Alrededor de la casa se habían tendido luces de color miel, el aire estaba impregnado de un olor a rosas recién plantadas y de pie en el porche, con una mano apoyada en una columna y sosteniendo con la otra a su hijo sobre la cadera, ella había visto quedarse boquiabiertos a todos los vecinos que la habían odiado y vilipendiado durante años mientras subían por el camino, presas en uno u otro grado de espanto, asombro e incredulidad.

Dos años después del nacimiento de su primogénito, tuvieron a mi padre, Theodore, Theo para abreviar. La finca empezaba a evidenciar la prosperidad que con el tiempo la haría legendaria. Empezaron a llegar con regularidad invitaciones verbales y escritas de personas que antes los habían despreciado. Lavinia tomaba nota de los nombres y de la frecuencia de sus invitaciones, pero a mi abuelo le traía sin cuidado. Por fin era feliz. Tenía un hogar y, cada vez que pensaba en su hermano y en la lectura del testamento, se echaba al coleto un vaso de whisky y el recuerdo se difuminaba.

Mi abuela contemplaba su casa mientras jugueteaba suavemente con la cicatriz de su brazo y se regodeaba en un sentimiento que posteriormente describiría como felicidad. Pensaba que aquella sensación sería eterna; no veía por qué no había de serlo. Ninguno de ellos lo veía. Se sentía segura al pensar que aquel era su hogar y que, tal y como había jurado la noche en que fue a vivir allí, pasaría el resto de sus días en él.

Una vez les contó a mi padre y a mi tío la historia de esa noche. Mi padre tenía trece años en aquel entonces. Cuando la oyeron ellos también fueron a sacar el cuchillo de la cocina, salieron al campo, se hicieron sendos cortes en los brazos y derramaron su sangre sobre la tierra. Y así esa historia y sus actos se perpetuaron de generación en generación, y cuando mis hermanas y yo cumplimos trece años también hicimos lo mismo. Lo que dio comienzo esa noche de 1946 como un simple gesto de desafío se convirtió con el tiempo en un ritual sagrado para nuestra familia.

Recuerdo cuando me llegó el momento de hacerlo. Ava, Claudia, Cal Junior y yo estábamos detrás del establo. Me temblaron los dedos cuando me pasé el cuchillo por la piel y me encogí al sentir la presión de la hoja. Miré a Ava, que hizo una mueca al ver cómo me tensaba. Luego, Cal Junior se inclinó hacia delante y me preguntó en un susurro si me encontraba bien. Sacudí la cabeza y dejé caer la mano con el cuchillo. Me lo quitó suavemente y me apoyé contra su hombro, avergonzada y agradecida al mismo tiempo. Luego, de pronto, me levantó el brazo y me cortó. Ocurrió tan deprisa que no tuve tiempo de sentir dolor, ni siquiera rabia. Me limité a mirarlo con perplejidad mientras él sostenía mi brazo tranquilamente en alto y vi caer la sangre y empapar la tierra.

Entonces no entendíamos el poder que tiene semejante acto. Derramábamos nuestra sangre sobre Aurelia por voluntad propia, para hacerla nuestra, para formar parte de ella, igual que había hecho nuestra abuela: «acógenos y somos tuyos». Así pues, estamos atados a Aurelia y entre nosotros hasta el día en que muramos. Cuando pienso en ello, a pesar de sentir un estremecimiento de horror, me siento menos sola.

Mi niñez estuvo llena de historias sobre mi padre. Mi madre procuraba contármelas a mí en particular porque solo tenía siete años cuando él murió. Así que, fuera lo que fuese lo que estábamos haciendo, por insignificante o banal que fuese, encontraba el modo de intercalar en la conversación alguna anécdota sobre mi padre y su vida. Esto fue unos años después de su muerte, cuando por fin se sintió capaz de mencionar su nombre.

Esas historias, claro, se las había contado él mismo a mi madre, aunque con el tiempo yo llegaría a saber gran parte de la verdad que se ocultaba tras los recuerdos de mi padre por una fuente totalmente distinta. Mi padre era un hombre increíblemente intuitivo y observador, capaz de advertir todas las cosas que calladamente pendían en el aire de sus recuerdos de infancia en la finca y de almacenarlas en criptas ocultas hasta el momento en que pudiera sacarlas a la luz y rememorarlas. Era un hombre que vivía dentro de su imaginación y su memoria.

Por lo que cuentan, era así ya de niño. Theo, de pequeño, era un ángel: tenía el cabello rubio y rizado y las mejillas de leche y miel, pero era su carácter lo que lo hacía destacar. Mientras que Julia era extravertida y Ethan un borboteante puchero de emociones por las que siempre se dejaba dominar, mi padre era apacible y tranquilo. Idéntico a mi abuelo, en resumen.

Decir que era el favorito de Cal sería llevar las cosas demasiado lejos, porque Cal mimaba y consentía a Julia mucho más que a los niños, pero mi padre y él compartían una serena afinidad que nunca tuvo con sus otros hijos. Los dos ladeaban la cabeza hacia la izquierda cuando se sentaban a ver la tele y caminaban igual, bamboleando los brazos y meciendo el cuerpo al oscilar las caderas. Theo era el ojito derecho de Cal y quizá por ello Ethan se convirtió en el ojito derecho de Lavinia.

Mi tío y su madre tendrían más adelante una relación complicada que se gestó en los años infantiles de aquel. Lavinia invirtió todas sus energías en su hijo mayor. Lo observaba, lo analizaba, lo escudriñaba y sondeaba hasta tal punto que con el tiempo llegó a conocerlo mejor que nadie; mejor quizá de lo que se conocía él a sí mismo. Un día que estaba reflexionando en voz alta acerca de los colores que había escogido Ethan para un dibujo que le había hecho, Piper perdió la paciencia y dijo:

–Por Dios, Lavinia, que eran las únicas ceras que quedaban en la caja, nada más.

Piper la cuestionaba siempre que podía. Siempre estaba animando a sus hijos a correr por ahí y a jugar lejos de la vigilancia materna. Lavinia advertía sus intentos de socavarla y se quejaba a Cal, que, como no veía nada de malo en que los niños jugaran solos, se lamentaba de que teniendo dos hijos varones en casa se viera acosado por continuos rifirrafes femeninos.

Los niños se convirtieron casi desde su llegada en un campo de batalla entre Piper y Lavinia. Piper se daba cuenta de que la actitud de su cuñada creaba facciones entre sus hijos (la vigilancia constante a la que sometía a Ethan, o sus desplantes hacia Julia), y se consideraba una parte neutral capaz de verter bálsamo sobre las ampollas que levantaba Lavinia. Veía cómo vigilaba Lavinia a Cal y a Julia, y notaba su creciente irritación al constatar el influjo que la niña ejercía sobre su padre, una irritación que la llevaba a presionar a Ethan para que intentara comportarse igual que ella. No era esa, sin embargo, la inclinación natural de su hijo. Solitario y reflexivo, Ethan era un introvertido que absorbía constantemente todo cuanto lo rodeaba, de tal modo que cada matiz de su entorno hacía mella en él. Lavinia se aprovechaba de ese rasgo de su carácter. Pero Julia era distinta. Al crecer se convirtió en una criatura astuta y hedonista, sabedora de su capacidad para manipular y dominar a los hombres que la rodeaban, empezando por su padre y sus hermanos. Podría pensarse quizá que Lavinia vería en ella rasgos temperamentales que podía moldear a imagen y semejanza suyas. Pero ese era precisamente el problema: el parecido entre las dos era tan asombroso que pronto empezó a ver a su hijastra no como a una niña, sino como a una rival.

El sentimiento era más que correspondido. Mi padre decía a menudo que su infancia estuvo trufada de discusiones entre su hermana y su madre, con Piper o Cal actuando como intermediarios. Estaban en guerra perpetua y mi abuelo no supo o no quiso darse cuenta de que él era el campo de batalla. Al final, fue Julia quien más triunfos se anotó. Solo tenía que rodear con sus brazos el cuello de mi abuelo para que él se acordara de su hija de tres años con el vestidito salpicado de sangre y su mente buscara un modo de absolverla de cualquier falta de la que la hubieran acusado.

Pasaron varios años, pero al fin Lavinia aprendió la lección. Cuando oyó hablar a su marido de cómo le había afectado la muerte de su primera esposa y de la alegría que había sentido por que su pequeña saliera ilesa, se dio cuenta de que el enfrentamiento directo con su hijastra jamás serviría de nada. Pasara lo que pasase, su marido siempre se pondría del lado de Julia porque, para él, el tiempo se había detenido en aquella sala de un hospital de Oregón. Lavinia velaba por sus hijos y por la finca y cada vez que pensaba en el futuro de sus vástagos y en el de las tierras, una afilada aguja traspasaba su ensueño al oír la voz cantarina de Julia saliendo por alguna ventana. Poco importaba que fuera la esposa de Cal o que le hubiera dado dos hijos varones: Julia era no solo la primogénita de su marido, sino que además había visto la muerte cara a cara y había sobrevivido, y ese era un hecho inatacable contra el que ella nada podía hacer. Un hecho que la elevaba por encima de todas las cosas, fuera incluso del alcance de sus garras, y que no tenía remedio.

Nunca fue más palmario que cuando Julia alcanzó la adolescencia. Una vez, la familia había ido a la feria estatal de Iowa. Era 1955 y Julia tenía trece años. La feria era gigantesca: abarcaba ciento ochenta hectáreas de terreno llano repleto de casetas de madera y visitantes, agricultores, mercancías, puestos de comida y atracciones. Era un lugar fabuloso para las familias con niños y aún más para los agricultores. Su enorme énfasis en la producción agraria y ganadera atraía a granjeros de todo el estado, que acudían a exhibir sus mercancías, a hacer negocios y a establecer nuevos contactos con proveedores. Mi abuelo iba por eso, pero las atracciones y los concursos hacían posible que toda la familia disfrutara de la feria. A mí también me llevaron con frecuencia de niña.

Mi padre decía que lo que más le gustaba era la vaca de mantequilla. Todos los años fabricaban una vaca esculpida en mantequilla, una especie de versión moderna del becerro de oro. Mi padre alargaba la mano e intentaba pasarla por su piel suave, pero su madre se la apartaba de un golpe.

En cierto momento, después de comer, mi abuelo se marchó a conocer a un proveedor que anunciaba sus servicios desde hacía poco. Esa tarde había un concurso de talentos en el que Julia quería cantar. Mi abuela puso mala cara, pero como siempre, Cal no lo notó y prometió estar de vuelta a tiempo. Además, él también quería participar en el concurso de pulsos, dijo con una sonrisa, antes de desafiar a Theo a un pulso en el aire. Mi padre se midió con el suyo, riendo al poner a prueba su fuerza en contra de su ídolo. Su madre no pareció muy impresionada. Agarró a sus hijos de la mano y dio un beso de despedida a Cal, mientras Piper escuchaba a Julia parlotear emocionada sobre la canción que creía que debía cantar.

Mientras paseaban por la feria y veían la competición de esquileo o las carreras de conejos, Julia seguía bailoteando a su alrededor, agitando los brazos y cantando una canción de Patsy Cline con un timbre de voz que iba deshaciendo el tenso dominio de sí misma en el que se escudaba su madrastra. Lavinia agarraba con fuerza a sus hijos y apretaba los dientes, pero seguía viendo la figura jactanciosa y presumida de su hijastra. En cierto momento en que Julia hizo una media pirueta delante de ella, Lavinia no pudo seguir refrenando sus impulsos asesinos. Sintió que perdía los nervios y, agarrando a Julia, pellizcó violentamente la parte de abajo de su brazo.

–Por lo menos intenta comportarte como una señorita –le espetó.

Julia se frotó el brazo y, mirando por encima del hombro, entornó los párpados y masculló:

–Zorra.

Mi padre decía que, de pronto, su madre abofeteó a Julia con tal ferocidad que el ruido del golpe hizo detenerse a la gente que había allí cerca. Julia, que había seguido pavoneándose sin darse cuenta de lo que la esperaba, perdió el equilibrio y cayó despatarrada al suelo. Miró a su madrastra con una mezcla de miedo y estupor antes de que un destello triunfal cruzara velozmente su rostro: lo que veía ante sí era una temblorosa torre de furia desatada.

Chilló, señaló a su madrastra con dedo acusador y dijo:

–¡Me ha pegado! ¡Siempre me pega! No he hecho nada. ¿Qué te he hecho yo?

Lavinia se agachó y al agarrar a la niña para levantarla le clavó las uñas en la carne rosada del antebrazo de tal modo que Julia empezó a patalear y a retorcerse de dolor.

Piper llegó corriendo. Se había quedado atrás, con Ethan, pero al oír el jaleo y los gritos de Julia apareció detrás de Lavinia en un abrir y cerrar de ojos. Apartó a la niña de su madrastra por la fuerza y mientras Julia caía al suelo llorando y se doblaba sobre sí misma, frotándose el brazo, miró a mi abuela con una mezcla de furia y temor. Lavinia contempló a la niña con un odio que parecía haberse desbordado y cuyo ardor la embargaba por completo. De pronto le ardía la piel y le palpitaban las sienes. No podía dominarlo, ni enmascararlo: miró a la niña y tuvo la íntima certeza de que no podía soportarla; de que no podía desearle ningún bien. Supo entonces que aquella muchacha era quizás el mayor enemigo de su vida y que por más que lo intentara solo podía ver su niñez como un disfraz, no como una excusa. Fue la primera y la última vez que perdió la compostura en público, y también la última vez que permitió que los demás advirtieran la rotundidad de su odio. Vio que Piper examinaba a Julia en busca de moratones y que, al moverle los brazos, encontraba las pequeñas marcas enrojecidas de sus uñas en la piel de la niña. Ayudó a Julia a levantarse y las dos se quedaron allí, mirándose con reproche.

¿Qué hizo mi abuela? ¿Qué podía hacer? Huyó.

Decía que seguramente había recorrido toda la feria y que sin embargo no había visto nada. Temía la reacción de Cal y no había nada que pudiera decir para justificar su comportamiento y aplacar a su marido. Se acordó de aquella vez en su camioneta, cuando ella aún estaba casada con Lou, y de cómo había caminado por el camino de tierra, palpándose el labio con la mano y sintiendo la misma soledad, la misma confusión que sintió entonces, pero esta vez sin ningún golpe de inspiración que las hiciera soportables. Y entonces se acordó de sus hijos.

Sabía dónde estarían. Una hora después los encontró en el concurso de canto. Julia estaba en mitad de su actuación. Lavinia observó el entusiasmo contagioso de los gestos de la niña y cómo actuaba para el público y advirtió las oleadas de orgullo y regocijo que recorrían el semblante de su marido. Se colocó junto a él y, al verla, Cal no le preguntó dónde había estado, sino que la rodeó con el brazo y la atrajo hacia sí de tal modo que, en apariencia, eran los padres cariñosos y entregados que él creía que eran.

Julia no ganó el concurso, pero después Cal la llevó a uno de los puestos y le compró una caja entera de sus caramelos preferidos. Lavinia los observaba esperando a que se desatara la tormenta, pero fue en vano. Piper no dijo nada, aunque rehuía su mirada, y los chicos estaban absortos en sus distracciones. En el coche Julia parecía la de siempre mientras se lamía alegremente los dedos y comía caramelos, y todos salvo su madrastra hablaron de lo que habían visto y hecho en la feria y de cuánto les había gustado.

Como habían comido mucho tomaron una cena ligera y los niños, cansados de la caminata por la feria, se fueron a la cama temprano. Cuando Lavinia subió a darles las buenas noches, dudó frente a la habitación de Julia. La puerta estaba entornada y vio que la lámpara de la mesilla de noche estaba encendida. Cal le había comprado a Julia un pequeño gramófono para Navidad, y estaba sonando un disco de Bill Haley. Lavinia abrió la puerta con cautela y entró. Julia estaba tumbada en la cama, con las mantas apartadas y el pelo recién lavado envuelto en una toalla. Al ver a su madrastra en la puerta, apartó la aguja del disco y la música se detuvo acompañada por un ruido rasposo. Julia indicó con un gesto a Lavinia que se acercara y eso hizo Lavinia después de lanzar una rápida mirada hacia atrás.

En voz baja, Julia dijo:

—Solo quería que supieras que le hice jurar a la tía que no dirá nada, igual que yo —se detuvo un momento para ver cómo reaccionaba su madrastra.

Lavinia procuró no mostrar ninguna emoción. Julia arrugó el ceño y agregó:

—Nunca le diré a papá lo que has hecho.

Aquí es donde empiezan las discrepancias. Julia aseguraría más tarde que había sido sincera. Que había sido su modo de ofrecerle una tregua, de tenderle la proverbial rama de olivo. Era una cría, decía, ¿cómo iba a tener malas intenciones? Lavinia no estaba de acuerdo. Para ella, aquel fue el modo que escogió su hija para arrojarle el guante, para hacerle saber que era ella quien llevaba las de ganar.

Mi padre creía a su hermana. Decía que, en el momento en que pudieron rememorar aquel momento, ambas partes habían hecho tantas cosas que era difícil pensar con claridad, pero que a su juicio Julia no tenía inteligencia suficiente

para ser tan calculadora. Cuando se lo dijo a mi abuela, ella esbozó una leve sonrisa y se limitó a responder:
—El mejor truco que hizo el diablo fue a convencer a la gente de que no existía.

Años después, cuando se vio obligada a hablarme de su vida, mi abuela me hizo una confesión. Esto fue lo que me contó:
—*No habría actuado de otro modo, ¿sabes? Nada de eso. Había que hacerlo por el bien de la familia. Ellos no se daban cuenta en aquel momento, pero yo sí. Yo siempre me daba cuenta. No me arrepiento de nada, y hasta en las cosas de las que quizá tendría motivos para arrepentirme acabé por acertar, una por una.*

Yo tenía diecisiete años cuando empezó a contarme la historia de su vida, de las cosas que había hecho, de lo que había creado. Creía estar preparada, quería saber, me sentía al mismo tiempo honrada y aterrorizada.
—*¿Qué quieres decir, abuela?* —pregunté—. *¿De qué estás hablando?*

Ella se volvió y acarició las sábanas con sus manos de piel frágil y fina como papel.
—Lou, solo por ti tuve mala conciencia. Pero luego lo vi, me di cuenta de que era lo correcto. Lo supe. Tú mismo me lo dijiste.

Más tarde descubrí que no solo se refería a su primer marido, sino a su funeral.

Lou Parks murió de un ataque al corazón en su consulta, sentado a su mesa, mientras leía el periódico. Su secretaria entró a decirle que el siguiente paciente estaba esperando y se lo encontró tumbado de bruces sobre la sección de deportes.

Al enterarse de su muerte, mi abuela sacudió la servilleta que tenía entre las manos y dijo:
—Bueno, por lo menos la muerte no le ha descolocado la tarde.

Al oírla, mi tía abuela se mordió con fuerza el labio inferior. Pero pese a su aparente indiferencia, esa noche mi abuela tuvo una pesadilla. No quiso decir qué había soñado, simplemente intentó volverse a dormir. Pero la noche siguiente se despertó gritando, y la siguiente mi abuelo se despertó y descubrió que los pies de la cama estaban llenos de tierra. Levantó las mantas y vio que su mujer tenía las plantas de los pies llenas de barro. Había estado caminando en sueños.

—Tonterías —había dicho ella—. Yo no soy sonámbula. Theo, ¿cuántas veces te he dicho que quites tus coches de juguete de la escalera?

Pero esa noche, cuando Ethan bajó en plena noche a tomar un vaso de leche, se encontró a su madre de pie en el pasillo. La luz de la luna moteaba su pelo y en la penumbra su camisón blanco le daba la apariencia de un fantasma. Ethan gritó y soltó el vaso, pero ella no se movió. Mi abuelo y mi tía abuela bajaron corriendo, Julia comenzó a quejarse en su habitación y Theo corrió tras ellos frotándose los ojos.

—¿Desde cuándo pasa esto? —preguntó Piper cuando rodearon en un semicírculo a mi abuela.

—Desde hace un par de noches, creo —contestó Cal—. ¿Qué hacemos?

—Pues no despertarla, es peligroso —dijo Piper—. Cierra todas las puertas y asegúrate de que no puede salir ni hacerse daño.

—¿Por qué lo hace? —preguntó Ethan.
—Quizá se sienta culpable —contestó su tía.
—Piper —dijo Cal en tono de advertencia.

Al día siguiente, en la mesa de la cocina, mientras intentaba sacudirse la rigidez que sentía en todas las articulaciones, vio el mismo corro de caras curiosas de la noche anterior, provistas ahora de tazas de café, chocolate caliente y leche. Todos se volvieron y la miraron cuando entró en la cocina.

—¿Qué pasa? —preguntó.

Cuando le contaron lo ocurrido, inesperadamente, dejó escapar un gran suspiro y se sentó a la mesa. Cal mandó a los niños fuera a jugar. Piper la miraba con curiosidad.

—Quizá deberías ir al funeral —dijo.

—No creo que... —comenzó a decir Cal.
—No sería bien recibida —respondió Lavinia.
—¿Por quién? —preguntó Piper—. Lou no tenía familia. Son sus amigos los que han organizado el funeral. ¿De qué tienes miedo? No lo tuviste cuando lo dejaste, ni cuando te liaste con mi hermano, así que ¿qué es lo que temes ahora?

Lavinia no supo qué responder.

Lo cierto era que a veces se preguntaba si había tomado la decisión correcta. ¿Y si aquello no era fruto de su destino, sino una trampa que la había alejado de él? ¿Era así como estaba destinada a ser? ¿Esposa de un terrateniente, madrastra, madre? Todos ellos eran papeles convenientes en sí mismos, pero ¿acaso había deseado encarnarlos? Ya no acuchillaba las cortinas, pero a veces miraba a través de ellas, hacia las praderas verdes, las flores y el llano horizonte y sentía... cansancio.

—Yo no temo nada —había mentido.

Así pues, fue al funeral. Se sentó en la iglesia blanca frente a la cual, años antes, había recubierto de nata su tarta cuando aún no conocía el nombre de Cal Hathaway. En medio del aire sofocante escuchó los himnos y la elegía y miró el féretro en el que yacía el hombre al que una vez había considerado su pasaje a la libertad.

Piper la acompañó para presentar sus respetos a Lou por todo lo que había hecho cuando tuvo que atender a sus padres antes de que murieran, pero procuraba no quitar ojo a su cuñada. Lavinia apenas se movió durante la ceremonia. Murmuraba las oraciones y cuando había que cantar le fallaba la voz. Cuando acabó el oficio y salieron al exterior, estaba tan pálida que Piper pensó que iba a desmayarse.

La llevó a casa en el coche y por primera en su vida mi abuela enfermó de verdad. Pasó en cama una semana y no permitió que nadie la visitara. Cal estaba como loco de preocupación; nadie podía decirle qué le pasaba a su esposa, ni cómo ponerle remedio.

—Solo tiene que descansar —le había dicho un médico.

—Ese es el problema —había dicho Cal.

Luego, una mañana al despertar, descubrió que no estaba a su lado. Se puso su peto y recorrió la casa y el jardín hasta que por fin, tres cuartos de hora después, la encontró al borde del maizal. Sostenía un pedazo de tierra que iba deshaciendo con los dedos mientras veía cómo el viento se llevaba el polvo.

–¿Qué estás haciendo, Lavinia? ¡Me has dado un susto de muerte! –gritó Cal.

Ella no respondió; se limitó a mirar el campo aparentemente infinito de tallos de maíz.

–He tenido un sueño –dijo en voz baja, casi para sí misma–. Estaba soñando y luego... luego me desperté. Sí, me desperté –se quedó callada y sonrió–. Creo que ya estoy mejor –dijo, y pasado un momento de silencio, Cal la agarró del brazo y la llevó a casa.

Cuando llegaron, los niños estaban fuera, vestidos y listos para sus tareas, aunque visiblemente desconcertados por que sus padres no hubieran estado presentes en el desayuno. Sentada en el porche, Julia los observaba con un vaso de leche entre las manos.

–Encontré el camino antes de que llegaras tú, Cal –diría ella años después al poner punto final a aquella historia.

Mi abuelo se reía y se daba la vuelta. No estoy segura de que alguna vez comprendiera de veras lo que quería decir.

Y tampoco lo estoy de que ella quisiera que lo entendiera.

JULIA

El diablo y todas sus formas

Capítulo 6

Después de nacer mis dos hermanas, mi madre había decidido que con eso bastaba: no tendría más hijos. Que nadie me malinterprete: mi madre quería mucho a sus hijas y era una buena madre, pero a mi padre no le importaba no tener hijos varones y, después de dos embarazos sumamente difíciles (con Claudia estuvo al borde de la muerte por la hemorragia), sentía un miedo categórico por el parto. Así pues, mi padre y ella hicieron algo que, como católica, le causó ciertos problemas de conciencia, aunque no los suficientes como para detenerla: empezaron a usar anticonceptivos.

Y después, una tarde, mientras sus hijas estaban jugando, se sentó en el balancín de nuestro porche y en medio de la implacable neblina del sol de la tarde, se quedó dormida y soñó que se ahogaba. Dijo que debía de estar conteniendo la respiración porque sintió que sus pulmones se tensaban y que el lento ahogo por falta de oxígeno hacía arder y palpitar sus entrañas. Estiró los brazos entre la oscura masa de agua, pero supo instintivamente que estaba demasiado lejos de la superficie y se asustó aún más. Luego se llevó una mano a las piernas y, al sentir en ellas una humedad pegajosa, se espabiló, abrió la boca angustiada y tragó agua. Se despertó jadeando, agotada. Estaba tan concentrada en respirar que tardó un momento en ver que tenías las manos manchadas de sangre y cuando miró hacia abajo vio que la sangre procedía de su regazo.

Poco después estaba en el hospital, tumbada en una cama, con las piernas apoyadas en estribos elevados por encima del nivel de su cabeza. Se había enzarzado en una batalla por conservar al hijo que llevaba en su vientre sin saberlo y al que posiblemente no habría querido de haber sabido que estaba encinta. Pero, veréis, eso es lo más encantador: que fui una emboscada.

–Tenía que quererte –me decía ella–. Luché tanto por no perderte que no me dio tiempo a elegir lo contrario.

Mi madre estuvo tres semanas en el hospital. Estaba embarazada de poco más de cuatro meses. Había tenido reglas irregulares y poco abundantes, pero no náuseas, ni antojos, como con mis hermanas. Cuando le dieron el alta, el médico dijo que tenía que guardar completo reposo para asegurarse de que yo naciera como debía, así que durante los cinco meses siguientes llegó a conocer el techo de su habitación como la palma de su mano. Leía y escuchaba música y, por las noches, cuando volvía a casa, mi padre se arrodillaba a su lado y contaba historias a su vientre cada vez más abultado.

Así contó a lo que entonces era todavía el germen de su hija menor la historia de la finca. Me contó cómo se había expandido, me habló de las granjas de cerdos y del acuerdo al que habían llegado con uno de sus principales proveedores y que había reducido sus gastos en un veinticinco por ciento; me contó que los Gainse, los de la finca de nuestra izquierda, habían vendido sus tierras y que mi abuelo las había comprado, sumando así doscientas setenta hectáreas a nuestra propiedad.

Me hablaba de su infancia en una casa alta y blanca, con su hermano y su hermana. De cómo nadaba en el río y del balancín que habían fabricado con una cuerda para arrojarse a sus aguas en verano. Me habló de la vez en que, jugando al Zorro con Ethan, con atizadores a modo de espadas, hirió a su hermano sin querer al intentar grabarle en el pecho la zeta inmortal. Me dijo que Ethan tenía aún las cicatrices.

Me habló de cuando visitaban ferias de niño, y de cuando montaba a caballo con su hermana por las llanuras de Iowa. Me dijo que iba a nacer en un estado de agricultores y praderas, y que de pequeño, al ir a ver los maizales de la finca, le había asombrado lo altas que eran las plantas y cómo le parecía que el propio cielo brillaba con los colores del sol que caía sobre las panochas.

Me habló de la casa en la que iba a crecer y de las hermanas a las que iba a conocer, de lo orgulloso que estaba de haber crecido en un lugar como Aurelia y de lo orgullosa que estaría yo también. Hablaba tanto que los sueños de mi madre se llenaron con la imagen de un niño de pelo rubio que montaba junto a su padre en un trillo, que lavaba un potro alazán o se quedaba dormido junto a su madre con un bigotillo de leche.

Y luego, una vez que yo estaba inquieta y pataleaba tan fuerte que mi madre se sobresaltaba, me contó la única historia de su infancia de la que no se permitía hablar porque mi tío lo había prohibido. Él, sin embargo, me la contó de todos modos:

–Bebé, no se lo digas a nadie, pero ya que estás tan revoltoso, ¿qué te parece si te cuento una buena de verdad? Vas a llegar a un sitio en el que hay tornados todos los veranos, y cuando tu tío y yo éramos pequeños nos pilló uno. Uno muy grande, además. Estábamos tu tío Ethan, yo y una niña. Su nombre era Alison, pero todo el mundo la llamaba Allie.

El primer amor de Ethan, su único amor, fue Allie Lomax, una niña delgada cuyo padre era empleado en el juzgado del condado y cuya madre era famosa por su bizcocho y su risa de ametralladora, a la que mi tío había conocido el día de la feria estatal de Iowa, cuando tenía solo ocho años. Allie se había alejado de sus padres en la entrada de la feria, distraída por el surtido de dulces de un tenderete de comida. Había mirado entre ávida y maravillada las espirales de algodón rosa y los bombones reblandecidos, y mientras contemplaba todas aquellas cosas no vio al niño de cabello oscuro y ojos tan marrones que parecían negros que, detrás de un tarro grande de cristal lleno de bastones de caramelo a rayas rojas y blancas, la observaba como si no hubiera visto nada parecido en toda su vida.

Allie se había vuelto para pedir a sus padres que le compraran algo, pero se había enfadado al ver que ya se habían alejado.

—Ten, toma esto.

El chico había extendido el brazo desde el otro lado de la mesa para ofrecerle un bastón de caramelo. Alison había mirado el caramelo con desconfianza.

—Toma —había insistido el niño.

—Tienes que pagarlo —había dicho ella enfurruñada, con los brazos cruzados y los ojos entornados.

—Ah —él había fruncido el ceño y su mano había vacilado—. No tengo dinero.

—Entonces es robar —había dicho ella, levantando la barbilla con indignación antes de dar media vuelta y alejarse.

—No, pero... ¡Quiero que te lo quedes! —había gritado el chico, pero ella ya había echado a correr detrás de sus padres.

—¡Ladrón! —había gritado por encima del hombro.

La vida de mi tío cambió en el curso de esos quince segundos. Más tarde rememoraría aquella historia a menudo para sus adentros, y muchos años después aún lloraría entrecortadamente al recordarla cuando estaba borracho.

Así fue como la oí yo por primera vez.

Durante cinco años desde ese día, Ethan se pasó la vida siguiendo los pasos de Allie Lomax. En la escuela recorría

EL LEGADO DEL EDÉN

cada pasillo y cada campo de deportes buscando un atisbo de su larga coleta castaña, o el sonido de su voz alzándose por encima del bullicio, y cada vez que se la encontraba dejaba lo que estuviera haciendo y buscaba un sitio desde el que pudiera observarla y gozar de su presencia sin que nadie lo notara ni le interrumpieran. Eso duró hasta que su hermano se lo encontró y le preguntó qué diantre estaba haciendo.

–Déjame en paz, enano –le gritó, y propinó a mi padre un puñetazo en el estómago antes de salir corriendo hecho una furia.

Una noche, en la cena, estaba dando vueltas a su plato de estofado, enfurruñado porque en el recreo había visto a Allie con la chaqueta de fútbol de Jimmy Galloway puesta.

Julia, que entonces tenía dieciséis años, dejó su vaso de refresco y, haciendo caso omiso de Lavinia, que estaba contando otra vez la discusión que había tenido con la dependienta del vivero sobre el modo correcto de tratar las rosas American Beauty, dijo en voz alta:

–Jo, Ethan, ¿por qué no dejas de ser tan bobo y le pides salir de una vez? Así no tendré que verte con esa cara de cordero degollado cada vez que nos sentamos a comer.

Mis abuelos hablaron al mismo tiempo.

–Julia –dijo Lavinia–, ¿por qué no haces el favor de tener un poco de educación y no interrumpirme cuando hablo?

–¿A quién va a pedir salir? –preguntó Cal.

Ethan arrugó el ceño encima de su plato y clavó los ojos en la sonrisa divertida de su hermana.

–Hay una chica en el colegio...

–Jules –gruñó Ethan.

–Julia, estoy segura de que todo eso es muy interesante – replicó mi abuela–, pero tu padre y yo estábamos hablando.

–¿Qué chica? –preguntó mi abuelo, mirando a su hija y a su hijo, al tiempo que una sonrisa empezaba a dibujarse en su cara.

Lavinia dejó su tenedor y se limpió la boca con la servilleta.

–¿Has acabado, Cal? –preguntó, quitándole el plato.

–¿Qué...? Eh... ¿Hay tarta?
–Sí, y natillas –contestó su mujer mientras tiraba la comida sobrante a la basura.
–Córtame un pedazo, ¿quieres?
–Y a mí –dijo Julia.
–Creía que habías dicho que estabas a dieta –le contestó Lavinia antes de dejar el plato en el fregadero.
–Tú... –comenzó a decir Julia.
–Ethan, ¿hay una chica en el cole que te gusta? –preguntó Cal.
Su hijo fijó la mirada en su plato y apretó el tenedor con la mano. En aquel entonces no hablaba nunca de Allie. Odiaba hablar de ella: era suya, solo suya. No era para compartir, y nadie podía cambiar eso.
–Sí que la hay –respondió Julia, distraída un momento al sentir de nuevo el rastro de su presa–. Se llama...
–Te lo advierto –dijo Ethan en voz baja, sin levantar la mirada del plato.
–Allieeeee –comenzó a decir Julia, inclinándose hacia delante y estirando las vocales–. Lomax.
Ethan se levantó, dejó su tenedor, agarró el plato de comida apoyándolo en la muñeca y lo lanzó hacia la cabeza de su hermana.
Julia y su padre se agacharon, pero el estofado y las verduras cayeron sobre la mesa y el plato fue a estrellarse contra la pared.
–¡Ethan! –gritó Lavinia.
–¡Santo cielo, hijo! ¿Qué diablos crees que estás haciendo? –bramó Cal mirando a Ethan, que, aparte de tener dos círculos rojos en las mejillas, parecía en perfecta calma.
Cal se levantó y se desabrochó el cinturón. Lavinia se apresuró a poner la mano sobre la suya.
–A tu cuarto, Ethan –ordenó.
–De eso nada, niño, en mi casa no vas a romper platos como si fueras un... –empezó a decir Cal, pero Ethan ya estaba subiendo las escaleras.
Oyó discutir a sus padres abajo.

Al llegar a su cuarto, se tiró en la cama y desahogó contra el techo toda su rabia.

Blancos torbellinos salpicados de motas negras danzaban alrededor de su cabeza como un enjambre. Luego se abrió la puerta y entró su madre.

Fue entonces cuando se dio cuenta de que había estado conteniendo la respiración.

–Le debes una disculpa a tu padre.

–Está bien –dijo él.

–Y como castigo, después de clase harás tareas extra.

–Lo que tú digas.

–Soy tu madre, levántate y contéstame como es debido cuando te habló –le espetó Lavinia.

Ethan se incorporó automáticamente y fijó los ojos en la cómoda, a la izquierda de su madre.

–¿Quién es esa chica? –preguntó ella.

–No quiero hablar de eso.

–No me gusta que haya secretos en mi casa.

Él se quedó callado.

–Si es un secreto, no lo has guardado muy bien, dado que Julia lo sabe –dijo Lavinia con aspereza.

Ethan sintió que su cara empezaba a arrugarse, pero respiró hondo y mantuvo los ojos firmemente clavados en la cómoda. Su madre dio un paso hacia él.

–¿Qué te he dicho de mostrar tus sentimientos a los demás? No deberías haber permitido que Julia se enterara de lo mucho que eso significa para ti. Ahora te tiene en sus manos. Ya lo sabes. ¿Cuántas veces te lo he dicho?

Ethan asintió con un gesto.

–Te quedarás aquí hasta que te hayas dominado y luego pedirás disculpas.

–¿También a Jules? –preguntó él.

–A Julia –puntualizó su madre–. Sí, tu padre insiste en ello.

Se volvió para marcharse.

–¿Sabe esa chica lo que sientes por ella? –preguntó al llegar a la puerta.

–No –contestó Ethan mirando el suelo.
–Bien –dijo su madre antes de abrir la puerta y salir.

Cuatro días después, al acabar la jornada escolar, Ethan por fin tuvo suerte. A última hora fue uno de los últimos en salir del aula, como siempre, porque esa era la clase en la que coincidía con Allie. Parado frente a su taquilla, que estaba a cinco de la de ella, se sirvió de las ranuras de la puerta como mira y escudo, y la vio rehacerse la coleta y meter los libros en la cartera.

Cuando los demás alumnos y él salieron al patio para tomar el autobús escolar, estiraron todos el cuello y miraron el cielo. Los nubarrones formaban un enorme cardenal de color gris oscuro. El aire olía a lluvia y las nubes parecían agolparse hasta tal punto sobre el descolorido edificio de la escuela que Ethan se sorprendió corriendo hacia el autobús a pesar de que aún quedaban diez minutos para que saliera.

Encontró a su hermano y se sentó a su lado.

–Viene una tormenta –comentó Theo.

Se bajaron en su parada, a algo más de un kilómetro de su casa, y echaron a andar. Luego, de pronto, Theo se volvió y le dijo a Ethan en voz baja:

–No mires detrás de ti.

–No sé por qué dije eso –le contaba mi padre al vientre de mi madre–. Intentar convencer a Ethan de que no hiciera algo era el mejor modo de asegurarse de que tarde o temprano encontraría el modo de hacerlo.

Así pues, Ethan se volvió y aunque siguió caminando comenzó a aflojar el paso, y pese a que siguió mirando de frente no pudo evitar girar el cuello de cuando en cuando para mirar hacia atrás.

Allie caminaba tras él como un espejismo, balanceando su coleta, la espalda cargada con la pesada cartera de lona verde. A su derecha relumbraban relámpagos y encima de ellos se oía el estallido de los truenos.

–Se va a levantar el viento –dijo Theo, pero Ethan no le estaba escuchando.

Seguía mirando atrás. Puso cara de amargura y dejó escapar un gran suspiro al alisarse el pelo de la coronilla con los dedos.

–¿Qué está haciendo aquí? –preguntó, enfadado.

–Creo que su tía vive por aquí cerca –contestó Theo.

–¿Y cómo sabes tú eso? –le espetó Ethan, agarrándolo, pero Theo se desasió enseguida.

–Todo el mundo sabe que los Lomax son familia de los O'Brian. Tammy es prima suya, tarugo.

–¿Qué me has llamado?

–Tarugo, he dicho, ¿es que también estás sordo?

Ethan lo agarró haciéndole una llave por el cuello, y su hermano empezó a patalear y a intentar darle un puñetazo en la nariz.

–Dilo otra vez. Dilo otra vez, enano.

Ethan apretaba tan fuerte su cuello que la cara de Theo empezó a ponerse morada. Lanzó una fuerte patada al tobillo de Ethan, que perdió el equilibrio y cayó al suelo sin soltarlo.

–¡Tarugo! –gritó Theo, que, tumbado encima de su hermano pataleaba como un loco.

–*¿Por qué os peleabais? –preguntó mi madre.*

–*No lo sé. Siempre nos estábamos peleando, éramos hermanos y pelearse es lo natural.*

–*Entonces me alegro de que aún no tengamos niños —mi madre suspiró.*

–*Aún —dijo mi padre con una sonrisa, mientras acariciaba su vientre.*

Estaban tan concentrados peleándose sobre el camino de tierra que cuando Theo se giró encima de su hermano retorciéndole el brazo y sujetándolo, no se dio cuenta de que Allie se había parado. Al verla, lo primero que pensó fue que los estaba mirando, así que tiró con más fuerza del brazo de Ethan y su hermano sofocó un grito de dolor. Pero Allie no los estaba mirando a ellos. Estaba mirando las llanuras que había detrás.

Theo soltó a Ethan.

—¿Qué es eso? —preguntó.
Su hermano se incorporó, agarrándose el codo. Propinó una patada en la espinilla a Theo y, al ver que su hermano empezaba a dar saltos y a agarrarse la pierna, se dio por satisfecho y miró por fin hacia el lugar que señalaba Theo.
A lo lejos, el cielo se había vuelto negro, pero no era eso lo que veía Ethan.
—¿Es una nube de polvo? —preguntó Theo por fin al incorporarse haciendo una mueca.
—No —contestó Ethan—. No lo es.
Apenas visible en la oscuridad, vieron que un fino embudo se levantaba de la tierra y ascendía hacia el cielo.
—*Será al revés, cariño.*
—*Técnicamente, sí, pero cuando lo vimos por vez primera eso fue lo que pensamos. Porque nunca antes habíamos visto un tornado tan de cerca.*
—¡Hala! —dijo Ethan.
—¡Qué pasada! —exclamó Theo.
—Tenemos que salir de aquí pitando. ¡Vamos!
—¡Eh, espera un momento!
—¿Quieres echarle una carrera a un tornado?
Theo sacó la lengua y sonrió.
—Podemos intentarlo, será divertido.
Y entonces, por fin, Ethan miró a Allie. No como solía mirarla, deseándola y fantaseando con ella, sino viéndola a ella y a su cartera, que había dejado en el suelo y de la que empezaban a salirse los libros mientras miraba espantada el horizonte.
—¡Eh! —gritó Ethan, pero le falló la voz, así que volvió a gritar—. ¡Eh!
Ella se volvió para mirarlo.
—Eso es un tornado —dijo él, señalando.
Ella torció el gesto.
—Sí, ya lo sé —contestó secamente.
—Sí, bueno, ¿y tú qué haces aquí si se puede saber? —preguntó Ethan a la defensiva.
—*Nunca se le dieron bien las chicas, ¿sabes? No podía relajarse,*

estaba siempre tenso. *Si eres un niño y alguna vez necesitas consejos sobre chicas, no acudas a tu tío, es lo único que te digo.*
 –Theo, por favor, no le des esos consejos a nuestro bebé. Ni siquiera ha nacido aún.
 –Esta noche duermo en casa de mi tía. Mis padres se han ido a visitar a mis abuelos –gritó ella. Tenía que gritar porque el viento rugía en sus oídos y el pelo de los tres restallaba en torno a sus cabezas formando frenéticas aureolas de marrón y oro.
 –Pues no puedes ir, no te va a dar tiempo a llegar, está demasiado lejos. Y además tendrías que ir hacia el tornado –replicó Ethan gritando.
 Pareció dudar un momento; luego la rodeó y recogió su cartera.
 –¡Hala, Ethe! ¡Mira eso! –gritó su hermano detrás de él. Los rayos aserraban el cielo en blancas líneas que se cruzaban y hendían la oscuridad creciente. El embudo se dirigía hacia ellos, moviéndose en diagonal a la derecha del camino.
 –¡No nos dará tiempo a llegar a casa antes de que...! –gritó Theo, y su voz se disipó lentamente.
 –Dios mío –musitó Allie.
 Tenía la cara entre las manos, y Ethan se permitió imaginarse que eran sus manos las que la sujetaban y la reconfortaban. De pronto sintió que su espalda se erguía.
 –Ven conmigo –la agarró del brazo.
 –¿Adónde vamos? –gritó ella.
 –¡Ethan! –llamó Theo.
 –¡Theo! ¡Agarra las bolsas y corre! –gritó Ethan por encima del hombro mientras tiraba de Allie por la muñeca, luchando contra el viento que los zarandeaba y lanzaba contra ellos golpes invisibles.
 –*Nos metimos entre la maleza, cruzando la hierba crecida. Con tanto viento era como caminar metido en el agua. Yo sabía adónde íbamos. Habíamos estado allí montones de veces, cuando salíamos a explorar. Allie gritaba sin parar, pero él no la soltaba, seguía tirando de ella mientras lo insultaba.*
 –*¿Adónde ibais?* –preguntó mi madre.

—A una granja abandonada. Estaba totalmente en ruinas. Tenía uno de esos sótanos a los que se puede entrar desde el exterior, con unas puertas de lamas que sobresalían del suelo. A veces íbamos allí a enredar un poco y esas cosas. Estaba a unos diez minutos, pero en línea recta, y pensándolo bien fue buena idea, porque estaba más lejos del tornado, que iba hacia el otro lado. Si hubiéramos seguido hacia casa, nos lo habríamos encontrado de frente. Si te digo la verdad, no sé si aquel sitio habría aguantado el vendaval. Después he visto muchos tornados, y pueden echar abajo edificios mucho más sólidos, pero éramos niños, ¿qué sabíamos nosotros? Y, además, Ethan tampoco estaba de humor como para ponernos a votar.

Cuando llegaron al sótano, Ethan hizo entrar a Allie por la desvencijada puerta blanca y la llevó escaleras abajo. Ella había empezado a llorar y estaba temblando, y al bajar el último escalón se desasió de un tirón y se fue al otro lado del sótano. La única luz que había en la habitación procedía de un ventanuco sucio situado sobre una cornisa de cemento, justo por encima del nivel del suelo, en un extremo de la estancia. El suelo estaba cubierto de tierra y las paredes ennegrecidas. Theo entró tras ellos y dejó las carteras en el suelo. Se agachó e intentó recuperar el aliento.

Luego Allie dio un paso adelante y propinó una bofetada a Ethan.

—Estás loco, ¿lo sabías? —gritó—. Me agarras y me obligas a venir aquí y ni siquiera me preguntas. No tienes derecho a hacer eso. Cuando volvamos a clase le contaré a todo el mundo que me has raptado y me has traído a este sitio asqueroso, y Jimmy Galloway te dará una paliza.

—Vale, si te estamos secuestrando, ¿por qué no vas a enfrentarte al tornado tú solita? —le respondió Theo a gritos.

Allie se quedó parada y lo miró, confusa.

—Sí, anda, vete —bufó él con desprecio—. Ahí tienes la puerta.

—¡Theo!

—Yo era un crío y ella se estaba comportando como una mocosa.

Allie miró la puerta y luego a los chicos.

—Yo que tú no lo haría —dijo Ethan con calma.

No se había movido desde que ella lo había abofeteado. Tenía colorado un lado de la boca. Dejó suavemente la cartera de Allie a su lado, vació la suya y extendió la bolsa de tela sobre el suelo sucio.

–Puedes sentarte encima si quieres.

–O irte al infierno –añadió Theo–. Es solo una sugerencia.

Ethan se sentó en el suelo y se abrazó las rodillas pegadas al pecho. Theo estuvo un momento parado; luego hizo lo mismo. Allie se quedó de pie, atrapada entre su ira, el asco que le daba el sótano y su miedo a lo que había fuera.

–*Al final estuvimos allí dos horas. Ethan no abrió la boca. En aquel momento pensé que era tonto, porque hacía siglos que estaba loco por ella, y luego se le presenta esa oportunidad y nada. Cero. Pero la verdad es que funcionó. Porque pasado un rato ella se sentó encima de su bolsa y lo miró como si se sintiera culpable o algo así. Creo que se avergonzaba por haberse puesto histérica y haberle dado una bofetada, aunque la verdad es que tenía buena mano para ser una chica. El caso es que al final me aburrí y fui a echar un vistazo fuera, y ¿sabes qué? Que el cielo estaba despejado, no soplaba ni una brisa, estaba todo en calma. Había por todas partes una especie de humo gris, como cuando haces una gran fogata y el cielo se queda así, así que echamos a andar y no vimos nada. Era como si el tornado no hubiera existido. Luego llegamos al camino que llevaba a la finca y, cuanto más nos acercábamos, peor era: había troncos por todas partes, el camino entero estaba lleno de ramas y hojas, era como si hubieran volcado un bosque entero encima del camino. Tuvimos que trepar por encima y, cuando no podíamos, dar un rodeo, pero de todos modos llegamos a casa. Uno de los maizales pequeños estaba totalmente destrozado y el establo estaba medio derruido, pero cuando llegamos a casa...*

La casa estaba intacta, pero antes de que pudiera subir la cuesta Lavinia, seguida de cerca por Cal y Piper, corrió a su encuentro. Lavinia zarandeó a Ethan tan fuerte que Theo oyó castañetear los dientes de su hermano a pesar de estar medio asfixiado entre los brazos de su padre.

–*Debían de estar aterrorizados.*

—*Y furiosos.*

En la cocina, Theo les explicó lo que habían hecho mientras su madre los inspeccionaba en busca de heridas, Cal se servía un vaso de whisky y Piper llamaba a la tía de Allie para decirle que su sobrina estaba bien.

—Las carreteras están bloqueadas, Allie, así que supongo que tendrás que quedarte a pasar la noche aquí de momento, hasta que tus tíos puedan venir a recogerte —dijo Piper cuando se reunió con ellos—. Están todos bien. No ha habido muchos daños, por cierto. Y van a llamar a tus padres.

—Gracias —dijo la niña con un vaso de leche entre las manos.

—¿Dónde está Julia? —preguntó Theo.

—Se quedó al ensayo del equipo de animadoras y se escondieron todas en el gimnasio del colegio. Va a dormir en casa de una amiga, en el pueblo, hasta que despejen las carreteras —respondió Cal—. Está bien. Es muy dura, igual que mis chicos —añadió en tono jactancioso, y les revolvió el pelo.

—A cenar —dijo Lavinia.

Esa noche, Allie durmió en la habitación de Julia. Ethan no le dirigió la palabra, ni la miró durante la cena y se fue a la cama sin decir buenas noches a nadie. Su padre lo achacó al susto.

Pero en plena noche lo despertó la presión de una pequeña mano sobre su pecho, y a la mañana siguiente, cuando sus tíos fueron a recogerla, Allie no apartó la mirada del suelo al dar las gracias a mis abuelos y a los chicos.

Montaron en su coche y arrancaron, y Ethan los vio alejarse. Después se llevó la mano a la boca, donde empezaba a asomar un pequeño cardenal. Reprimió una sonrisa, pero al ver que Theo lo estaba observando le dio un golpe en el hombro y a su hermano le dio tiempo a lanzarle un puñetazo al estómago antes de que Piper los agarrara a los dos por las orejas.

No vio que su madre tenía los ojos fijos en él, ni los vio seguir un momento los faros del coche de los O'Brian al alejarse.

Y aunque lo hubiera visto, no habría significado nada para él... en aquel momento.

–¿Quieres contarme algo más sobre tu hermana? –preguntó mi madre una noche, cuando estaba de ocho meses y mi padre estaba recostado a su lado, comiéndose un sándwich y leyendo el periódico abierto junto a su pie.
–¿Qué quieres saber? –preguntó él al volver la página con el dedo gordo.
–No sé. Cualquier cosa –cambió de postura y puntualizó–: Es decir, lo que quieras contarme.
Mi padre dio cuenta de su sándwich, se limpió los dedos en la camisa y se pasó pensativamente la lengua por los dientes.
–¿Te caía bien? –preguntó mi madre.
–Sí –contestó él en voz baja–. Sí, me caía bien. Y a Ethe también.
–¿Cuándo dejó de caerte bien?
–No fue tan sencillo, en realidad. Quiero decir que... –se quedó callado y suspiró–. Cuando tu padre os dejó a tu madre y a ti cuando eras pequeña, ¿dejaste de quererlo enseguida, así como así? ¿Pensaste: «Lo que ha hecho está muy mal, así que se acabó, ya no lo quiero»?
–No, al principio, no –contestó mi madre–. Pero al final sí deje de quererlo.
–Bueno, eso es porque lo que hizo os acarreó muchas penurias a tu madre y a ti. Os hizo mucho daño.
–Igual que Julia.
–Sí, pero... lo que hizo no lo hizo con intención de hacernos daño, fue solo que... En fin, no sé, nunca lo he entendido. No creo que ninguno de nosotros lo haya entendido nunca –se quedó callado un momento–. Excepto mi madre.
–¿Por qué?
–Porque ella se lo esperaba. Hacía años que se esperaba algo así. Antes pensaba a veces que... –se detuvo y miró la

pared de enfrente. Después sacudió la cabeza y su gran mata de pelo rubio describió una onda–. Es igual. Lo hecho, hecho está. Eso es lo que dicen.
–¿Y tu padre? ¿Qué dice él?
Mi padre se quedó callado y puso la mano sobre la tripa de mamá. Por lo visto yo di una patada.
–Él ya no dice nada.

Julia se había pasado la vida en la finca, viviendo envuelta en sus fantasías. Todo su mundo era fruto de su imaginación, de modo que cada vez que se encontraba de bruces con la realidad lo sentía como una intrusión indeseable e incluso hostil en sus ensoñaciones, en las que era rica, famosa, querida y admirada. Recibía clases de canto y danza y obligaba a su familia a presenciar un sinfín de recitales a pesar de que, aunque nadie se habría atrevido a decírselo a la cara, carecía de oído para la música y de facilidad natural para el baile. De hecho no tenía ningún talento para la actuación, pero eso no la arredraba. Le traía sin cuidado. Su verdadero don era la fortaleza de su ego, hasta tal punto que su ferocidad podía hacer que los demás dudaran de su criterio.

Pasaron los años y mi abuela la vigilaba atentamente, en busca de cualquier resquebrajadura en su coraza, pero con el paso del tiempo fue dándose cuenta, para desaliento suyo, que la determinación de Julia seguía conservando su lustre y su lisura. Cuando creía en algo, no toleraba contradicciones, ni negativas. Si su padre le decía que no podía comprarse un vestido, encontraba un modo de convencerlo de que sus motivos eran más importantes que los de él para negárselo. Si se empeñaba en cantar el himno nacional en la feria del Cuatro de Julio, la señora McClusky acababa por caer presa de sus argumentos a pesar de saber que Rita Pessel tenía mucha mejor voz, y luego se pasaba toda la actuación dando respingos, hasta que por fin se daba por vencida y cerraba los ojos espantada mientras Julia intentaba en vano dar una nota aguda que se le escapaba.

Julia solo tenía que desear algo para que fuera suyo. Era su mayor talento, y aunque nunca lo reconociera del todo, le sacó mucho más provecho que al baile y al canto. Fue el talento que le permitió persuadir a Jess Thorne de que abandonara a Caroline Lumas, su novia de siempre, y se casara con ella cuando solo tenía dieciocho años.

Una noche de junio, Lavinia experimentó la incómoda sensación de haber vivido ya aquel momento, como en una repetición de la jugada. Se hallaba sentada a la mesa del comedor, con Cal en la cabecera y los niños y Piper al otro lado. Había una fuente con puré de patatas en el centro, una empanada de pollo con champiñones y sendas jarras de agua con hielo a cada lado. Vio todas aquellas cosas y no les dio importancia, pero cuando su hijastra entró llevando una bandeja de plata con un jamón asado y la dejó delante de su padre de cierta manera, sintió que el vello de su nuca se erizaba. Lo supo antes incluso de que la chica lo dijera y por un segundo le pareció que las paredes y todos los presentes desaparecían y que se hallaba de nuevo frente a su prima, vestida con una bata de cuadros rojos, antes de que les dijera que...

–Papá, voy a casarme.

Lavinia abrió los ojos y se sobresaltó al darse cuenta de que los había cerrado.

Cal se volvió para mirar a su hija y compuso el semblante de tal modo que pudiera echarse a reír por la broma que evidentemente quería gastarle su hija. Pero Julia guardó silencio.

–¿Me has oído? –preguntó por fin.

–Julia... ¿Qué has dicho? –preguntó Piper, apoyando las manos sobre la mesa.

–Que voy a casarme. Mira –estiró la mano, y un diamante brilló bajo las luces.

Paseó la mirada alrededor de la mesa. Theo la miró un segundo y luego fue a servirse un trozo de empanada.

—Theo, todavía no hemos bendecido la mesa —le reprendió Piper.
Mi padre dejó el plato de golpe sobre la mesa, molesto.
—¿Por qué nadie dice nada? —preguntó Julia con un mohín—. Por amor de Dios, entre las personas educadas creo que suele decirse «enhorabuena».
—Julia, vamos a aclarar una cosa... ¿Vas a casarte? —preguntó Piper, incrédula.
Ella puso los brazos en jarras y agitó su cabello rojizo.
—Sí, creo que lo he dicho ya hace media hora.
—Pero ¿y la universidad? ¿Y quién es tu novio? Porque aquí nunca has traído a ningún chico. ¿Cómo vas a casarte? —insistió Piper.
Parecía ser la única persona, aparte de su sobrina, que conservaba el habla. Theo volvió a sentarse, aburrido, y se quedó mirando el puré de patatas. Ethan miraba a su hermana inexpresivamente, y Cal... Cal estaba completamente quieto, con la vista clavada en su hija, paralizado por lo que acababa de decirle.
—Ya no voy a ir a la universidad. Por lo menos este año. La verdad es que Jess y yo estamos pensando en pasar una temporada en Los Ángeles. Él tiene familia allí. Su tío es productor musical o algo así, y ya sabéis el talento que tiene Jess. ¿Os acordáis de cuando en mayo tocó en el teatro Oden? Y...
—¿Jess Thorne? —preguntó Piper—. ¿Vas a casarte con Jess Thorne?
—Sí —contestó Julia con orgullo, y una expresión jactanciosa cruzó su boca.
—Pero ¿no está con...? —Piper se quedó callada y miró a Lavinia, que suspiró y dijo:
—Con Caroline Lumas.
—Ya no —dijo Julia con una ceja levantada—. Hace tiempo que no está con ella, aunque ella vaya diciendo lo contrario por el pueblo.
—Tengo hambre —dijo Theo—. Se está enfriando la comida.
—Papá, ¿no vas a decir nada? —preguntó Julia, enfurruñada—. ¿Me oyes? ¿Estás ahí? Tu única hija acaba de decir

que se casa, ¿y tú te quedas como tonto? –cruzó los brazos y lo miró entre indignada y desilusionada–. Te das cuenta de lo que estoy diciendo, ¿verdad?

Cal se levantó muy despacio, dejando que su servilleta cayera al suelo, y en ese momento el miedo traspasó su calma llena de arrogancia y Julia se acobardó.

–¿Papi? –dijo dando un paso atrás.

–¡No vas a casarte con nadie! –gritó Cal señalándola con el índice–. ¡Vas a ir a la universidad y vas a acabar tus estudios, como habíamos planeado! –dio un puñetazo en la mesa y su vaso saltó.

Aquello era lo que había estado esperando Julia y lo que se sentía capaz de afrontar. Lavinia observó cómo manejaba la muchacha a su marido y suspiró, decepcionada.

–Bueno, esos ya no son mis planes, papá. Mis planes son ir a California y casarme con Jess.

Cal la agarró del brazo y la zarandeó como a una muñeca de trapo mientras ella le golpeaba en el hombro.

–¡Mírate, contestándome, levantándome la mano!

Julia levantó la mano describiendo un arco, pero su padre la agarró del codo y tiró de su brazo hacia atrás. Ella gritó de dolor.

–Lo sabía. ¡Por Dios que lo sabía! Sabía que esto no traería nada bueno. ¡Saliendo a todas horas y trayendo cada vez peores notas! Pero ¿casarte? ¡Por encima de mi cadáver, niña! –le gritó él al oído.

Julia se retorcía, sacudiendo el pelo e intentando desasirse. Su padre se inclinó hacia ella.

–¡Y del tuyo! –concluyó.

Ella se desasió sollozando, o más probablemente la soltó Cal, corrió escaleras arriba llorando de odio contra él y entró en su cuarto.

Cal volvió a sentarse al oír cerrarse de golpe su puerta y se secó la frente con el dorso de la mano. Miró la cara impasible de su mujer, la expresión horrorizada de su hermana y un instante después comenzó a sollozar en silencio.

Lavinia vio resecarse la comida por el calor de las luces y

el ánimo exaltado de su familia y respiró hondo. Ethan la miró muy serio. Theo dio una patada a la pata de la mesa, irritado.

—¿No tengo razón? —preguntó Cal cuando por fin se rehizo—. ¿Acaso no tengo razón?

Piper se encogió de hombros. Lavinia arqueó una ceja.

—¿Qué mosca le ha picado? Es que... es que no lo entiendo —miró la mesa, pasando los ojos de un lado a otro por su borde como si intentara hallar la respuesta entre el granulado de la madera.

Lavinia frunció los labios y tomó el plato de Ethan.

—Bueno, supongo que la empanada estará buena aunque no esté caliente —dijo.

Cal la miró, sobresaltado. Ella asió despacio, con cuidado, el cuchillo de plata y lo miró a los ojos mientras lo hundía en el centro de la empanada.

Mi padre recordaría 1961 por muchas razones. Fue el año en que JFK ocupó la presidencia y mi abuela suspiró, enojada, porque ella había votado a Nixon alegando que «él lo deseaba más». Fue el año en que mi abuelo tuvo que tragarse *El viejo y el mar* y *Por quién doblan las campanas* en clase de lengua porque su profesora, que era muy emotiva, cambió el temario después de que Hemingway se pegara un tiro. Y fue también el año en que Charlie Brown consiguió volar su cometa por primera vez y el año en que murió el primer soldado americano en la Guerra de Vietnam. De esto último, del hecho de que pasara por su conciencia sin apenas turbarla, se acordaría años después con incredulidad, maravillado de su inocencia.

Mi tío recordaría 1961 como el año en que compró por primera vez un cómic de *Los Cuatro Fantásticos*, el año en que su padre comenzó a darle más responsabilidades en la finca, el de la primera vez que logró dominar la monta de un caballo marcha atrás y el año en que Allie Lomax se quedó dormida en sus brazos una tarde, después de clase, mientras estaban tumbados bajo un árbol. En aquel entonces su relación era aún secreta, por insistencia de Ethan. No quería que lo supiera nadie. Sentía la tensión del pánico bajo los pulmones cada vez que pensaba en que alguien pudiera enterarse. Supongo que pensaba quizá que, si la gente se enteraba, empezaría a estropearlo todo. Una idea paranoica, pero profética.

Pero a pesar de sus diferencias, los dos chicos recordarían 1961 por una cosa en concreto; es decir, por Julia. Fue el año en que su hermana cumplió los dieciocho y dio una gran fiesta en primavera a la que a Theo no se le permitió asistir porque se le consideraba demasiado joven. Fue el año en que Julia anunció delante de un jamón asado que iba a casarse, y el año en que se escapó de casa.

Después de la discusión a la hora de la cena, Julia se encerró en su habitación. Se negó a salir y a hablar con mi abuelo, a pesar de que él se puso furioso, aporreó la puerta y amenazó con echarla abajo. Ella decía que no saldría de allí hasta que su padre accediera a que se casara con Jess, pero por primera vez, desde que recordaba mi abuela, Cal le dijo que no a su hija. Pasaba delante de su puerta cerrada con el semblante crispado y paso cansino, pero no hablaba con ella, ni la llamaba. Piper le llevaba la comida en una bandeja, pero ella se negaba a comer y cada vez que su tía se llevaba la bandeja con los platos fríos y tiraba la comida a la basura le preguntaba lo mismo a mi abuela:

—¿Qué vamos a hacer?

Mi abuelo ya no hablaba en la mesa, se limitaba a mirar con enfado la silla vacía de Julia y a engullir lo que le hubieran puesto delante. Estaba irascible, distante, y cada vez que mi abuela se despertaba por la noche se lo encontraba tumbado boca arriba, mirando el techo con expresión pétrea. Aquello duró tres días (la huelga de hambre de Julia, la lucha íntima de mi abuelo), hasta que la mañana del cuarto día mi abuela se levantó de la cama, se puso un largo vestido verde y, provista de sus guantes y su bolso, se fue al pueblo, a casa de Betsy Turner, la mejor amiga de Julia.

Betsy era incluso cuando yo la conocí, estando ya casada y con gemelos, una mujer nerviosa e inconstante, con la cabeza completamente hueca. Pero era amable y, cada vez que me veía a mí o veía a mis hermanas en el pueblo sonreía y decía «hola», aunque su sonrisa vacilaba cuando veía a nuestro primo Cal Junior. Luego bajaba la cabeza y se alejaba mirándose los pies. Creo que era por mala conciencia (por lo que le reprochaba la gente todavía entonces), pero me estoy adelantando a los acontecimientos. Huelga decir que siempre fue y siempre sería una simple con muy pocas luces, y que mi abuela hizo lo que quiso con ella.

Esta parte mi padre no la sabía. No la sabría nadie nunca, excepto yo misma y una anciana de ojos del color del cristal que desvariaba tumbada en su cama mientras se vaciaba de secretos. Mi abuela fue a casa de Betsy Turner con intención de sonsacarla sobre la relación de Julia y Jess, confiando en que tal vez de ese modo podría convencerlos de que entraran en razón. La madre de Betsy, que fue quien le abrió la puerta, estuvo presente porque, según dijo, no quería que el buen nombre de su hija se mezclara con los líos de Julia. Tenía más razones que la mayoría de las madres para temer que su hija se viera salpicada por algún escándalo sexual: Betsy era nieta de Michael Banville, el predicador del pueblo.

Mi abuela se sentó en su duro sofá y, mientras la interrogaba, vio a Betsy rebullir y retorcerse los dedos bajo su mirada. Pero sus respuestas no le bastaron. Eran poco menos que monosílabos. Lo único que le dijo fue que Julia y Jess estaban enamorados y que él le había pedido que se casaran. Insistía en que Julia no le había contado casi nada; que no quería que nadie lo supiera. Mientras hablaba no apartó los ojos del suelo. Por lo general, mi abuela la habría presionado como a un tablón que estuviera a punto de quebrarse bajo su peso, pero ese día no hizo falta. La señora Turner se sumó encantada al interrogatorio. Le apartó los dedos cuando Betsy se cubrió la cara con las manos y la golpeó en la espalda cada vez que tardaba demasiado en contestar.

—Contesta a la señora —decía rechinando los dientes. Lavinia sospechaba que su madre pensaba que, si Betsy era sincera, mi abuela sería indulgente con ella y su reputación y no la acusaría de haberse mezclado en los sórdidos tejemanejes de Julia. Sopesaba esa idea mientras miraba a madre e hija alternativamente, recostada en su sillón.

—Daphne —dijo suavemente—, ¿me harías el favor de darme un vasito de tu licor de grosellas? Me muero de sed y recuerdo que llevaste una jarra grande a la última fiesta de la iglesia... ¡Era tan refrescante! Tienes que darme la receta... si no te importa, claro. ¿Me harías ese favor?

Daphne se mordió la parte interior del labio. No quería dejar sola a su hija, pero tampoco podía dejar pasar la oportunidad de regodearse en el cumplido de mi abuela. Así pues, Lavinia la vio luchar a brazo partido con sus miedos y sus deseos y esperó a que tomara una decisión.

—Será solo un minuto. Enseguida vuelvo —dijo Daphne, y se levantó rápidamente de su sillón.

Mientras estaba en la cocina, mi abuela cruzó las piernas y dijo con voz suave:

—¿Sabes que Julia pretende matarse de hambre?

Betsy la miró sorprendida y volvió a bajar los ojos.

—En mis tiempos, cuando yo era una jovencita, solían hacerse esas cosas. Las huelgas de hambre. A veces había que hacerles comer por la fuerza.

Mi abuela jugueteó con el bajo de su falda, que se había aflojado, y lo enrolló alrededor de su dedo. Por el rabillo del ojo observaba a la muchacha.

—Les metían un tubo largo por la garganta, hasta el estómago. Si no, se morían. Estaban muy convencidas de tener razón, esas mujeres. Espero que Julia no piense lo mismo respecto a Jess. Y espero que él valga la pena si se empeña en seguir así. Debe de ser todo un hombre si merece la pena morir por él, ¿no crees?

Lavinia vio una sombra en el suelo cuando Betsy agachó la cabeza.

—La desnutrición puede tener efectos horribles en una

chica. Yo estuve casada con un médico, ¿sabes? ¡Y las historias que me contaba! Te hace polvo las entrañas, se te encogen los órganos, se te estira la piel y se queda como papel resquebrajado, se te seca el vientre hasta quedar hecho una pasa, encogido y arrugado. Pero hablar con ella no sirve de nada. Es tan terca, está tan convencida... Si supiera qué se le pasa por la cabeza podría intentar convencerla de que quizá... –vio temblar las manos de Betsy sobre el regazo de la muchacha y soltó el dobladillo de su falda–... no merece la pena morir por él. Ni por nadie, como no sea por tus hijos.

–Aquí está –dijo Daphne, y dio a mi abuela un vaso alto y escarchado de licor de grosellas. Estaba tan distraída sonriéndole que no notó que su hija temblaba en su silla.

Mi abuela alargó el brazo y tomó un largo trago.

–Gracias, Daphne –dijo cuando acabó–. Era justo lo que necesitaba.

Entre sollozos que exasperaron y aturdieron a su madre, Betsy contó todo lo que le permitió su cuerpo. Lavinia se marchó de aquella casa satisfecha y decidida. Pero mientras bajaba por la calle comenzó a apoderarse de ella una sensación de desasosiego. Había que hacerlo con cuidado, delicadamente, sobre todo por Cal. Se puso los guantes. Tendría que encargarse de Cal.

Lo que descubrió fue esto: Julia siempre había estado colada por Jess Thorne, desde su primer año de instituto. A él se le consideraba por lo general uno de los chicos más guapos y con más talento del instituto. Todo el mundo pensaba que iba a ser un gran músico y él siempre estaba hablando de su tío de California. Tenía un montón de ideas y de viajes planeados, y a Julia le encantaba escucharlo. Revoloteaba alrededor de él y de sus amigos, y estaba pendiente de cada una de sus palabras, decía Betsy. Estaba loca por él.

Pero Jess no le había hecho ningún caso durante mucho tiempo. Salía con Caroline Lumas desde el colegio, y quería seguir con ella. ¿Cómo, entonces, preguntó mi abuela, le convenció Julia de que se casara con ella? Daphne Turner miró a mi madre bruscamente cuando dijo esto.

—¿Qué quieres decir con que lo convenció? —preguntó, pero no recibió respuesta porque justo en ese momento su hija prosiguió con su relato.

Una noche se habían ido todos a beber junto al río, a la finca de Bull Tucker. Bull era un burro, pero Jess y él eran muy amigos y habían llamado a un montón de chicos y chicas. Caroline estaba fuera, en una excursión a Washington con su clase del instituto. Habían comprado unas latas y llevado una manta, y habían estado matando el tiempo durante horas. Betsy no había notado nada hasta que vio a Julia apoyada en Jess, que estaba recostado en la manta. Ella estaba hablando y él jugueteaba con sus rizos, pero, añadió Betsy, no le había dado importancia, estaban todos bastante borrachos.

Después de aquello, Julia se había vuelto muy reservada. Había vigilado a Caroline y Jess de forma constante y cambiaba bruscamente de humor cuando los veía juntos. Si Jess abrazaba a Caroline, ella cerraba de golpe la puerta de su taquilla y después se perdía durante horas. Si estaba solo o con su novia pero parecía aburrido, Julia sonreía y bromeaba con él. Caroline notaba los cambios de humor de Jess y las atenciones de Julia, y al parecer una vez había habido una «escena» entre las dos en el vestuario, después de clase de gimnasia.

Betsy no se había enterado de lo que se traían entre manos Jess y Julia hasta que un día su amiga salió de clase de matemáticas llorando, se había puesto a vomitar en el cuarto de baño y había tenido que irse a casa. Lavinia se irguió en el asiento al oír aquello: recordaba aquel incidente. Piper había ido a recoger a su sobrina al instituto y cuidado de ella. Julia no había bajado a cenar y al día siguiente estuvo muy callada. Lavinia no le había dado importancia en su momento.

Después de aquello, dijo Betsy, Jess estaba más nervioso, más inquieto. Perseguía a Julia por los pasillos y no hacía

caso a Caroline. Julia había vuelto a vomitar en el instituto otra mañana, pero se había negado a ir a la enfermería. Cuando Jess se enteró, intentó hablar con ella, pero Julia se lo quitó de encima. Luego, dos días después, rompió con Caroline en el aparcamiento de la cafetería que había cerca del instituto. Y una semana después Julia llegó a clase con una enorme sonrisa en la cara, se llevó a Betsy al aseo de chicas y le enseñó el brillante de su mano izquierda.
—Entiendo —dijo Lavinia por fin—. Una chica muy lista.
—No creo que haya sido muy lista. Creo que ha sido una tonta por ocultárnoslo hasta ahora. ¿Por qué no lo has dicho antes? —gritó Daphne zarandeando a su hija. Había pensado que Lavinia se refería a su hija.
—Pero ¿por qué Jess? —insistió Lavinia, más para sí misma que para Betsy—. ¿Por qué él, entre todos?
—Porque va a llegar lejos —contestó Betsy—. Y va a llevar a Julia con él.
Y entonces fue cuando Lavinia sonrió.

Julia contaba que, cuando notó que la casa estaba en silencio, bajó a hacerse un sándwich. Seguía los movimientos de su familia por la casa desde su habitación y conocía sus costumbres lo suficiente como para saber cuándo solían salir o entrar. Había estado bajando casi siempre de madrugada, a las tres o las cuatro de la mañana, en busca de provisiones, pero ese día, al oír salir a su madrastra esa mañana y sabiendo que los niños estaban en el colegio y que su padre y su tía habían ido a reunirse con un proveedor nuevo, decidió arriesgarse. Agarró lo que pudo, salió de la cocina y subió las escaleras justo en el momento en que Lavinia aparcaba frente a la casa.
Estaba en su cuarto cuando oyó cerrarse la puerta y sintió que su madrastra subía las escaleras y tocaba a su puerta.
—Julia, ¿estás ya dispuesta a hablar? —se oyó su voz sofocada a través de la madera.
Detrás de la puerta, Julia le hizo un gesto obsceno con el

dedo. Luego oyó que Lavinia entraba en su dormitorio y, pasados diez minutos, la oyó salir de nuevo y bajar las escaleras. Durante unos segundos no oyó nada; luego, sin embargo, su voz empezó a colarse a través de las paredes. Al principio, decía Julia, no le prestó atención. Sabía que estaría hablando de ella, todos hablaban de ella constantemente, excepto cuando estaban delante de su padre, así que durante un rato no prestó mucha atención. Después, sin embargo, oyó algo que la hizo incorporarse.

–Pero ¿qué haremos si lo encuentra? –oyó que preguntaba Lavinia–. Quizá deberíamos meterlo en el banco, solo por si acaso.

Julia se bajó de la cama y pegó el oído al suelo.

–No creo que sea prudente dejarlo aquí. No siempre estamos en casa. Podría agarrarlo en cualquier momento y marcharse, y aquí no habría nadie que se lo impidiera. Tú sabes que ahí hay casi mil dólares. Con eso podría vivir en California una buena temporada. Deberíamos meterlo en el banco, Cal... Sé que quieres confiar en ella, pero está claro que ahora mismo no está en su sano juicio... Es capaz de hacer cualquier cosa con ese tal Jess. ¿Y por qué no, sobre todo si tiene dinero?

Julia se tumbó de espaldas y se quedó mirando el papel de color melocotón de la pared. Sus padres habían hablado otras veces de guardar un remanente de dinero en casa por si surgía una emergencia. No entendía por qué: ¿acaso pensaban que si entraban ladrones podrían pagarles para que se marcharan? Pero su tía decía que su padre había vivido el crac del 29 y la Depresión y que desconfiaba de los bancos. Le gustaba tener reservas a mano por si hacían falta. Su madrastra pensaba que era más probable que aquello propiciara robos, más que impedirlos, si la gente se enteraba y se había mostrado inflexible al respecto, pero evidentemente su padre se había salido con la suya. De haber podido, habría guardado todo su dinero bajo el colchón, pero por lo visto al final se había conformado con guardar mil dólares.

Oyó que Lavinia acababa de hablar y salía al jardín. Miró

por la ventana y la vio con sus guantes de podar y su sombrero de paja, inclinada sobre la mata de azaleas. Entró rápidamente en la alcoba de su padre, levantó el colchón y sacó el sobre de papel marrón. Luego regresó a su cuarto, miró de nuevo por la ventana, bajó sigilosamente las escaleras y telefoneó a Jess.

A la noche siguiente, mientras mi familia dormía y mi abuelo apretaba la boca contra la almohada para que su mujer no le oyera sollozar, Julia bajó las escaleras sin hacer ruido, recorrió el camino y llegó a la entrada de la finca, donde encontró a Jess Thorne esperándola en su Ford Thunderbird. Por la mañana, mi abuela pegó el oído a la puerta del cuarto de su hijastra y luego, probando el picaporte con la excusa de intentar razonar con ella cara a cara, se encontró la puerta abierta y el armario medio vacío. Mi tía abuela estuvo a punto de desmayarse en su sillón y mi abuelo arrojó una botella de whisky contra la pared, haciéndola añicos.

—No volveremos a verla —dijo desesperado.

Y así fue como Julia se marchó de casa por primera vez.

Que yo sepa, siempre ha creído que había sido idea suya.

Capítulo 7

En el avión, camino de Iowa, tuve un sueño. Soñé que estaba en la cama grande que había compartido con mi hermana Ava en casa de mi abuela, después de la muerte de mi padre.

Mi abuela nos estaba diciendo buenas noches cuando, inopinadamente, después de arroparnos titubeó un momento y preguntó:

–¿Queréis que os cuente un cuento?

Ava se incorporó a medias. Mi abuela daba vueltas a su anillo de casada en el dedo y miraba de la puerta a nosotros y viceversa.

–Es solo que... ¿Os leen un cuento por las noches?

Claudia, que estaba tumbada en una cama pequeña que habían llevado a la habitación, se apresuró a decir:

–Somos muy mayores para cuentos.

—Para eso nunca se es muy mayor —contestó Ava, conciliadora.

—A mí de pequeña nunca me contaban cuentos —dijo mi abuela, alisando el borde de la cama para hacer algo con las manos nerviosas—. Solía inventármelos para mis adentros y luego, claro, leía libros, pero nadie me los leía nunca, aunque recuerdo que mi padre era profesor de lengua. Debían de encantarle las historias. Quizá eso lo saqué de él, mi gusto por la lectura. ¿Queréis algo para leer?

—No, gracias, abuela —dijo Ava.

—Muy bien —se levantó y recorrió la habitación con la mirada cuando ya se disponía a marcharse—. ¿Sabéis? —dijo al llegar a la puerta—. Esta casa es tan vuestra como la casa en la que vivís. Más aún: vuestro padre nació aquí. Creció aquí, en esta casa dio sus primeros pasos y dijo sus primeras palabras. Esta es vuestra casa porque siempre fue la suya. No tenéis que sentiros... En fin, no tenéis que sentiros fuera de lugar. Si queréis leer, podéis leer; si queréis que os lean, solo tenéis que pedirlo. Esta es vuestra casa, pase lo que pase fuera de ella o allá donde vayáis, esta siempre será vuestra casa —la penumbra de la habitación y la luz del pasillo dejaban su rostro medio en sombras.

Pensé que iba a decir algo más y me incorporé apoyándome en los codos y en Ava, pero ella dio media vuelta y cerró la puerta.

En el aeropuerto internacional de Des Moines, recogí mi equipaje y tomé un autobús en la estación. Estaba agotada. Parecía sumirme en sueños y emerger de ellos mientras las vueltas y revueltas de la carretera mecían mi cuerpo. Cada vez que me despertaba y no veía mi amado Manhattan, con sus calles estrechas y sus multitudes coronadas por un enjambre de edificios que se elevaban desafiando el cielo, sino el pesado cielo de Iowa agolpándose sobre los edificios cuadrados y chatos y grupos de árboles al borde de largas carreteras de color caramelo, me sentía enferma y me encogía sobre mí misma.

«Dios mío», pensaba, «estoy aquí. Estoy haciendo esto de

verdad». Había pasado más de una década y nada había cambiado. Podía estar volviendo a casa como cualquier persona normal, lista para ver a mi familia, para sentarme a cenar, para abrir una bolsa llena de regalos y sentarme en el sofá de nuestro cuarto de estar y recordar mi infancia y sentirme en paz. Pero cuando por fin me bajé del autobús y llegué a la parada de taxis, apenas me respondían las piernas. Todo parecía un asalto a mis sentidos: demasiado hogar, demasiados recuerdos de golpe, las vistas, los olores... Ya no podía fingir.

Y cuando el coche enfiló la calle de la casa en la que tantas veces me había quedado de niña, en la que había visto los dibujos animados con un plato de galletas de pasas y un zumo mientras esperaba a que mi madre fuera a recogerme, sentí tantas cosas que pensé que iba a estallarme la cabeza.

Salí y pagué al conductor, y después de mirar la casa de láminas de madera rosas y blancas, subí los peldaños que llevaban a la puerta mosquitera y llamé al timbre.

Recé una oración al pulsar el botón. En ese momento tenía los ojos cerrados, así que, cuando oí que la puerta se abría y la vi detrás de la mosquitera, mirándome como si yo fuera un fantasma que había olvidado que aún podía aparecérsele, cobré conciencia por primera vez de lo difícil que iba a ser aquello en realidad.

—¿Meredith? —dijo pronunciando mi nombre con desconfianza, titubeante, como si se preguntara si sus ojos y su mente la estaban engañando. Esperando a medias que así fuera, pensé yo.

—Jane —dije—, ¿eres tú?

—¡Dios mío! —exclamó, y acercó la mano a la mosquitera—. Eres tú, eres tú de verdad.

Cuando conocí a Jane, ella tenía poco más de cincuenta años y el pelo permanentado y vestía siempre con colores primarios, jamás con estampados. Había conocido a mi madre en una tienda, poco después de que muriera mi padre. No sé cómo exactamente, pero el caso fue que se pusieron a hablar y que, a través de Jane y de su amistad, mi madre comenzó a crearse una vida propia, pequeña pero necesaria, fuera de Aurelia. Jane también era viuda: su marido había muerto en Vietnam y ella no había vuelto a casarse ni había tenido hijos. Trabajaba en la ferretería y le encantaba salir de excursión al campo. Recuerdo que los pasillos de su casa estaban siempre llenos de utensilios de acampada y de botas de senderismo con las que solía tropezarme. Era una mujer reservada, amable pero introvertida. Yo pasaba muchas tardes en su casa y, si me preguntarais, podría deciros qué galletas comía, cuándo hacía la compra o cómo le gustaba el café. De su vida, en cambio, no sabía nada aparte de aquellos escasos datos. Tiene gracia, pero ahora me doy cuenta de lo poco que nos relacionábamos con personas de fuera de Aurelia, o ajenas a la familia. Hablábamos, jugábamos, incluso trabábamos amistad con ellas, pero nunca nada concreto, nada duradero. No eran de los nuestros, ni nosotros de los suyos. Ellos vivían en blanco y negro; nosotros, en color.

Aunque había envejecido y en los pasillos ya no se amontonaban los aparejos de su última salida al campo, en lo esencial seguía siendo la misma. Sus ojos eran aún de un azul muy claro detrás de las gafas de concha que ahora se veía obligada a llevar, y sus manos, aunque arrugadas y moteadas de manchas marrones, tenían aún esos dedos largos y afilados que habían sido siempre tan hábiles y capaces. Y sus labios, en cuyas comisuras siempre asomaba una sonrisa, se acercaron prontamente a saludarme con un beso.

–Pensaba que no volvería a verte, Merey –dijo cuando entré y me senté en la cocina, mientras ella me miraba.

Mierda, hacía años que ningún vivo me llamaba así. En cuanto lo dijo, me tembló la mano en la que sostenía un vaso de agua. Lo dejé sobre su posavasos.

–Entonces, ¿cuándo te enteraste? –preguntó.

–Hace un par de semanas –dije, y junté las manos sobre el hule de la mesa.

—Dios mío, no pensé que serías tú quien vendría cuando os enterarais —se quedó mirándome, pasando las manos por su pelo rubio y canoso.
 —Yo... Dicen que van a venderla. Y pensé... pensé que debía venir y asegurarme de que... eh... de que todo va bien y de que las cosas de mis padres, de que las cosas importantes no se pierden en medio de este lío.
 —Has hecho muy bien, Merey —dijo ella con cautela—. Significaría mucho para ellos, sobre todo para tu madre.
 Mi madre. La última vez que la vi fue cuando la bajaron a tierra en un ataúd. Ava me llamaba constantemente para decirme que volviera a casa, que estaba enferma, cada vez más enferma. Y yo lo iba dejando, le daba largas y más largas, hasta que un día ya no hubo necesidad de seguir temiendo que sonara el teléfono.
 De pronto noté la garganta seca.
 —Confiaba... Sé que me he presentado sin avisar y todo eso, pero he pensado que, si no es mucha molestia, quizá podría quedarme aquí una noche y luego buscarme un motel o algo así...
 Jane negó con la cabeza. Me recosté en mi asiento.
 —Ah... Está bien, yo...
 —Jamás permitiría que la hija de Antonia Hathaway se quedara sola en un motel mientras su casa y todo lo que contiene se dispersa a los cuatro vientos. Te quedarás conmigo, hija. —Frotó mi mano con la suya—. Santo cielo, ¿tienes frío?
 —No —retiré mi mano como si me hubiera mordido y se apartó de mí.
 —Debes de estar cansada. ¿Quieres que te enseñe tu habitación? Luego podemos hablar. Tendrás muchas preguntas —ladeó la cabeza y vi que su rostro se entristecía—. ¿No?
 Por un momento me quedé sin habla.
 —Estoy bastante cansada —conseguí contestar de algún modo.
 —Está bien. Tu habitación está lista arriba. Es la de siempre. ¿Necesitas que te acompañe? ¿Has olvidado dónde están las cosas?

–No, no, nada de eso –dije, levantándome, y luego me detuve–. ¿Qué quieres decir con que está lista?

Me miró y vi que sus ojos brillaban un momento y luego quedaban inexpresivos.

–Eh... Bueno, no creo que debamos entrar en eso ahora.

–¿Es que...? ¿Es que alguien...? –me interrumpí, pero su mirada imperturbable no dejaba traslucir nada.

–Está bien –dije–. De acuerdo.

A mi tío Ethan debería haberle preocupado que su hermana hubiera huido de casa, pero no le preocupaba. De hecho, se alegraba. En la casa, como es lógico, reinaba el caos y todo el mundo estaba concentrado en encontrar a Julia y en traerla de vuelta, lo cual le venía de perlas: de ese modo podía seguir viendo a Allie Lomax sin que nadie lo sospechara. Hasta su hermano lo dejaba en paz casi siempre, abrumado por el cambio que había sufrido su padre, que se quedaba trabajando hasta mucho después de que oscurecía, mientras su madre esperaba junto a la ventana de la cocina, a oscuras, preguntándose en voz baja por qué su marido no volvía a casa.

Así pues, mientras bajaba hacia el campo de detrás de la granja de los O'Brian, meciendo las manos sobre las hileras de girasoles que habían brotado, se permitió un inesperado arrebato de felicidad porque ahora podía pensar únicamente en Allie sabiendo que nadie, ni su hermano, ni sobre todo su madre, estaban vigilándolo. Dio gracias para sus adentros a su hermana por el primer y más precioso regalo que le había hecho: la oportunidad de ser invisible.

Esa noche le hizo una promesa a Allie. Mientras estaba sentada debajo de su árbol, acurrucada a su lado, las piernas entrelazadas con las suyas, le susurró al oído que quería casarse con ella.

Allie se rio.

–No creo que ahora mismo sea buena idea que se lo digas a tu familia.

—Me da igual. Cuando llegue el momento, lo haremos como es debido, delante de todo el mundo. Ya verás. Seré un buen marido, Allie mía. ¿Prometes decirme que sí?
—¿Prometes tú que me lo pedirás? –susurró ella.
—Claro que sí –contestó, encantado–. Te doy mi palabra.

Por la mañana, al despertar, vi a Jane junto a mi cama, dejando la bandeja del desayuno sobre la mesa blanqueada.
—No tenías por qué molestarte –dije.
—Calla –torció la esquina de la bandeja para que asentara bien–. Y come algo. Apuesto a que hace mucho tiempo que no tomas una comida decente.
—¿La comida entra en la cuenta? –pregunté, remolona, tomando la bandeja, pero al ver los huevos fritos, las patatas y el beicon tostado, me alegré de repente y al mismo tiempo sentí cierta inquietud.

Más tarde, cuando ya estaba vestida, bajé y me la encontré en el cuarto de estar, sentada en su vieja mecedora, escuchando la radio. Me paré en la puerta. Levantó la vista y se rio al ver mi expresión.
—No ha cambiado, ¿eh? –preguntó, paseando la mirada por la habitación.

Y era cierto. Los sillones en los que solía tirarme después de clase tenían aún el mismo tapizado de flores color miel y estaban colocados del mismo modo. El papel de la pared era el mismo, y la radio, que emitía suavemente jazz y blues como música de fondo, seguía estando junto al pequeño televisor gris colocado en el rincón, sobre una mesita tapada con un mantel. Jane bajó su libro y dijo con calma:
—¿Por qué no vienes aquí y me cuentas qué has hecho desde...? –se detuvo y luego, pensándoselo mejor, dibujó una sonrisa y dejó a un lado el libro–. Esto debe de ser muy duro para ti, Merey –dijo tras una breve pausa.
—Sí –contesté, buscando a tientas las palabras–. No he vuelto desde que murió mi madre.
—Ni tenías planes de volver, seguramente.

Arrugué el ceño.

—No era un reproche, sino más bien una observación —puso las manos sobre el regazo—. Antes no eras nada tímida cuando venías a mi casa, y no veo razón para que empieces a serlo ahora. Siéntate.

Me senté en el sofá, frente a ella.

—¿La has visto? La finca, quiero decir —pregunté mirando al suelo.

Dejó escapar un largo suspiro.

—Sí. Está cambiada. Bueno, miento un poco. Sigue teniendo las mismas cosas, la casa, el camino, pero si te digo que se está derrumbando me quedo corta. Es la misma imagen, pero alterada. La dejó hecha un desastre.

—¿Cal Junior? —pregunté, levantando la mirada.

Se pasó la lengua por la comisura del labio.

—Era un enfermo. Bueno, tú ya lo sabes. En cuanto heredó la casa empezó a destrozarla. Le echaba la culpa, la castigaba, y cuando murió tu madre —hice una mueca—, y tu hermana se marchó por fin, la castigó aún más. Dios sabe qué se le pasaba por la cabeza cuando hizo las cosas que hizo. Creo que sabía lo que hacía cuando la destrozaba, pero los demás no entendíamos por qué. Todos teníais vuestros problemas, pero vuestra familia era la envidia de tantos...

Me mordí el labio.

—Sabíamos lo de su madre, claro, y sabíamos los problemas que había habido, pero aun así vuestros abuelos le dieron una casa estupenda y sabíamos que lo habían educado bien... Pero por cómo se comportaba nadie lo habría adivinado. Esas fiestas... —se estremeció—. Y las historias que corrían sobre lo que hacía... Y bebía, claro. En fin, de eso murió. Pero las historias sobre lo que hacía allí... Todos lo sabíamos, pero nadie lo entendió nunca, no entendíamos cómo podía encerrarse allí, haciendo esas cosas, tanto tiempo. Era como si de ese modo se creciera.

La miré a los ojos y la pena y el dolor que vi en ellos me dieron ganas de huir.

—No he venido a intentar arreglar las cosas, ¿sabes? —dije—.

Sé que eso es imposible. Es solo que... Que quiero asegurarme de que las cosas se hagan como es debido. Alguien tiene que hacerlo.

Jane me dedicó una débil sonrisa.

—Te ayudaré en lo que pueda, Merey —dijo mientras sonaba una canción de Nina Simone.

—Gracias, Jane —dije—. Muchas gracias —me levanté—. Creo que voy a ir a dar un paseo. ¿Necesitas algo del pueblo? ¿Quieres que compre algo?

—No —tocó la parte de arriba de la radio—. Estoy perfectamente.

Me volví para irme, pero luego me detuve.

—Jane —dije.

Me miró.

—¿Sí?

—Te agradezco mucho que me hayas acogido en tu casa así, tan de repente. Quiero decir sin habértelo pedido antes de venir. Y es maravilloso que estés siendo tan... tan amable conmigo, pero ¿puedo pedirte otro favor?

—Claro —contestó, inclinándose hacia delante—. ¿Cuál?

Respiré hondo.

—Por favor, no me llames Merey.

Durante un mes, mi abuelo no hizo nada. Trabajaba hasta que se hacía de noche y volvía a casa cuando estaba tan oscuro que apenas veía su mano delante de su cara. No hacía caso de sus hijos, ni de su hermana, apenas hablaba con su esposa y en cierta ocasión bebió tanto que se quedó dormido en la trilladora y cayó de cabeza a una zanja. El médico le dijo que había tenido suerte de que la trilladora no hubiera volcado y hubiera caído encima de él. Mi abuela se enfadó tanto que le dio una bofetada, y él no hizo otra cosa que gruñir.

Más tarde, ese mismo día, Lavinia se acercó a él, lo tomó de la mano y se disculpó.

—Me has asustado, Cal —dijo—. No puedes seguir así. Julia

es solo una, tienes otros dos hijos y ella ha demostrado no ser una buena hija al escaparse y dejarte así, sin pensar en ti ni importarle lo que sienta su familia. Es una crueldad y no se merece que estés tan triste. Ya lo verás. Con el tiempo se te pasará.

—Le debía a su madre mantenerla a salvo —dijo él, mirando al techo—. Y le he fallado.

Esa noche, al salir al porche, Piper se encontró a Lavinia mirando hacia la oscuridad. Estaba tan quieta que lo único que se movía a su alrededor era la brisa que jugueteaba con su vestido. Pero al oír los pasos de Piper se volvió.

—Podríamos buscarla en California —dijo su cuñada.

Cuando mi abuela contestó, su voz rebosaba desprecio.

—Sí, claro. Podríamos marcharnos seis meses y recorrer la costa de California hasta que la encontremos y luego traerla a rastras, ¿no es eso? Eso si no se ha casado, en cuyo caso no tenemos ningún derecho. Además, creo que está embarazada.

—Seguro que no —dijo Piper, ahogando un gemido—. No, me lo habría dicho.

La boca de Lavinia se tensó en una sonrisa.

—Tú no tienes ni idea de cómo es —se apartó de ella—. Ninguno la tenéis. No quiere que la encontremos y punto. Lo único que podemos hacer es seguir con nuestras vidas. Cal lo superará, igual que los chicos.

—Y dirías lo mismo si fuera uno de ellos, ¿verdad? —preguntó Piper, enfadada—. Dios mío, y tú te llamas madre.

—Soy madre, Piper, ¿y sabes cuál es una de las principales habilidades de una madre? —se frotó los brazos. Su cabello se rizaba alrededor de sus sienes, agitado por el hálito intermitente del viento nocturno—. La capacidad de adaptación.

—En ese mismo momento tomé una decisión —dijo mi tía abuela mucho después—. Al día siguiente fui a ver a los padres de Jess. Su padre estaba muy disgustado, como es natural, y su madre... En fin, su madre fue siempre un poco frágil, vosotras ya me entendéis, pero me dijeron todo lo que sabían. Por lo visto Jess les había escrito diciéndoles que era feliz, que estaba planeando casarse con Julia y que pronto tendría una noticia especial que darles, aunque no todavía. No decía dónde estaban, pero confiaba en que le fueran bien las cosas para que sus padres fueran a verlos y se quedaran con ellos, y en que para entonces nadie se acordara de cómo había empezado todo. También decía en la posdata que le pidieran perdón de su parte a Caroline.

–Qué considerado, ¿verdad? –había dicho su madre. Piper se había reservado su opinión al respecto.

Luego, un par de semanas después, bajó las escaleras a la hora del desayuno llevando una gran maleta marrón y le dijo a su hermano que se iba de vacaciones.

–¿Es que te has vuelto loca? –preguntó Cal–. La cosecha está a punto de empezar. Tenemos que trabajar todos. ¿Y quién va a encargarse de los libros y de cuadrar las cuentas?

Piper puso sobre la mesa un trocito de papel con el nombre de una asesoría contable con buena reputación.

–Ya es hora de que empecemos a utilizar los servicios de contables profesionales –dijo–. Tú sabes que las cuentas son cada vez más complicadas. Necesitamos inversores despiertos y gente que se encargue de esto como es debido. Además –añadió con firmeza–, hace muchísimo tiempo que no me tomo unas vacaciones, Cal, y no te lo estoy preguntando, te lo estoy diciendo. Confío en estar de vuelta dentro de un mes.

–¡Un mes! –exclamó Cal–. Dios mío... –se acercó al aparador y sacó una botella de whisky.

–No –dijo su hermana, quitándole la botella de las manos–. Santo cielo, Cal –y como no se le ocurría nada adecuado que añadir, dijo–: Madura de una vez.

Tardó tres semanas en encontrarlos. Había ido a Sacramento, donde vivía un amigo de Jess cuyo número de teléfono le habían dado sus padres. El chico había remoloneado un poco al verla aparecer en su casa, pero le había dado las señas de Jess, y Piper había acabado en la quinta planta de un bloque de apartamentos de Los Ángeles. Allí había encontrado a su sobrina, que había abierto la puerta descascarillada vestida únicamente con una enorme camiseta de fútbol americano de Jess, la de los Demons de Des Moines.

El apartamento estaba amueblado, pero viejo y sucio, y Julia no tenía nada que ofrecer a su tía, como no fueran unos pasteles de crema.

–¿De verdad vives así, Julia? ¿A Jess no le importa? –había preguntado Piper, toqueteando el pastel con nerviosismo.

–No, qué va, le parece todo muy romántico, como si fuéramos los protagonistas de una novela. Y le encanta comer pasteles para desayunar –había dicho Julia sacudiendo el pelo–. Creo que voy a teñirme, ¿sabes? De rubio, como todas las chicas de California. Para librarme de una vez por todas de esta pinta de palurda.

–Entonces, ¿no hay nada que pueda hacer para convencerte de que vuelvas a casa? –había preguntado Piper, alicaída.

–¿Para qué? No pienso volver nunca. Papá no quiere saber nada de Jess y yo ya no soporto más a esa bruja...

–Julia, por favor –a pesar de lo que opinaba de mi abuela, se impuso su sentido del pudor. Julia se había encogido de hombros–. Entonces, ¿vais a casaros? –había preguntado Piper con voz queda.

–Ya nos hemos casado –Julia le había enseñado la alianza chapada en oro de su mano derecha–. Nos iremos de luna de miel en cuanto despegue la carrera de Jess. En cuanto empiecen a salirle conciertos, viajaremos por todas partes. Será genial.

–Y entre tanto, ¿de qué vais a vivir?

–Bueno... –se había quedado mirando a su tía con cautela un minuto; después se había encogido de hombros–. Eso ya lo pensé antes de irme. Además, el tío de Jess le ha conseguido trabajo en el estudio, ayudando a los técnicos de sonido. Jess lo odia –se rio–. No hace gran cosa, se pasa casi todo el día llevando amplificadores de un lado para otro, pero está bien. Jess va a llegar muy lejos. Lo sé. La próxima vez que lo veas, será en una valla publicitaria.

–¿Y no hay...? –Piper había mirado el vientre de Julia–. ¿No hay nada más?

—Yo pensaba que sí —había contestado Julia después de un silencio—. Pero el médico dice que no. Lo habrá muy pronto, y además no importa. Nos casamos por amor —dio un bocado a un pastel y la crema rosa le manchó la nariz. Soltó una risilla—. Y por mis pasteles. A Jess le encantan mis pasteles.

Piper no le dijo a Cal que había ido a ver a Julia, aunque cuando regresó a casa notó que Lavinia no le quitaba ojo durante la cena. Solo dijo que había recibido una carta de Julia diciéndole que se había casado y que Jess tenía trabajo. Cal se había quedado callado y luego había salido de la habitación.

—Habrá sido un gran alivio saber que estaba bien —dijo Lavinia.

—¿No lo es para todos? —preguntó Piper, desafiante.

—Claro —contestó Lavinia, la cabeza agachada sobre su costura—. Qué ingenioso por su parte, saber dónde mandártela cuando estabas de vacaciones. Tiene poderes que ni siquiera yo había adivinado.

Piper se excusó y, dejando a su cuñada, subió las escaleras en pos de su hermano. Y aparte de una carta por Acción de Gracias y una tarjeta por Navidad, Julia no volvió a intentar ponerse en contacto con ellos.

Y así siguieron. Un año después, la finca seguía prosperando, mi tío acariciaba aún el pelo sedoso de Allie en sus encuentros secretos de cada tarde, mi padre montaba en su yegua alazana por los campos vecinos y mi abuelo empezó a abrazar de nuevo a mi abuela cuando se acostaban por las noches. Nunca hablaba de su hija.

Con el paso del tiempo volvió la normalidad. Mi abuelo, apenado por la marcha de su hija mayor, se entregó de lleno a la finca. Apenas hacía otra cosa. Dedicaba todas las horas del día a su buena marcha y animaba a sus hijos a hacer lo mismo. Una vez se volvió hacia mi padre y mi tío y tomó un pedazo de tierra amarilla entre las manos.

—Mirad —dijo, y se volvió para mirar los sembrados—. Con esta tierra podéis hacer cualquier cosa, si la cuidáis, si la amáis incluso. Ablandadla con vuestros cuidados y os lo dará todo —dejó escapar un suspiro satisfecho y deshizo el terrón entre las manos—. Siempre estará aquí, hasta cuando nosotros hayamos muerto. La tierra es para siempre.

Y así mi padre y mi tío comenzaron a ver Aurelia, más que como su hogar, como su legado. Trabajaban en los campos y contemplaban con asombro cómo crecían los brotes de trigo bajo sus manos callosas e incansables, y mi abuelo, que veía el cambio que iba operándose en ellos, se enorgullecía de sus hijos.

—Siempre ha estado ahí —le dijo a mi abuela una noche, en la cama—. A mí me pasó lo mismo más o menos a su edad, aunque Theo es un poco más joven.

—La sangre siempre aflora —dijo mi abuela, satisfecha.

—Me recuerdan a Leo y a mí —dijo él con la vista fija en el techo—. El amor que le teníamos a la tierra —una sombra pasó por sus ojos.

—Calla —dijo Lavinia, y puso una mano sobre su pecho—. Basta de eso.

Mi abuela me dijo que de ese año recordaba la intensidad de su dicha, casi comparable a la que había sentido la primera vez que llegó a la finca con Ethan creciendo en su vientre, de la mano de su marido. Veía a Cal y a sus hijos trabajar la tierra con ahínco y se sentía satisfecha. Veía su futuro tan claramente como si estuviera escrito en el cielo: cómo crecerían sus hijos en aquella casa y cómo se casarían y criarían a sus propios hijos en ella. Veía cómo la gente del pueblo la miraba con nuevo respeto, no exento de recelo, a medida que crecía la fama de Aurelia. Por fin tenía por delante un camino llano por el que solo tenía que proseguir su viaje.

Debería haber sabido que era un error entregarse a su dicha y bajar la guardia. Hasta ella lo diría a su debido tiempo.

Empezó con una llamada telefónica. Mi abuela contestó al teléfono y colgaron. Lavinia se quedó mirando el aparato, perpleja, y colgó. Luego, al día siguiente, sucedió de nuevo, solo que esta vez fue mi padre quien contestó. Estaba sudando: había estado tirando al blanco con mi abuelo, que le estaba enseñando a disparar con su rifle, apuntando a latas de cerveza colocadas sobre la valla, cerca de la rosaleda. Estaba enfadado porque Ethan había dado más veces en el blanco, pero se enfadó aún más cuando pasados unos segundos volvieron a colgar. Abrió la despensa, cortó un trozo de pan y estaba desgarrándolo con los dientes cuando Piper entró en la cocina y levantó una ceja al verlo en aquel estado de agitación.

–Usa un plato para eso, Theo –dijo.
–Vale –dijo él, y sacó uno del armario.
–¿Estás bien?
–Sí –contestó mi padre–. Pero... ¿para qué llama la gente si luego va y cuelga?
–No sé, Theo. Es una cosa muy rara.
–Ya lo creo –dijo–. Me voy a ver la tele –y entró en el cuarto de estar.

Pero sus palabras hicieron mella en mi tía y, cuando le mencionó como si tal cosa el incidente a mi abuela, que le contó lo que le había pasado a ella el día anterior, sintió un desasosiego que le puso los pelos de punta.

–Si no hubiera sido por la finca y el negocio, le diría a Cal que se asegurara de que nuestro número no apareciera en el listín telefónico –dijo mi abuela mientras sacaba brillo al escritorio de palisandro.

Mi tía abuela se quedó en casa, esperando. No sabía qué esperaba exactamente, pero era lo que le dictaba su instinto, y Piper siempre creyó firmemente en el instinto.

Y luego, menos de dos días después, pasada la hora de la comida, cuando estaba sola, sonó el teléfono y contestó ella. Esta vez quien llamaba habló por fin, y cuando Piper oyó quién era sintió que una loca alegría se apoderaba de ella y se echó a reír.

Un día, Piper fue a buscar a su hermano al establo, donde Cal estaba hablando con su capataz. Lo llevó aparte y le dijo:

–Cal, quiero que me lleves a comer al pueblo. Tengo que hablar contigo de un asunto.

–¿A comer? ¿Y por qué no podemos comer en casa? Todavía queda un poco de esa ternera que hizo ayer Lavinia. Podrías preparar un estofado o algo así.

–No me estás escuchando, Cal. No quiero cocinar, quiero que me sirvan. Tenemos que hablar de unos asuntos de la granja de cerdos y por una vez me apetece estar en un sitio bonito y comer a gusto sin tener que fregar después.

Cal se quedó mirándola y al cabo de un momento sacudió la cabeza.

–Está bien. Prepárate, nos iremos dentro de media hora.

–Ejem –Piper olfateó–. Más vale que primero te des un baño.

Piper decidió que conduciría ella, pero al dejar la autopista y enfilar la carretera que llevaba al condado vecino, Cal empezó a removerse en su asiento. Luego, cuando ella aparcó frente a un motel y apagó el motor, miró a su hermana, que lo observaba con una dureza que Cal no había visto en mucho tiempo.

Si hubierais pasado junto a la camioneta roja, habríais visto por la semiopacidad de las ventanillas los aspavientos y los gestos acusadores de dos personas discutiendo acaloradamente. Si, movidos por la curiosidad, os hubierais quedado a observar, habríais visto que aquel tira y afloja tardaba más de media hora en resolverse. Luego habríais visto que una mujer alta y de cabello castaño algo canoso salía del coche, cerraba de golpe la portezuela y a continuación se dirigía al motel y tocaba a la puerta de una de las habitaciones. Habríais visto abrirse la puerta, pero no a la persona que la abría, tapada por ella. Habríais visto entrar a la mujer y quedarse quieto al hombre de la camioneta, mirando fijamente la ventana cuyas cortinas de encaje corrió una mano femenina.

Para entonces habríais pensado que, fuera cual fuese el drama que había tenido lugar, ya había terminado y que podíais seguir vuestro camino. Pero si hubierais esperado diez minutos más, habríais visto salir al hombre de la camioneta y acercarse con paso pesado a la puerta por la que había entrado su acompañante, ante la que se detuvo y, pasado un segundo, comenzó a llamar aporreando la madera.

A Lavinia no le gustaba que hubiera secretos en su casa. Al menos, secretos ajenos. Sabía cuándo le guardaban uno y, cuando se percataba de ello, hacía todo lo posible por desarraigarlo. Los secretos eran malas hierbas a las que no dejaba florecer a menos que fuera su mano y solo ella quien guiara su crecimiento.

De modo que cuando reparó en los paseos solitarios de Ethan por las tardes, en sus silencios de después y en su propensión a soñar despierto, hizo cuanto pudo por sonsacarle la verdad. Lo ocurrido con Julia la había obligado a concentrar sus energías en otros asuntos durante largo tiempo, y era consciente de que había permitido que su hijo mayor escapara un poco de su mano, atareada como estaba en cuidar de Cal. Pero ahora que las cosas habían empezado a volver a su cauce, podía concentrarse en su siguiente batalla: reconquistar el territorio que había perdido.

Así que un día que Ethan se retrasó al volver del colegio, preguntó a Theo dónde estaba su hermano.

–No sé. A mí no me cuenta esas cosas –contestó el chico encogiéndose de hombros.

–Mmm –dijo Lavinia y subió al cuarto de Ethan llevando una cesta llena de ropa recién lavada.

Cerró la puerta y comenzó a rebuscar con cuidado pero metódicamente entre las cosas de su hijo. Registró los cajones y el armario, pero no encontró nada. Dejó la ropa doblada encima de la cama y salió de la habitación.

A la noche siguiente, cuando Ethan volvió a llegar tarde, Lavinia le dijo:

–¿Por qué te retrasas después de clase?

Ethan había ensayado su respuesta muchas veces. Le dijo que se había apuntado a un club de ciencias después de clase y que le daba miedo decírselo porque a los chicos que iban se les consideraba por lo general unos tarados y eran molidos a golpes.

—¿Crees que tu padre y yo te pegaríamos por apuntarte a un club de ciencias? —preguntó su madre entornando los ojos.

—No, es solo que... Bueno, quizá se lo digáis a uno de vuestros amigos y, si ellos se lo dicen a sus hijos, al final se enterará todo el mundo en el colegio y, bueno... —su voz se apagó mientras hacía un mohín.

Lavinia no pudo reprimir un sentimiento de orgullo y luego de irritación al ver que su hijo se atrevía a utilizar contra ella las herramientas que ella misma le había enseñado.

—Muy bien —dijo—. No se lo diré a tu padre.

Ethan casi sonrió de oreja a oreja antes de marcharse a toda prisa. Lavinia se quedó mirándolo y fue entonces cuando de verdad empezó a preocuparse por cómo había logrado su hijo forjar un secreto tan importante y del que ella aún no tenía ninguna pista.

Vigiló a Ethan esperando el momento oportuno, hasta que un día, al bajar al granero antes de la cena para llamar a Cal, descubrió que no solo su marido se había ido sin decirle nada, sino que su hijo mayor salía del establo balanceando los brazos.

—¿Qué estabas haciendo ahí? —preguntó.

—Eh... —Ethan se puso colorado al ver a su madre. Lavinia se percató de ello con gélido desdén.

—Eh... Estaba... Estaba haciendo unas cosas que me había mandado papá antes de ir a casa. No quiero quedarme retrasado, con lo del club de después del colegio, y además puede que papá empiece a preguntarme por qué no hago las cosas que tengo que hacer en casa, y prefiero que no. Además —añadió alegremente—, ya he acabado. ¿Vamos?

Lavinia miró hacia el granero por encima de la cabeza de su hijo. Por el rabillo del ojo lo vio moverse con nerviosismo.

—Claro —contestó, y regresaron juntos.

Media hora después, Theo, Ethan y ella estaban sentados

a la mesa. La cena estaba servida y los cubiertos en su sitio, pero ni Piper ni Cal habían aparecido aún.

—Bueno —dijo ella al cabo de diez minutos—, podrían haber llamado si iban a llegar tan tarde. ¿Os han dicho qué iban a hacer esta tarde?

—No, mamá —contestaron los niños a la vez—. Nada.

Justo en ese momento se abrió la puerta de la casa. Lavinia oyó multitud de pasos.

—Dios mío, ya era hora. Se está enfriando la cena, aunque imagino que no os importa, porque si no habríais tenido la decencia de...

Cal entró primero, seguido de Piper. Mi abuelo los miró a ambos. Tenían una expresión extraña y Lavinia se agarró al borde de la mesa. Luego, Piper se apartó y al principio mi abuela solo vio una aureola de pelo corto y rubio.

Por un momento se quedaron todos sin habla. Luego, de pronto, Theo se levantó de un salto y se arrojó en brazos de su hermana.

—¡Julia! —exclamó.

Ethan se levantó y se acercó a ella, que sonrió y le puso una mano en el hombro.

—Qué alto estás —le dijo.

Lavinia los miró a todos. Vio que su marido y su cuñada contemplaban a sus hijos con una mirada de felicidad; vio a su hijastra de pie en la puerta y, por último, vio las maletas a sus pies.

—¿No vas a decir nada, cariño? —preguntó Cal mirando a su mujer.

Pero Lavinia no lo miraba a él: tenía los ojos fijos en el rostro de un fantasma.

—Entonces, ¿has vuelto? —logró preguntar.

—Claro que sí —el fantasma se hizo carne y se echó a reír—. ¡Estoy en casa!

Después de llamar a los abogados para decirles que estaba en el pueblo, le pedí su coche prestado a Jane y fui a dar una

vuelta. Sabía adónde iba, igual que lo sabía ella, porque se quedó callada un momento antes de dejar las llaves sobre mi mano.
—Ten cuidado —gritó cuando ya me marchaba.
Fue fácil, mis manos tenían conectado el piloto automático. Seguí la ruta preguntándome al principio si la habría olvidado, pero fue como si un hilo invisible me guiara, tirando de mí por las calles y las carreteras de mi niñez, por callejones conocidos, pasando por delante de cercados que saltaba en mi juventud y a lo largo de campos por los que había pasado en coche, por los que había corrido y en los que me había reído muchas veces.
Cuando llegué a la bifurcación de la carretera, los árboles de cada lado seguían siendo tan altos y frondosos como los recordaba. Me detuve. Un poco más allá, pensé. Solo un poco más. Mi pie se acercó al pedal del acelerador, mis dedos agarraron el volante. Pasaron los minutos y luego, de pronto, empezó a llover.
Algo se movió a mi lado, y por el rabillo del ojo le vi quitarse el cigarrillo de los labios y exhalar una bocanada de humo.
—¿Me echas de menos? —preguntó.
Empecé a temblar.
—Constantemente —respondió por mí, y sonrió.

Nadie notó que mi abuela estuvo muy callada toda la cena, excepto Piper, que no dijo nada al respecto. Lavinia se limitó a permanecer sentadas mientras el torrente de la conversación la envolvía como una bruma que no se disipaba.
Julia, la nueva Julia, más delgada y con el pelo rubio platino y los labios pintados de rosa, les contó que había vivido con Jess en California y que durante un tiempo las cosas habían ido bien. Jess había empezado a tocar en bares por las noches y habían pensado que solo era cuestión de tiempo que las cosas mejoraran.
Pero no habían mejorado. El tío de Jess había sido dete-

nido, acusado de desfalco al estudio: varias bandas lo habían demandado por separado. Estaba en la ruina y había caído en desgracia. Y, por ser familiar suyo, Jess había perdido de inmediato su trabajo.

–Qué injusto –comentó Julia, sacudiendo la cabeza–. Porque Jess no tenía nada que ver con eso. No es lo bastante listo como para estafar a nadie. Imagino que lo que pasó fue que le salpicó la mala fama de su tío. El caso es que fue entonces cuando empezaron a torcerse las cosas.

Jess había pasado por un «nubarrón», como lo llamaba ella. No podía comer, ni dormir. Había faltado a varios conciertos y lo habían echado de un club por presentarse borracho y vomitar encima de un espectador. Había probado a trabajar en distintas cosas, pero todas le repugnaban. Lo único que quería era ser músico, pero nada parecía salirle bien. Y luego, una noche, había conocido en un bar a un tipo que necesitaba un bajista.

–Jess siempre había sido cantante, pero en aquel momento le servía cualquier cosa que tuviera que ver con la música, así que pensó que por qué no. El caso fue que se iban de gira por la costa oeste en la furgoneta de aquel tipo. Parecía una gran oportunidad y teníamos el coche de Jess, así que podíamos ir con ellos.

Pero los sitios donde tocaban eran tugurios de mala muerte y los miembros de la banda se drogaban o bebían, o las dos cosas. Uno de ellos había intentado ligar con Julia y Jess le había roto la nariz. Y eso fue todo: a él lo habían echado de la banda en Portland, Oregón, con veinte dólares y medio depósito de gasolina. Se habían ido a un motel y Jess se había tumbado en la cama y se había quedado mirando el techo seis horas.

–Estaba tan perdido que no sabía por dónde tirar y yo no paraba de pensar en las ganas que tenía de volver a mi casa.

Así pues, Julia había llamado a casa y, cuando Piper contestó, le había pedido que le mandara un giro postal con dinero suficiente para comprar dos billetes de avión. Piper había estado de acuerdo. Al principio, decía Julia, tenía miedo de que Cal no la perdonara, pero luego Piper había hablado con él y su padre había ido a verla al motel en el que se alojaba.

—Y cuando nos hemos visto ha sido como... como en el hospital. Como si vinieras a salvarme otra vez —sonrió a su padre, que apretó su mano.

—Sé que es lo que habría querido tu madre si hubiera vivido —contestó él.

—Bueno, ¿y dónde está Jess? —preguntó Theo.

—Con sus padres, de momento —dijo Julia con petulancia—. No sabía si venir hasta que... En fin, pensaba que esto tenía que ser una cosa de familia, y yo estaba de acuerdo. Es tan agradable estar otra vez en una casa bonita con todo el mundo... —paseó su sonrisa alrededor de la mesa, hasta que sus ojos se posaron en Lavinia. Volviéndose hacia su padre, puso una mano sobre su brazo y añadió—: Sé que fui una idiota y que me comporté como una cría, pero he pasado por... Jess y yo hemos pasado por tantas cosas... Estábamos sin un centavo y las cosas se pusieron muy feas. Solo queríamos estar en algún sitio contentos y a salvo. Y le he hablado tantas, tantísimas veces de nuestra finca que sé que le gustaría tanto como a mí.

—Bueno, ya hablaremos de eso después —dijo Cal, dándole palmaditas en la mano.

Julia abrió la boca, pero suspiró y apoyó la cabeza sobre su hombro.

—Tienes razón. Todo eso puede esperar.

Y Cal se inclinó y besó su coronilla.

Esa noche, cuando todos dormían, Lavinia se puso su chal y salió de la casa. Siguió el camino de los sembrados hasta que llegó al granero y se dejó caer sobre una de las balas de paja. No podía dormir a pesar de que estaba cansada y de que su mente no paraba ni un instante, hasta el punto de que aborrecía sus pensamientos.

Se quitó el chal y se estuvo meciendo con los dedos clavados en los brazos, hasta que del fondo de su ser brotó un alarido de rabia. Se levantó y comenzó a golpear con los puños las paredes de madera del granero, gritando y escupiendo a medida que su odio se desbordaba y la embargaba por completo. Sus uñas arrancaban astillas que se clavaban en sus dedos, pero no sentía dolor. Al final, se dejó caer al suelo sollozando de rabia, hasta que, asqueada, se tapó la boca con la mano y se quedó allí sentada, aovillada como un feto, esperando a que sus monstruos volvieran a encerrarse en sus jaulas.

Pasado un buen rato, se quedó muy quieta. Sentada allí, abrumada por el peso de su angustia, miraba sin ver nada, hasta que su vista comenzó a enfocarse de nuevo. En el suelo, asomando por debajo de la paja que, en su arrebato de furia, había pateado y soltado de las pacas, distinguió algo blanco. Apartó la paja con las manos y palpó bajo ella hasta que se descubrió sacando un manojo de papeles. Lo miró en la penumbra; luego se levantó, salió del granero y alzó los papeles hacia la luz de la luna.

Comprendió lo que eran enseguida y los acercó a su pecho. Se aferró a ellos hasta que llegó a casa y, a la luz de la cocina, leyó las declaraciones de amor de Alison Lomax a su hijo mayor manchando de sangre las páginas a medida que las pasaba.

Por la mañana, el capataz se llevó una sorpresa al ver pequeñas manchas de sangre en las paredes del establo. Pero agarró una esponja y un balde de agua y en pocos minutos no quedó ni rastro de ellas. Cuando mencionó el incidente, nadie pareció saber de dónde había salido aquella sangre y, como ni sus hombres ni los animales estaban heridos, al acabar el día ya se había olvidado del asunto.

Capítulo 8

Naturalmente, algunas cosas fueron planeadas y otras no. Las oportunidades se presentaban solas, listas para sacar partido de ellas si uno tenía intención y voluntad de hacerlo. ¿Quién sabe qué camino habríamos tomado si ella hubiera dejado que siguieran como estaban? Quizás algunas cosas que sucedieron después habrían sucedido de todos modos; a fin de cuentas, los actores principales seguían siendo los mismos. Claro que puede que no.

Es esa hipótesis la que me mantiene en vela de madrugada, cuando mi mente solo se inclina por el camino que lleva al pasado. O por el pasado que podría haber sido.

Me pregunto si mis tíos habrían sentido lo mismo. Si años después ellos también, tumbados en sus camas, habían reflexionado sobre los actos que los habían conducido a su presente y sobre lo distinto que era este de cómo lo habían imaginado alguna vez. Sé lo que es esa incesante necesidad de echar la vista atrás. Girar el cuerpo de un lado a otro con la esperanza de que, de ese modo, lo que tienes delante también gire y cambie. Es un impulso irresistible y, como todas las compulsiones, un veneno que actúa lentamente, de modo que antes de que te des cuenta has permitido que lo que te destruyó una vez, te destruya por partida doble.

Mi padre contaba que, de niño, como sus ventanas daban al este, siempre se despertaba al amanecer, cuando el sol iluminaba su habitación con una llamarada de fuego blanco. Se levantaba de la cama e iba a mirar por la ventana mientras se desperezaba y veía a lo lejos el cielo azul, los tallos amarillos y el granero rojo. Mientras, sabía que algún día, cuando fuera un hombre, saldría allá afuera, rodeado de aquellas cosas, y viviría y trabajaría allí hasta que se pusiera el sol y la noche lo engullera todo. Era una conclusión inevitable. En aquellos tiempos, la mayoría de las personas que se criaban en una finca agrícola consideraban un paso lógico que la tierra que había sido su sustento de niños fuera también su fuente de ingresos y de trabajo en la edad adulta. Era lo natural, y cuestionar esa certeza solo les traía problemas. Dependiendo de la finca, se consideraban afortunados.

No era así, en cambio, para Jess Thorne. Jess había vivido en una casa baja a unas pocas manzanas de la calle mayor. Su padre era mecánico y su madre ama de casa. Toda su vida había soñado con alejarse de ellos, y por lo que la gente decía de él, su guitarra se convirtió en el billete en el que basó todas sus esperanzas y aspiraciones. De modo que imagino que, cuando volvió a casa de sus padres y durmió en su cama mientras su mujer dormía en la suya en una finca a varios kilómetros del pueblo, tuvo que sentirse un fracasado. Y seguramente todo el mundo a su alrededor pensaba lo mismo, lo cual era aún peor.

Jess había probado suerte en California: tenía muchas ilusiones cuando llegó allí, pero las cosas se habían torcido casi desde el principio. Cuando se piensa en lo que le pasó, da la impresión de que, en cuanto se distanció un poco del lugar que él consideraba su lastre, se alejó también de la única cosa que deseaba de veras. Hubo algunos momentos de alivio: supe después que, aunque al principio se enfadó, descubrir que Julia no estaba embarazada fue en cierto modo un regalo llovido del cielo. Sus vidas se habían embarullado de tal manera que dudo que hubiera podido hacerse cargo de un hijo. Pero al regresar tuvo que enfrentarse a la pregunta de qué iba a hacer a continuación. No podían dar marcha atrás, pero tampoco podían quedarse donde estaban. Lo único que conocía Jess era la música y Iowa, su tierra natal, y había fracasado en la primera y en la segunda se sentía fuera de lugar.

Jess tenía sueños, eso todo el mundo lo sabía, pero fue Julia quien decidió el futuro de ambos. Esa mañana, cuando entró en su dormitorio, se lo encontró tumbado en la cama, tan perdido y desconcertado como en aquella habitación del motel de Portland. Sabía que protestaría cuando le explicara sus planes, siempre protestaba. Pero a él no se le ocurría ninguna alternativa y estaba convencido de no tener elección, dadas las circunstancias. No era así, desde luego, pero a Jess le daba miedo tomar el camino difícil. A Julia no le importaba, siempre y cuando se saliera con la suya. Y así fue como, pese a sus sueños infantiles, Jess Thorne fue a vivir y a trabajar en Aurelia.

Pasado un mes, mi abuelo encargó la construcción de una casa para ellos en la finca. Dio la bienvenida a Jess en el umbral de la casa grande y le estrechó la mano tan fuerte que Jess apretó la mandíbula.

Lavinia observaba cómo se levantaban los cimientos de la casa y las salidas de Julia y Piper a tiendas de por allí cerca y no decía nada. No abrió la boca cuando Julia desplegó sobre la mesa del comedor la vajilla nueva que había comprado; ni cuando Cal se quejaba por las noches de que Jess no sabía nada del trabajo en el campo y de que sin embargo se empeñaba en que el capataz le buscara un buen puesto entre los peones de la finca; ni cuando, como regalo por haber vuelto, su marido le compró a Julia un purasangre blanco de Kansas, que pateó la tierra al salir de su caballeriza, ni cuando Julia, riendo, echó los brazos al cuello de su padre mientras Jess componía una sonrisa.

Estaba más taciturna que nunca. No decía nada, solo observaba y esperaba.

Aunque en algún momento tenía que ocurrir, Ethan sintió miedo cuando tuvo la sospecha de que Allie había empezado a hablar de su relación con otras personas. Notó cómo lo miraban sus compañeros en clase, el repentino respeto que iluminaba la cara de los chicos cuando pasaban a su lado y la curiosidad de las chicas. Pero cuando Jimmy Galloway le estampó una pelota en la cara con todas sus fuerzas durante un partido de balón prisionero, se armó de valor y le preguntó directamente a Allie si había dicho algo.

Ella no se mostró arrepentida. Más bien pareció estar buscando pelea.

—Estoy harta de mentir a todo el mundo. Es ridículo. No tengo nada de que avergonzarme —afirmó, y se quedó mirándolo como si lo desafiara a llevarle la contraria.

Pero cuando le pidió que fuera a cenar a su casa, Ethan se asustó de verdad. Se la llevó debajo de las gradas durante el recreo y procuró explicarle lo que le preocupaba, pero ella no quiso escucharle.

—Mi madre va a hacer una asado —respondió.

De forma que Ethan se vio obligado a decirles a sus padres que lo habían invitado a cenar a su casa. Lo dijo a toda prisa, mascullando entre bocado y bocado de ensalada de pollo. Cal le guiñó un ojo a su mujer por encima de las cabezas de sus hijos. Ella no le devolvió el guiño.

Piper le planchó la camisa y lo llevó en coche a casa de Allie y, al otro lado de la mesa de madera bruñida del cuarto de estar, Ethan vio sentarse a Allie junto a su padre con un vestido de color crema y cintas azules en el pelo, y su corazón

se llenó de amor. Estaba tan absorto en su dicha que no se dio cuenta de lo feliz que era hasta que volvió a su casa y pilló a su madre saliendo de la cocina con la cesta de la colada. Al ver su expresión, sintió que se quedaba sin respiración.
–¿Te lo has pasado bien? –preguntó su madre.
–Sí, claro –contestó, y luego hizo una mueca.
–A tu padre y a mí nos gustaría corresponder –dijo Lavinia–. ¿Podrías invitar a esa chica a comer el domingo que viene?
–¿Qué? Digo... ¿Perdona?
–¿Es que ahora estás sordo, Ethan? –replicó ella.
Su hijo retrocedió.
–Haz lo que te digo.
El domingo siguiente, a la una en punto, Allie llegó a casa de Ethan. Al entrar se quedó maravillada.
–Qué ganas tenía de venir –susurró–. Todo el mundo dice lo bonita que es tu casa, pero... –se paró al ver que mis abuelos entraban en el vestíbulo.
A la hora de la comida, mi padre se sentó en su sitio y se concentró únicamente el devorar todo lo que le ponían delante. La comida del domingo era su preferida y si algo hay que reconocerle a mi abuela es que incluso en mis tiempos la preparaba con estilo. Siempre había montones de cremoso puré de patatas, verduras al vapor, chirivías, carne y patatas asadas y aderezadas con romero y mantequilla. Era la única comida que mi padre esperaba con ilusión y la única durante la que no se podía esperar mantener una conversación con él, pero por una vez Theo no fue el único que guardó silencio. Mi abuela estuvo visiblemente envarada durante toda la comida, mientras su marido acribillaba a preguntas a Allie y le contaba anécdotas y chistes que hacían que mi padre se atragantara de risa.
Después, cuando estuvieron solos, Allie le dijo a Ethan lo mucho que le había gustado su padre. Ethan arrugó el ceño, se miró los zapatos y masculló que a él le daba vergüenza.
–¿Que te da vergüenza? Por lo menos él se ha esforzado –bufó ella.

—¿Qué quieres decir? —preguntó Ethan.

—Nada, solo que... —Allie se paró y escudriñó su cara, pero la cara de Ethan, como de costumbre, no dejaba traslucir nada—. Nada —concluyó.

Jess y Julia se mudaron a su casa en la finca en 1964. Era un edificio cuadrado de ladrillo rojo con postigos blancos. Julia lo había diseñado así y, al verlo, Cal comentó lo mucho que se parecía a la casa en la que habían vivido en Oregón. Luego, sin embargo, miró a su esposa y se quedó callado.

Jess empezó a echar una mano en la finca y pronto se le dio bastante bien. Bueno, como diría mi padre, lo bastante bien como para que no hubiera queja, pero nunca lo suficiente como para que mi abuelo le dedicara un elogio. Aunque nadie hablara de ello, Cal nunca llegó a olvidar cómo había entrado Jess en la familia. Había reescrito por completo los hechos de modo que, a pesar de que había sido Julia quien se había escapado y no había dado señales de vida en más de un año, Jess tenía la culpa de todo. A su modo de ver, era él quien había empujado a su hija a escaparse de casa y quien le había hecho concebir falsas esperanzas, y Cal consideraba sus esfuerzos en la finca no una señal de que era sincero y honrado, sino un producto de su mala conciencia.

Julia, en cambio, volvía a ser la niña de sus ojos. Era como si la angustia de su fuga y el año que había pasado separado de ella hubieran suscitado en él la necesidad de tenerla aún más cerca. No hablaba de su fuga salvo para criticar a Jess, y Julia lo permitía. Salía de su casa, entraba en la de sus padres y se sentaba a la mesa, completamente a sus anchas a pesar del odio que se apoderaba de su madrastra cada vez que la veía tumbada en su diván o sacando ingredientes de su nevera para hacerle una tarta a Cal. Julia se comportaba como si estuviera en sus dominios y todo fuera suyo por derecho. La impresión que había dejado en su ánimo su temporada en California y el verse arrancada de su hábitat para caer en una pobreza que solo había conocido una vez en su vida, cuando era demasiado joven para recordarlo, le había servido de escarmiento. Era mejor ser reina en su minúscula esfera que una don nadie en otra mayor.

Naturalmente, mi abuela se daba cuenta de ello. Se fijaba en todas y cada una de aquellas cosas y las juzgaba desaires que convenía tener en cuenta y recordar. Exprimió sus legendarias reservas de paciencia y dejó que le sirvieran de alimento, racionándolas para un largo periodo de penurias. Ignoraba cuánto tiempo seguirían así las cosas, pero un par de semanas antes de Acción de Gracias obtuvo respuesta a ese interrogante.

Julia entró en el cuarto de estar acompañada por Jess, que la abrazaba con timidez, y con rubor en la mirada (aunque su tez permaneció blanca y tersa como el alabastro) antes de anunciar que estaba embarazada.

Y al año siguiente, el 11 de julio de 1965, nació mi primo, Cal Junior. Julia dijo que le había puesto el nombre de mi abuelo para que fuera tan fuerte, bueno y generoso como él. Mi abuelo lloró en la habitación del hospital. No sintió vergüenza alguna cuando las lágrimas de orgullo empezaron a correr por sus ásperas mejillas, mientras sostenía en brazos a su primer nieto.

Mi abuela, por su parte, se encerró en sí misma, hizo un pacto con su alma y exprimió un poco más su ya escasa paciencia.

¿Notó Cal que su esposa no era feliz? Es poco probable, diría ella después. Se le daba muy bien disimular. En su matrimonio, el silencio no era un arma: era una tregua. Cuanto más callada estaba ella, más seguro se sentía Cal de sus emociones. En lugar de desahogar con él todos sus sentimientos y sus deseos, fue Cal quien empezó a hacerlo. Ahora era él quien, tumbado en la cama, a su lado, le hablaba de sus planes para el futuro, de sus ideas para la finca, de sus ilusiones respecto a su familia.

Fue él quien le dijo que, cada vez que hablaba de su futuro, Ethan siempre mencionaba a Allie. Fue él quien le dijo que tendría que rehacer su testamento tras el nacimiento de Cal Junior y quien le dio la peor noticia de todas: que quería hacer las paces con su hermano.

Al oír aquello, Lavinia se incorporó en la cama.

—¿Qué te hace pensar que va a escucharte? Hace casi veinte años que no te habla, Cal. Ni siquiera ha intentado volver a ponerse en contacto contigo.

—Lo sé, ¿crees que no lo sé?

—Entonces, ¿por qué? —preguntó con furia contenida.

Cal no la miró.

—Porque si hubiera sido al revés, ¿no habría hecho yo lo mismo? Mi padre me dejó las tierras, pero su testamento solo podía cumplirse si yo las aceptaba. Y yo quería aceptarlas, aunque sabía que no era lo correcto.

—¿Y qué? —bufó ella—. ¿Crees que le va a servir de algo que le digas eso? Crees que va a perdonarte, ¿verdad?

—No, no lo creo, pero creo que va siendo hora de que me comporte decentemente y se lo pida.

Lavinia se quedó mirándolo sin verlo, llena de incredulidad.

—¿Se puede saber qué mosca te ha picado? —preguntó por fin.

—Es solo que he estado dando vueltas a las cosas, nada más. La familia es la familia. Me he dado cuenta de que no hay nada más importante. Nada.

Y se inclinó y apagó la luz.

No volvió a hablar de aquel asunto con Lavinia. Aunque ella intentaba sondearlo, su marido se mostraba extrañamente reservado. Había visto su reproche, quizás incluso había adivinado su rabia, y se había replegado sobre sí mismo. Había cerrado la boca y no había vuelto a compartir con ella sus pensamientos. A Lavinia aquello la sacaba de quicio.

—¿Por qué me dejas al margen? —le espetó una noche cuando estaban solos—. Soy tu mujer.

—¿Tú me lo cuentas todo? —contestó Cal—. Claro que no, ni yo te lo pediría.

—Alguien te ha metido esa idea en la cabeza. Alguien te está volviendo contra mí.
—Lavinia, te estás poniendo histérica.
—No es verdad. ¿Crees que no sé lo que pasa en esta casa? Entre marido y mujer no tendría que haber secretos.
—No siempre has pensado así —dijo Cal suavemente.
—¿Qu-qué quieres decir? —preguntó mi abuela, desconcertada.
—Me refiero... Bueno, a Lou —contestó él, y la miró a los ojos.

Estaban a oscuras y mi abuela diría después que fue mejor así, porque en ese momento dejó que su rostro revelara cuánto odiaba a su marido.

Después de aquello, durante un tiempo, apenas se dirigieron la palabra. Cal sabía que se había pasado de la raya, pero su terquedad natural le impedía reconocer su error ante su esposa. Aunque él no lo supiera, habría dado lo mismo que lo hiciera. Mi abuela me dijo más adelante que, después de esa noche, supo que Cal no era de fiar. Era demasiado maleable, se dejaba influir con demasiada facilidad. Sus ideas eran únicamente las que otras personas le metían en la cabeza, y sus opiniones las que otros expresaban delante de él. Solo tenía autonomía para elegir quién influía sobre él, pero Lavinia no tenía ninguna duda de que su marido era mero producto de esa influencia. Sabía que aquellas palabras no le pertenecían, que aquellas ideas jamás se le habrían ocurrido a él, pero ignoraba a quién atribuírselas con toda certeza y eso le preocupaba enormemente. «Hay demasiadas serpientes en mi casa», pensó.

Un sábado por la mañana, cuando bajó las escaleras, encontró a su familia desayunando. Cal ya se había ido a trabajar, pero Ethan estaba allí, encorvado sobre sus cereales, igual que Theo sobre sus gofres. Piper estaba de pie, al lado de Julia, que sostenía a Cal Junior sobre la cadera. Estaban las dos apoyadas contra el horno, con sendas tazas de café en la mano. Levantaron todos la vista cuando entró.

—Buenos días —dijo Piper.

Lavinia se quedó mirando a su familia, vio todos sus sucios secretos y se hizo a sí misma una promesa.
–¿*Cuál, abuela?* –pregunté–. ¿*Qué te prometiste?*
Ella se rio.
–*Eso no importa, niña, no importa. Lo único que necesitas saber es que la cumplí. Tardé un tiempo, pero la cumplí de todos modos. Es lo que tengo, hija. Que puedo ser fiel a mi palabra, aunque la gente nunca lo creyó.*
Yo coloqué la manta de su regazo.
–*No lo dudo, abuela* –dije.

Supongo que ha llegado el momento de hablar de mi primo mayor. Cuesta pensar en él como en un niño inocente. En mi recuerdo no hay sitio para esa imagen. No puedo verlo como lo muestran las fotografías: como un bebé sonriente con un trajecito azul, o como un niño de cabello rojo y rizado, con vaqueros, montado en la trilladora con mi abuelo. Por aquel entonces estaba lleno de candidez, era un lienzo en blanco desprovisto de la monstruosa impronta que exhibió posteriormente, cuando yo lo conocí, y era una fuente de alegría y de esperanzas para el futuro. Mi tío tenía dieciocho años y mi padre dieciséis cuando nació. Jugaban con él, lo lanzaban al aire y volvían a agarrarlo para hacerle reír. Su padre, Jess, aunque asustado por la responsabilidad que suponía haber traído otra vida a este mundo, se mostró atento y cariñoso durante sus primeros años, y Julia hacía el papel de madre amorosa delante de los extraños, aunque según se cuenta fue Piper quien se encargó de criar al niño. En cuanto a mi abuelo... En fin, mi abuelo lo mimaba incansablemente. Adoraba a su nieto, y aún más a Julia por habérselo dado.

¿Cómo reaccionó mi abuela en un principio? ¿Qué podía pensar del primogénito de Julia sino que era otro rival? Lo veía, sobre todo, como un catalizador inestable. Con su nacimiento, la dinámica familiar había cambiado de un modo que no le agradaba. Cal estaba empeñado en reconciliarse con su hermano y para ella eso venía a significar que, si todo iba conforme a lo previsto, Leo y su familia podían volver a la finca en cualquier momento y empezar a intervenir en sus asuntos. Leo había tenido una participación en la finca y en sus beneficios durante todos esos años, pero aparte del cheque que se enviaba trimestralmente a su casa de Indiana, nunca había querido volver a saber nada de Aurelia, y Lavinia prefería que siguiera siendo así. Su marido, en cambio, tenía otras ideas. Y ahora, con la llegada de mi primo, parecía haber encontrado el aliciente que necesitaba para llevarlas a cabo. Lavinia veía cómo se deshilachaban sus planes, cómo iban desintegrándose por los bordes, y no podía hacer otra cosa que seguir observando, por una vez incapaz de atajar el lento hundimiento de la finca con mi primo como mascarón de proa. A través de él, su marido encontró de pronto el ímpetu que le faltaba. Jugaba con su nieto a caballito o acariciaba su cara con un dedo y veía encarnadas repentinamente en el pequeño todas las posibilidades con las que había soñado, y eso lo llenaba de energía.

Tenía grandes planes.

Pero no era el único.

Es en este punto, en otoño de ese año, unos meses después del nacimiento de Cal Junior, cuando Georgia May Healy aparece en nuestro relato. Su padre compró la vieja finca de los McGregor, que lindaba con la nuestra. Era una buena finca, provista de una próspera vaquería, cosa rara en las fincas de los alrededores. Cuando la familia se instaló, Lavinia y Piper fueron a presentarse. Las recibió en el umbral la madre de Georgia May, que aceptó el vino dulce y la tarta de manzana y canela que le llevaron con una mezcla de alivio y gratitud.

Entraron en la cocina, la única habitación de la casa que estaba ya del todo ordenada, y sentadas a la mesa cubierta con un mantel de cuadros blancos y rojos, mientras bebían té con hielo, mi abuela se fijó en la hija de su vecina.

—¿Cuántos años tienes, Georgia May? —preguntó por encima del borde de su taza.

—Diecinueve, señora —contestó la muchacha.

Menuda en aquella época, Georgia May era una chica delgada, con el cabello rubio claro y la piel aún más clara. Traslúcida, decía mi abuela de ella: una cualidad que llegaría a ser un estorbo y que al final quizás acabara siendo una bendición.

—Yo tengo un hijo más o menos de tu edad —comentó mi abuela, sin dejar de mirar a Georgia May—. Está en el último año de instituto. Se llama Ethan.

—Ah —dijo Georgia May, bajando un poco la voz.

—Georgia May va a ser maestra —dijo su madre, y sonrió con orgullo.

—Ethan va a dedicarse a la finca —contestó mi abuela—. Cuando estéis bien instalados, deberías venir a conocerlo —dijo, mirando a Georgia May, cuya piel se puso de un profundo color encarnado de modo que su rostro pareció arder antes de que el rubor se disipara.

Mi abuela la miró con renovado interés. Piper le lanzó una mirada de soslayo.

En el camino de regreso, mi abuela pensó en voz alta:

—Qué criaturilla más tímida, ¿verdad?

—¿Quién? —preguntó Piper.

—Georgia May.

—Sí, supongo.

—Dulce, pero muy tímida —se detuvo y paseó la mirada por las tierras de los Healy—. Me pregunto qué harán con la finca —dijo—. Dales un año.

—¿Para hacer qué? —preguntó Piper, pero mi abuela ya había echado a andar y, cuando su cuñada la alcanzó, no respondió a su pregunta.

Las cosas siguieron más o menos como antes. Los primeros meses de 1966 fueron un periodo tranquilo. El abuelo Cal se fue de viaje un par de semanas, sin decirle a Lavinia dónde iba, ni dejarle un número de teléfono donde pudiera encontrarlo, pero ella refrenó su ira y no le hizo preguntas cuando se marchó, ni cuando volvió a casa una noche con aspecto cansado y pidiendo la cena, de la que solo picoteó un poco. Mi abuela sospechaba que había ido a ver a su hermano, pero por su profundo silencio y por lo irritable que se mostraba con Piper adivinó que no había tenido éxito.

Ella visitaba a menudo la casa de los Healy y pronto se hizo amiga de la madre de Georgia May. Mi abuelo y mi tía abuela no daban crédito. Lavinia no tenía amigas ni había mostrado nunca deseos de tenerlas, pero al poco tiempo de llegar los Healy se hizo fija de su casa, y viceversa. Mi padre decía que entraba en el cuarto de estar y se las encontraba allí sentadas, sin hablarse apenas, inclinadas sobre su labor o leyendo, y que se preguntaba por qué necesitaban su mutua compañía cuando estando juntas seguían estando tan solas. Tal vez eso fuera parte del atractivo, al menos en lo que respecta a la señora Healy. Porque mi abuela tenía otros motivos para cultivar la amistad con sus vecinos.

—¿A quién vas a llevar al baile de promoción? —preguntó a Ethan un día estando sentada en el jardín, tres meses después de que llegaran los Healy.

Su hijo mayor estaba tendido en la hierba, junto a mi padre, que estaba haciendo cachitos briznas de hierba.

Ethan la miró, pero tuvo que entornar los párpados porque el sol le daba en los ojos.

—A Allie, claro —dijo, receloso.

—Bueno, «claro» no. ¿Y si no quiere ir o se pone enferma? Entonces, ¿qué?

—Entonces no iré.

Hubo un silencio.

—Eso me parece una idiotez por tu parte —dijo su madre con suavidad.

—Bueno, es asunto mío, ¿no? —contestó él, enojado, mientras espantaba una mosca de su brazo.

—A mí no me levantes la voz.

—No la he levantado.

—Claro que sí.
Ethan se sumió en un sombrío silencio. Mi padre se tumbó de espaldas y se puso los brazos sobre los ojos.
—No sé por qué eres tan susceptible con esas cosas, Ethan. No es sano que te pongas tan a la defensiva cada vez que hablamos de esa chica. Espero que no te comportes así con ella, porque si no le resultará muy difícil hablar contigo de nada, sobre todo si es algo que quizá no te guste. Y ese no es buen modo de empezar una relación, te lo aseguro.
—Yo no te he pedido consejo —replicó Ethan entre dientes.
Su madre le lanzó una mirada, pero lo dejó pasar. Mi padre se tumbó de lado y cerró los ojos.
—¿Va a ir a la universidad? —preguntó Lavinia.
—¿Quién?
—Alison.
Ethan arrugó el ceño para defenderse del sol y se incorporó.
—No se lo he... Quiero decir que... ¿por qué iba a ir?
—Bueno, seguramente deberíais hablar de ello, a no ser que... a no ser que esté convencida de que contigo no puede hablar de esas cosas —observó el semblante impasible de su hijo. Soltó un bufido—. Vamos, Ethan. Es una chica muy lista, ¿no es cierto? Vive en el pueblo, no en una granja, y algo tiene que hacer con su vida. La hija de los Healy, Georgia May, va a ser maestra, ¿sabes? Quiere trabajar en el colegio público del pueblo. Pero Alison nunca me ha parecido de las que se contentan con algo así.
Ethan se levantó bruscamente, tapando el sol que caía sobre la cara de su madre, y Lavinia solo vio un agujero de sombras donde debía estar su cara.
—Tú no tienes ni idea de nada.
—Te estás poniendo un poco dramático, Ethan, ¿no crees?
—Tú no la conoces, no tienes derecho a... a...
—¿A qué? —Lavinia bajó su libro y ladeó la cabeza, aparentemente desconcertada—. No lo entiendo. Son preguntas perfectamente lógicas. Preguntas que, aunque tú no hagas, necesitarán respuesta. Claro que puede que para entonces

el daño ya esté hecho. ¿Con quién estás enfadado? ¿Conmigo, porque he pensado en ello, contigo mismo por no haberlo pensado o...? –se inclinó hacia delante–. ¿O con ella por ser su causa?

Mi padre se había dado la vuelta y solo podía ver el pie y la sandalia de su padre detrás de la silueta de su hermano. La voz de Lavinia fluía con la brisa, atravesando el jardín en oleadas.

–¿Creías que porque tú no quieras ir a la universidad ella tampoco querría?

–Tú no sabes nada –repitió él–. Nosotros no hablamos de esas cosas. No hace falta –añadió, desafiante solo a medias.

–Bueno, eso está bien –dijo mi abuela–. Porque sé cuánto odias las sorpresas.

Se miraron el uno al otro y luego mi tío pasó a su lado, subió las escaleras del porche y entró en la casa.

–Puede que yo sí vaya a la universidad –comentó mi padre pasado un minuto.

Su madre lo miró como si hubiera olvidado que estaba allí.

–Si a papá y a ti os parece bien, claro –añadió Theo rápidamente.

–¿Y qué estudiarías, Theo? –preguntó ella esbozando una sonrisa.

–Todavía no lo sé, pero... –pareció debatirse, pero siguió adelante, pese a todo–. Pero quiero ver cosas. Mundo, quiero decir. Tiene que haber algo más que esto –concluyó, y señaló el césped estirando el brazo.

–Sí, claro que lo hay, Theo, pero eso no significa que sea mejor. Y si quieres ir a la universidad tendrás que darle a tu padre una excusa mejor que tus ganas de ver mundo.

Mi padre se recostó de nuevo en la hierba con el ceño fruncido por hondas reflexiones. Mi abuela volvió a su libro.

Unos días después, Ethan pidió prestada la camioneta para ir al pueblo. Pasó cuatro horas allí y cuando regresó parecía alterado, pero contento. Luego, una tarde a última hora, se llevó aparte a su padre. Pero aunque sus voces se oían a través de la puerta cerrada del despacho, por más que lo intentó mi abuela no pudo descifrar lo que decían. Podía, sin embargo, adivinarlo. Esa noche, mientras su marido dormía apaciblemente a su lado, mi abuela permaneció despierta, maquinando. Barajó todos los escenarios, todas las conclusiones probables y también las alternativas. Casi había amanecido cuando acabó, y cerró suavemente los ojos cuando Cal se desperezó a su lado y se levantó.

No hizo preguntas, ni quiso indagar. Dejó que las cosas pasaran.

Observaba a mi tío atentamente, preguntándose cuándo lo haría, y luego, cuando menos de una semana después lo vio bajar las escaleras vestido con una camisa recién planchada y el pelo peinado hacia atrás, supo que había llegado el momento.

Mi tío fue a casa de los Lomax y encontró a Alison en el cuarto de estar, tumbada boca abajo, leyendo una revista.

–¿Podemos ir a hablar a algún sitio? –preguntó.

Ella lo llevó al jardín, donde se sentaron en el banco que había hecho su padre. Apoyado en ella, Ethan se sacó la cajita del bolsillo. La sostuvo en la palma con naturalidad mientras observaba a Allie, cuya cara parecía de pronto desprovista de emoción. La miró lleno de esperanza, de dicha y de expectación y cuando abrió la cajita para mostrarle el anillo de oro blanco con un diamante, pensó que era inevitable que aceptara. ¿Acaso no habían hablado de ello una y otra vez? ¿No habían planeado su futuro juntos? ¿No llevaba él años soñando con él, fantaseando día y noche: en momentos de desánimo, cuando necesitaba esperanzas, en momentos de alegría aunque solo fuera para exacerbar su dicha; cuando estaba aburrido, o melancólico, o ebrio de amor y deseo? Tenía ya dieciocho años, era un hombre. No hacía falta esperar más y, después de su discusión con su madre, se daba cuenta de que, si no actuaba pronto, quizá la vida se interpusiera en su camino.

Alison, no te culpo. No sabías, creo, el poder que tenías sobre Ethan Joshua Hathaway. No te diste cuenta de que eras su estrella, de que brillabas en la oscuridad para él; de que eras su única guía, sin la cual estaba perdido.

Mis abuelos se enteraron de que algo iba mal cuando recibieron una llamada a la una y media de la noche. Contestó Cal, que después le dijo a su mujer que el sheriff Patterson llegaría en diez minutos. Ella lo miró pestañeando. Por un momento, ninguno de los dos pudo moverse; luego se levantaron, se vistieron, bajaron las escaleras sin hacer ruido para no despertar a los demás y se sentaron en la cocina, desde donde vieron avanzar los círculos blancos que los faros del coche proyectaban sobre el camino cuando llegó el sheriff. Cal abrió la puerta antes de que Patterson subiera al porche y llamara.

No se molestó en preámbulos.

–Se trata de Ethan –dijo–. Se ha metido en un lío. Fue Alison Lomax quien nos llamó. Dijo que Ethan había ido a su casa y que pasó algo entre ellos. Que creía que Ethan podía hacer alguna tontería. Pensamos que habría sido una riña de novios, ya sabéis cómo son los jóvenes. El caso es que estuvimos buscándolo y encontramos su camioneta en el barranco. Está en el hospital. Los médicos dicen que está estable y que es menos grave de lo que parece.

–¿Qué? –preguntó mi abuela–. ¿Cómo ha pasado esto?

–Sabes tanto como yo, Lavinia –respondió Patterson, que era buen amigo de mi abuelo–. Pero cuando lo llevamos al hospital llamamos a los Lomax para decirles que íbamos a tener que hablar con ellos sobre lo ocurrido. Uno de mis chicos se pasó por allí mientras yo estaba en el hospital. Dice que hubo un jaleo de mil demonios. Paul, el padre de Alison... En fin, como dijo uno de mis chicos, su cara parecía haberse estrellado contra un par de puños. Tenéis que ir a ver a vuestro hijo. No me gustan las cosas que estoy oyendo, Cal, no me gustan nada.

Cuando llegaron al hospital, se encontraron con una triste estampa. Mi tío pasó varias semanas en el hospital. Aparte de una conmoción cerebral severa, se había roto tres costillas, la pierna por cuatro partes (habían tenido que ponerle una vara metálica para juntar los trozos), la nariz y dos dedos de la mano derecha.

De todo ello se recuperaría con el tiempo, pero no era eso lo que preocupaba a sus padres. Lo que les dolía era que se negara a hablarles. De sus labios no salió ni un solo sonido para contarles lo que había pasado. Era un muro de silencio. Pero no era el único. Cuando el sheriff volvió a verles poco después, les dijo que ningún miembro de la familia Lomax había querido declarar sobre lo sucedido en su casa. El médico que atendió a Paul dijo a Patterson que, fuera lo que fuese lo que había pasado, la agresión había sido brutal y, juzgar por los cortes que Paul tenía en los nudillos, su contrincante también había salido malparado. Nadie, sin embargo, quiso hablar del asunto, ni cuando Patterson intentó interrogar a Paul sobre sus heridas, ni cuando preguntó a su esposa por qué estaba temblando, ni cuando fue a ver a Allie a su cuarto y su madre entró con sigilo en la habitación y rodeó con el brazo a la chica, que se apoyó en ella como si tuviera otra vez cinco años, y el pelo que le caía sobre la cara dejó al descubierto las marcas rojas que una mano había dejado en su cuello al apretarlo.

Era un asunto que necesitaba urgentemente una explicación, pero ninguno de los implicados se mostraba dispuesto a confesar lo ocurrido. El odio pendía en el aire y sin embargo todos se aliaron en su negativa a hablar. Patterson no lo entendía. A decir verdad, lo sacaba de quicio, a pesar de sus muchos años de experiencia como policía.

–Bueno, no puede tener nada que ver con Ethe –protestó Cal en cierta ocasión–. Él adora a Allie. Hasta iba a pedirle que se casara con él –miró rápidamente a su mujer–. Me lo dijo él. Me pidió dinero prestado para comprar el anillo. No era la primera vez que hablaban de casarse.

–No sé, Cal –dijo Patterson–. Esto parece mucho más

serio que una declaración de matrimonio que se tuerce. Aquí ha pasado algo muy grave.

—Ethan también lo está pasando mal, ¿sabes? —dijo Lavinia.

—Eso es lo que me preocupa —contestó Patterson.

Ethan, sin embargo, nunca hablaba de ello. De sus labios no salía una palabra, ni tan siquiera un gemido. Lo llevaron a casa, escayolado, y le enseñaron el despacho que sería su dormitorio improvisado hasta que pudiera moverse. Pero incluso después de un sinfín de discusiones unilaterales, de ruegos y recriminaciones, él se negó a hablar, y sus padres se desesperaron, preguntándose por qué había atravesado dos quitamiedos con la camioneta y se había arrojado a un barranco. Y por qué el padre de Alison se había desgarrado los nudillos contra sus pómulos.

Desesperado, Cal fui incluso a casa de los Lomax a preguntar qué había pasado, pero Alison no quiso verlo y, cuando su padre salió a recibirlo, Cal no pudo disimular su espanto al ver su cara cubierta de magulladuras.

—Pregúntele a su hijo —respondió Paul cuando mi abuelo recuperó el habla—. Que dé la cara él.

Nadie sabía qué había ocurrido. Mi padre intentó hablar con su hermano, pero no sirvió de nada: Ethan se había encerrado a cal y canto en sí mismo y no veía razón para salir de su aislamiento.

—¿Creéis que intentó matarse? —preguntó Julia una vez.

Cal se volvió, horrorizado, y miró a su hija con la boca abierta.

—¿Y por qué demonios iba a hacer eso?

—Quizá porque era desgraciado —respondió Julia, y añadió en un aparte—: Bien sabe Dios que en esta casa todos hemos tenido esa sensación.

Ella también intentó razonar con su hermano, pero tuvo tan poca suerte como los demás. Lo miró y, pasándose las manos por el pelo teñido y áspero, suspiró y dijo:

—Algún día tendrás que hablar, Ethe. Si no es con nosotros, será con la policía.

El sheriff conocía bien a Cal y se mostró todo lo tolerante que pudo, pero hasta a él empezó a agotársele la paciencia.

–Tenemos que hablar con él –dijo en el porche de la casa, una semana después de que Ethan saliera del hospital.

–No os dirá nada –contestó Lavinia–. No ha hablado desde el accidente.

–Da igual, hay que acelerar las cosas. Alison se marcha a Georgia dentro de unos días y tenemos que aclarar lo que pasó esa noche.

–¿Cómo que se marcha? –preguntó mi abuela.

–Se va. Su familia quiere sacarla de aquí lo antes posible. Va a alojarse en casa de unos amigos de la familia hasta que empiece la universidad, en otoño. Ella tampoco dice gran cosa, pero tenemos que saber qué pasó. Uno de los dos se derrumbará dentro de poco, y no es que quiera preocuparos, pero creo que en casa de Allie pasó algo muy gordo –hizo una pausa y miró hacia el sol–. Mirad, si fuera solo que vuestro hijo se emborrachó y se estrelló con el coche, podríamos intentar hacer la vista gorda. No sería la primera vez, pero este es un asunto muy feo y no me gusta que en mi pueblo se enquisten esa clase de cosas –escupió en el suelo y cambió de táctica–. Vuestro hijo nunca ha sido propenso a estallidos violentos ni nada por el estilo, ¿verdad? –preguntó.

–Claro que no –respondió Cal.

–Mmm, bueno... Esperemos que alguno de los dos dé pronto su brazo a torcer –dijo Patterson, y dio una patada a un terrón.

Pasaron los días. Piper y Lavinia cuidaron de Ethan y hasta Julia comenzó a ayudar. Theo descubrió que no podía entrar en la habitación y enfrentarse al mudo vacío que había ocupado el lugar de su hermano. Evitaba pasar por aquella parte de la casa y, aunque todos lo notaban, nadie dijo nada al respecto. Luego, cuando Ethan llevaba así dos semanas, mi abuela se las ingenió de algún modo para enterarse de las costumbres de la madre de Allie y una tarde le salió al paso cuando estaba buscando un juego de sábanas nuevo en la tienda de Kacey.

–No tengo nada que decirle –contestó gélidamente la señora Lomax, dejando las sábanas sobre el mostrador.
Lavinia se puso delante de ella.
–Por favor –dijo–. Por favor, mi hijo se niega a hablar. No quiere decirnos qué pasó. Tiene usted que entender...
–Me pide usted que muestre compasión hacia ese... hacia ese... –se interrumpió, asqueada.
Se miraron la una a la otra, y en sus rostros se libró en silencio una batalla.
–¿Qué hizo? –preguntó Lavinia por fin.

De madrugada, Lavinia salió de la cama sin hacer ruido para no despertar a Cal y bajó las escaleras para ir a ver a su hijo. Cuando abrió la puerta, Ethan estaba completamente despierto, con la mirada perdida.
Lavinia cerró a su espalda, entró en la habitación y se acercó a los pies de su cama.
–Hoy he visto a la madre de Alison en una tienda –dijo–. Le he preguntado qué pasó esa noche.
Detrás de la vidriosa fachada que componía el semblante de Ethan no se vio ni un destello, ni un solo rastro de vida.
Ella extendió la mano y la abrió.
–Me dio esto para que te lo devolviera –dijo, e hizo una pausa para recalcar sus palabras–. ¿Fue porque te pregunté si Allie iba a ir a la universidad por lo que decidiste pedirle que se casara contigo? ¿De veras no tenías ni idea de lo que planeaba o es que no te habías molestado en averiguarlo?
Silencio.
–Tuvo que ser un jarro de agua fría, eso lo entiendo, pero lo que hiciste, Ethan, o al menos lo que intentaste hacer... ¿No sabías que su familia estaba allí cerca, o es que no te importaba? ¿O era todo parte del plan? ¿Querías castigarla por haberte dicho que no? ¿Creías que te había dado falsas esperanzas? ¿Que te había tomado el pelo? Imagino que te preguntaste que, si había podido hacerte aquello, qué más

habría hecho, pero aun así... Hasta a mí me ha horrorizado tu forma de darle un escarmiento.

Dejó el anillo de compromiso sobre el regazo de su hijo.

—No quiere hablar. Se niega a hacerlo. Sus padres creen... En fin, creen que es por amor, o por miedo, o puede que por las dos cosas. No quiere ver a nadie, se ha aislado por completo. Creen que es por vergüenza. Su madre dice que la has destrozado. Estarás orgulloso.

Él bajó la mirada del techo a su cara.

—No voy a hablar de esto con tu padre. Y Alison no va a decirle nada a la policía. Inventaré una historia que tú irás a contarle al sheriff a finales de esta semana. No volverá a haber lugar para estos errores, Ethan. Espero que te hayas desahogado por completo, porque vas a tener que refrenar tu furia mucho tiempo, ¿me oyes? No voy a permitir que pongas en peligro todo aquello por lo que he luchado solo porque no puedes dominarte. ¿Tienes idea de lo que haría tu padre si se enterara? No podrías volver a levantarse de esa cama.

Se frotó las manos, agarró otra manta que había sobre una silla y la sacudió para arroparlo con ella. Ethan la taladraba con la mirada. Justo antes de que cayera la manta, alargó el brazo y recogió el anillo.

—Si quieres devolverlo, al joyero, quiero decir, puedes hacerlo —dijo su madre con calma mientras alisaba la manta–. O puede que no. Puede que no quieras devolverlo. Si es así, no importa —se inclinó sobre él y acarició su pelo–. Puedes quedártelo como recuerdo.

Un par de días después, tal y como había dicho su madre, Ethan declaró ante el sheriff. Según se cuenta, Patterson se fue a continuación a casa de los Lomax, donde por fin se le permitió ver a Allie. Sentada frente a él, la chica escuchó lo que había dicho Ethan y, al final, se limitó a asentir con la cabeza. Sin esperar a que el sheriff volviera a hablar, se levantó con esfuerzo y subió las escaleras.

Su madre la llamó desde abajo y le suplicó que «entrara en razón».

Pero ella no hizo nada. Y a fines de ese mes se marchó a Atlanta, Georgia.

Mi tío empezó poco a poco a recuperarse y un mes después de la marcha de Allie habló por fin para pedirle a mi padre que le llevara un vaso de té con hielo. Hubo un suspiro general de alivio cuando mi padre informó de ello. Supusieron que Ethan se encontraba mejor.

Pero había cambiado, y aunque solo se dieron cuenta de ello con el paso del tiempo, notaron que estaba distinto. Se mostraba siempre serio y taciturno y parecía buscar la soledad aún más que antes. Cuando estuvo lo bastante recuperado se entregó al trabajo en la finca, pero carecía de pasiones y de placeres visibles. Parecía contemplar el mundo a través de un filtro gris, pero no se quejaba. Mi padre intentaba hablar con él, adularlo, pero cuando lo sorprendía intentando engatusar a mi tío, Lavinia se lo llevaba aparte y le decía que lo dejara en paz.

–Yo me ocupo de Ethan –decía.

–Pero míralo –protestaba mi padre.

–Da igual, déjamelo a mí –insistía ella antes de alejarse.

Mi padre esperó, pero su hermano no volvió a ser el chico con el que había crecido. Algo dentro de él se había quebrado y había muerto.

A partir de ese momento, Ethan no permitió que nadie volviera a pronunciar el nombre de Alison en su presencia. Theo lo descubrió por las malas.

Una tarde llegó a casa del granero cojeando y sujetándose el costado con cara de dolor. Su madre tomó nota de lo que le contó, pero apenas dijo una palabra mientras lo curaba.

–Ahora ya lo sabes para la próxima vez –le dijo–. Te lo dije: déjamelo a mí.

Dos días después de llegar a Iowa, me senté en el banco de la ventana de mi cuarto y, abrazándome las piernas, me quedé mirando el cielo negro, en el que solo la luna abría un blanco agujero entre las nubes. Había olvidado que el cielo podía ser así. En Nueva York te rodean tantos neones y tantas luces eléctricas que no hace falta levantar la vista y buscar las estrellas.

Pensé en cómo estaría brillando la luna sobre el despojo en el que se había convertido Aurelia, en cómo iluminaría su rosaleda marchita, sus maizales muertos, sus casas vacías.

Sus habitantes están desperdigados por el mundo, pero yo aún siento la atracción de la finca como un cordón invisible enrollado a mi ombligo. Cada vez que siento que estoy empezando a olvidar, ese cordón tira de mí suavemente, haciéndome dar un respingo de nostalgia. Es un dolor constante y sordo, una herida que supura bajo los vendajes con que la he cubierto apresuradamente. Es una lucha que me acompañará toda la vida y que pese a todo sé que nunca ganaré. Lleva acompañándome tanto tiempo que me asusta pensar qué sería de mí sin ella.

Capítulo 9

La miré cuando acabó de hablar y esperé a que continuara, pero ella volvió la cabeza hacia la pared. Durante semanas había dudado si decirle a mamá lo que estaba pasando, lo que me estaba contando, pero nunca lo hice. Tenía miedo, miedo de lo que haría mamá si se enteraba y también de lo que haría yo si ella guardaba silencio. Ansiaba saber la verdad, rellenar todos los huecos en blanco que había dejado mi abuela, y ella era la única que podía ayudarme. Al menos esa era la excusa que me daba a mí misma.
—¿Por qué lo hiciste? —le pregunté.
Su aliento hizo un ruido ronco al salir de su garganta.
—Porque era la única manera de conservarla. De asegurarme de que iba a parar a manos de quien debía.
—Pero ella tenía el mismo derecho, abuela. También era su casa.
—A ella le importaba un comino. La habría llevado a la ruina, no sabía nada del campo, y ese marido suyo... no se atrevía a plan-

tarle cara. Era tan débil, siempre soñando con ser músico, siempre esperando un golpe de suerte que lo salvara... Qué idiota. Qué idiota soñador –se volvió para mirarme y, mientras intentaba enfocar sus ojos, añadió–: Fue por el bien de la finca, por tu bien, por el bien de todos nosotros.
–¿Y Julia, abuela? ¿Qué hay de ella?
–Oh... –sacudió una mano–. Ella no contaba.

En 1968, mi tía se cortó el pelo y empezó a llevarlo a lo chico, rizado por debajo de las orejas. Le dio por ponerse lo que estaba a la última moda: minifaldas, estampados florales y pantalones ceñidos. Se paseaba por la finca como si no perteneciera a aquel mundo, mientras su hijo se rezagaba tras ella. Pasaba los días viendo revistas, comprando, yendo al pueblo a mirar tiendas y planeando su siguiente salida. Merodeaba por la cocina de su padre mientras Piper daba de comer a su hijo o jugaba con él, y se quedaba mirando por la ventana, absorta en sus pensamientos.

Fue más o menos en esa época cuando Jess y ella empezaron a discutir en serio.

Julia irrumpía en casa de mis abuelos a primera hora de la mañana, sujetando a Cal Junior (que iba medio dormido en su hombro), con el pelo enmarañado, llorando o despotricando por la ineptitud de su marido, o ambas cosas. Nadie supo nunca por qué discutían exactamente. Julia nunca lo aclaraba. Se limitaba a enumerar una serie de acusaciones contra Jess y a desgranar todos su defectos, empezando por sus ridículos sueños de ser músico.

Mi abuela advertía con íntima satisfacción que la cualidad que más la había atraído de Jess se había convertido en el peor de sus defectos. «La vida es dura, ¿verdad, Julia?», pensaba.

Al final, Jess iba a buscarla y había lágrimas y recriminaciones, pero siempre acababan por reconciliarse. Mi abuelo se rascaba la cabeza, incapaz de entenderlo.

–¿Por qué no lo deja? –preguntaba a su mujer y a su her-

mana–. Sabe que cuidaríamos de ella y del niño. Lo sabe. No lo necesita.
—Lo quiere, Cal —respondía Piper con ánimo conciliador, pero Lavinia sabía que se equivocaba.

Por una vez podía identificarse con Julia; sabía por qué su hijastra montaba aquellas escenas en su casa, por qué se quedaba mirando por la ventana, por qué le había dado por llevar faldas provocativas y ropa chillona.

«*Yo lo sabía, sabía lo que pasaba en su fuero interno, pero ni siquiera yo me di cuenta de hasta dónde era capaz de llegar. Esa chica siempre superaba mis expectativas*».

Mi abuela, sin embargo, se callaba lo que pensaba. Sabía que los demás no le harían caso ni querrían escucharla. Pero, por decirlo de algún modo, a partir de entonces, cada vez que iba a la casa de ladrillo rojo de Julia, inspeccionaba las ventanas de la cocina en busca de marcas de cuchillo.

Esta parte... En fin, esta parte no está clara. Imagino que a nadie de la familia le apetecía hablar de ello. Durante mucho tiempo se consideró una mancha vergonzante en una historia que ya tenía sus claroscuros. Pero debido a la prosperidad y a la reputación de la finca, la gente estaba dispuesta, si no a perdonar, al menos sí a pasar por alto los episodios más turbios. Así que intentaré recordar lo que pueda y procuraré ser lo más fiel posible a los hechos, pero hasta mi abuela era reacia a hablar de ello con detalle, a diferencia de cuanto pasó antes o después. Dudo que fuera por pudor respecto a Julia. Creo, más bien, que era por el efecto que tuvo sobre mi abuelo: un efecto que ni siquiera ella se esperaba y del que jamás se recuperó por completo.

Julia tenía veinticinco años cuando empezó todo. Y aunque su nombre estuvo teñido de vergüenza y deshonor durante toda mi infancia, no puedo evitar sentir lástima por ella. ¿Dónde estaba yo a los veinticinco años? Vivía en Italia, en Umbria, en un apartamento alquilado que compartía con dos chicas inglesas y un chico alemán. Estaba estudiando escultura en la Escuela Internacional de Arte; circulaba con mi moto por las calles empedradas y sinuosas; comía en pequeños cafés y por primera vez desde hacía mucho tiempo sentía que mi vida era un largo camino lleno de posibilidades y libre de trabas, al menos de día. De noche... En fin, de noche era distinto. Puede que no fuera del todo feliz, pero era libre a todos los efectos. Julia no tuvo siquiera eso.

A los veinticinco años, mi tía tenía un hijo de tres años y llevaba seis casada con un hombre al que probablemente nunca había querido y al que nunca había intentado querer. Se despertaba en la finca y se acostaba en ella. Desempeñaba el papel de esposa y madre y sabía que aquello era lo único que la esperaba para los veinticinco años siguientes y para los que les siguieran después. A pesar de que lo intentó, sentía que la vida se le escapaba: que sus ilusiones y sus sueños se pulverizaban en el aire y caían sobre ella, convertida en una granjera envejecida. Aquellos nunca habían sido sus planes.

Así pues, empezó a inquietarse. Y el pueblo en el que había nacido y se había criado nunca había sido lugar para culos de mal asiento. Era el lugar idóneo para quienes deseaban establecerse, o para quienes necesitaban un puerto seguro en el que recalar antes de poder partir de nuevo. Y ella no podía marcharse, ni deseaba sentar allí la cabeza. El aburrimiento es una cosa peligrosa.

Empezó a buscar algún modo de sobrellevar su hastío. Como no lo encontraba en casa, lo buscó en otra parte. Seguía siendo buena amiga de Betsy, que había dejado la universidad y desde entonces trabajaba en una tienda de ropa. Betsy estaba soltera y Julia y ella quedaban los fines de semana con sus amigas de la tienda y se iban a tomar algo juntas. Jess no se lo impedía: quizá sabía ya que no convenía interponerse entre Julia y sus deseos. Pero así fue como empezó todo, yendo a tomar algo a algún bar los fines de semanas para que no le dieran ganas de sacarse los ojos.

Nadie sabe dónde encontró al primero, ni nadie lo preguntó, pero Julia comenzó muy pronto a engañar a su marido. Al principio con hombres de fuera del pueblo; luego, sin embargo, la cosa no se detuvo ahí. Celebraban fiestas con amigas de Betsy, a las que Julia asistía, como es natural. Aunque nadie me lo contó nunca con exactitud, por las cosas que oí de pasada a lo largo de los años, las cosas que se hacían en esas fiestas no se consideraban... En fin, resultaban inconcebibles para mi familia. Julia se movía con los tiempos y se dejaba llevar por ellos sin importarle adónde. Por lo visto le encantaba experimentar cualquier cosa con tal de que fuera divertida y no tuviera nada que ver con el matrimonio o la maternidad. Quería volver a sentirse joven: libre y sin trabas. Se estaba engañando a sí misma, pero se había pasado casi toda su vida mintiendo a los demás, de modo que era solo cuestión de tiempo que cayera víctima de su propio hechizo.

Así pues, como un alcohólico que bebe a escondidas, mi tía se las ingenió al principio para mantener su vida secreta bien oculta y separada del miedo al rechazo o al desvelamiento. Fue muy cuidadosa durante largo tiempo, pero su capacidad para engañar a quienes la rodeaban alimentó su arrogancia y la indujo a creerse intocable. Siempre se había salido con la suya y tenía la sensación de que aquello era la gota que colmaba el vaso. Si podía hacer aquello, podía hacer cualquier cosa. Empezó a creerse invencible.

No es difícil ver por qué. A los tres años había sobrevivido a un accidente de coche en el que su madre había muerto decapitada. Había robado a su padre y huido de casa y había descubierto que podía regresar como la hija pródiga. Hacía cosas que nadie sospechaba que conociera siquiera, y menos aún que pudiera estar experimentando, y las hacía impunemente, sin sufrir ni una sola vez como consecuencia de sus actos. Vivía en una suerte de hechizo.

Y luego, una tarde, mi abuela fue a casa de la señora Healy. Había prevista una partida de cartas y al llegar, cargada con una bandeja de macarrones caseros, entró en la amplia cocina de color pistacho para ayudar a su amiga a preparar las cosas. Los Healy estaban haciendo reparaciones en el tejado y los albañiles estaban justo al otro lado de la ventana. La señora Healy se fue al salón a colocar la mesa de bridge mientras mi abuela preparaba una jarra de té con hielo.

Lo que ocurrió después fue, en su opinión, obra de la divina providencia.

Los hombres estaban charlando junto a la baranda. Al principio mi abuela no les prestó atención, pero a medida que su conversación se iba haciendo más y más grosera, no pudo evitar oír lo que estaban diciendo. Hablaban como hablan los hombres, sobre una mujer con la que se habían acostado. Mi abuela comprendió, asqueada, que se habían acostado con ella sucesivamente, por turnos y hasta al mismo tiempo, y que estaban comentando en voz baja cómo se portaba en la cama, haciendo chistes que acompañaban con guiños y gestos obscenos. Aunque hablaban en voz baja, le llegaban sus voces: la cocina estaba en silencio y solo se oía el ruido del té al caer en la gran jarra de cristal. Mi abuela torció el gesto al oír cómo entraban en detalles y luego oyó algo que no se esperaba. Lo que dijeron a continuación se lo repitió a mi abuelo palabra por palabra, aunque al hacerlo endureció su semblante. Hay quien ha dicho que aquello fue demasiado, que no hacía falta que le contara la verdad tan vívidamente, pero creo que lo hizo porque sabía que, si le dejaba alguna escapatoria, Cal se aferraría a ella como a un clavo ardiendo. Y así la frase que aquellos hombres dijeron sobre mi tía ha pasado de generación en generación, hasta la mía, todavía intacta, como un epigrama cargado de vergüenza y humillación.

Los obreros se rieron de su propia broma y sus risas broncas cruzaron la cocina y rebotaron en las limpísimas superficies de la cocina de la señora Healy.

Después, durante años, la gente se preguntaba por qué. Mi padre, incluso mi tío: nadie lo entendía. ¿La influyó alguien? ¿La coaccionaron? ¿La forzaron a hacerlo? Ninguna de esas explicaciones servía, sin embargo, porque Julia iba a esas fiestas y a esos bares una y otra vez y mentía con tanta astucia antes y después que nadie podía dudar de que lo hacía por voluntad propia.

Así que, ¿por qué? ¿Por qué jugárselo todo? ¿Por qué hacer esas cosas y permitir que se las hicieran? No podía ser únicamente fruto del aburrimiento: nadie hace esas cosas solo porque se aburre. Aquel era su hogar, siempre lo había sido. ¿Cómo pudo volverse contra él de esa manera? ¿Por qué? Como decía mi abuela, ¿por qué no?

Aunque veía claramente ante sí lo que iba a hacer, Lavinia no podía menos de sentir recelo. No iba a disfrutar de aquella tarea; no había forma de llevarla a cabo sin mostrar claramente que se había manchado las manos. Sería una victoria pírrica, pero una victoria al fin y al cabo, y eso la espoleaba. Nadie ganaba en osadía a Lavinia Hathaway.

De modo que observó atentamente a su hijastra y comenzó a tomar nota de cuándo salía con Betsy Turner, de cuándo regresaba y de los sitios a los que decía haber ido. Empezó a recabar datos. Hasta contrató a un detective privado, pero antes que nada preguntó a la señora Healy quiénes eran los albañiles a los que había contratado.

—Han hecho un trabajo espléndido con vuestro tejado —le dijo.

—¿Tú crees? —la señora Healy se volvió y contempló las tejas de su casa—. Si tú lo dices...

Echando la vista atrás, hubo señales, pero nadie las vio. Mis abuelos y mi tía abuela no tenían ni idea de esas cosas en aquel entonces, y mi tío se había convertido en un ermitaño, de modo que no le habría importado aunque hubiera sabido lo que estaba pasando. Mi padre, por su parte, tenía en la cabeza un asunto que le preocupaba mucho más que la degradación de su hermana: el servicio militar.

Tenía dieciocho años y, aunque lo habían aceptado en la

Universidad Estatal de Iowa, ignoraba qué quería hacer con su vida. Aparentemente iba a ir a la universidad a estudiar Historia, pero su familia acogía con escaso entusiasmo esa idea. ¿Para qué quería una licenciatura en Historia?, le preguntaban. ¿De qué iba a servirles a él y a la finca? Porque nunca les cupo ninguna duda, ni a sus padres ni a él, de que acabaría volviendo a Aurelia. Mi padre nunca había imaginado un futuro fuera de allí, pero eso no significaba que su vida girara únicamente en torno a la finca.

Se acercaba el momento de registrarse para que lo llamaran a filas y pensaba a menudo en ello. Después de las lesiones que se había hecho tras pedir a Allie Lomax que se casara con él, Ethan ya no era un contrincante a tener en cuenta. Mi tío sufriría para los restos dolores de huesos cuando lloviera, y llevaría de por vida una lámina metálica en la pierna izquierda. Además, no compartía el anhelo de mi padre de tener una vida fuera de Aurelia, aunque solo fuera temporalmente. Había intentado cumplir sus sueños una vez y había fracasado, de modo que ya no soñaba.

Pero mi padre sí, y lo que ansiaba eran aventuras, experiencias, todas esas cosas a que uno aspira cuando tiene dieciocho años y está a punto de lanzarse al mundo. ¿Sabía algo del cuáquero que se había quemado a lo bonzo en protesta por la guerra, o de la marcha de cinco mil personas en Illinois que había encabezado Martin Luther King hijo, o de la objeción de conciencia de Mohamed Alí? Naturalmente, pero todo eso quedaba muy lejos de allí. Mi padre decía que estando en la finca, de pequeño, a veces tenía la sensación de que formaba parte de otro país. Sabía que todas esas cosas ocurrían en otra parte, pero a él no lo afectaban. Los diarios informaban de ellas cumplidamente y la televisión difundía las mismas imágenes por todo el país, pero en las calles, en las granjas, en el pueblo, los acontecimientos diarios parecían amortiguados. De modo que sí, había oído hablar de todas esas cosas, pero ¿tenía conciencia de ellas? No, en absoluto.

Sentía, en cambio, que su hogar había cambiado. Su hermano no había vuelto a ser el mismo desde lo de Allie y su hermana estaba siempre descontenta y enrabietada por su aburrimiento. Theo notaba la preocupación de su padre y la muda y enervante vigilancia que su madre ejercía sobre todos ellos, y le daban aún más ganas de marcharse de allí. Creía ingenuamente que quizá con el tiempo todo volvería a ser como antes, y que hasta que llegara ese momento podía probar a vivir en otro lugar. Pero a mi padre nunca le gustó improvisar. Carecía del espíritu caprichoso de Julia y de la determinación, aunque fuera desacertada, de su hermano mayor. Era un hombre gregario, mi padre: un hombre bueno, pero gregario.

Ignoraba cuándo llegaría su momento, pero sabía que sería pronto. Con el paso de los días empezó a inquietarse. Cumplía con sus labores en la finca y seguía su rutina cotidiana igual que antes, pero había cambiado. Aunque el cielo estaba despejado, barruntaba la lluvia, diría después. Iba a pasar algo, y en aquel entonces todavía creía que tendría que ver con él.

Mientras tanto, Lavinia hacía planes. Veía el tiempo despejado, miraba la palidez del cielo y pensaba en lo espléndido que estaría recortado contra una panoplia de negro y gris.

Y luego, un día, mi padre se despertó y comprendió que iba a marcharse. Se levantó más temprano que de costumbre, se duchó y se vistió y bajó a la cocina, donde se preparó una taza de café. Poco después bajaron su padre y su hermano, que se sentaron a la mesa mientras su tía freía huevos, panceta y champiñones en una gran sartén.

Agarró con fuerza su taza al sentarse y tuvo la sensación abrumadora de que todo aquello (el plato con dibujos de golondrinas azules colocado ante él con su desayuno, la charla de su padre acerca de las faenas que había que hacer mientras echaba un vistazo al periódico, y el silencio de su hermano a su lado) sucedía por última vez. Esa idea ya no se desprendió de él, y pasó la mañana como en un sueño, como si todo fuera mentira y pronto fuera a despertarse y a encarar la verdad.

Lo cual hizo en torno a mediodía. Al entrar en la casa se encontró con un corro de mujeres que lo miraban. Sus rostros estaban inexpresivos, pero luego su madre se acercó y le entregó un sobre. Theo supo lo que era antes de abrirlo y de pronto, mientras agarraba el papel y jugueteaba con sus esquinas, se sintió ligero, casi embriagado.

–¿Qué pasa? –preguntó Ethan al entrar con su padre.

–Me han llamado a filas –contestó su hermano.

Después de aquello, un ánimo sombrío se apoderó de todos ellos. Sabían que iba a pasar, estaba pasando en todas partes. Aunque nunca habían hablado de ello, ahora que la noticia no solo estaba en la tele o en los periódicos, sino dentro de su casa, por fin tomaron conciencia de que la muerte podía visitar de nuevo Aurelia, esta vez en busca de los jóvenes.

Mi padre, sin embargo, no pensaba en esas cosas. Estaba asustado y nervioso, pero sobre todo aliviado. Aquella era su oportunidad, pensaba, su ocasión de ver el mundo, de escapar y marcharse a otra parte, de hacer otras cosas aparte de las labores del campo, de vivir un poco. Sí, era una guerra, pero ¿qué sabía él de la guerra? ¿Qué sabía de cómo sería, de lo que iba a ver, de lo que haría, de las cosas que permitiría que ocurrieran? Nunca tuvo ninguna duda de que regresaría, y aunque desconocía por completo la vida en el ejército, no le asustaba el esfuerzo y arrimaría el hombro como el que más.

Pero ahora que su hijo iba a marcharse, quizá para morir, a mi abuela le sucedió algo que rara vez le pasaba: perdió la paciencia.

Llevaba meses reuniendo información sobre su hijastra. Había dado instrucciones al detective al que había contratado de que consiguiera nombres, descripciones y, si era posible, fotografías de todas las actividades de Julia, y guardaba todas aquellas pruebas en un gran sobre marrón cuyo contenido repasaba todas las mañanas a primera hora, antes de que la casa se despertara, para empaparse bien en ellas. No dejó a Julia al descubierto aún, sin embargo. Había estado esperando a que se le presentara una oportunidad, porque, pese a lo mucho que odiaba a Julia, no quería que pareciera que había tomado cartas en aquel asunto. Sabía que cualquiera que acudiera a mi abuelo para desplegar ante sus narices aquellas fotografías, incurriría no solo en su ira sino también en su odio por haber destruido su amor y su confianza en su hija, que antes creía incondicionales. No era únicamente la debilidad de Julia la que quedaría expuesta, sino también la de Cal, y esa era una misión peligrosa. Pero cuando supo que su hijo pequeño se iba a ir a la guerra y vio a Jess hablando con el capataz y a Cal Junior paseándose torpemente por su casa mientras su madre lo llamaba a voces, se convenció de sus esperanzas se desvanecían y vio el rostro victorioso de Julia. En aquel momento no le cabía ninguna duda de que, si iba a la guerra, mi padre moriría. Theo era demasiado bueno; ella siempre lo había sabido. No le había enseñado el arte de la supervivencia porque estaba segura de que jamás se rebajaría hasta el punto necesario para dominarlo. Y la idea de que uno de sus hijos muriera en un país extranjero dejado de la mano de Dios, mientras su hijastra seguía llenando su finca de mocosos con derecho a ella acabó por quebrar todo el dominio sobre sí misma.

De modo que repasó los nombres de los hombres con los que había estado su hijastra, buscando un golpe de inspiración.

«Buscaba algo nuevo, algo que no hubiera visto o que no se me hubiera ocurrido, algo distinto. Y entonces me di cuenta. ¿Para qué enseñar al perro trucos nuevos si los viejos funcionan tan bien?».

Y así fue como mi abuela se halló por segunda vez en casa de Betsy Turner.

Fue una jugada arriesgada, irracional incluso, muy por debajo de su esmero habitual, pero Theo se marchaba una semana después a hacer la instrucción y mi abuela estaba decidida a que no fuera el único en abandonar Aurelia.

Así pues, averiguó la dirección del apartamento que Betsy compartía con otra chica y la sorprendió cuando estaba a punto de salir. No dijo gran cosa: se limitó a sacar el sobre marrón y a dárselo.

–Creo que esto es más de tu gusto que del mío –dijo.

Betsy tomó el sobre, perpleja, y al darse la vuelta para marcharse mi abuela oyó que abría la solapa para echar un vistazo dentro y que enseguida dejaba escapar un gemido de espanto.

–¡Señora Hathaway! ¡Señora Hathaway, por favor! –gritó, desesperada, corriendo tras ella, y le cortó el paso haciendo aspavientos.

«Lista para que la crucificara».

Aunque habían pasado años desde que Lavinia se sentara en el sofá de la madre de Betsy, nada había cambiado. Acobardada por el miedo, Betsy se mostró, si acaso, aún más servil, aún más dispuesta a colaborar. Se resistió aún menos que la primera vez, para sorpresa y decepción de mi abuela. Y se comportó con mucha más cobardía: culpó de inmediato a Julia.

–¿Y dónde habría tenido ocasión de hacer estas... estas porquerías si hubiera sido por ti? –gritó mi abuela, sosteniendo las fotografías delante de su cara llorosa–. Ni siquiera se le habría ocurrido ir a estos sitios, relacionarse con esas personas, si tú no se las hubieras presentado.

–No, yo no, yo no hice nada. Fue Julia, fue ella quien... quien...

–¡Dios mío, mira esta basura! –dijo mi abuela mientras pasaba las fotografías como si fueran una baraja de postales obscenas–. ¿Te imaginas lo que dirá la gente cuando esto salga a la luz? Tu pobre madre no tiene ni idea de que su hija es una pervertida. Reconócelo, tú empujaste a Julia a hacer estas cosas, tú se las enseñaste, ¿no es cierto? –se inclinó y estiró el cuello hacia la cara de Betsy, fijando en ella la linterna de su mirada cargada de reproches–. Julia nunca dio muestras de esta clase de depravación hasta que retomó su amistad contigo. Y, Dios mío, ¿qué pasó la última vez? ¡Que se escapó de casa para casarse con un hombre al que ni siquiera conocíamos!

—Por favor, por favor, tiene que creerme. Yo no he hecho nada de eso. Estaba allí, sí, pero... pero yo no...
—¿Quién va a creerte? ¿Quién? —la interrumpió mi abuela—. Julia está casada y es madre. Si esto se hace público, ¿quién va a creer que puso en peligro todo lo que tenía si no fue por tu influencia?
Era mentira, desde luego. Todo el mundo sabía que Betsy no tenía voluntad propia; la idea de que pudiera haber manipulado a Julia resultaba risible, pero paralizada por el miedo y la impresión, era incapaz de pensar lógicamente.
—¿No podría...? ¿No podría...? Si paro, si no vuelvo a verla...
Mi abuela soltó un bufido de indignación.
—¿Crees que puedo ocultarle esto a mi marido? ¿A su padre? ¿Crees que cuando se entere de esto no montará en cólera? Buscará a alguien a quien culpar y dado que fuiste tú quien le proporcionó...
—Yo no...
—...la oportunidad y sabe Dios qué mas, serás tú la primera a quien culpe. De eso no tienes escapatoria.
Betsy la miró aterrorizada. Las fotografías descansaban sobre la mesa de café, bajo sus manos trémulas.
Mi abuela soltó un suspiro y relajó los hombros.
—Sé cómo es mi hijastra. Veo cómo se comporta con Jess, cómo viste, su chulería... Sabía que algo iba mal, pero ella nunca ha recurrido a mí. Si tú, su amiga, hubieras ido a decirme en qué se estaba metiendo, yo podría haberla salvado, podría habérselo impedido. Podría decirle a todo el mundo si me preguntaran que viniste a mí como amiga para intentar salvarla de sí misma. O incluso a Cal si preferías hablar con él. En esos términos, él te habría escuchado y todo esto podría haberse evitado. Qué idiota has sido, Betsy, qué idiota. No lo entiendo.
Hubo un silencio. Los ojos enrojecidos de Betsy volaban sobre las fotografías.
—¿Hay alguna... alguna mía?

—No, ninguna —mi abuela las recogió y volvió a guardarlas en el sobre—. Todo esto podría haberse evitado —repitió melancólicamente.

—¿Qué va a hacer ahora?

—Para Julia es demasiado tarde, ha caído demasiado bajo. No, tendré que decírselo a Cal, aunque Dios sabe que no quiero hacerlo. No quiero ser yo quien le dé esta noticia, pero ¿qué remedio me queda?

Se hizo otro silencio.

—Bueno, ¿por qué no se lo digo yo? —preguntó Betsy, titubeante.

Mi abuela la miró con fingida sorpresa.

—¿Qué quieres decir? —preguntó.

Betsy se retorció las manos sobre el regazo.

—Podría... Debería habérselo dicho antes, ahora me doy cuenta. He cometido un error, pero quiero arreglarlo. Puedo arreglarlo. Iré a ver a su marido y se lo contaré todo, como haría una buena amiga, como usted ha dicho. Quiero mucho a Julia —añadió—. No quiero que siga haciendo estas cosas, teniendo un hijo pequeño y todo eso. Pero ella no me hace caso, y yo la acompañaba para que no le pasara nada, para asegurarme de que no le hacían daño. En esos sitios puede pasar de todo.

—Ya lo he visto —dijo mi abuela en voz baja.

—Y ya sabe usted lo terca que es. De todos modos habría ido, así que... así que yo la acompañaba para vigilarla, pero... no podía hacer gran cosa, ¿comprende?

—Claro que sí. Ha tenido que ser horrible.

—Sí. Dios mío... —se le quebró la voz—, me ha estado volviendo loca callarme todo esto —se humedeció los labios, sobre los que se habían acumulado las lágrimas manchadas de rímel—. ¿Cree que si hablo ahora sería demasiado tarde?

Mi abuela se quedó mirándola un momento; luego extendió la mano y la posó sobre su muñeca.

—¿Sabes?, te creo, Betsy —dijo con suavidad—. Cuéntalo tal y como has hecho ahora y no habrá nadie que no te crea.

Además –le dedicó una leve sonrisa–, yo digo siempre que nunca es demasiado tarde.

Betsy llegó a Aurelia un martes a la hora de la comida. Julia estaba fuera, de compras. Betsy lo sabía porque le había pedido que se reuniera con ella en la zona de restaurantes del centro comercial; de ese modo se había asegurado de que no estaría en casa cuando llegara. Y así, mientras Julia la esperaba en el centro comercial, ella llamó a la enorme puerta de la casona blanca de la colina e hizo añicos a Cal Hathaway padre, que fue quien acudió a abrir.

Mi abuelo estaba en casa, comiendo. Mi tío y mi padre los vieron entrar en el despacho y se miraron extrañados.

Que Betsy se presentara en su casa y pidiera ver a su padre era ya de por sí bastante raro. Pero su asombro fue mucho mayor cuando empezaron a oír a su padre dando voces en el despacho y un instante después se escuchó un estruendo de muebles volcados.

Su madre llegó al despacho antes que ellos, y aunque se quedaron junto a la puerta y oyeron los gritos sofocados de su padre y el tono conciliador de su madre, no entendían aún qué había ocurrido.

Betsy salió corriendo del despacho y chocó con mi padre, que se agarró a sus hombros para no caer.

–¿Pasa algo? –preguntó Theo.

Betsy estaba sofocada, sus ojos se movían frenéticamente, respiraba con agitación.

–He cumplido con mi deber, que nadie diga lo contrario. He cumplido con mi deber –repitió antes de huir.

Mi padre y mi tío se asomaron al despacho y vieron que estaba patas arriba. El sillón estaba volcado y había libros y papeles tirados por la alfombra, encima de la cual se veía también un montón de pequeñas fotografías. Mi padre recogió una que tenía cerca del pie. Al verla, se tapó la boca con las manos.

–¿Esa es...? –preguntó Ethan detrás de él, pero en ese momento mi abuelo soltó un grito tan fuerte que aunque eran los dos adultos mi padre y mi tío dieron un salto atrás. Cal tenía la cara roja de rabia y los puños levantados. Nunca lo habían visto así. Era como si su memoria y su sentido común se hubieran borrado de golpe.

Cal pasó a su lado. Lavinia lo siguió hasta la puerta, pero se detuvo en el umbral. Él montó en su coche y arrancó.

Fue a casa de uno de los hombres que habían estado con su hija. Necesitaba saber que no era verdad; que era todo un embuste, un falso rumor engendrado en un bar por un borracho con ganas de impresionar a sus amigos. Su hija, no; su niña, a la que habían sacado del coche ensangrentado de su madre con un vestidito de cerezas, no. Julia, no.

—Sí, Julia —contestó el hombre.

—¿Está seguro? —Cal no podía creer que un hombre pudiera sostener una mentira de ese calibre delante de la cara de un padre. Se acobardaría, su mirada vacilaría, su cuerpo lo traicionaría aunque su lengua no lo hiciera. Pero aquel hombre siguió derecho como una vara, sin desvelar nada porque no estaba ocultando nada.

Así pues, Cal regresó a casa, agarró su rifle, se fue al prado y pegó dos tiros en la cabeza al purasangre blanco que le había comprado a Julia en una yeguada de Kansas.

Julia gritó. Arañó la puerta exigiendo entrar. No fue una rabieta juvenil con intención de superar los obstáculos que se le ponían: estaba fuera de sí. Era miedo auténtico.

Fue Theo quien cedió por fin. Mi padre aún tenía esperanzas.

En cuanto estuvo dentro, corrió de habitación en habitación, esquivando los brazos de sus hermanos y las manos desesperadas de su tía, que la recriminaba y le suplicaba al mismo tiempo. No veía a nadie, no reconocía a nadie.

Pero Lavinia se encargó de que notara su presencia.

Y así lo hizo Julia, lanzándose hacia ella para clavarle las uñas en la cara. Ethan la agarró, pero ella empezó a dar patadas y a morder, y Theo tuvo que ayudarlo. Su hermana se comportó como un animal. Mi abuela dijo después que era su verdadera naturaleza.

Mientras arrojaba insultos que rebotaban cual piedras en la orgullosa ciudadela de su madrastra, echó la cabeza hacia atrás y le lanzó un escupitajo. Faltó poco para que le diera en la cara.

Lavinia dijo:

–Cualquiera diría que he sido yo quien te ha obligado a tumbarte boca arriba y a abrirte de piernas. Vamos, me interesa, ¿qué excusa vas a darme ahora?

Pero mi tía llamaba a voces a su padre. Sus gritos lastimaban los oídos de todos... o casi.

–No va a venir –contestó mi abuela–. Le das asco. Has ensuciado el amor que te tenía. Descuida, que no volverás a verlo.

Julia se retorcía en brazos de sus hermanos. Tenía ganas de matar, era capaz de aceptar cualquier pena, cualquier castigo con tal de que aquella mujer se pudriera en una tumba sobre la que pudiera orinarse.

Piper le suplicaba, le rogaba, sujetaba las manos frenéticas de aquella muchacha que más que una sobrina había sido siempre para ella una hija, por más que hubiera fingido lo contrario. Pero ¿qué sentido tenía ya fingir? Quería contradecir a su cuñada, pero conocía a su hermano, sabía la verdad. Dios le había dado la espalda a Julia, ahora lo veía, mientras la muchacha se dejaba caer hacia delante, derrotada y llena de dolor.

Entonces la escalera crujió en lo alto del descansillo y todos levantaron la mirada. Cal no tenía ojos para nadie, salvo para ella. La vio en brazos de sus hermanos, vio a su hermana inclinada sobre ella y a su esposa erguida, cortándole el paso. Era como una obra de teatro, pero Cal había visto la sangre del caballo blanco correr en regueros por su tierra y sabía que aquello no era una fantasía, que el telón no iba a caer. Aquello era real.

Igual que su desprecio.

No, nunca, él nunca podría abandonar a un hijo. Jamás permitiría que un hijo suyo marchara al exilio proyectando largas sombras sobre el camino. Él no era como su padre.

Pero fue tan sencillo...

Y entre el negro cristal que hacía trizas el amor que le tenía, los recuerdos que atesoraba, surgió la convicción de que se lo merecía.

«Puta».

Así pues, Cal bajó y todos se apartaron.

Se acercó a ella. Julia se incorporó y, aunque las palabras escaparon a trompicones de su boca, él no las oyó. Aquel cuerpo procedía del suyo, pero él había visto, había oído a lo que se entregaba. Era basura contaminada. Los veía a todos sobre ella, la veía engullida por ellos, consumida por su depravación. Su primogénita, su hija adorada, no era más que basura.

Dios, necesitaba una copa. Pasó junto a ellos y entró en la cocina, pero Julia se desasió y fue tras él. Gritó y lloró, intentando hacerse oír entre el estrépito que formaba su padre buscando el whisky. Y entonces su mano, aquella manita que se había agarrado a su cuello veintiún años atrás, en Oregón, se posó sobre su brazo.

Su cuerpo supo qué hacer antes de que lo supiera su cabeza.

Su mano se estampó contra un lado de su cara y no sintió dolor, pese a que ya empezaba a palpitarle. La lanzó al otro lado de la cocina, y ella se golpeó la cabeza con la mesa al caer. Luego abrió los ojos de par en par, llena de perplejidad. De pronto comprendía que todo se había roto. Que entre ellos ya no había nada.

Cal se miró la mano, asqueado, como si se hubiera contaminado al tocarla. La otra estaba vacía. Aún no había encontrado el whisky.

Agachada en el suelo, junto a su sobrina, Piper miró a su hermano mientras Julia se agarraba la sien, de la que caía un hilillo de sangre que empezaba a correr por su cara.

No hubo palabras, solo medias palabras, frases a medio formar que ardían y se extinguían en la lengua antes de salir al aire. Cal... Al fin, la botella de cuello grueso refrescó la palma de su mano mientras el whisky corría por su gaznate. Para él no había nada ya fuera del líquido de color ámbar. No quería que lo hubiera. Y, luego, un paso. Mi abuela junto a la puerta y sus hijos acercándose indecisos, horrorizados. Su padre no los veía; no veía la figura agazapada de su tía, ni las largas y lechosas piernas de su hermana extendidas en el suelo. Solo veía su botella. Esa fue la última imagen que mi padre se llevó consigo cuando a la semana siguiente se marchó a la guerra. Esa, y la estampa del caballo de Julia cuando lo encontró junto a los establos, las largas patas dobladas, los ojos ciegos clavados en la paca de heno del rincón, sus sesos y su sangre esparcidos por la pared y el suelo.

Cuando nuestra madre pensó que teníamos edad suficiente, nos contó a mis hermanas y a mí que nuestra tía se había portado muy mal, que había sido una mala esposa y una mala madre, que había deshonrado a nuestra familia y a su marido y que por eso no debíamos hablar de ella nunca, y menos aún con Cal Junior.

–Pero si él habla de ella todo el tiempo –dijo Ava.

–¿Qué? –preguntó mi madre–. ¿Cuándo?

–Sí, ¿cuándo, Ava? A mí nunca me ha hablado de ella –dije yo.

–No, pero... –se interrumpió y clavó los dedos en la palma de su mano: tenía costumbre de hacerlo cuando se sentía incómoda. Cuando tenía examen, solía llegar a casa con las manos llenas de marcas de uñas bajo los pulgares.

–A mí me cuenta muchas cosas. Creo que... que le gusta hablar conmigo.

–Bueno, pues... no debería –dijo nuestra madre–. Lo que Julia le hizo a su padre le afectó mucho. Por eso... bueno, por eso es como es, en parte. Después ocurrieron cosas... y él era muy pequeño, pero aun así no hace falta que tú lo sepas. Solo digo que tengas cuidado si vuelve a hablarte de su madre –siguió mezclando la masa en la fuente–. Y nunca mencionéis su nombre delante de vuestro abuelo.

Pero años después, cuando sentada junto a su cama yo veía desvariar a mi abuela, Lavinia mencionaba el nombre de Julia a menudo, y fue así como descubrí lo que quería decir mi madre en realidad cuando se refería a la «deshonra» de Julia y a las consecuencias que había tenido sobre Cal Junior.

Pero aunque sé la verdad, no puedo perdonarlo por lo que hizo, como no puedo perdonarme a mí misma el habérselo permitido.

AVA

Un árbol enfermo

Capítulo 10

En la sala de reuniones de Dermott y Harrison, con el aire acondicionado puesto, pensé en la última vez que había estado en un bufete de abogados. Había sido en la lectura del testamento de mi madre. Yo tenía diecinueve años y había sido hacia el final del verano de mi segundo curso en la universidad. Había estado en Nueva York, cuidando de una casa para ganar algún dinero mientras esperaba a que empezara el curso, cuando los abogados nos convocaron en Iowa. Había sido la primera vez que había visto a Claudia desde... En fin, recuerdo que al entrar, diez minutos tarde, me había chocado lo mucho que había cambiado. Ava se había negado a mirarme a los ojos y Claudia había bajado la mirada hacia la mesa al entrar yo. Como no estaban sentadas juntas, me había dirigido pidiendo disculpas hacia el final de la larga mesa bruñida para ocupar la única silla libre, entre

ellas dos. Allí estábamos, una terna de tristeza y rencor, mientras la voz del abogado zumbaba sobre nuestras cabezas leyendo en voz alta las últimas voluntades de mi madre, que había esperado de sus hijas algo muy distinto.
Pero esta vez es diferente.

Esta vez, en vez de un señor de pelo canoso y traje oscuro, me tocó en suerte una mujer morena y vivaracha, con los labios pintados de color frambuesa y altos zapatos de tacón que arañaron el suelo del pasillo cuando salió a recepción y me ofreció su mano cuidada y elegante. Era toda sonrisas desenvueltas y ropa almidonada. Yo, con mis pantalones vaqueros y una chaqueta de punto, no podría haberme sentido más fuera de lugar, ni más nerviosa.

Mientras ella repasaba los «asuntos pendientes» (esa fue la expresión que empleó, a modo de saludo, no «¿qué tal?», o «¿le apetece un café?». Por lo visto, los preámbulos no eran su fuerte), me quedé allí sentada, completamente inmóvil. Porque lo que estaba diciendo no tenía nada que ver con la Aurelia que yo conocía. Esas cifras y cláusulas no tenían ningún significado para mí, ni guardaban relación alguna con lo que sentía por la finca en la que me había criado. No las reconocía, y tenía la impresión de que ella tampoco. Allí estaba, hablando sin parar, moviendo papeles con las carpetas marrones abiertas sobre su escritorio. Creía saber de qué estaba hablando, pero no lo sabía. Claro que, por las miradas que me lanzaba, tuve la sensación de que pensaba lo mismo de mí.

—Mire —dije, inclinándome hacia delante en cuanto hizo una pausa, casi veinte minutos después de que me pidiera que me sentara—, no quiero la cómoda Reina Ana, ni el collar de perlas antiguo, ni ninguna de esas cosas. Pueden quedárselas o venderlas o lo que sea. A mí no me interesan. Solo estoy aquí porque... —sentí que flaqueaba y que se me escapaban las palabras e intenté aferrarme a ellas desesperadamente—. Porque quiero asegurarme de que las cosas importantes, las que de verdad son importantes para mí, no se pierden en... en los embrollos de Cal.

Me eché hacia atrás. Me miró y sus labios de color frambuesa se separaron solo un poco.

—Naturalmente, pero nosotros por nuestra parte queremos asegurarnos de que está usted informada de todo lo que necesita saber —repuso.

—Le aseguro, querida —dije con calma—, que el conocimiento está sobrevalorado. Solo dígame cuándo puedo ir a recoger las cosas de mis padres.

Mucho más tarde, estaba picoteando el plato de macarrones con queso que me había preparado Jane cuando llamó ella. Jane había intentado preguntarme por mi reunión con la abogada cuando había llegado a casa, pero yo no me había mostrado muy dispuesta a hablar. Lo que había hecho había sido echarme a dormir encima de la colcha, vestida todavía. En aquel lugar cada cosa, por pequeña sea, es una inmensa batalla. Una guerra ridícula y dolorosa para la que de nuevo no estoy pertrechada. Para estas cosas, se diría que toda la sangre de los Hathaway se me coagula en las venas y me roba las energías que tanta falta me hacen. A ella, en cambio, no. Cuando me puse al teléfono, noté enseguida que sus engranajes seguían funcionando a la perfección.

—Así que estás ahí. Por fin —dijo cuando contesté—. Gracias, Meredith, por avisarme de que habías decidido encargarte de la finca. Muy bonito por tu parte no consultarlo con nadie.

Me quedé mirando el suelo con la boca abierta mientras mi cerebro se ofuscaba.

—No creas que porque estés ahí vas a decidirlo tú todo. Voy a montarme en el próximo avión y nos encargaremos de esto las dos juntas. Aunque a Ava y a ti os gustaría olvidarlo, no sois las únicas herederas que quedáis, y puede que otras personas, otras personas que cuentan tanto como vosotras, también quieran tener algo que decir. No digas que no te lo advertí, una delicadeza que, por si no lo has notado tú no has tenido conmigo.

Y luego colgó. Me quedé muda y de pronto me eché a reír a carcajadas. Me temblaron los hombros antes incluso de que la risa alcanzara mi boca. «Dios mío», pensé, «lo que es volver».

–¿Qué ha pasado? –preguntó Jane cuando entró en la cocina y me vio sacudiendo la cabeza, apoyada en la puerta de la nevera.

–Nada, lo que era de esperar –seguí riéndome. Cambié de posición y me apoyé en el fregadero–. Solo que... va a venir Claudia.

Claudia. Su cabello antaño mezcla de rubio y castaño, antes de que empezara a teñírselo, sus ojos oscuros, su nariz igual que la de mi padre, sus piernas como las de mi madre... Su primera hija, una verdadera combinación de ambos. Al mirarla, cuando nació, lloraron los dos. Había sido el motivo por el que mi padre había decidido regresar a Aurelia.

Claudia, la mayor, mi hermana mayor.

Debería haber sido mi ídolo de oro y sin embargo era un dios de barro. Mis primeros recuerdos están plagados de imágenes suyas: con bikini blanco y gafas de sol rojas tomando el sol en nuestro césped, el bálsamo labial con olor a fresa que yo solía robarle y olisquear hasta que me pillaba, los infinitos rollos de regaliz rojo que yo encontraba en nuestra casa a medio morder. Mi hermana, desdeñosa, vigilante, ambiciosa. Destinada a abandonar Aurelia desde el mismo momento en que puso por primera vez el pie en ella, aunque siempre hubiera creído que sería ella quien dictara las condiciones.

Claudia Marie Hathaway. Solíamos llamarla Clo.

A las tres menos cuarto, dos días después de su llamada, un taxi blanco paró en la calle de Jane. Jane estaba sentada en el cuarto de estar, fumando mientras observaba a la gente desde la ventana. Yo estaba leyendo en el sofá, con las piernas sobre el reposabrazos. Guardábamos un cómodo silencio cuando de pronto un rápido taconeo fue subiendo de volu-

men y, justo antes de que se oyera su enérgica llamada a la puerta, Jane dijo:
—Ha llegado tu hermana.
Así que abrí la puerta y allí estaba ella, delante de mí. Al principio solo vi su carmín rojo oscuro tirando a burdeos, la única parte de su cuerpo expuesta a la luz: el resto estaba envuelto entre un abrigo de piel oscura y moteada y un sombrero de fieltro negro que, colocado de lado, cubría la mayor parte de su cara. Me aparté a modo de saludo. Ella se dio por enterada entrando y, mirando hacia abajo, se fijó en mis vaqueros y mi camisa arrugada. Lo primero que se me ocurrió decirle a mi hermana, a la que no veía desde hacía más de una década, fue:
—No traes maletas.
—No —contestó tranquilamente mientras Jane salía al pasillo—, están en el hotel.
No, claro, pensé. Ella no iba a subirse en un autobús de línea, ni iba a probar suerte en casa de una amiga. Ese, de todos modos, nunca había sido su estilo.
—Jane —dijo con los brazos extendidos como un maniquí.
Jane se acercó y se retiró de ellos lo más limpia y rápidamente que pudo.
Nos quedamos mirándonos un momento sin saber qué decir. Yo no podía soportarlo.
—Ya puedes cerrar la puerta, hace frío —dijo Claudia puntillosamente.
Levanté la mirada. Aún no se había quitado el sombrero.
—Tienes buen aspecto —dijo cuando me adentré en la casa.
—La he estado cebando un poco. Tendrías que haberla visto cuando llegó —comentó Jane, acercándose para recoger el abrigo de mi hermana. «Así que ese es el efecto que producen las pieles», pensé. «Convierten en sirvientes a quienes no las llevan».
Claudia se quitó la piel muerta de la espalda y vi que llevaba un vestido negro pulcramente ceñido con un cinturón de color oro y un fruncido en los hombros. Siempre había cuidado mucho los detalles, mientras que yo...

–Entonces, ¿Ava está aquí? –preguntó enérgicamente.
–No, claro que no, ¿por qué iba a estar aquí? –pregunté, incrédula.
Me miró con desdén.
–Bueno, tú has venido, y normalmente donde va una va la otra.
–De eso hace mucho tiempo. Las dos hemos crecido.
–Y os habéis distanciado –añadió con sorna.
–Habla por ti –repliqué, y entonces, sin poder refrenarme, alargué el brazo y le quité el sombrero–. Y quítate esa ridiculez. No estás en la Semana de la Moda de Nueva York. Esto es Iowa, ¿recuerdas?
–No sé –dijo en voz baja, los ojos fijos en los míos–. Hace tanto tiempo...
–Pues intenta recordar.
–¿Un té? –se apresuró a decir Jane, entrando en la cocina.
–¿Verde? –preguntó Claudia al seguirla.
–No, marrón –contesté con desdén.
Se volvió y me miró de arriba abajo. Normalmente, de niñas, en situaciones así me tiraba al suelo de un empujón o me daba un pellizco para provocarme, para que me enzarzara con ella en una pelea que sabía que yo no podía ganar y a la que sin embargo mi mal genio no podía resistirse. Tengo mucho que agradecerle a mi hermana. Ella me enseñó el arte de la guerra desde que di mis primeros pasos. Y pensé: «¿No sería todo más fácil si pudiera darle un empujón, como antes? ¿Si ella pudiera tirarme del pelo y pudiéramos pelearnos y sudar hasta airear todo lo que hay entre nosotras?». No sería como con Ava: la nuestra no es una lucha a muerte.
–Confiaba en que pudiéramos comportarnos civilizadamente –dijo.
–Bueno, tu llamada no fue precisamente civilizada, ¿no crees?
–¿Y qué esperabas? –las aletas de su nariz temblaron; por lo demás, parecía perfectamente dueña de sí misma–. Pensaba que habríais tenido la decencia de...

—¿Quiénes? ¿Ava y yo, quieres decir? ¿Las dos conspirando contra ti? Pues no fue Ava quien me dijo lo de la finca. Fueron los abogados. Se pusieron en contacto conmigo después de hablar con ella y toparse, oh sorpresa, con un muro de cemento.

Parpadeó, desconcertada.

—¿Por qué no intentaron ponerse en contacto conmigo?

—Seguramente porque no te apellidas Hathaway.

—Tú tampoco —replicó con malicia.

—Legalmente, sí, ¿no es verdad, señora McCulley?

Vi por el rabillo del ojo que Jane estaba detrás de nosotras, junto al hervidor de agua.

—Entonces, ¿cómo te enteraste? —pregunté de pronto.

—Se enteró mi marido en una fiesta benéfica.

—¿Cómo dices?

—Sí —dijo, adoptando de nuevo su tono puntilloso mientras estiraba los dedos y se miraba la manicura—. John fue a una fiesta de no sé qué bufete, para recaudar fondos para enfermos de leucemia o algo así, no me acuerdo. Lo que no puedo olvidar es que un amigo suyo que casualmente es socio de Dermontt y Harrison le contó entre canapé y canapé que estaban liquidando la herencia de uno de sus mejores y más antiguos clientes, un caso que estaba resultando particularmente complicado porque el propietario había muerto y sus últimos descendientes vivos o no querían saber nada del asunto o estaban ilocalizables. John se las arregló para averiguar lo suficiente y yo me puse a hacer llamadas ¿y qué fue lo que me encontré?

—Me sorprende que le hayas contado tanto sobre tu vida.

Levantó la barbilla con aire desafiante.

—No estoy aquí para hablar de eso otra vez.

—Yo tampoco —dije. De pronto estaba cansada.

Por primera vez desde que había llegado, durante un segundo, el hielo que la envolvía pareció fundirse y su boca se ablandó.

—¿Y por qué has venido?

Podría habérselo dicho, podría haberle contado lo de

Ava, lo de todos ellos, todas las cosas que ocultaba desde hacía años. Podría haberla hecho mi confidente, quizás aquella fuera la herramienta que deshiciera todos los nudos de amargura que mi hermana había permitido que se formaran a nuestro alrededor desde el día en que montó en una camioneta y mi tío se la llevó de Aurelia. Pero hasta yo reconozco la diferencia entre un instante de valentía y una ilusión sin ningún fundamento.
—Me apetecía volver a casa.
Un gesto desdeñoso torció su boca de color burdeos.
—Sí, ya.

Resulta irónico que la idea le resultara tan desdeñable, cuando, de no ser por ella, es probable que Aurelia no hubiera sido nunca mi hogar.

Theodore James Hathaway se fue a la Guerra de Vietnam en 1968. Sus padres y su hermano fueron a despedirlo a la estación de autobuses y lo abrazaron por turnos, pero excepto mi abuelo ninguno se atrevió a mirarlo a los ojos. Tampoco él deseaba que lo hicieran. Aunque mientras se sentaba y el autobús se ponía en marcha sabía que tal vez aquella fuera la última vez que veía a su familia, no quería prolongar la despedida. El espectro de su hermana los atormentaba aún como un fantasma cruel, su nombre les quemaba la lengua y el pensamiento en sus esfuerzos por no mencionarla ni hablar de las horribles escenas que habían precedido a su última semana en la finca. Apoyado contra la ventanilla del autobús, Theo había suspirado. Su compañero le había lanzado una mirada de lástima.

Un año después, cuando le relevaron de servicio después de que un francotirador le hiriera en la rodilla y el hombro derecho, no regresó a Iowa. Cuando le dieron el alta envió a su familia una carta que escribió en un tren camino de Nueva York, diciéndoles que les enviaría su dirección cuando encontrara casa. Intentar encontrar el equilibrio entre la simple cordialidad y una emoción que aún no estaba listo para sentir y que por tanto solo podía ser fingida lo dejó exhausto. Sus padres recibieron la carta y, un mes después, otra para informarlos de que estaba trabajando como oficinista en la Universidad de Syracuse y darles la dirección de la habitación que había alquilado en el sótano de un bloque de apartamentos. Su madre le envió un paquete con comida y su tía un jersey de punto para los duros inviernos neoyorquinos, y así empezó un tira y afloja de silencios y evasivas que había de durar dos años.

La suya fue una relación de cuidadoso equilibrio entre lo que se esperaba y lo que les hacía sentirse incómodos, todo ello tras una máscara de fría cordialidad. Ellos no le recriminaban que no fuera a casa por Navidad, y él no preguntaba por qué no iban a visitarlo. No le preguntaban cuándo iría a casa, y él pasaba por alto las partes más penosas de sus cartas cuando hacían referencia a lo que habían traído consigo los actos de su hermana. No se sondeaban los unos a los otros, no hurgaban en sus heridas y, dejando a un lado los momentos en que recordaba de dónde venía, mi padre aprendió de nuevo a ser feliz. Comenzó a construirse una vida en Nueva York y hasta empezó a dar clases de Historia por las noches.

Así fue como conoció a mi madre: ella se había matriculado en un curso de lengua y literatura italiana, y un día se encontraron en un pasillo. Sus caminos se cruzaron cuando iban a sus respectivas clases y de pronto se hallaron ejecutando una torpe danza: él se iba hacia un lado y ella también, él se movía para el contrario y ella también, hasta que mi madre soltó una carcajada, divertida por la torpeza de ambos, y por primera vez en mucho tiempo mi padre sintió verdadero calor en el corazón. No invitó a salir ese día a aquella joven de pelo castaño, a pesar de que su risa había encendido un fósforo dentro de su alma, pero procuró estar en aquel pasillo a la misma hora, ese mismo día de la semana, durante las dos semanas siguientes para verla otra vez. Un día, cuando ella pasó a su lado y sonrió, Theo se rascó la nuca y por fin la invitó a tomar un café. Eso fue todo: no hubo relámpagos, ni un gran idilio, solo la tierna caricia de un deshielo que poco a poco, suavemente, fue ocupando el lugar que había dejado su corazón. Mi madre no se dio cuenta del efecto que surtía sobre él hasta que a ella empezó a pasarle lo mismo.

Antonia Magdala Pincetti había vivido en estado de perpetua mudanza. Su padre no podía o no quería conservar ningún empleo. Pasó por toda una sucesión de oficios (fue vendedor, camarero, cocinero), pero el que más le duró fue el de oficinista en la embajada italiana en Washington. Aguantó quince meses, y tanto Antonia como su madre, Angela, pensaron que al fin habían encontrado la seguridad que tanto anhelaban. Pero luego su padre empezó a pedir días de permiso, hasta que dejó de presentarse en la oficina y, un día, alguien llamó a Angela para decirle que no hacía falta que su marido se personara en el trabajo el lunes, aunque para entonces ya era más que dudoso que de todas formas tuviera intención de hacerlo.

Como resultado de ello, Antonia iba constantemente de acá para allá. De Baltimore a Washington y de allí a Nueva Jersey, hasta que a los catorce años llegó a Nueva York. Dos semanas después de instalarse allí, su padre consiguió una entrevista de trabajo en una agencia de viajes. La entrevista era a las dos de la tarde. Se marchó a la una en punto. Vestido con el traje que se ponía para buscar empleo, dio un beso a Angela y le pidió veinte dólares para gasolina. Subió a su coche, una cafetera amarilla y desvencijada, y le dijo adiós por la ventanilla. No volvieron a verlo. Y mi madre nunca le perdonó por ello.

Mis padres, cada uno por su lado, estaban atormentados por recuerdos que ansiaban olvidar y sin embargo cuando estaban juntos se sentían de pronto capaces de tapar las grietas que había abierto su pasado y de seguir sosteniéndose en pie, por asombroso que les pareciera. Mi madre le dijo que lo quería al cuarto día de salir juntos. Tres meses después se casaron y ella se quedó embarazada en su luna de miel en Quebec, donde compraron un servicio de té con pintitas azules y blancas con el que yo solía jugar de pequeña, cuando preparaba la comida a mis muñecas. A la boda asistieron mi abuela materna, que murió antes de que naciera yo, y veinte amigos suyos. No fue, en cambio, ningún familiar de Theo, aunque sus padres les enviaron una carísima cubertería de plata como regalo de boda, elegida por Lavinia. Mi madre no lo entendía, pero en el rostro y en la voz de mi padre se operaba un cambio leve, casi imperceptible pero aun así visible, que le impedía interrogarlo sobre su relación con sus parientes de Iowa. Sabía que la familia podía ser una carga abrumadora y dejaba correr el asunto, sin preguntarle jamás por qué las felices historias de su infancia se interrumpían, como cortadas por un muro impasible, cada vez que hablaba de su familia en presente. Pero hasta a ella se le acabaría con el tiempo la paciencia.

Veréis, fue por petición suya que se marcharon a Aurelia. Estaban viviendo en un pisito de Queens y mi padre le había contado tantas historias deliciosas acerca de la finca que, cuando miraba a su hija y contemplaba los escasos enseres de su casa, no entendía por qué tenían que seguir llevando una vida de penurias habiendo a su alcance una prosperidad inagotable.

Mi padre, sin embargo, no se decidía. Aunque le daba todos los caprichos (lo cual no era difícil, porque mi madre nunca pedía gran cosa), en aquel asunto remoloneaba. Le costaba decirle que tenía miedo de volver. Angela veía con pesar la pintura descascarillada de su cuarto de estar y el armario empotrado que habían convertido en el cuarto de la niña, pero cuando pensaba en Aurelia, él no veía la casa de la loma, sino la sangre de un purasangre blanco de Kansas corriendo a chorros por el suelo polvoriento del establo. Aquella casa ya no era su hogar. Habían pasado muchas cosas desde su marcha.

Por primera vez desde que se conocían, mis padres discutieron. Angela solo veía lo que no tenían y lo que podían tener, y a mi padre en medio, como una barrera. Pero ¿cómo podía contarle él la escena que había tenido lugar antes de que se marchara? ¿Cómo iba a decirle que su hermana era la puta del pueblo, que si hubiera sido una fulana cualquiera habría inspirado más respeto? ¿Que había visto cómo su tía se la llevaba no sabía dónde, consciente de que jamás volvería a verla? Iba a ser «repudiada», como diría después mi abuela. Los rumores acerca de su promiscuidad se habían extendido rápidamente por el pueblo. Por insistencia de Lavinia, Cal había pedido una orden de alejamiento contra su hija. Hubo amenazas de que volvería a por su hijo, pero Jess (el pasivo e inseguro Jess), que no había vuelto a la casa desde esa noche, había salido de su aislamiento y amenazado con matarla si alguna vez volvía a poner el pie en Aurelia o se acercaba a Cal Junior. Por una vez, Julia se había acobardado ante el músico aparentemente dócil al que una vez había deseado, quizá comprendiendo que su veneno había calado en más vidas, aparte de la suya.

Porque Jess había quedado gravemente herido. Humillado, engañado, asqueado. Y no solo por lo que había hecho su mujer, sino por todo aquello a lo que había renunciado por ella. Se había convertido en el tipo de marido y padre que al final solo era aceptable para una cualquiera. Esas habían sido sus palabras. Así pues, había empezado a beber sin tasa, hasta que la casa, como había notado mi abuela cada vez que iba a verlos, estuvo llena de botellas. Apenas había qué comer, pero bebida había de sobra. Jess ya casi no podía mirar a su hijo. Piper se había hecho cargo de él. Tenía miedo, decía, de dejarlo con Jess, pero a su abuelo le costaba tanto mirarlo como a su padre, de modo que Piper no había podido tenerlo en casa como habría deseado.

Un par de meses después de la marcha de Julia, justo antes de Navidad, hubo un «incidente». Cal Junior había acabado en el hospital. Se había temido que no sobreviviera intacto. Tenía un brazo roto, varias costillas fracturadas y una serie de contusiones en la cabeza que lo habían dejado inconsciente. Había pasado una semana en cuidados intensivos. Solo tenía tres años. La policía había sido informada del estado del niño y había encontrado a Jess desmayado al volante de su coche, a pocos kilómetros de un bar de alterne, los nudillos manchados aún con la sangre de su hijo, roncando y con una botella de Jack Daniel's agarrada contra el pecho. Lo habían acusado de maltrato y agresión, pero mi abuela había persuadido a la policía de que retirara la denuncia. Había dado a Jess cinco mil dólares y un documento notarial por el que renunciaba a todos sus derechos paternos. Jess se había marchado del pueblo y no habían vuelto a saber de él, aunque sus padres habían ido a ver a Cal Junior al hospital. Después, su padre había tenido que excusarse, mareado. Jess no volvería nunca a nuestro pueblo. Mi abuelo había amenazado con lincharlo si lo hacía. En el hospital, había señalado con dedo acusador al padre de Jess por encima de la cama de su nieto inconsciente y acto seguido se había pasado el dedo por el cuello.

Nadie había informado a Julia de lo ocurrido.

Pero Julia tampoco había intentado recuperar a Cal Junior.

Aunque ningún miembro de la familia tenía permitido ponerse en contacto o relacionarse con ella en modo alguno (ni siquiera Piper, a quien su hermano advirtió, después de que ella le gritara enfurecida, que la echaría de casa si se le ocurría volver a mencionar siquiera el nombre de su hija), Julia no intentó asaltar los muros de silencio que su familia había edificado contra ella. Con el tiempo, ello llevó a algunos a pensar que era la oportunidad que había estado esperando. Había conseguido marcharse, escapar por fin de su marido y su hijo. Aunque perdió todo lo que tenía, hubo quien se convenció con profunda amargura de que, a fin de cuentas, Julia se había salido con la suya.

Fue, por último y para sorpresa de todos, mi abuela quien propuso que Cal Junior fuera a vivir con ellos a la casona blanca. Mi abuelo se había mostrado remiso al principio, pero Lavinia insistió. Contrató a decoradores y preparó una habitación especialmente para él. Cuidó del niño cuando salió del hospital y atendió todas sus necesidades. Su cuñada no sabía qué pensar. Hasta ese momento Lavinia no había mostrado ningún interés por su nieto, pero era como si nada de eso hubiera ocurrido. Se hizo cargo de él como si siempre hubiera sido suyo y mi abuelo, atenazado por la culpa, no lo puso en cuestión. La dejó hacer y Piper, exhausta, no intentó intervenir. Creo que perder a Julia fue para ella un golpe mucho más duro que para los demás, aunque nadie se molestara en averiguarlo. Recuerdo que, de niña, cada vez que se atrevía a mentarme a su sobrina, en su voz y en su boca se colaba un dejo de cariño. Mientras había vivido con ellos, Julia había sido la hija que nunca había tenido, pero, tras su marcha, Piper se vio desprovista de todo derecho sobre ella. Nadie sabía si seguían en contacto, pero perderla lastimó a mi tía abuela como nada la había lastimado antes ni la lastimaría después. Sufrió por ella hasta el día de su muerte. Pero ni siquiera cuando pidió verla en su lecho de muerte permitió mi abuelo que su hija fuera a visitarla. Que yo sepa, nadie avisó a Julia de su muerte, aunque estoy segura de que se enteró de algún modo y de que, desde la distancia, lloró la desaparición de la única persona que de verdad la había querido.

En cuanto a Ethan, se había casado nada menos que con la hija de sus vecinos, Georgia May Healy, una muchacha dulce pero insulsa, tan distinta de Ethan (y, lo que era más importante, de Allie) como cabía serlo. Al principio, Theo no se lo creyó. Luego vio la foto de boda, y allí estaba su hermano, vestido con un traje tan negro que parecía que estaba asistiendo a un funeral. Miraba a la cámara con el ceño fruncido. Al ver a Georgia May agarrada a su brazo, emocionada y nerviosa, a mi padre le dieron escalofríos.

Mi madre no entendió su reacción.

—¿Es que ella no te gusta? —había preguntado, pero él había sacudido la cabeza, incapaz de explicarse.

Solo había podido decirle que, al pedirla en matrimonio, su hermano le había hecho notar que, al casarse con él, al menos no tendría que cambiar sus iniciales. Después de aquello mi madre no había visto necesidad de insistir. Mi padre se había dado cuenta enseguida de que, cuando muriera el padre de Georgia May, la vaquería quedaría automáticamente integrada en las siempre crecientes tierras de

Aurelia. Los Healy no solo habían sobrevivido al primer año que había calculado Lavinia, y a mi abuela le entusiasmaba la posibilidad de unir las dos fincas. A mi padre no le agradaba la idea, pero tampoco podía sacudírsela de encima por más que lo intentaba.

Sí, había crecido en una alta casona blanca, sobre una colina, y había cabalgado por sus trigales, pero esos días de despreocupada felicidad habían desaparecido. Theo, sin embargo, no le reveló nada de esto a su mujer hasta que fue ya demasiado tarde. No puedo evitar pensar que, si lo hubiera hecho, quizás ella le hubiera dado la fortaleza que necesitaba para afrontar las dificultades de la vida juntos y el cansancio y la amargura que suelen acompañar a la pobreza. Y que de ese modo su determinación no se habría extinguido, y él no habría permitido que de la traicionera semilla de la esperanza brotara una enredadera que asfixió su sentido común con la idea (o su germen) de que aunque todas esas cosas hubieran ocurrido, tal vez Aurelia pudiera ser el hogar de su hija, que no sabía nada del pasado y que, por tanto, no podía conocer nada mejor.

Cuando regresó, en 1971, llegó como si hubiera pasado fuera una tarde, y no cuatro largos años. Subió por el camino y entró en la casa sabiendo que, como de costumbre, la puerta estaría abierta. Al entrar la única persona que había en casa, como siempre, como si hubiera estado esperándolo, era Piper.

Más vieja, más arrugada que antes, pero aun así Piper.

Su tía, sin embargo, no levantó la vista al oír sus pasos. Debió de pensar que era Ethan.

—¿Hola? —dijo mi padre.

Piper levantó los ojos lentamente, con una taza de café en la mano y el bolígrafo suspendido sobre un crucigrama. Al principio no pasó nada; luego, al reconocerlo, sus rasgos se fueron iluminando uno a uno a partir de los ojos.

—Theo —susurró al abrazarlo, y dejó escapar un sollozo al apretar la nariz contra su hombro.

Sí, era él, el chico que se había marchado después de aquellos días espantosos había vuelto hecho un hombre: el pelo, largo y rubio, se le amontonaba en el cuello y alrededor de las orejas; estaba delgado, pero fuerte y, sobre todo, vivo. Estaba allí, y no había llegado solo.

Mi madre estaba esperando en el pasillo, vestida de blanco. Tenía en brazos a mi hermana, que por entonces era todavía un bebé. Cabello largo y castaño, grandes ojos marrones, joven, ingenua, llena de esperanzas. Paseó la mirada por la casa de la que tanto había oído hablar a mi padre, que sin saberlo la había conquistado no con los restaurantes a los que la invitaba o las flores que le compraba, sino con las historias de su niñez y el amor casi reverencial con que hablaba de su hogar: lo único que Angela no había tenido nunca y que siempre había anhelado.

Piper se paró en seco al verlas, cuando Theo la llevó al pasillo. Miró a mi madre y al bebé que apretaba contra contra su pecho y por primera vez mi padre vio las fisuras que habían abierto largas grietas en la compostura de mi tía, porque de pronto Piper se derrumbó. Fuera por alegría, por miedo o por tristeza, o por las tres cosas juntas, el caso fue que se agarró a la camisa de su sobrino y rompió a llorar.

—Bueno, lo que creo que deberíamos hacer es lo siguiente —dijo Claudia, que finalmente había pedido café en vez de té y que, tras probar un sorbito («¿Instantáneo?», había preguntado decepcionada cuando Jane había puesto la taza a su lado), había decidido rehacerse y tomar el mando.

Comenzó a enumerar la larga lista de ideas que había estado recopilando desde que se había enterado de que la finca estaba en liquidación. Yo vi cómo su café se quedaba frío.

—Y estaba pensando en contratar alguien que...
—¿Contratar a alguien? ¿Para qué?
—Bueno, lo sabrías si me dejaras acabar la frase, Meredith.
—Mira, sé lo que vas a decir...

—¿Ahora eres adivina? –se inclinó hacia adelante y entornó los ojos densamente pintados de rímel.

Me permití el lujo de lanzarle una mirada de desprecio mezclada con condescendencia, como las que antaño ensayaba sobre una mesa muy parecida a aquella.

—Mira, no van a quedar suficientes cosas ni para llenar una caja que llevarse. La finca está acabada y lo que quede lo sacarán a subasta para pagar el montón de deudas que dejó Cal.

—Aurelia –dijo ella.

Pestañeé.

—¿Qué?

—Nunca usas su nombre. Dices «la finca» o «la casa», pero no Aurelia. Es así como se llama. Cualquiera pensaría que aborreces su nombre.

Agité una mano delante de ella, dándole a entender lo patéticos que me resultaban sus intentos de psicoanalizarme.

—Es muy extraño, porque a fin de cuentas, si alguien tiene derecho a aborrecer ese sitio soy yo –comentó Claudia, y se llevó la taza a los labios.

Ella no lo sabía. Por aquel entonces ya se había marchado y Ava nunca se lo había dicho, ni yo tampoco. Durante años me había resistido a creer que hubiera ocurrido.

—Entonces, ¿cuándo podemos ir? –preguntó.

—Cuanto antes, mejor.

—Muy bien, vendré a recogerte mañana por la mañana. Supongo que es demasiado pedir que te levantes antes de las diez, así que ¿a las once y media, digamos, por si acaso? – me lanzó una mirada desdeñosa antes de levantarse rígidamente y alisarse el vestido sobre los muslos. Después se detuvo un momento–. ¿Crees que si ella lo hubiera intuido podría haberlo evitado?

—Vuestra madre hizo todo lo que pudo. Nadie podía predecir lo lejos que llegarían las cosas –contestó Jane en tono conciliador.

Claudia la miró y luego me miró un momento, antes de

marcharse. Ninguna de las dos la corrigió, pero ambas sabíamos a quién se refería mi hermana, y no era a mi madre.

El dicho favorito de mi abuelo cuando éramos pequeños era «y los mansos heredarán la tierra». Le encantaba porque pensaba que se refería a las personas como él, a los agricultores, una de las pocas clases que aún podía hacer dinero y que sin embargo nunca obtenía respeto ni prestigio suficientes, fuera de los círculos agrarios. Después, cuando nacimos sus nietos, solía decirlo de tal modo que todos entendíamos que estaba hablando de nosotros: que quería decir, en concreto, que nosotros heredaríamos la tierra que él había acumulado, enriquecido y hecho crecer mediante lazos matrimoniales, esfuerzo y chanchullos diversos, hasta convertirla en la explotación más próspera de todo el condado.

Y así fuimos naciendo, con las bocas abiertas de par en par para tragarnos lo que mi abuelo había amasado para nosotros. Ava y Charles, el único hijo de Ethan, vinieron al mundo en 1973: Charles en primavera y Ava en otoño. Poco después, en el 75, tras un conato de aborto, nací yo. Mi abuelo tenía tres nietas y dos nietos viviendo en su hermosa propiedad. Hallaba satisfacción en nosotros porque sabía que éramos muchos los que podíamos recoger el testigo de su trabajo. Le hacíamos sentir que volvía a tener una familia. Nosotros ayudamos a tapar los agujeros que había dejado Julia.

Y durante mis primeros años de infancia fui feliz, lo confieso. Nunca me faltó nada. Tenía una casa preciosa y hermanas y primos con los que jugar entre los cuidados jardines que mi abuela había creado y que en los meses de verano se llenaban con multitud de flores. Mis recuerdos eran los normales en una niña que se había criado en una finca de Iowa. Mi padre me enseñó a montar a caballo sujetando las riendas y llevándome en amplios círculos mientras chasqueaba la lengua y me recordaba que estirara la espalda y tensara las piernas. Durante el día montaba con él en la trilladora, comiendo bayas de una cesta que sostenía sobre el regazo. Corría por la rosaleda con mis hermanas, jugando a juegos inventados y aprendidos. Quería a mis padres. Me sentía querida y a salvo. Suponía que era lo que nos pasaba a todos.

Cuando tenía dos años, a Charles lo llevaron a hacerle unas pruebas y el médico informó a Georgia May de que su hijo jamás superaría la edad mental de siete años. Se lo dijo a mi madre en voz baja, en nuestro porche trasero, pero no se avergonzó, ni dejó de querer a su hijo. En todo caso, aquello la fortaleció. Dejó la enseñanza y dedicó cada hora del día a criar a su hijo. En cuanto a Ethan, él nunca tuvo interés por Charles. Cuando los vecinos, enterados del estado de su hijo, le preguntaban apesadumbrados por él y por la familia, Ethan respondía con una mirada de fastidio, como si fueran imbéciles por esperar otra cosa.

–Arréglatelas tú con él –le había dicho a Georgia May en la consulta del médico, después del diagnóstico, antes de irse a un bar.

Lavinia había intentado achacarlo a la pena. Mi padre había soltado un bufido de indignación.

Pero de todo aquello, de aquel tiesto de inmundicias, salió una flor, y fue esta: que Georgia May quiso a Charles más de lo que he visto a ninguna madre querer a su hijo, porque Charles necesitaba más cariño que nadie y ella sabía muy bien lo que era eso. El suyo era un matrimonio baldío con un marido que la consideraba poco más que un objeto que estorbaba su vista. Ella sabía lo de Allie; hasta cierto punto todo el mundo lo sabía, pero nadie, fuera de Ethan y Lavinia, sabía lo que había pasado en realidad la noche en que le pidió que se casara con él, ni lo hondo que le había calado aquello. Georgia May miraba con envidia el matrimonio de mis padres y en sus momentos más negros pedía y suplicaba a su marido que la tocara, pero él respondía a sus esfuerzos con el puño levantado. Se quedó con él, sin embargo, pese a todo. Era una buena mujer, aunque nunca fuera fuerte. Estaba hecha para la vida conyugal y no la ponía en duda: se limitaba a lamentar la suerte que le había tocado.

Siete años: ese fue el tiempo que duró nuestra felicidad. Bueno, al menos la mía.

Era demasiado pequeña para darme cuenta de que mi tío y mi abuelo bebían constantemente, demasiado joven para que la gélida ternura de mis abuelos me envolviera con su escarcha cuando Lavinia se inclinaba para besar a su marido por la tarde y sentía el olor a alcohol de su aliento. Era demasiado joven para comprender la extraña relación de mis abuelos con Cal Junior o para darme cuenta de que Charles era distinto. Cuando mi primo pequeño me sonreía, la mata de pelo castaño cayéndole sobre los ojos, deslumbrado de dicha por las cosas más insignificantes (una mirada nuestra, o la caricia de una brizna de hierba al pasarla por su muñeca), solo veía en él a mi primo, al que le encantaban los aspersores en verano y con el que siempre se podía jugar porque nunca se cansaba y nos adoraba a todos aunque no nos lo mereciéramos.

Luego estaba Ava, mi compañera, que me quería de veras y era mi mejor amiga. Yo la hacía reír y ella hacía que yo la cuidara. Con ella siempre me sentía como si fuera la mayor. Fui yo quien se peleó con Lucy Stevens cuando la llamó estirada, y yo quien se rompió el diente cuando me dio una patada. Era yo quien se ponía en medio cuando Claudia se enfurecía con ella por haberle tomado prestado algo sin preguntar. Era yo quien le trenzaba el pelo en la alfombra de nuestro cuarto de estar, mientras veíamos los dibujos animados. Yo era tan joven, tan pequeña... Demasiado pequeña para saber que era feliz y demasiado pequeña para comprender que aquello no podía durar. Mi vida parecía seguir un camino marcado y yo no veía por qué tenía que cambiar. ¿Quién quería que cambiara?

Hacía todas las preguntas del mundo, salvo las importantes.

Resulta extraño, cuando pienso en aquella época, hasta qué punto era la felicidad una especie de neblina. Nunca tuve el don de la lucidez, era todo un borrón delicioso, ligeramente desenfocado, como cuando intentas mirar directamente el sol. Durante esos siete años, a pesar de lo que había debajo, de las tensiones entre las que me movía sin que llegaran a tocarme, la mía fue una existencia de cuento de hadas.

No tenía una, sino dos casas: la pequeña amarilla, con las ventanas y las persianas blancas y un llamador en forma de libélula que no servía absolutamente de nada porque las visitas nunca llamaban: nuestra puerta siempre estaba abierta; y la casona blanca de altas columnas, repleta de lujos y refinamientos. Tenía siempre a mano lo mejor de los dos mundos: mi casa cálida y reconfortante y el símbolo de grandeza que encarnaba el orgullo de la familia Hathaway. Tenía primos con los que jugar por los campos agrestes y los jardines, perfectos para los juegos, para tomar el sol o correr bajo los aspersores en bañador durante el verano.

Tenía a mis padres, que nos adoraban. Nunca pasé hambre, ni necesidades, ni me sentí sola. Porque nunca lo estaba. Vivía rodeada por el bullicio del trabajo y el trasiego cotidiano. Qué contraste con mi vida de ahora. Ahora he elegido un lugar que me limita, un lugar lleno de resonante silencio, pero en aquel entonces mi vida estaba llena de color, de risas, de voces y de alboroto.

Luego murió él.

Papá, si hubieras vivido, quizá las cosas hubieran sido distintas. Tú te habrías dado cuenta de que algo iba mal la víspera de mi marcha a la universidad. Habrías conseguido persuadirme para que te lo contara. Me habrías dicho lo que yo no quería creer. Nos habrías convencido a todos y él habría recibido su castigo.

Lo habrías matado, supongo. Hasta tú tenías tus límites.

Mi padre, aquel hombre fuerte que nunca necesitó pegarnos, que solo tenía que mirarnos para que supiéramos que nos esperaba una buena y saliéramos pitando. Camisa de cuadros rojos, pelo largo y rubio. No te recuerdo. Solo recuerdo una sensación asociada a ti. En mi memoria has quedado inmortalizado como te veía a los siete años: más alto de lo que eras, más fuerte, más guapo, y bueno.

Mamá nos hablaba de ti, pero las cosas que más me interesaban ya nunca las sabré, porque ella no te las preguntó. Como si fuiste feliz en Aurelia la segunda vez. ¿Pudiste soportar el cambio que se había obrado en tu hermano, que había quedado postrado en una cama tras pedirle a su novia que se casara con él y que, al menos en espíritu, nunca había vuelto a salir de ella? ¿Lloraste la pérdida de tu hermana a pesar de lo que había hecho, porque veías cómo bebía tu padre y cómo iban pesando los años en los hombros encorvados de tu tía y añorabas los tiempos que ya solo eran un recuerdo? ¿Veías los ojos de tu sobrino clavados en tu hija y te sobresaltabas? ¿Lo sabías ya entonces? Pero ¿cómo ibas a saberlo? Ni siquiera yo, su confidente, lo sabía.

Papá, mi querido papá, ¿qué cosas tenías en la cabeza el día en que fue a buscarte la muerte? ¿Te encaraste con ella, le dijiste que era demasiado pronto? ¿O la miraste de frente y te sentiste en paz? Cuando te encontraron muerto en el sembrado de una apoplejía tenías las piernas dobladas, los ojos cerrados y los labios abiertos, y estabas empapado por la lluvia que no había dejado de caer en toda la tarde. ¿Habías intentado pedir ayuda, habías gritado de dolor, o solo intentabas atrapar con la boca las últimas gotas de lluvia que te iba a ser dado probar?

Tengo la sensación de estar haciéndole un flaco favor a ese recuerdo. Sin duda debería decir algo más, ¿no es cierto? He contado muchas otras cosas en detalle, con minuciosa precisión; por esta, en cambio (uno de los acontecimientos más traumáticos de mi vida) he pasado de puntillas, apresuradamente, sin apenas tocarla.

Aunque sé que en aquel momento mi padre tenía treinta y tres años y que la lápida de su tumba dice que murió el 27 de septiembre de 1982, lo cierto es que no recuerdo los días inmediatos a su muerte. No recuerdo cómo me enteré de que había muerto, ni recuerdo cómo reaccionó mi familia al saberlo. Nada. Antes, cuando hablaba de mi padre, incluso cuando me acordaba de él, era siempre a través de anécdotas y recuerdos que tomaba prestados de otros. Creo que a mis hermanas no les sucedió lo mismo, pero así fue como lo viví yo.

Aparte del aislamiento al que se condenó mi madre cuando fuimos a vivir con mis abuelos, el episodio de la muerte de mi padre es un hueco en blanco al que la verdad intenta aflorar y al que sin embargo nunca asoma. Hasta el entierro está envuelto en neblina. Luego, durante el convite que siguió, aparté la mano de la de mi madre en cuanto entramos en casa y corrí a esconderme bajo una gran mesa de roble pegada a la pared, cuyo mantel blanco colgaba por los bordes de modo que el mundo parecía cortado en dos triángulos.

Mi madre me dejó tranquila, igual que mis hermanas. Mientras las reconfortaban, me senté con las piernas cruzadas y la espalda apoyada en la pared y estuve observando las piernas de los adultos que pasaban delante de mí. Quería quedarme para siempre debajo de aquella mesa. Si me quedaba allí, pensé, nada podría pasarme, nada más cambiaría: no había espacio suficiente.

Luego, no sé cómo, me vio Cal Junior. Tocó a lo alto de la mesa. Miré hacia arriba y él se agachó y tocó otras dos veces en la pata de la mesa.

–¿Se puede? –preguntó con una media sonrisa.

Me quedé callada y luego me encogí de hombros, indiferente.

Se metió bajo la mesa, pero había tan poco sitio que tuvo que doblar las piernas y yo me negué tercamente a moverme.

–Aquí hay poco sitio –dijo.

–Para mí no.

Se acomodó y luego se quedó callado. Yo lo miraba con cautela.

–¿Vas a quedarte aquí toda la noche? –preguntó.

–Puede.
–¿Y de qué te servirá eso?
–No sé.
Suspiró.
–Por lo menos tú has tenido a tu padre unos cuantos años. Puede que no sea mucho, pero es más de lo que tenemos algunos.
Me mordí el labio.
–Por lo menos tienes recuerdos de él, por lo menos ha estado aquí, contigo. Eres una desagradecida por estar aquí escondida, cuando tienes más que mucha gente. Algunos no tienen dónde esconderse. Tienen que enterrar su dolor muy hondo, tan hondo que cada vez que miran dentro de sí mismos solo ven la oscuridad que queda. Nadie les consuela, ni les ofrece sándwiches de pepino. No pueden llorar. Tienen que mentir y fingir y no hacer preguntas. ¿Entiendes lo que te digo? ¿Sí, eh?

Habló en voz baja, pero había en ella tanto dolor y tanto resentimiento que empecé a asustarme. Clavó su índice en mis costillas cuando no le contesté, pero no me moví. Cerré los ojos y deseé que desapareciera. Se apoyó en mí. Sentí su aliento en mi oreja, su mano sobre mi rodilla. Apreté los ojos con fuerza y dejé que el interior de mis párpados se pusiera rojo por el esfuerzo.

Lo sentí mirándome, sentí sus ojos recorrer mi cara.

–Mocosa –dijo por fin.

Y entonces desdobló las piernas, salió de debajo de la mesa y se marchó.

Cuando estuve segura de que se había ido, abrí despacio los ojos. Debajo de mi mesa, el mundo parecía más nítido, como si lo hubieran despojado de su blandura. Crucé los brazos sobre la cintura y fingí que mis manos eran las de otra persona al pasarlas por mi vientre en un gesto de consuelo.

De antes de que muriera mi padre no tengo recuerdos precisos, sino más bien solo sensaciones. Es extraño, pero cuando recuerdo ese pasaje de mi vida no son las imágenes, sino la sensación de calor que evoco lo que me dice que fui feliz. Después del convite no volví a sentir un bienestar semejante. Supongo que eso es lo que significa hacerse mayor.

Creo que ahora necesito parar un segundo.

Capítulo II

Antes de que muriera mi padre, solía jugar a un juego llamado Trece a la mesa. Sentaba a trece de mis muñecas y ositos de peluche alrededor de un mantel de picnic improvisado y nos sentábamos todos a merendar usando el juego de té que mis padres habían comprado en su luna de miel. Luego, el primero en levantarse moría de un modo horrible y los demás teníamos que descubrir cuál de mis ositos y muñecas había cometido el asesinato. Yo, naturalmente, me encargaba de simular los estertores de la muerte, las voces y las conversaciones. Claudia decía que parecía salida de *El exorcista*.

Algunas veces intentaba incluir a Charles en el juego, pero no se le daba bien. Se quedaba mirándome con una sonrisa vacua o, peor aún, le daba por reír. Yo casi siempre engatusaba a Ava en mis juegos para que hiciera el papel de la víctima. Se tiraba teatralmente al suelo, estirando los brazos como había visto en alguna película, y entre tanto yo ponía la banda sonora.

Una vez nos vio Cal Junior. Estábamos fuera, en el jardín, con Charles. Ava acababa de ser envenenada con estricnina (un nombre que yo había sacado de un programa de la tele), y yo le estaba dando indicaciones sobre cómo tenía que morirse. Cayó al suelo retorciéndose despacio, sin hacer ruido, mientras yo simulaba los gruñidos de la asfixia y los ruidos de la lenta agonía que iba apoderándose de sus miembros al desplomarse. Tumbada en la hierba, dejó los brazos por encima de la cabeza y su larga melena castaña quedó extendida sobre el césped.

No vi a Cal hasta el último momento. Había cerrado los ojos mientras hacía ruiditos, y al abrirlos mi primo estaba allí, de pie, mirando a Ava. En aquel momento tenía unos dieciocho años, y Ava cumplía diez tres meses después. La vio allí y, aunque su sombra le caía sobre la cara, mi hermana no se movió.

–¿Cal? –dije, indecisa, al ver que él no se apartaba, que solo ladeaba la cabeza para seguir mirándola. Luego, de pronto, se agachó y la levantó ágilmente en brazos. Era muy fuerte, y Ava muy poquita cosa. Mientras que Claudia era toda curvas y yo alta y delgada, Ava era delicada, ingrávida. Mi madre tenía que meterle a menudo la ropa.

Ella gritó, claro, igual que Charles, pero de emoción. Cal echó a correr jardín abajo, riendo y levantándola en alto mientras mi hermana gritaba de miedo y de alborozo. Charles y yo lo perseguimos, sin saber si estábamos participando en un juego o éramos actores de una tragedia. Luego Cal se detuvo y dio vueltas y vueltas a Ava hasta que ella se mareó. Su pelo restallaba alrededor de su cabeza, sus piernas se movían velozmente en brazos de nuestro primo. Empezamos a reírnos. Comprendimos que era broma. Lo habíamos descubierto.

Después, Cal la dejó caer.

–¡Ay, Cal! ¡Me has hecho daño! –se quejó Ava, y le dio un fuerte manotazo en el pie. Tenía la cara colorada y se apartó el pelo de la frente al tiempo que se frotaba el muslo.

Yo me arrodillé a su lado.

—¿Por qué has hecho eso? —pregunté, y me levanté para demostrarle que estaba enfadada.

Pero él no me estaba mirando. Se había dado la vuelta y estaba contemplando la rosaleda.

—¡Le has hecho daño, bruto! —grité, intentando llamar su atención, pero cuando le toqué el brazo se desasió con un movimiento de los hombros.

—Ella me dio una patada —dijo.

—No, yo nunca te he dado una patada —repuso Ava, levantándose—. Te odio.

Cal giró el cuello y la agarró del brazo cuando mi hermana hizo ademán de alejarse, flanqueada por Charles y por mí. Pero no hizo falta que saliéramos en su defensa: Cal cayó de rodillas y con voz burlona comenzó a suplicarle que lo perdonara, como uno de esos cantantes italianos que se ven en las películas antiguas en las que las protagonistas se yerguen bajo la luz de una farola ante hombres en esmoquin.

Noté que Ava no quería seguirle la corriente, pero sus labios se tensaron y aunque los frunció, enfadada, de sus mejillas brotó una carcajada cuando Cal puso los ojos en blanco y torció el gesto por el esfuerzo.

—Vamos, Ava —dije por fin, agarrándola del brazo.

—¡Eh, Merey, que era una broma! —gritó él a nuestra espalda, pero no nos siguió.

Y aunque no respondí, Ava se volvió y le dedicó una sonrisa.

Cuando murió mi padre, dejé de jugar a Trece a la mesa. De pronto ya no me hacía gracia la muerte. No era algo que pudiera invocar y hacer desaparecer a mi antojo. Aprendí que había cosas que se presentaban de repente y contra las que uno nada podía. Podían levantarte en volandas y voltearte como un pelele y tú podías suplicar y argumentar, que de nada servía.

Así pues, la manta de picnic quedó arrumbada y los osos y las muñecas no volvieron a reunirse para tomar el té.

Al día siguiente, Claudia fue a recogerme a las once y media en punto.

Yo estaba sentada fuera, en el porche de Jane, con un vaso de whisky entre las manos.
Al verme, Claudia bajó la ventanilla y frunció el ceño.
–Dios mío, Mer, no son ni las doce del mediodía. Sube.
Su tono era tan autoritario que me levanté y recorrí la mitad del camino antes de acordarme de por qué estaba allí fuera, esperándola.
Me paré. Ella tocó el claxon.
Me apoyé en la ventanilla y ella me miró con exasperación.
–No quiero oírlo. Sube al coche –ordenó.
–No estoy segura de que eso... Es un poco pronto, ¿no?, para empe...
–Mira, fuiste tú quien dijo que la finca van a subastarla pronto y quien dio la voz de alarma desde Nueva York para que viniéramos a ver las cosas de mamá y a asegurarnos de que no todo se desperdigaba a los cuatro vientos y de que nuestras vidas y las vidas de nuestros padres no se perdían para siempre sin dejar rastro. ¿No? Pues entonces deja de fastidiar y sube al puto coche, Meredith.
No había perdido su toque, mi hermana.
Me senté en el coche, a su lado, casi sin darme cuenta de lo que hacía. El piloto automático de la infancia. Cuando Claudia quería, pese a mis intentos de rebelarme, era capaz de pulsar un interruptor dentro de mí y hacer que me acobardara.
Yo me había convencido de que eso era cosa del pasado, pero mientras circulábamos por aquellas carreteras conocidas en su coche alquilado, me di cuenta de que otra vez me había equivocado.
Cuando llegamos a los árboles que tan bien conocía, apoyé las manos en la ventanilla y me erguí en el asiento.
–Vas a tener que parar –dije.
–¿Qué dices? –preguntó, mirando al frente.
Mi cuerpo se dio cuenta antes que yo de lo que ocurría.
–Ay, Dios.
Había avanzado tanto por el camino que vi abrirse la

línea de matorrales y un borrón blanco penetró en mi campo de visión.
Me incliné hacia ella y vomité.

Después de la muerte de mi padre, algo cambió entre mis abuelos. No quiero decir que algo se rompió, pero sí que se fracturó y que la fisura abrió un barranco en su relación, como un río atravesando yeso.

Lo extraño fue que la fisura se efectuó en mi abuelo, no en mi abuela.

Lavinia se tomó la muerte de su hijo menor como se lo tomaba todo: a su manera. No lloró en público, ni se cubrió la cara con un velo en su funeral. Ni siquiera alteró su rutina tras el entierro. Siguió quitando el polvo, limpiando y cocinando. Escribió notas de agradecimiento a quienes habían mandado flores y tarjetas de pésame. No mostró signo alguno de tristeza. Ella lo llamaba estoicismo. Otros lo llamaban frialdad.

Mientras mi abuelo se entregaba a la bebida y mi tío se replegaba más aún en su mutismo, mi abuela fue un modelo de normalidad. Cuando la gente preguntaba cómo era posible que un hombre joven y sano como mi padre hubiera muerto de una apoplejía causada por un aneurisma cerebral, que no había dado síntomas previos, era ella quien respondía sirviéndose de los fríos datos de la autopsia. Y era ella también quien los tranquilizaba al verles sacudir la cabeza con incredulidad y quien se encargaba de despachar sus preguntas y preocupaciones.

Todo esto lo vi mientras vivimos en su casa, durante esa época. Y comprendí entonces por primera vez que mi abuela era, en nuestra familia, la roca contra la que rompía nuestro oleaje. Y sin embargo no se lo agradecíamos. No queríamos su fortaleza, queríamos ver su cuerpo atenazado por el dolor, que su pena se manifestara y saber que era capaz de cortar los eslabones cuidadosamente engrasados de su autocontrol.

Saber, en otras palabras, que era como los demás.

En cuanto a mi abuelo, caía en largos periodos de silencio, a veces rotos únicamente por una breve sonrisa que brillaba y se extinguía de inmediato en su boca, justo antes de que tomara otro trago de la copa que tuviera en ese momento en la mano. Se distanció por completo de su esposa utilizando como medio para ello la complacencia. Todo lo que quería Lavinia lo conseguía; cualquier cosa que le pidiera, Cal la hacía sin rechistar. Maquinalmente. Mi abuela se daba cuenta de ello, pero no hacía ningún comentario. Se negaba a reconocer que, aparte de la muerte de mi padre, algo se hubiera podrido en su hogar. Ponía ese empeño en todo lo que hacía y decía, desde cómo sonreía a los vecinos con los que se cruzaba por la calle, a cómo se negó a que el colegio nos diera unos días libres para llorar nuestra pena. Quizás incluso llegara a creérselo un poco, porque cada vez que alguien le preguntaba por nosotros se limitaba a responder:

–Bien, estamos bien, ¿verdad, niñas?

Pese a todo, he conservado ese pequeño hábito suyo. Empleo esa palabra constantemente cada vez que mi vida se tambalea. Si me hacéis una pregunta y contesto así, ya sabéis que, a pesar de mi calma aparente, algo tiembla dentro de mí.

Por eso, automáticamente, mientras jadeaba tras vomitar encima de mi hermana y ella me gritaba preguntando qué diablos estaba haciendo y repetía mi nombre una y otra vez con diverso grado de angustia y repugnancia, dije sin poder remediarlo:

–No pasa nada, estoy bien. Estoy bien.

En la gasolinera más cercana, mientras Claudia se lavaba en el servicio, yo me quedé fuera con los brazos cruzados. A pesar de las náuseas previas, de pronto me sentía bien, aturdida, pero por lo demás normal. Sabía que mi hermana iba a enfurecerse, que, ya que había cubierto de vómito su carísimo vestido, aunque hubiera sido involuntariamente, al menos querría asegurarse de que estaba sufriendo.

EL LEGADO DEL EDÉN

Y había sufrido, pero no de una manera que ella pudiera percibir con claridad, así que ¿de qué iba a servirle? Al poco rato se reunió conmigo. A pesar de sus esfuerzos, su vestido seguía estando manchado. Iba a tener que llevarlo al tinte.

—¿Estás bien? —preguntó entre dientes.

—Sí, ahora sí, gracias —dije con cautela.

—Genial, me alegra saberlo.

—Mira, lo siento, no he podido evitarlo.

—Ya, claro.

—No lo he hecho a propósito, Clo —dije, enfadada de veras de repente—. Joder, que no todo gira en torno a ti, ¿sabes?

—¡Ni a ti! —me gritó súbitamente—. ¿Crees que a mí me gusta haber vuelto? ¿Que quiero estar aquí? ¿Que disfruto con esto? Sé lo que estás pensando. Que a quién le importa un comino cuando todo fue culpa mía. Doña Perfecta tuvo su merecido, ¿no es eso?

Tenía las aletas de la nariz blancas y fruncidas y las mejillas coloradas. Por un instante no la reconocí; luego, sí: demasiado. Jadeaba, agotada. De pronto se irguió y se llevó la mano al pecho, intentando respirar con más calma.

—Tú no eres la única que tiene recuerdos que exorcizar, Meredith —dijo en voz baja pasado un rato—. Lamento quitarte de la cabeza esa idea que tanto te gusta, pero tu dolor no tiene nada de especial. Todos tenemos aquí nuestros demonios, así que tendrás que superar los tuyos como hemos hecho los demás. Vamos a ir a la finca y vamos a ordenar las cosas de papá y mamá antes de la subasta, como teníamos pensado. Nada de excusas, así que ve haciéndote a la idea —me miró con enfado y suspiró—. Y la próxima vez traeré ropa para cambiarme, por si acaso.

Una presunción llena de arrogancia. Quizá, si está tan enfadada conmigo, será porque yo no puedo perdonarme mis errores con la facilidad con que se ha perdonado ella los suyos. Puede que ella esté hecha de una pasta más dura.

Puede que se parezca más a nuestra abuela de lo que quiere reconocer. Igual que yo, en ciertos aspectos. Es tan fácil culpar a Lavinia de todos nuestros defectos, ¿verdad? Cualquier rasgo negativo, cualquier mal sentimiento procede de ella, de su linaje, de sus genes. No nos gusta pensar que tal vez haya cosas inherentes a nuestro carácter, fuera de las heredadas. Buscar un chivo expiatorio: eso siempre se le ha dado bien a nuestra familia.

O puede que ella sea más capaz de enfrentarse a sus recuerdos porque no necesita rememorarlos con la misma precisión que yo. Puede que no revise una y otra vez el pasado en busca de pistas que pasó por alto hasta que todo se hizo evidente, y que incluso entonces su mente buscara a tientas un modo de negar la evidencia que iba calando poco a poco hasta la médula de los huesos.

De niñas, vivimos con mi primo un mes entero y en ese tiempo nunca noté nada raro. En todo caso, llegué a verlo como una víctima, más que como un depredador. Notaba lo violento que se sentía mi abuelo cuando estaba con él: apenas lo miraba a los ojos, siempre buscaba una excusa para salir de la habitación si sospechaba que podía quedarse a solas con él. Y veía la actitud resignada de Cal Junior hacia la frialdad de su abuelo. Me miraba cuando yo lo observaba inquisitivamente y se encogía de hombros como si dijera: «Así es mi vida, así ha sido siempre». Yo sentía lástima por él, tenía la sensación de que necesitaba que alguien lo defendiera. Y empecé a buscar su aprobación.

Para mis hermanas y para mí, Cal Junior era mayor y distante, y en torno a él había algo que, por los susurros con que hablaba de ello nuestra familia, era al mismo tiempo un tabú y una fuente de fascinación. Era misterioso, como un inclusero: no se parecía nada a los demás primos, con su mata de pelo rojo y sus ojos azules claros, tan claros que parecían diluidos, excepto cuando se enfadaba: entonces se coloreaban de pronto. De pequeñas intentábamos llamar su atención. Era el mayor, el más fuerte, el más difícil de complacer y por tanto el que nos procuraba más satisfacciones cuando por fin conseguíamos asegurarnos su favor. Si se reía de una broma, éramos graciosos; si nos despreciaba, nos preguntábamos íntimamente si había algo de malo en nosotros. Durante mucho tiempo supo ingeniárselas para hacer que dudáramos de nosotros mismos, en vez de dudar de él. Pero era en Ava en quien más centraba sus atenciones. Yo durante mucho tiempo no me di cuenta, y después tampoco pude entenderlo. Ahora, en cambio, sí. Ahora que soy lo bastante mayor y he visto lo suficiente, me doy cuenta de cómo pasan esas cosas. Había veces en que, al verlo mirar a Ava, me sobresaltaba ligeramente. Y sin embargo no intentaba mantenerlos separados, no advertía a mi hermana, ni (y esto es lo peor) la interrogaba. Cal es mi monstruo particular por lo que sé ahora, pero en aquel entonces era mi primo y, aunque le tenía cierto miedo, también lo quería.

Curiosamente, él siempre recurría a nuestra abuela: era en ella en quien confiaba, en quien se apoyaba, de quien aprendía. A Piper siempre le dolió y le sorprendió su relación: estaba siempre adulándolo, siempre suplicándole con halagos ese mismo vacuo afecto que él entregaba a Lavinia tan fácilmente. No lo entendía. Y menos aún entendía que mi abuela lo aceptase. Era demasiado ingenua para dar respuesta a ese interrogante. A pesar de todo lo que había aprendido, no era capaz de ver una lucha de poder ni teniéndola delante de las narices.

En la cama, la respiración estertórea, me interrumpió mientras yo leía en voz alta y dijo sin venir a cuento:

—*No te fíes de él.*

—*¿Qué, abuela?* —*pregunté, bajando el libro e inclinándome hacia ella para que no tuviera que esforzarse.*

Cerró los ojos, irritada, y por un momento pensé que iba a volver a sumirse en la laguna de la que había emergido, pero luego, mientras yo volvía la página, añadió:

—*Que no te engañe. A mí no me engaña. No es capaz de amar. Pero cuidará de la finca, no dejará que se eche a perder. La necesita. Sabe que sin ella no es nada.*

—*¿De qué estás hablando, abuela?*

—*Una obsesión, eso es lo que es. Tiene que tenerla, pero mejor eso que nada. ¡Apártate de mí!* —*me dio un manotazo cuando fui a posar mi mano sobre las mantas y luego me miró y empezó a reírse, a reírse de verdad, a partirse de risa por la broma que nos estaban gastando a todos.*
Pero se equivocaba. Cal Junior sí era capaz de amar. Recuerdo que cuando tenía unos quince años tuvo una mascota, un gatito que le regaló Piper. Lo quería con locura, lo trataba con una ternura y un afán de protección de los que nadie lo había creído capaz. Luego, un día, por accidente, se rompió el cuello. Cal lo había apretado tan fuerte contra su pecho, en el hueco del codo, que sus vértebras delicadas se partieron. Después, durante días, mi primo no tuvo consuelo. Hasta enfermó. Mi abuela se ocupó de cuidarlo y cuando estuvo mejor no volvimos a hablar de ello. Aquello debería habernos servido de advertencia: deberíamos habernos dado cuenta de que era destructivo incluso cuando intentaba portarse bien, pero no supimos verlo, al menos hasta que fue demasiado tarde.

Durante esas semanas de mi niñez, después de que regresáramos a casa con nuestra madre, nuestras vidas fueron volviendo poco a poco a la normalidad. Nuestra casa estaba limpia y ordenada, hacíamos las tareas domésticas antes de irnos a la escuela y ayudábamos en la finca cuando volvíamos a casa. Ava dio clases de baile; yo probé con el piano, sin resultados. Nuestra madre se empeñó en dar orden y estructura a nuestras vidas. Empezamos a gobernarnos por una rutina establecida. Nuestra madre parecía contar cada segundo libre como si temiera que cualquiera resquicio pudiera abrir la puerta al desastre, que cada pausa fuera una invitación al caos. O quizá pensaba simplemente que para superar nuestra pena debíamos mantenernos ocupadas. De ese modo, no podíamos detenernos a pensar en la muerte de nuestro padre. Pero ¿cómo íbamos a olvidarla, cómo no iba a teñir su ausencia cada momento de nuestras vidas?

Desde nuestras funciones escolares, cuando al mirar al público solo veíamos a nuestra madre donde antes estaban los dos, a los actos más cotidianos como poner la mesa para cenar y darnos cuenta de que sobraban platos. Recuerdo haber visto a Claudia mirando pasmada el mantelillo sobrante, el plato todavía en la mano, y al oír los pasos de mi madre correr a quitarlo para que ella no lo viera.

Y los domingos, claro, seguíamos yendo a la casona blanca a comer el asado que preparaban mi abuela y Piper, y veíamos al abuelo y al tío Ethan beber hasta que sus caras enrojecían y sus bocas se aflojaban mientras mi abuela iba poniéndose cada vez más rígida para compensar su lenta decadencia. Cal Junior también estaba, sentado frente a nosotras, al lado de la abuela. Cambiaba de aliado según el día. Unas veces hablaba con Claudia, gastaba bromas en voz baja y nos dedicaba miradas maliciosas que sabía que Ava y yo veíamos y que nos sacaban de quicio. Otras veces era conmigo con quien hablaba, y lo mismo que mi hermana mayor yo entraba en su juego, dejaba que me favoreciera con su atención porque estar en el ajo era mucho más atractivo que estar fuera de él. A Ava, en cambio, nunca la utilizaba contra nosotras: cuando le tocaba a ella, se mostraba amable y atento. La hacía reír, procuraba trabar conversación con ella. En resumidas cuentas, sabía jugar con nuestras debilidades: la mía, como la de Claudia, era el afán de protagonismo; la de Ava, su necesidad de sentirse querida.

Aunque los dos bebían como cosacos, mi abuelo y mi tío se las arreglaban para llevar la finca con la misma eficiencia que antes. O sea, que todos los años hacían la cosecha, los números seguían cuadrando, nuestras tierras rendían aún y la finca seguía siendo muy respetada. Como personas, en cambio, su alcoholismo los cambió irreversiblemente. Mi abuelo se convirtió en un borracho mortecino en cuya mente solo se encendía una lucecita cuando le ponían una copa en la mano. Mi tío se volvió un ser mucho más peligroso. A Charles no lo tocaba nunca, pero todos sabíamos que a Georgia May la molía a palos. Por las mañanas, cuando nos íbamos al colegio, ella iba a casa de nuestra madre, que la bañaba y le curaba las heridas dejadas por el cinturón de su marido, y le suplicaba que lo abandonara. Ella, no obstante, nunca quiso dejarlo.

Mamá incluso recurrió a Lavinia en cierta ocasión. La encontró en la rosaleda. El sombrero de paja, que ataba con una cinta verde, descansaba sobre sus hombros. Mi madre le habló de las marcas de hebilla que Georgia May tenía en la espalda y le dijo que, si Theo estuviera vivo, Ethan no habría podido salir impune de aquello. Lavinia la miró cansinamente y dijo que hablaría con él, pero no sirvió de nada. Su hijo mayor había escapado a su control y ella lo sabía. Mientras siguiera ocupándose de la finca de mi abuelo no lo echaría, pero los tiempos en que ella podía manipularlo a su antojo y llevarlo por el camino que le convenía se habían terminado definitivamente. El alcohol había contribuido a hacer su mente tan dura e inflexible como flojas y blandas eran sus entrañas. Lavinia tenía tan poca suerte con él como su marido, y a decir verdad invertía casi todas sus energías en Cal Junior. Ethan era una causa perdida. En su caso, solo le cabía esperar a que ya no sirviera para nada. Ahora era sobre los hombros de su nieto donde descansaban todas sus esperanzas.

De lo cual nos dábamos cuenta todos. Cuando éramos pequeños, eran uña y carne. Iban siempre de paseo juntos, cuidaban el jardín, charlaban, bajaban la voz cuando alguien se entrometía en sus momentos de intimidad. Porque así era como lo sentíamos nosotros: como una intromisión. Mis hermanas y yo aprendimos muy pronto que eran de esas personas que te buscan y a las que no conviene buscar.

Así pues, Georgia May se quedó a pesar de las palizas y mi madre y Piper la cuidaban. Ethan, al menos, no se iba de putas: su única satisfacción la obtenía de los golpes, los cinturonazos y las patadas que infligía al cuerpo de su mujer. Ya no la tocaba como no fuera para eso: para marcarla, aunque nunca la cara, siempre por debajo del pecho y, en verano, nunca los brazos ni las piernas. En nuestra finca se

conocían las estaciones por dónde tenía mi tía los cardenales.
Mi abuelo lo sabía. Se lo contó Lavinia, pero él no dijo nada; se limitó a beber aún más. Ella empezó a preguntarse seriamente si allí dentro seguía habiendo un hombre, o si solo quedaría el líquido frío y ambarino de diversos licores en el lugar que antes había ocupado su alma. Yo lo recuerdo amable; borracho, pero amable. Y manso: te sentaba en su regazo y te dejaba que te quedaras allí acurrucada con tal de que no le estorbaras para beber mientras jugabas. Su cuerpo era un patio de recreo, como un gigante dormido para los liliputienses.

Pero debía de quedar dentro de él algo que ninguno de nosotros sospechaba, a juzgar por lo que hizo cuando Claudia tenía quince años. Fue como si todos esos años hubiera estado dando tumbos en la oscuridad, palpando frenéticamente las paredes hasta que por fin, milagrosamente, logró encontrar de algún modo el interruptor.

Empezó con una carta. Yo no llegué a leerla, pero mi abuela sí. Después de registrar toda la casa, la encontró metida detrás de un radiador, en el aseo de abajo. La encontró el día en que mi abuelo anunció en la mesa, frente al asado dominical, que su sobrino, nuestro primo segundo, iba a ir a vivir y a trabajar en Aurelia. Se llamaba Jude: era el hijo de su hermano Leo, y le habían puesto aquel nombre por el santo patrón de las causas perdidas. Piper nos dijo después que era porque había sido concebido cuando Elisa tenía cuarenta y un años, de modo que su nacimiento se consideró casi un milagro. Por lo visto Elisa se había ido volviendo más y más religiosa con la edad y a medida que se marchitaba su vientre.

Mi abuelo lanzó una gran perorata durante la cena, salpicada de digresiones, reflexiones y vagas referencias a disputas y acontecimientos de los que yo me enteraría años después con mayor detalle junto al lecho de mi abuela. En aquel momento dejé que su cháchara de borracho fluyera sobre mí torrencialmente, como pasaba siempre que se decidía a hablar en la mesa, que no era muy a menudo. No escuché gran cosa, así que no puedo repetir lo que dijo. No me di cuenta entonces de cuánto significaba aquello para él: me pareció un hecho insignificante que no alteraría en modo alguno la vida de mi familia inmediata. Bendita ignorancia, solía decir mi madre, y yo lo suscribo: esa noche, por fortuna, mi ingenuidad no me permitió ver el resentimiento y la furia que había removido el anuncio de mi abuelo. Aunque con el tiempo Leo había aprendido a perdonar u olvidar en parte la afrenta que le había impedido volver a pisar Aurelia, no había podido volver a mirar a mi abuelo como a un hermano, hasta ese momento. Su sugerencia de que el abuelo aceptara a Jude y lo dejara intervenir activamente en la gestión de su parte en la finca me había sumido en una neblina de aburrimiento e inercia. Recuerdo que me pregunté por qué el abuelo se había molestado en invitar a Jude. Si era tan importante, ¿cómo es que no lo conocíamos aún? Claro que entonces no pensaba en Aurelia como en una empresa: era solo mi hogar. Yo no controlaba sus ingresos y sus beneficios, a pesar de que el dinero de la parte que le correspondía a mi padre era lo que mantenía a mi familia a flote, dado que mi madre no trabajaba en aquella época. Esa es la dicha de la infancia: ver la ropa remendada, ver la comida aparecer en la mesa y no preguntarse nunca de dónde salía todo aquello.

Recuerdo, no obstante, que mi abuelo miraba constantemente a Lavinia mientras hablaba y que, aunque ninguno de nosotros se enteró hasta que Cal Junior nos lo dijo semanas después, esa noche, después de que nos fuéramos, tuvieron una discusión de mil demonios. La primera que habían tenido desde hacía años, una pelea a gritos en la que todo lo que había entre ellos volvió a la vida súbitamente, obligándoles a darse cuenta de que había otra cosa, aparte de ellos mismos, que llevaba muerta mucho tiempo.

Mis hermanas y yo estábamos desconcertadas, no entendíamos la importancia de lo que estábamos oyendo. Re-

cuerdo que, cuando el abuelo acabó por fin su larga y sinuosa homilía acerca de la familia, el perdón y los puentes (había usado un buen montón de metáforas relacionadas con los cruces), Claudia preguntó:
—Pero, ¿quién es el tío Leo, abuelo?
—Eh... —él empezó a sonreír, como si mi hermana hubiera contado un chiste ingenioso—. Bueno, claro, no es tu tío, no, tío tuyo no es, pero, verás, así era como lo llamaban siempre los... los niños que antes se sentaban a esta mesa. Tío Leo. Se me olvidaba —se echó a reír—. Se me olvidaba.
Después, la efusión de un recuerdo tiró de su sonrisa hacia un lado de su boca y su cara quedó ladeada. Luego pareció volver en sí.
—Era tío de vuestro padre, Claudia —terció Piper—. Hermano nuestro.
—¿Dónde está? —preguntó mi hermana—. ¿Cómo es que no lo conozco?
Piper y Cal se miraron y por un momento se hizo un incómodo silencio.
—Murió hace poco. De cáncer, igual que nuestro padre —añadió Piper—. Por eso se puso en contacto con vuestro abuelo. Vivía con su mujer en una finca de la familia de nuestra madre, pero esta fue su primera casa y, bueno, cuando tu abuelo se enteró de que nuestro hermano había muerto y de todo lo que había pasado nos pareció lo mejor que... —se volvió hacia su hermano para pedirle ayuda, pero el semblante de mi abuelo se había cerrado sobre sí mismo, sumido en la pena.
—Nos pareció que sería bueno que Jude viniera a casa, por su padre, ya que no pudimos hacerlo en vida de Leo.
Yo miré el plato de la cena, con sus hojitas de rosal, y me puse a juguetear con la comida dándole vueltas de acá para allá con el tenedor, mientras mis pies rozaban desmayadamente el suelo de madera. Mi madre se inclinó con disimulo hacia mí y me dio un pellizco en la corva para que parara. De pequeña estaba siempre arrastrando los pies.
Mi abuela volvió la cara cuando yo levanté la vista, dolo-

rida, y tomó su cucharilla para remover el café. Le temblaba la mano. Mi primo Cal, que estaba sentado a su lado, oyó el suave tintineo de la cucharilla contra la taza; luego alargó el brazo sobre la mesa, agarró la cafetera de plata y la dejó caer. La cafetera golpeó la jarra de la leche y el chirrido me dio dentera. El abuelo le lanzó una mirada de irritación y luego carraspeó para proseguir su discurso.

–En esta familia han pasado muchas cosas. Hemos luchado mucho y perdido mucho. Esto va a ser un nuevo comienzo para nosotros, los Hathaway. Esta familia volverá a ser lo que era –afirmó dando un golpe sobre la mesa, y nos miró a todos.

Piper se levantó. Una sonrisa histérica se extendió por sus mejillas, consumiéndolas. Hizo señas a su hermano de que se sentara.

–Después de lo de Theo y todo eso... Vosotras, niñas... He perdido ya dos, y tan jóvenes... –el abuelo se interrumpió y comenzó a mecerse sobre sus pies–. Esto significa mucho para mí –dijo más para sí mismo que para los demás–. Muchísimo.

–Lo sabemos, Cal –dijo mi abuela, mirándolo, y siguió removiendo el café hasta que su mano dejó de temblar.

Su marido hizo un esfuerzo por reponerse.

–Nadie podrá reemplazar a vuestro padre –comenzó otra vez, mirándonos a mis hermanas y a mí–. Era un hijo maravilloso. Pero en esta casa se necesita sangre nueva...

Cal Junior agachó la cabeza y una fina mancha roja apareció en su mejilla al coloreársele la piel.

–Y eso es lo que va a traer Jude.

–Y nosotras haremos todo lo que podamos por que se sienta a gusto –contestó mi madre.

–Sí –el abuelo le sonrió, agradecido–. Sí, sé que lo haréis.

Luego nos miró a todos y le sonreímos. Cal Junior mantuvo la vista fija en el plato.

Camino de casa, me quedé atrás con Ava mientras nuestra madre acompañaba a Georgia May y Claudia llevaba de la mano a Charles, conteniendo a duras penas su irritación. Ethan se había ido al pueblo en su camioneta. Todos sabíamos que no volvería a casa hasta bien entrada la noche y que Georgia May se presentaría en casa a la mañana siguiente, como de costumbre, cuando mi madre estuviera preparando la jofaina de agua caliente y las sales. Al pensar en mi tía ahora, siento que una grieta de espanto se abre en mis recuerdos por primera vez. Aunque sé que acabaría escapando con su hijo, en aquel entonces las palizas de su marido y las tiernas atenciones que mi madre dedicaba a sus heridas me parecían tan normales, tan rutinarias, que casi ni me inmutaba cuando los fines de semana por la mañana Georgia May desnudaba los verdugones morados y rojos de su espalda ante las manos de mi madre mientras yo me inclinaba sobre mi tazón de cereales.

–¿Te hace ilusión? –me preguntó Ava.

–No sé –dije yo.

–A mí sí. Estará bien tener otro primo con el que jugar. ¿Cómo será?

–No sé, Ava.

–Espero que Cal Junior no se ponga celoso.

–¿Por qué va a ponerse celoso?

–No... Es solo que me ha preguntado si iba a... eh... –se quedó callada y frunció el ceño, concentrada en lo que estaba diciendo.

Aparté los ojos de ella y miré a lo lejos.

–Me muero de ganas –dijo, emocionada.

Yo sofoqué un bostezo y di una patada a una piedra del camino.

–Yo también.

Jude llegó a Aurelia menos de un año después de que muriera mi padre. En aquella época, yo me despertaba en mi habitación pintada de blanco y cubierta con carteles de E.T., iba a clase, hacía tareas en la finca y jugaba con mis hermanas y (de tarde en tarde, cuando mi madre se sentía con fuerzas para dejarme que las invitara) con mis amigas, que traían sacos de dormir y mantas para que acampáramos en el jardín: en eso consistía mi vida. Nuestro lugar preferido de acampada era el claro con la fuente del diosecillo de piedra: allí hacíamos tiendas con nuestras sábanas blancas y contábamos historias de fantasmas con las linternas bajo la barbilla. De niña nunca me faltaron las amigas. No me habrían faltado aunque hubiera sido la más tonta, la más fea, la más antipática de las niñas: todas las familias querían congraciarse con nosotros. ¿Quién no iba a querer trabar lazos de amistad con la familia más rica del condado, aunque su historia estuviera llena de claroscuros? Mi abuela, en cambio, era más exigente. Vigilaba atentamente a las niñas a las que mis hermanas y yo llevábamos a casa, preguntaba por las familias de las que no conocía y tomaba nota del comportamiento de las que sí. Y unas semanas después nos daba su dictamen.

—¿La niña de los Galloway se limpia alguna vez la nariz? —preguntaba, sentada en nuestra cocina, mientras mi madre le servía un té. O bien—: Es una lástima que a los Mackenzie les haya ido tan mal este año. Vi a Mary con ese mismo vestido no hace ni dos años, y ahora lo lleva Grace —y así, poco a poco, íbamos enterándonos de la vida de nuestros vecinos y, sobre todo, de quiénes iban a seguir siendo vecinos nuestros y de quiénes merecía la pena hacerse amigos.

A Claudia se le daba mejor que a Ava y a mí. Ella sabía lo que significaba ser una Hathaway. Sus amigas eran una camarilla de lo que en el mundo agrícola equivalía a la aristocracia de sangre azul, con ella como centro. Enseguida distinguía quién era un labrador y quién un «terrateniente», como ella decía, condenando de ese modo a los primeros al ostracismo.

—Vosotras podéis ser amigas de quién queráis —solía decirnos mi madre premeditadamente, cuando mi abuela estaba cerca.

Mi abuela dejaba lo que estuviera haciendo y la miraba, antes de decir en tono puntilloso:

—Siempre y cuando sepáis lo que queréis.

Yo entonces no entendía lo que implicaba todo aquello.

Sabía que era una privilegiada. Sabía cómo me miraba la gente en la calle o en clase, o en las ferias, cuando se acercaba a mí y decía mi nombre, y me gustaba. Pero en realidad ignoraba lo que significaba. Debería haber prestado más atención a las cosas que ocurrían a mi alrededor, pero estaba siempre absorta en las historias y los mundos que poblaban mi cabeza. Vivía ensimismada y me expresaba con las manos. Siempre estaba dibujando o garabateando, desmontando cosas para luego intentar volver a montarlas. Así rompí dos tostadores y el desagüe del fregadero de la cocina, lo cual me valió una buena azotaina, de las pocas que me dio mi madre. Pasaba de una obsesión a otra, cuestionándolo todo constantemente, investigando siempre, pero nunca en casa. La casa me aburría porque parecía que en ella no ocurría nada.

—Aquí nunca pasa nada —me quejaba, tumbada en la hierba, batiendo el aire caliente con mis piernas desnudas.

Y para nosotros, los niños, nunca pasaba nada. Cal Junior, en cambio, tal y como yo lo recuerdo, nunca parecía querer ir a ninguna parte, ni hacer otra cosa. Estaba siempre en casa, todos los días después de clase y también los fines de semana. No se dedicaba a trasegar cerveza o a emborrachar a las vacas, como parecían hacer sus condiscípulos en sus ratos libres. Se guardaba para sí mismo y para su casa. Con eso parecía bastarle. A Claudia, en cambio, la finca le parecía tan aburrida y sofocante como a mí. Era preciosa y nos encantaba, pero su absoluta banalidad nos asfixiaba. Porque, aparte de las borracheras de mi abuelo y mi tío y a pesar de la brutalidad de las palizas de Georgia May, no sucedía nada: al menos, para Claudia y para mí. Ava, en cambio... En fin, esa es otra historia.

He hecho esfuerzos por recordar, que conste. Pero la reflexión solo enturbia el pasado, no lo aclara. Hubo un periodo, justo después de que viviéramos con mis abuelos y hasta que tuvo unos quince años, en que mi hermana se mostraba a menudo hosca y malhumorada. No hablaba, apenas comía. No soportaba que la tocaran. Mi madre lo achacaba a las hormonas de la pubertad. Era extremadamente voluble: a veces era tan cariñosa que casi nos agobiaba y mamá tenía que darle manotazos en los dedos por cómo nos abrazaba o nos estrechaba entre sus brazos mientras nosotras intentábamos escabullirnos, incómodas. Otras veces, en cambio, era tan desdeñosa que no entendíamos qué habíamos hecho.

Pero cuando era ella misma, cuando volvía a ser Ava, era tan distinta... Cuando estaba contenta, tenía momentos de euforia casi infantil, se abrazaba a sí misma y se ponía a bailar; cuando estaba concentrada, jugueteaba con su pelo y se tiraba de él con fuerza. Era la Ava que me consolaba y me escuchaba a medida que crecíamos, la que se fue replegando cuando florecí, hasta que a los quince años se había convertido en una chica callada y sin pretensiones: guapa, cariñosa y amable. Había salido del túnel, como solía decir mi madre. Y eso pensábamos todos.

Nunca se escabullía de Cal Junior, no lo evitaba, no se acobardaba ante él. Lo defendía, lo justificaba, estaba más unida a él que cualquiera de nosotras, no porque tuvieran más cosas en común, sino porque él la hizo así. Cuando necesitaba una confidente, la elegía a ella, la hacía parecer especial, apartada del resto de nosotros en aquel único (y crucial) aspecto. Fue, ahora lo veo, uno de sus modos de llevarla a su terreno, y nosotros, tontamente, se lo consentimos.

Pero estoy divagando.

Jude llegó a mediados de marzo de 1982, un viernes por la noche. No lo vimos llegar; Piper fue a casa a decirle a mamá que había llegado y que toda la familia le sería presentada formalmente en la cena del domingo. Cuando llegó ese día, nos encaminamos obedientemente a la casa grande, con nuestros vestidos limpios y el pelo recogido con cintas. Mi madre había ido al pueblo a buscar un regalo de bienvenida para Jude y había encontrado una tabaquera de madera. Tenía labrada en la tapa un valle sacudido por el viento. Dentro pusimos tarjetitas y mensajes de bienvenida, y mi madre vigiló nuestra ortografía (la mía perfecta; la de Ava, muy buena; la de Claudia... Ella tuvo que hacer varios

intentos. «Si prestaras más atención a los estudios en vez de a tu aspecto, lo harías mejor», le había dicho mi madre).
Fuimos a pie, con Georgia May, Ethan y Charles. Charles nos dio la mano a Ava y a mí y Claudia llevó la caja de Jude, envuelta en papel morado con una cinta plateada. Charles tenía trece años y Georgia May había estado buscando escuelas que pudieran ayudarlo, porque no podía pasar al instituto como había hecho Ava. Había encargado libros y cintas acerca de cómo educarlo en casa. A fin de cuentas había estudiado magisterio y hasta había ido a clases nocturnas para aprender cómo se enseñaba a alumnos con dificultades de aprendizaje. No sé qué habría sido de Charles sin su madre. Georgia May hizo mucho más que mantenerlo vivo. Si hubiera podido respirar por él, lo habría hecho. Después de que se marchara, cuando empezaron a salir cosas a la luz, nos enteramos de que, por no despertar a su hijo, nunca lloraba o gritaba cuando Ethan le pegaba, ni siquiera cuando le rompió las costillas o le partió el labio de una patada. Quizá por eso aquella noche, cuando yo tenía dieciséis años y él se emborrachó tanto que la amenazó con un cuchillo delante de Charles, mi tía se derrumbó y por fin abandonó a Ethan: no podía soportar que su hijo lo supiera y sufriera por lo que le hacía su marido. Siempre pensamos que era ella quien había salvado a Charles, pero al final, sin pretenderlo siquiera, había sido él quien la había salvado a ella.
  Nos abrió la puerta Piper y vimos, por lo elegante que estaba con su vestido nuevo y por lo lisa y tirante que llevaba la trenza canosa que, en efecto, aquella iba a ser una presentación formal.
  Cuando entramos en el cuarto de estar, Cal Junior estaba junto a la ventana mordiéndose las uñas, mi abuelo estaba sirviendo una copa y Lavinia permanecía sentada, las manos unidas sobre el regazo, en el largo sofá junto a aquel hombre que era mi primo segundo.
  Tenía los ojos verdes más bonitos que yo había visto nunca.

Al entrar, Ava y yo echamos una ojeada a Jude, a su pelo castaño rizado, a sus vaqueros azules y su camisa blanca, cuyas mangas enrolladas dejaban ver sus brazos delgados y fuertes, nos miramos la una a la otra y, agachando la cabeza, empezamos a reírnos por lo bajo. ¡Qué vergüenza! Claudia nos lanzó una mirada de desprecio y agitó la melena para apartársela del hombro.

Él se acercó a mi madre con la mano tendida y una amplia sonrisa que mostraba sus dientes perfectamente blancos, y yo sentí que me sonrojaba. Me volví para mirar a Ava, pero ella tenía la vista clavada en el suelo.

Cuando mi madre nos lo presentó, Jude sonrió y nos estrechó las manos. Recuerdo lo áspera y grande que me pareció su palma. Enseguida me gustó. Hizo que me sintiera a gusto de inmediato y, aunque agachó la cabeza e intentó que Ava lo mirara, no la puso en evidencia, se limitó a estrecharle la mano tímidamente, envolviéndola en la suya antes de pasar a la siguiente, y cuando abrió nuestro regalo sonrió, sorprendido. Noté lo conmovido que estaba cuando apartó delicadamente el papel de regalo y levantó la tabaquera con una enorme sonrisa. O sea, que me enamoré. De pronto me alegré de que el abuelo hubiera hecho aquello. Por fin entendía qué había querido decir al hablar de un nuevo comienzo.

Cal Junior, que se había sentado en el sofá de color crema, cerca de nuestra abuela, y había estado mirando el fondo vacío de su vaso, se levantó de pronto y se puso a pasear por la habitación, tocando adornos y pasando la mano por el borde de la repisa de la chimenea. Lo veíamos todo el tiempo por el rabillo del ojo, salía y entraba constantemente de nuestro campo de visión en una serie de movimientos súbitos e inexplicables. Mi abuela se había quedado en el sofá y estaba escuchando a mi abuelo, que le estaba contando no recuerdo qué. Seguía con la mirada los movimientos erráticos de mi primo.

–Entonces, ¿siempre has trabajado en el campo, Jude? –preguntó mi madre.

—Eh, sí, supongo —contestó, y se frotó la nuca.
Cal Junior estaba junto a la cómoda antigua. Iba trazando con el dedo índice el borde de una pastorcita de Dresde.
—Quiero decir que nunca se me dieron muy bien los estudios y como toda mi familia se dedicaba al campo, pues... La verdad es que nunca pensé a qué quería dedicarme, solo hice lo que sabía hacer.
—Espero que no te moleste que te lo diga, pero eres mucho más joven de lo que esperaba —comentó mi madre.
Él esbozó una sonrisa con hoyuelo. Yo noté que me derretía un poco por dentro.
—Mi madre me tuvo mayor. Muy mayor —contestó Jude.
Cal Junior se colocó junto al quicio de la puerta. Trazó con las uñas sus líneas.
—¿Cuántos años tienes? —pregunté.
Mi madre me lanzó una mirada furiosa.
—Merey... —me reprendió.
Jude sonrió y sacudió la cabeza.
—Cuarenta y siete —contestó Claudia con cara de palo.
Jude levantó las cejas y frunció los labios para silbar. Yo vi que Cal Junior lanzaba a Claudia una sonrisa.
—Uf —dijo Jude.
—Claudia...
Claudia irguió la espalda al oír la voz crispada de mi madre.
—No, no pasa nada. Tendré que dejar la cerveza una temporada, imagino —inclinó la cabeza hacia mí y me guiñó un ojo—. La verdad es que por lo visto soy un anciano de treinta y dos años.
—Eso no es tan viejo —comentó Ava, un tanto indecisa.
Jude se echó a reír.
—Gracias, niña.
Piper nos llamó a cenar y yo me volví hacia mi abuela:
—¿Cómo es que no has cocinado tú hoy, abuela?
Hubo un segundo de silencio. Vi que Jude fruncía las cejas, desconcertado, aunque seguía sonriendo, y que mi abuela soltaba una breve y suave risa.

—Esta mañana tenía una terrible jaqueca. Piper se ofreció amablemente a cocinar por mí. Es tradición que los domingos cocine yo, Jude. Me temo que te he dejado un poco en la estacada.

—En absoluto, señora —contestó él—. Habrá muchos más domingos. Estoy seguro de que es usted una cocinera maravillosa.

—Gracias —dijo mi abuela suavemente.

Nos volvimos para entrar en el comedor y, como era costumbre, Cal Junior se quedó a un lado para acompañar a mi abuela. Ella, sin embargo, no lo miró. Siguió mirando a Jude. Luego, de pronto, como por acuerdo tácito, él dobló el codo y ella lo agarró del brazo. Pasaron los dos junto a Cal Junior sin mirarlo siquiera.

Mi primo dudó, mirándolos entrar en el comedor, y luego Piper le ofreció el brazo y, tras una breve pausa, él lo aceptó.

Fue una buena comida. Jude contó bromas, estuvo muy simpático y se interesó por todo. El abuelo no bebió tanto, lo cual, pese a ser un alivio, era tan anómalo que me crispó los nervios. Cal Junior apenas abrió la boca, pero tampoco habló mi tío, así que apenas se notó. Claudia daba vueltas a la comida en su plato con fingido desdén y ponía poses de aburrimiento. Jude, al verlo, intentaba disimular la risa detrás de la servilleta. Mi madre reprendió a Clo al oído, enfadada, y ella frunció los labios con tanta fuerza que se le pusieron morados. La comida, en resumen, fue un éxito, al menos en la medida que podía serlo en nuestra familia. Aparentábamos llevarnos bien.

Después de la tarta de nuez pecana de Piper, que hizo que todos nos recostáramos en nuestras sillas y nos frotáramos el estómago para aliviar el agradable malestar del empacho, Jude carraspeó y los que aún estábamos hablando guardamos silencio. Por primera vez esa noche vi que parecía ligeramente incómodo.

Carraspeó de nuevo.

—Solo quería deciros lo mucho que os agradezco a todos que me hayáis dado la bienvenida a vuestra casa —dijo, esti-

rando el cuello hacia nosotras pero sin mirar a nadie a los ojos.
—Ahora también es tu casa, Jude. Fue la casa de tu abuelo, que en paz descanse, y también la de tu padre. Y también es tuya —dijo mi abuelo enfáticamente.
Mi abuela se humedeció los labios y le lanzó una mirada de soslayo. Cal Junior arañó el borde de su plato de porcelana con el tenedor.
—Bien, gracias, señor. Me alegro de que ese sea su parecer —dijo Jude—. Sé que ha habido mala sangre entre nuestras familias en el pasado, pero confío en dejar atrás todo eso para que podamos vivir juntos en la tierra que es y siempre será nuestro hogar. Y en que al fin podamos estar como Dios manda: felices, trabajando duro, libres y con buena salud. Estoy impaciente por conocer a todos los miembros de mi familia y por trabajar juntos de nuevo, como sin duda habría deseado Walter Hathaway, el responsable de que estemos todos aquí.
—Amén —dijo Piper, levantando su copa.
—Amén —repitió el abuelo.
—Amén —dijimos todos, algunos más claramente que otros.
—Por los nuevos comienzos —añadió mi abuelo.
Esa noche, al dispersarnos y tirar cada uno por su lado, me encontré con Cal Junior al doblar la esquina de la casa. Estaba fumando.
—Si te pilla el abuelo... —le dije.
—Le importará un pimiento —contestó, enfadado—. Bueno... —arrojó la cerilla a la mata de hibisco—, ¿qué te ha parecido el principito? Sorprende que no haya llegado en un caballo blanco, sino en una camioneta vieja y destartalada, aunque cualquiera lo diría, después de lo de esta noche.
Hice una mueca al notar su tono.
—Me cae bien —dije—. Es simpático.
—No durará —masculló Cal Junior.
—¿Qué? —pregunté.
Me miró, pero no respondió.

—¿Estás celoso? —dije yo, levantando la voz para demostrarle mi desdén.
Se rio por lo bajo y luego empezó a toser. El humo le salía por la nariz.
—Merey, Merey, Merey... Creía que tú eras la lista.
Me sentí ofendida.
—Y lo soy.
Se rio otra vez.
—Dile a Ava que quiero verla —dijo.
—Vale, lo que tú digas —di media vuelta y entré en casa.
Encontré a Ava con Jude y mamá.
—Cal Junior quiere verte. Está fuera —dije en voz baja.
Estaba enfadada y molesta por la conversación que había tenido, así que no me paré a decirle nada más. Ni siquiera la miré. Salió en silencio, rápidamente, y yo me uní al corro para ocupar su lugar.

La llegada de Jude a la finca fue como un soplo de aire fresco en una habitación cerrada. Su presencia se dejaba sentir en todas partes. Era como si llevara en Aurelia toda la vida. En cuestión de semanas se ganó el respeto del capataz y de los empleados de la finca y demostró que no solo sabía lo que hacía, sino que también estaba dispuesto a trabajar tanto como cualquiera de ellos. Llevaba poco tiempo en Aurelia cuando mi madre, por las noches, durante la cena, empezó a contarnos las cosas de las que iba enterándose día a día: que si Jude había pedido ver el plan de explotación de la finca; que si de madrugada se pasaba horas y horas revisando libros de cuentas y balances; que si interrogaba discretamente a mi abuelo sobre las costumbres de la finca y escuchaba pacientemente las respuestas que el viejo le daba con entusiasmo. Saltaba a la vista que estaba ansioso por conocer la finca y todo cuanto tenía que ver con ella.
—Tiene tantas ganas de aprender... —le dijo Piper un día a mi madre, que había ido a comer a la casa grande.
—Mmm —murmuró Lavinia.

Pronto me acostumbré a ver su alta silueta cuando por las mañanas, antes de ir a clase, me tocaba limpiar los establos o dar de comer a los caballos. Cruzaba los campos, siempre listo y alerta para el día que tenía por delante, y mi abuelo caminaba a su lado intentando no perder el paso. De pronto estábamos todos pendientes de aquel nuevo personaje, de aquel recién llegado a un mundo que (ahora me daba cuenta) había estado siempre aislado y cerrado a cal y canto. Es curioso, pero aunque mi abuela se jactaba de haber dado a conocer nuestro apellido en todo el pueblo, codeándose solo con las familias y las personas que consideraba de su misma talla, nuestra finca era como un extraño microcosmos en el que nos aislábamos del mundo exterior. A diferencia de las casas de nuestros amigos, por las que nos movíamos con toda la naturalidad, en la nuestra los invitados eran sometidos a una vigilancia constante, y cada invitación era producto de un cálculo cuidadoso y exigía previa aprobación. Estábamos tan acostumbrados a ese aislamiento, participábamos hasta tal punto de él, que con la llegada de Jude pareció rasgarse una tela. Ava y yo caminábamos por el camino hacia nuestra casa a la vuelta del colegio y lo veíamos montando a caballo, o comiendo con los trabajadores de la finca y lo saludábamos tímidamente agitando la mano antes de apretar el paso. Su presencia parecía tan ajena, tan extraña... Siempre habíamos vivido rodeadas de personas a las que conocíamos de toda la vida, y aunque sabíamos que formaba parte de la familia era un ser nuevo y desconocido, procedente de un mundo en el que nos aventurábamos de vez en cuando y del que sin embargo (ahora me doy cuenta) nunca llegamos a formar parte del todo. Aurelia era nuestra vida, nuestro hogar. Era nuestro pasado, nuestro presente y nuestro futuro. Eso era lo que nos habían inculcado y nosotras no lo poníamos en duda. Sabíamos que nuestro padre había ido a la guerra y que nuestra madre no se había criado en el campo, pero todo eso nos parecía un sueño estrafalario. Nuestra finca era como el orbe, por más que a la gente le pareciera plana. Y cuando la abandonabas, era como si navegaras demasiado lejos y fueras a caer al abismo.

Mi madre y Georgia May hicieron todo lo posible por que Jude se sintiera a gusto, como le habían prometido a mi abuelo. Mi madre siempre estaba preguntando por él en la casa grande, donde vivía, igual que Georgia May, que siempre llevaba consigo a Charles. Y recuerdo que Piper revoloteaba a su alrededor y lo agasajaba, y que comentaba, bajando siempre un poco la voz al final, lo mucho que le recordaba a su hermano pequeño, con una expresión que yo no lograba definir y que aun así hacía que se me encogiera el corazón. Creo que era tan novedoso, tan parecido a un juguete nuevo, que casi no nos creíamos que existiera, que estuviera allí para quedarse, o que de veras formara parte de nuestro mundo. Había un componente de desconfianza y sin embargo, al mismo tiempo, una ávida curiosidad en torno a él, una necesidad de conocerlo y de hacerlo nuestro.

Era como una ráfaga de viento fresco que se llevaba las motas de polvo que desde hacía tanto tiempo se acumulaban a nuestro alrededor. Piper se volvió más jovial, más activa. El abuelo dejó de beber tanto, maldecía menos y hasta perdió peso. A los dos meses de llegar Jude, un domingo a la hora de la cena, se palmeó feliz y contento la barriga y nos enseñó a sus nietas con orgullo lo grande que le quedaba la cinturilla de los vaqueros.

Mi tío y mi primo reaccionaron de modo distinto. A Ethan nunca le importó Jude. Recuerdo haber oído de pasada las conversaciones de mi madre y mi tía Georgia May cuando hablaban de cómo iba a visitarlos Jude armado con un paquete de seis cervezas y su temperamento cordial, intentando entablar amistad con su primo hermano, el único hombre de la finca que, por edad y bagaje, tenía cierta afinidad con él. Mi tío, sin embargo, se limitaba a aceptar la cerveza y a bebérsela sin apenas dirigirle la palabra a su primo, y dejaba que sus intentos de trabar conversación cayeran en un silencio incómodo para todos, salvo para el borrachín sentado a su lado. Jude se marchaba siempre apesadumbrado y con el ceño fruncido, y Georgia May notaba su desconcierto ante la actitud de mi tío, que tenía tantas cosas y que, pese a ello, parecía odiarlo todo.

Acabó por espaciar sus visitas, y en lugar de cerveza llevaba un avión de juguete para Charles o flores para Georgia May. Se paraba siempre que la camioneta de Ethan no estaba aparcada en el patio, solo para hablar con ella y jugar con su hijo mientras mi tía se ceñía bien la ropa alrededor del cuerpo para ocultar sus moratones. Él, por su parte, omitía cortésmente cualquier pregunta acerca de la evidente quiebra de su matrimonio.

En cuanto a Cal Junior, que yo recuerde nunca pasaban tiempo juntos. No recuerdo ni una sola ocasión en que les viera charlando, o compartiendo una broma, o sentados el uno al lado del otro. Los domingos, en la cena, Jude se sentaba junto a mi madre o junto a Piper, o justo al lado de mi abuelo, y aunque siempre paseaba la mirada por la mesa, de modo que parecía que estaba hablando para todos, nunca se le veía a solas con mi primo. Puede que me equivoque; a fin de cuentas, vivían en la misma casa y tenía que haber momentos en que se vieran forzados a estar juntos aunque solo fuera por la cercanía que imponía el espacio, pero nunca se dirigían la palabra en público, si podían evitarlo.

¿Era culpa de Jude, en mi opinión? No, porque él siempre quería probarlo todo y a todos. Esa fue una de las primeras cosas que me llamaron la atención en él. En un mundo tan sujeto a la rutina y la tradición, Jude siempre intentaba poner en práctica nuevas ideas, probar algo nuevo: a veces proponía tomar un postre nuevo, a lo que mi abuela respondía con una tensa sonrisa, abriendo los ojos de par en par mientras lo miraba perpleja relatar la última idea que se le había ocurrido, y otras hacía sugerencias sobre cómo llevar la finca. Podía vérselo junto a mi abuelo en los maizales, una mano en la cadera, la otra señalando enérgicamente a lo lejos, mientras mi abuelo escuchaba atento y asentía de vez en cuando a lo que estuviera diciendo su sobrino. Luego, de pronto, aparecía una cosechadora mejor o una parcela de tierra labrada para un cultivo nuevo, de modo que a nuestro alrededor, con el paso del tiempo, iban acumulándose pequeños cambios casi imperceptibles. Pronto se hizo normal verlo cabalgar por la finca, o encontrar el trazo de su mano en la nueva pintura del establo y en los platos sorprendentes que se servían en la cena del domingo.

Una vez que mi madre lo invitó a cenar y estábamos sentados solos en el porche de mi casa, mientras Ava y mi madre fregaban los platos y Claudia hacía los deberes en el piso de arriba, le pregunté si era feliz allí.

Me miró y sonrió.

–¿Sabes?, creo que sí.

–Pareces sorprendido –dije, y me miró con perspicacia.

–Ha sido una sorpresa, Merey. Pero una sorpresa agradable.

Nos gustaba tenerlo allí, a casi todos. Empezamos a darnos cuenta de que lo nuevo, lo de fuera, no tenía por qué ser malo. Incluso podía ser bueno, podía hacer cambiar las cosas.

–*Estábamos bien como estábamos.*

–*¿Y eso quién lo dice, abuela?*

Resopló.

–*Yo, claro.*

Pero Lavinia se equivocaba y ella lo sabía. Veía al único hijo que le quedaba precipitarse a una ruina irrevocable, veía a nuestra madre viuda luchando por salir adelante, veía la relación enconada de su nieto y su marido, y era consciente de que la muerte de mi padre había sido solo la última y más violenta herida en un cuerpo ya repleto de cicatrices. De madrugada, cuando tumbada en la cama recordaba que su hijo pequeño había muerto, sentía no solo pena sino también rabia, rabia porque su súbita y espantosa desaparición hubiera dejado un vacío que mi abuelo había llenado por su cuenta, peligrosamente. Supongo que tenía razón. ¿Se habría puesto alguna vez mi abuelo en contacto con Jude si su hijo no hubiera muerto? Claro que no. La mañana en la que un hombre joven, sano y en forma había cerrado los ojos y se había tocado la frente al sentir el hormigueo de lo que al principio, sin duda, pensó que no era más que un dolor de cabeza, había tenido ese efecto catastrófico entre otros muchos.

Pero a quien más había afectado la muerte de mi padre, aparte de a su esposa, había sido a Claudia. Mientras vivimos con nuestros abuelos, apenas nos hablaba a Ava y a mí y casi nunca salía de nuestro cuarto, lo que significaba que tampoco podíamos entrar en él hasta la hora de dormir. Y cada vez que nos colábamos en su campo de visión, nos gruñía y arremetía contra nosotras y acabábamos a voces y con los brazos llenos de arañazos y raspones. Piper tenía que intervenir y poner paz entre nosotras. Ava estaba desolada y yo... Bueno, yo no sabía cómo encajar la muerte de mi padre. Claudia, en cambio, no estaba ni una cosa ni otra. Yo nunca llegué a entender del todo su actitud: estaba furiosa. Cuando volvimos a casa, estaba furiosa por que nuestra madre se hubiera metido en cama; furiosa por que nuestro padre no hubiera sido enterrado en la finca, como le habían pedido los abuelos a nuestra madre, sino en el Cementerio Nacional de Arlington; furiosa por haber tenido que compartir su pena con sus dos hermanas y, sobre todo, furiosa por que hubiera habido lugar para la pena.

Aprendió entonces una lección por la que siempre guardaría rencor a la vida: que las desgracias ocurren sin ningún motivo, como no sea porque pueden ocurrir; de ahí que dejara de confiar en los adultos y de creer en Dios. Lo anunció un día, a la hora de la cena, mes y medio después de la muerte de mi padre. Mi madre dejó el tenedor y se quedó mirando a su hija con tal mezcla de miedo y espanto que sentí crepitar el aire a nuestro alrededor.

—No sabes lo que estás diciendo —dijo.

—Sí que lo sé —Claudia la miraba fijamente, la cabeza hundida entre los hombros, los ojos llenos de odio.

—Si Dios no existe, Claudia, entonces ¿dónde crees que está tu padre? —preguntó mi madre con calma.

A Claudia le tembló un poco el labio; luego se inclinó hacia delante y gritó:

—¡Con los gusanos!

Mamá pensó que se le pasaría. No sabía cómo afrontar su propia pena, cuanto más la de su hija, y creía que, fuera lo que fuese lo que bullía dentro de Clo, al final se recuperaría porque el tiempo todo lo curaba: eso era lo que le habían inculcado de niña. Aunque no lo entendía y a pesar de que le dolía todo el cuerpo al pensarlo, tenía que creer que la muerte de nuestro padre formaba parte de los designios divinos. Claudia se daría cuenta con el tiempo.

Pero fue pasando el tiempo y Claudia siguió igual. Fue esa época la que forjó definitivamente mi relación con mi hermana mayor. Era espantoso vivir con ella. Malhumorada, taciturna, cruel: durante esos pocos meses nos peleamos más que en cualquier otro periodo de mi vida, y desde entonces estuvimos siempre en pugna la una con la otra, nos ofendíamos a la primera de cambio, veíamos una afrenta en cada palabra que se decía y nos hacíamos daño siempre que teníamos oportunidad. Ella me trataba como un saco de boxeo y nuestra madre andaba siempre separándonos y echándonos la bronca por haber roto otro vestido, otra cinta, otro juguete.

Luego, un día, la sacamos de quicio. Ni siquiera recuerdo por qué fue. Recuerdo, en cambio, que Claudia me había dado un puñetazo en la cara y que yo, al tambalearme, había agarrado lo primero que pillé, una figurita de porcelana de una pastorcita, y se la había lanzado a la cabeza. La figurita le dio en la sien antes de rebotar en la pared y quedar decapitada. Claudia empezó a sangrar, se armó un alboroto monumental, mi madre llegó corriendo entre nuestros gritos y llantos y se quedó parada en medio de la habitación.

Al principio no nos fijamos en la expresión de su cara. Nos agolpamos a su alrededor buscando consuelo, pero de pronto levantó las manos usándolos como barrera y nos callamos de inmediato. Se arrodilló en el suelo, recogió la cabeza de la figurita, que había rodado por el suelo, y la acunó entre sus manos. No dijo nada, pero empezó a sacudir la cabeza y cuanto más la sacudía más se crispaba su rostro. Claudia y yo empezamos a retroceder, viendo cómo empezaba a temblar. Solo rompió a llorar cuando ya habíamos huido escalera arriba, camino de nuestras habitaciones.

Mi abuela llegó a casa una hora después. Había sido Ava quien la había avisado. Irrumpió en mi cuarto con los guantes del jardín todavía puestos y asiéndome del brazo me hizo levantarme de la cama.

–Deja que te mire –dijo, y me torció la cabeza hacia un lado y hacia el otro, agarrándome por la barbilla. Se irguió–. Ya he visto a tu hermana. Sobrevivirá. Ahora voy a preguntarte lo mismo que le he preguntado a ella. ¿Quieres acabar definitivamente con tu madre?

Creo que estaba tan impresionada que me tambaleé, porque me agarró por los hombros y me zarandeó hasta que se me abrió la boca.

–Entonces te recomiendo que empieces a portarte bien, mi niña. Tu padre os habría azotado a las dos por lo que habéis hecho hoy. Esa figurita era un regalo de aniversario de vuestro padre, que en paz descanse. Del último aniversario que pasaron juntos, debo añadir. Y tu hermana y tú la habéis roto peleándoos como dos mocosas. Te has criado cerca de un establo, no dentro de uno. Recuérdalo –suspiró–. Sé cómo se está comportando tu hermana. Me ocuparé de ella, descuida, pero si vuelves a provocarla tendrás que vértelas conmigo, ¿entendido?

Asentí y ella se volvió para marcharse, aparentemente satisfecha.

–Hoy no cenas –añadió al llegar a la puerta.

No sé qué le dijo a Claudia, pero después de aquello, durante mucho tiempo, mi hermana iba a visitarla con frecuencia a la casa grande. No sé qué ocurría allí, a Ava y a mí no se nos permitía acompañarla, pero todos los miércoles, entre las cinco y las seis, Claudia iba a ver a la abuela. Lo que sucedía entre ellas debió de hacerle mella, porque con el tiempo dejamos de pelearnos tanto como antes. No del todo, ojo, pero Claudia empezó a ignorarme y yo, dándome por enterada, la dejé en paz. Supongo que, en cierto modo, fue entonces cuando Ava y yo nos volvimos de veras uña y carne. Después de aquellas visitas, Claudia no daba muestras de querer pasar mucho tiempo con nosotras. Yo antes pensaba que nos odiaba, pero quizá fuera simplemente que no se fiaba de sí misma y temía irse de la lengua, o que no entendiéramos lo que le estaba pasando. Yo no preguntaba. No teníamos esa clase de relación.

Estuve en vela toda la noche, pensando. Por la mañana, al vestirme, embotada, tuve la extraña sensación de estar viendo el amanecer desde el lado equivocado. Claudia volvió a buscarme. Se quedó esperando en el coche mientras yo recogía mis cosas y me preparaba para salir. Jane me acompañó a la puerta para verme marchar. Ninguna de las dos habló.

Claudia fue más despacio esta vez y yo me tensé cuando paramos en el cruce de carreteras me tensé, pero ella siguió conduciendo. Varias hileras de árboles verdes bordeaban el trayecto, de modo que la carretera parecía un largo túnel abierto en un bosque. Después, al doblar hacia la izquierda, los árboles se abrieron y sentí que me faltaba el aire y que el corazón me daba un vuelco al ver la alta casa sobre la loma y oír el crujido de la grava, cuando abandonamos la carretera para tomar la avenida de entrada. El coche pasó implacablemente bajo el letrero, y yo me giré para mirarlo: seguía allí colgado, alto y orgulloso aún de llevar el nombre de Aurelia, convencido todavía de que merecía la pena ostentarlo.

Claudia detuvo el coche al final de la avenida, apagó el motor y nos quedamos allí sentadas, sin decir nada. El césped estaba raído y amarillo, la avenida descuidada y repleta de hierbajos, los parterres de flores, antes atendidos con tanto mimo, se habían marchitado hasta quedar reducidos a nada. Solo la casa parecía haber sobrevivido relativamente intacta, aunque las ventanas tapadas con tablones de roble oscuro y pino manchado de moho la hacían parecer abandonada, achacosa, lóbrega y vacía.

¿Qué sentí al ver la casa cuyo recuerdo me atormentaba desde hacía más de una década? ¿El lugar que había aborrecido, amado y anhelado sucesivamente? Enseguida me arrepentí de todo. Me invadió un inmenso pesar, un pesar mucho más grande de lo que había sospechado. Aurelia había muerto, era ahora poco más que el cascarón vacío de lo que había sido antaño, una herida abierta en el seno de los Hathaway. Nos habíamos ido para siempre, nuestro tiempo había pasado, pero solo cobré conciencia de ello por completo al ver que el lugar que habíamos construido y casi reverenciado no era más que un despojo reseco.

Miré a Claudia y comprendí por su expresión que estaba pensando lo mismo. ¿Qué diría Lavinia, me preguntaba yo, si pudiera verla ahora y saber que todas sus maquinaciones, que todos sus planes habían ido a parar a aquello? De pronto pensé que la única verdad que habíamos podido reconocer hasta ese momento era que la finca no era nuestra en realidad; ni siquiera era de nuestro abuelo. Siempre había sido de Lavinia y, sin ella, no era nada. Me mordí el labio hasta que sentí que se rasgaba la piel. Como si lo notara, o quizá porque ella sentía lo mismo, mi hermana se movió de pronto, encendió el motor y enfiló el camino que llevaba a nuestra vieja casa.

–Solo quería verla –dijo con voz ronca, casi en tono de disculpa–. Solo quería asegurarme.

Capítulo 12

Creo que me pregunto con excesiva frecuencia cómo habrían sido nuestras vidas si no hubiera muerto nuestro padre. Pienso a menudo que, de haber estado él vivo, no habrían pasado muchas de las que sucedieron, y que muchas otras que deberían haber ocurrido habrían tenido por fin lugar. Desde el día de su muerte mi vida se partió en dos: la que debería haber tenido con él y la que acabé teniendo.

Cuando tenía más o menos nueve años empecé a volverme inquieta. Me movía constantemente, agarraba cosas y volvía a dejarlas y mis notas empezaron a bajar porque no podía concentrarme en clase. La psicóloga del colegio había dejado de atenderme tres meses después de la muerte de mi padre, pero volvió a verme cuando cambió mi actitud. Mi madre estaba loca de preocupación. Mi conducta social no resultaba preocupante, pero mi madre tenía claro que yo era infeliz y que no me sentía capaz de expresar mi infelicidad. Luego, durante una conversación particularmente acalorada, estando yo medio echada sobre la mesa de la cocina, con los brazos sobre mis libros de texto, mi madre me preguntó:

–¿Qué diría tu padre si te viera así?

–No sé –le dije–. La verdad es que ni siquiera me acuerdo de cómo era.

Teníamos fotografías suyas, claro: las había por todas partes. Pero lo cierto era que, cuando de noche cerraba los ojos y evocaba los rostros de las personas que mejor conocía, la de mi padre era solo un vacío rosado e informe. No veía sus facciones, tan imbricadas en las mías, ni podía imaginármelo. Estaba empezando a olvidarlo.

A mi madre le temblaron los labios. Luego, sin decir palabra, salió de la habitación. Dos días más tarde, el fin de semana, me encontré a Jude sentado al borde de mi cama cuando me desperté.

–Merey, ¿sabes qué hora es? ¿Por qué no te has vestido para desayunar? –me preguntó.

Llevaba su camisa azul clara y la luz del sol formaba un halo alrededor de su cabeza. En la borrosa neblina de mi duermevela, lo vi como una aparición tierna y acogedora.

–Últimamente estoy muy cansada –contesté.

–Tengo una cosa para ti, pero para verla tienes que levantarte.

Gemí y me incorporé. Sacó de al lado de la cama una bolsa blanca con papel de seda rosa. Tomé la bolsa y la abrí y fui sacando lo que contenía y dejándolo sobre la cama. Eran un trozo de tersa arcilla marrón en el que se marcaron mis dedos cuando lo apreté y un montón de extrañas herramientas para tallar. Pero lo más extraño de todo era un retrato de mi padre que yo recordaba haber visto en un álbum de piel marrón y que ahora estaba en un marco de foto.

–¿Sabes para qué recordamos las cosas, Merey? –me preguntó–. Para familiarizarnos con ellas. Verlas o sentirlas una y otra vez hace que se graben en nuestra memoria. Yo creo que necesitas esa familiaridad —tomó la arcilla—. Voy a enseñarte a usar esto —luego tomó los útiles de talla— y esto. Y después podrás ver a tu padre siempre que quieras, con o sin fotografía.

No creo que se diera cuenta de lo que significó para mí ese día, de a qué me conduciría: a mi amor por la forma, a mi afán por extraer los objetos más maravillosos de un trozo de barro. O del efecto que iba a surtir sobre mi memoria. Porque tenía razón. Después de aquel día, fui capaz de imaginarme a mi padre y ver los rasgos de su cara hasta el detalle más insignificante. Ahora, sin embargo, se presenta como todos los demás, sin previo aviso ni invitación. Han tomado forma y ahora son ellos quienes lo controlan, y para dejar de verlos tengo que cerrar los ojos, aunque siga sintiendo su frío aliento en la cara.

Jude me contó por qué le había puesto su madre el nombre del santo patrón de las causas desesperadas. A mí al principio me había parecido una mala pasada.
—No, no —dijo él, riendo—. Al contrario. Lo hizo porque quería que siempre tuviera esperanzas; para que supiera que, cuando las cosas se tuercen de verdad, siempre hay una forma de salir de ellas si le pones empeño.
—Podría haberte llamado Esperanza —dije yo—. En mi clase hay una chica que se llama así, y su hermana se llama Prudencia. Pero es un nombre muy soso, yo prefiero Esperanza.
—Bueno, mi madre no quería complicarme demasiado la vida, Merey —contestó él con sorna.
Quise enseguida a Jude después de su llegada. Él consiguió que el hueco que había dejado en mi vida la muerte de mi padre fuera, no un abismo violento, sino más bien una grieta profunda que atravesaba cada acontecimiento importante de mi niñez. Dios mío, en aquel entonces era tan flaca y larguirucha que Jude me levantaba en volandas y me hacía girar, y yo usaba su cuerpo como un muro por el que trepar. Lo quería como a un hermano, como habría querido a mi

padre de haber vivido, decía a veces mi madre, medio quejosa.
Todavía hoy, a pesar de todo lo que sé, no puedo pensar en él sin sonreír.
Pero lo que hacía que lo quisiera era más, de pequeña, era lo bien que se portaba con Charles. Adoraba a mi primo y ahora, al echar la vista atrás, me doy cuenta de que siempre prestaba más atención a quienes parecían más vulnerables. Cuidaba de los necesitados, de los débiles, y adoptaba invariablemente el papel de su héroe. Desde el azuelo con un ala rota al que cuidó y al que cantaba animándolo con ternura a recuperarse, a mi primo de trece años, cuya mente se había detenido a los siete años y que encontraba en aquel hombre, que había aparecido en nuestras vidas como salido de un sueño, un cariño y una confianza que nunca le había demostrado ningún otro varón adulto.
Verlos juntos, recordar aquello, es un placer. Había tanto cariño entre ellos... La paciencia de Jude, el alborozo de Charles por el sencillo afecto que recibía de él, la ternura y la fortaleza con que Jude lo rodeaba como si de un muro protector se tratase, todo ello hizo florecer a Charles, hizo que se sintiera especial, que se supiera querido de un modo que yo siempre había dado por sentado con mis padres.
En verano les gustaba jugar a soldados. Tenían unas pistolas de agua fluorescentes que lanzaban largos chorros que se disolvían entre la hierba, en medio de gritos de emoción y estallidos de júbilo. Georgia May los miraba mientras nosotras tomábamos el sol tumbadas en mantas, tapándonos los ojos con los brazos si habíamos olvidado las gafas de sol, de modo que nos quedaba una larga quemadura roja entre el codo y la muñeca. A veces Ava y yo nos uníamos a ellos. Éramos los aviones: estirábamos los brazos y atravesábamos los chorros de agua con nuestros bañadores amarillos y rosas.
Claudia se quedaba tumbada en la manta, vestida con un bikini que a sus catorce años intentaba en vano llenar y se esforzaba por ignorarnos, hasta que no podía soportarlo más

y, refunfuñando, recogía la manta y entraba en casa con una mueca de rabia que apenas podía disimular.

Una de esas veces, mi madre puso los ojos en blanco cuando ella entró en la cocina, haciendo resonar sus pasos en el porche. Jude se encogió de hombros y se echó a reír. Cuando Ava y yo entramos en busca de un té con hielo, Claudia estaba sentada a la mesa, hojeando una revista.

—¿Por qué no sales, Clo? —preguntó Ava, mientras yo intentaba enderezar la jarra y verter el té en los vasos y no en el suelo.

—Porque estáis haciendo un ruido de cojones —nos espetó, aunque bajó la voz varias octavas al decir «cojones»: la puerta seguía abierta.

—Solo estamos jugando —contesté yo—. Madre mía, como si eso ya no fuera contigo.

—Pues no, ya no va conmigo, muchas gracias. A eso se le llama crecer —pasó otra página con olímpico desdén.

—Pues Jude es mucho mayor que tú y todavía juega —dije mientras sacaba una bandeja del armario.

—Vamos, por favor... Mira que eres idiota, Meredith. Jude solo lo hace porque Charles es retrasado —se inclinó hacia delante y me sonrió con desprecio, antes de recogerse el pelo en una coleta.

—Más vale que mamá no te pille diciendo esa palabra, Clo —dijo Ava en voz baja.

—Solo estás mosqueada porque no te mira por más pequeño que sea tu bikini —le espeté yo.

—Ni que quisiera que me mirara. Seguramente su última novia era mongolita o algo parecido.

—¡Claudia! —susurró Ava, mirando hacia atrás.

—Mira, Jude no es ningún santo. ¿Es que creéis que Charles le importaría un pimiento —dijo chasqueando los dedos—, si no fuera distinto? Si viniera Dios y lo volviera normal, en una semana Jude se aburriría de él y perdería todo el interés, y así a lo mejor yo tendría por fin un poco de tranquilidad cada vez que me apeteciera tomar un poco el sol.

Y con esas, siguiendo con los ojos nuestras caras de perplejidad, salió de la cocina y subió las escaleras.

Es curioso que lo recuerde ahora porque con el tiempo me he preguntado si Claudia no tendría razón. Me doy cuenta de que, aunque Jude se erigía a menudo en defensor de los débiles, jamás le tendió la mano a Claudia. Nunca percibió su dolor, ni su ira, que han quedado grabadas en todos los recuerdos que conservo de ella desde el día en que murió nuestro padre. Para él no era más que una adolescente arrogante e irascible, y lo era, desde luego, pero Jude no veía o no quería ver más allá. Ahora sé que, aunque era bueno, Jude no siempre era muy listo. Al menos, en lo tocante a las personas.

Una vez, cuando estudiaba Bellas Artes, tuve que presentar una pieza que tuviera algún significado íntimo para mí. Mi tutor decía que debía reflejar algún aspecto de mi pasado o de mi hogar. Dijo que quería que lo hiciera porque tenía la sensación de que mis esculturas, si bien técnicamente buenas, en realidad no tenían nada que decir. Que quería que entrara en contacto con mis emociones.

Yo me esforcé y me esforcé. Recuerdo que en cierto momento hice un larguísimo borrador de una carta explicando a mi tutor que era incapaz de hacer lo que me había pedido, era así de sencillo. Al final, sin embargo, después de dos intentos frustrados, de una pequeña catarsis emocional y de otro largo borrador a media noche, di con la pieza que buscaba.

Mi tutor la sostuvo en sus manos y la giró lentamente para recrearse en ella, contemplándola con expresión inquisitiva. Eran tres muchachas en distintas poses, una leyendo, la otra con la mirada perdida y una tercera tumbada con un brazo sobre la cara.

—¿Qué intenta expresar? —preguntó por fin.
—Nada —contesté—. Es solo eso.
—Pero, ¿son amigas? ¿Familia? ¿Han discutido? ¿Quiénes son?
Creo que ni ahora lo sé. Siempre, desde que nací, había

tenido a mis hermanas. Esa es la suerte de nacer la última. Así pues, daba por descontada su presencia y me permitía el lujo de enojarme con ellas. Con Ava menos, pero con Claudia, desde el momento en que llegó a la pubertad, estaba siempre a la greña. Nunca permitimos que nuestros mutuos rencores se desbordaran hasta el punto de aquella refriega que habíamos tenido después de la muerte de nuestro padre, pero aun así nuestra relación era una batalla constante en la que ninguna daba su brazo a torcer.

Nunca me ponía del lado de Claudia, ni siquiera en las ocasiones en que podía identificarme con ella, y entre eso y el extraño mutismo en el que se iba encerrando Ava durante esa época, a nuestra a madre a menudo le daban ganas de tirarse de los pelos.

A partir de los catorce años, Claudia se convirtió en una belleza, eso era innegable, aunque a mí me reconcomieran los celos. Por suerte yo todavía estaba en la escuela elemental, así que no tenía que ver cómo babeaban los chicos con ella, pero siempre llamaba algún compañero de clase o había alguna nota que ella, como quien no quería la cosa, dejaba caer al suelo o en el pasillo para ponernos al corriente de la última de su larga serie de conquistas. A menudo, sin embargo, las encontraba ridículas y nos las leía con voz dulzona y poniendo cínicamente los ojos en blanco, y nosotras nos partíamos de risa, divertidas por las pamplinas de aquel perfecto desconocido y su estúpido enamoramiento.

Nuestra madre se enfadaba con Claudia por la ropa: en aquel momento era casi una adolescente de manual, empezando por sus ridículas minifaldas y siguiendo por su abuso del maquillaje. Era tan segura de sí misma, tenía tanto aplomo que daba miedo. Aunque yo llevaba batallando con ella desde que tenía uso de razón, cuando me metía en algún lío gordo, cuando de verdad estaba asustada y necesitaba a alguien que me defendiera, era siempre a Claudia a quien recurría, a pesar de saber que a mi madre le preocupaba.

Recuerdo que, durante esa época, cuando Jude llevaba

allí más de un año, mi madre y él estaban muy unidos. Cuando se enfurecía con Claudia y se oían voces y portazos, mi madre entraba discretamente en la cocina y cerraba la puerta, y yo la oía desde la puerta hablando por teléfono con él, dando salida a sus miedos y a sus inseguridades. Supongo, ahora que echo la vista atrás, que se sentía muy sola. Era siempre un apoyo para los demás, pero tras la muerte de mi padre no había nadie que la apoyara a ella, y Jude era el único amigo verdadero que tenía en la finca y con el que podía hablar. Georgia May tenía sus propios problemas y Piper, aunque la compadecía, no era precisamente objetiva. Quizá porque veía lo bien que habíamos respondido Charles y yo a la ayuda y el cariño de Jude, creía que con Claudia tenía que pasar lo mismo si confiaba en él. El efecto fue, en todo caso, el contrario.

Una vez que Jude estaba en nuestra cocina y mamá acababa de prepararle un sándwich de fiambre de ternera, Claudia entró con el pelo goteando de la ducha. Le echó una mirada y lanzó la melena hacia atrás como si fuera la crin de un caballo. Lo tenía tan largo y tan cargado de agua que golpeó una de las muñequitas de porcelana de mi madre y la lanzó al suelo. Jude se atragantó con el sándwich y a mí me dio la risa. Mamá, en cambio, empezó a gritar a Clo por ser tan torpe. Ella se puso colorada como un tomate y subió corriendo las escaleras. Mamá la siguió, exigiéndole que bajara a limpiar lo que había roto. Pero Jude y yo sabíamos que ni muerta volvería a asomar la cara en la cocina si podía evitarlo.

—Vaya, lo siento, Jude, no sé qué mosca le ha picado —dijo mi madre al volver, y su mirada de candor y perplejidad me hizo reír a carcajadas.

Después, sin embargo, cuando Jude se marchó, exigió a Claudia que saliera de su cuarto y se disculpara por su comportamiento. Mi hermana abrió la puerta de golpe, se apoyó en el quicio y clavó en mamá una mirada.

—No te he educado para que tengas los modales de un mozo de labranza, Claudia —le reprendió mi madre—. Quiero que mañana, en cuanto vuelvas del instituto, vayas a casa de los abuelos y pidas perdón a Jude.

—Antes muerta —masculló Claudia entre dientes.

Ava y yo las mirábamos desde el fondo del pasillo, pero estaban tan absortas en la conversación que no nos vieron.

—¿Se puede saber qué te pasa? —preguntó mi madre, pasmada.

—¡No creas que no sé por qué está siempre metido aquí! ¡No me tomes por tonta! —gritó Claudia.

Mi madre dio un paso atrás y nos vio a Ava y a mí mirándolas boquiabiertas.

—Yo no he olvidado, aunque tú sí lo hayas hecho —remachó Claudia, victoriosa.

Mi madre nos miró a nosotras y luego a ella; después la empujó hacia su cuarto y cerró la puerta. No levantaron la voz, pero estuvieron allí mucho tiempo y, al final, Ava y yo nos cansamos de intentar oír lo que decían y nos marchamos.

Al día siguiente, cuando estábamos fuera, en el jardín, haciendo deberes, Ava se puso en cuclillas y le dijo a Claudia:

—Clo, ¿por qué no te gusta Jude?

—¿Quién dice que no me gusta? —replicó ella con voz crispada.

—Bueno, ayer... con mamá... —Ava se interrumpió.

—No es que no me guste —dijo Claudia, la cabeza inclinada resueltamente sobre los libros—. Es solo que ya tuve un padre y no necesito otro.

—¿De qué estás hablando? —contesté a la defensiva.

Claudia dejó su bolígrafo y nos miró.

—Ahora estamos nosotras solas. Solo nos tenemos las unas a las otras. Podría pasarnos cualquier cosa. Tenemos que mantenernos unidas, se lo debemos a papá. Nada de gente de fuera, nada de intrusos. La abuela dice siempre lo importante que es la familia, y la única familia que tenemos ahora somos nosotras.

—Pero ¿qué hay de la abuela y de Piper, y de...? —comenzó a decir Ava, pero Claudia levantó una mano para atajarla.

—También están ellos, claro, pero... Lo que quiero decir es que antes estábamos los cinco y ahora solo somos cuatro. Papá no está aquí para protegernos, así que tenemos que valernos solas. Eso es lo que intentaba hacer ayer —recogió el bolígrafo y pasó una página de su libro—. Algún día me daréis las gracias, os lo aseguro.

Al ver la cara de mi tutor, me di cuenta de que había fracasado. Él quería que ilustrara un momento de mi pasado que transmitiera hondura o gravedad emocional de la clase que fuese, pero lo cierto era que, cuando contemplaba mi vida con mis hermanas solo veía cómo, a pesar de vivir juntas, de comer juntas y de estar casi siempre separadas únicamente por un corto trecho de pasillo, en términos de comunicación siempre había habido un océano entre nosotras: lo que Claudia sabía, lo que Ava mantenía oculto, lo que yo me negaba a creer.

¿Quiénes eran? ¿Eran amigas? ¿Eran hermanas?

Me hice estas preguntas una y otra vez. Quería a mis hermanas, las quería de verdad, pero pese a ese cariño siempre llegaba la misma conclusión.

Eran unas mentirosas.

Sentada junto a la ventana, yo miraba la extensa llanura y el sol de la tarde. Mi abuela llevaba largo rato callada y, al mirarla, la vi mirando a lo lejos, a un punto cerca del rincón de su tocador.

—¿Cuánto tiempo hace que murió? —preguntó de pronto.

—¿Quién? —pregunté, desconcertada.

—Ethan. No me acuerdo. Lo intento, pero... —sacudió la cabeza y alisó la manta con que se tapaba.

—Hace dos años —dije con suavidad.

—¿Cómo murió? ¿Se suicidó?

Titubeé.

—Creemos que no.

—Me culpaba a mí, toda su vida me culpó a mí por lo de Alison. ¿Le obligué yo a casarse con Georgia May? ¿Le obligué a ser un mal padre para su hijo? Le excusé tantas veces, le pasé tantas cosas por

alto... Y luego, cuando llegó Jude, se tumbó panza arriba como un perro. Después de todos mis esfuerzos, de todos nuestros planes. Fue tan decepcionante...
Sorprendió mi mirada y torció el gesto.
—¿Qué? Ah, le tienes lástima, supongo. Cal decía siempre que era muy dura con él, pero él nunca lo era lo suficiente. Sí que se mató, ¿sabes? —dijo de pronto, y me sobresalté—. Solo que el suyo fue el suicidio más largo que he visto nunca.

Tres días después de cumplir yo diez años, mi tío recibió algo que tenía merecido desde hacía mucho tiempo. Fue un día de principios de agosto y había estado en el campo con su padre, trillando. Estaba de pie, junto al abuelo, dando puntapiés a los terrones mientras la voz de Cal zumbaba por encima de su cabeza. Sintió un toque suave en el hombro y se volvió, pero antes de que le diera tiempo a ver quién era o lo que quería, tenía la nariz rota y estaba en el suelo aullando de dolor y agarrándose la cara mientras la sangre le chorreaba por el cuello. Estaba tan sorprendido, le dolía tanto la nariz, que no entendió lo que se decía entre los gritos y las voces que oía por encima de él. Solo podía mecerse de un lado a otro y gemir tapándose la boca con la bóveda de las manos.

Puede que en aquel instante pensara aún que era una víctima, hasta que por fin abrió los ojos y vio que, entre los muchos hombres que lo rodeaban, incluidos su padre y su primo, ninguno hacía amago de ayudarlo.

Luego, Jude se agachó.

—Si vuelves a tocar a esa mujer... ¡Escúchame! ¡Escúchame! —lo agarró del pelo y le dio un tirón para que le atendiera—. Te mato —añadió y, levantándole la cabeza, volvió a empujarlo hacia el suelo.

Ese día, cuando llegamos a casa del colegio, notamos enseguida que pasaba algo raro porque nuestra madre, que se disponía a salir, nos hizo entrar a toda prisa.

—Cuida de tus hermanas —le dijo a Claudia—. Me necesitan en la casa.

Y se marchó corriendo, sin detenerse a darnos la bienvenida como solía hacer.

Tardamos casi dos horas en enterarnos de lo que había pasado entre nuestro tío y nuestro primo, hasta que por fin mamá volvió a casa agotada y se dejó caer en un sillón del cuarto de estar, mientras Ava le preparaba un té.

Estiró las piernas y tensó los dedos de los pies, echó la cabeza hacia atrás y levantó los ojos al techo.

—¿Mamá? —dijo Claudia, y su tono perentorio hizo que mi madre se fijara por fin en nosotras por primera vez desde esa mañana.

—Anoche vuestro primo Jude le dio una paliza al tío Ethan. Se enteró, no importa cómo, y le rompió la nariz.

—Dios mío, ¿qué? —Claudia se rio, perpleja y excitada.

Yo, que estaba tumbada en la alfombra, me senté con las piernas dobladas.

—¿En serio?

—Sí. Vuestro tío está bien, pero Georgia May y Charles están en casa con los abuelos.

—¿Y qué va a pasar ahora? Porque... ¿Jude va a tener problemas? —pregunté.

—No, no. Georgia May les ha enseñado a vuestros abuelos lo que le hizo Ethan. El abuelo amenazó con llamar a la policía para denunciar al tío, pero tu abuela y Jude le quitaron la idea de la cabeza.

Por lo visto, al ver los círculos púrpuras y morados de la espalda de Georgia May, mi abuelo había preguntado, refiriéndose a su hija por primera vez en más de una década, qué había hecho para merecer aquellos monstruos de hijos.

—No tendría que haber sido así —había dicho.

—Dios mío. ¿Se enfadó la abuela? —preguntó Claudia.

—No, la verdad es que se puso del lado de Jude. Ahora está con Ethan, ha ido a buscar unas cosas para Georgia May. Le ha dicho que va a tener que ir a ver a un psicólogo por lo de... bueno, ya sabéis cuánto bebe vuestro tío. Nunca la había visto tan furiosa.

Furiosa, no: incandescente de rabia.

Ethan lo había echado todo a perder. Con su caída, había desbaratado todos esos años de trabajo y esfuerzo, y había permitido que usurparan su lugar en cuestión de minutos, cuando ella había trabajado incansablemente para él desde el día de su nacimiento. Lavinia comprendió entonces que nunca heredaría la finca. Y ella no tenía más hijos a los que presentar como alternativa.

—¿Qué ha dicho? —pregunté yo.

Mi madre dudó un momento y luego se decidió a hablar, creo que porque quería que supiéramos que ella sentía lo mismo respecto a sus hijas. Eso debería habernos servido de advertencia. Y a casi todas nos sirvió.

—Vuestra abuela le dijo a Georgia May que, si hubiera estado en su lugar, le habría apuñalado mientras dormía.

Podría pensarse que, en lo que concernía a mi abuela, el destino de Jude estaba sellado, pero sería un error llegar a esa conclusión. A Lavinia no le hizo gracia aquello, pero tampoco fue suficiente para que hundiera aún el cuchillo. Mi tío llevaba mucho tiempo jugándosela antes del incidente de Jude, y en cierto modo aquello fue el aldabonazo que necesitaba mi abuela para darse cuenta de que la finca no tenía futuro con Ethan al frente.

Y después, como sucede con todos los cataclismos, llegó un periodo de calma. Georgia May no llegaba a nuestra casa por las mañanas con tantos moratones como antes. Las cosas parecían ir mejor, haberse tranquilizado. Nos acomodamos en nuestra vida familiar, Jude ya no era una novedad, sino más bien una presencia constante. Parecíamos satisfechos. Bueno, casi.

Es extraño, pero durante todo ese tiempo Cal Junior, que siempre se había mantenido en la periferia de nuestras vidas, se replegó más aún en sí mismo. Se convirtió en una especie de fantasma al que se veía siempre solo, rondando por los lugares más agrestes y solitarios de nuestra finca. Ya no lo veíamos paseando con nuestra abuela por la rosaleda, ni trabajando en los campos con el abuelo. Estaba allí, estaba siempre allí, y sin embargo su presencia pareció intensificarse porque, paradójicamente, fue a través de su ausencia como empezamos a reparar en él. Los domingos, cuando íbamos a la casa grande, aparecía cuando ya estábamos esperando, tomando algo en el salón como era nuestra costumbre, y luego volvía a desaparecer y solo nos dábamos cuenta cuando nos llamaban a cenar. Después, sin embargo, como por ósmosis, aparecía de nuevo entre nosotros y una se preguntaba si se había olvidado de él, si se había olvidado de que había estado allí todo ese tiempo. Nunca podías preguntárselo, no obstante, porque su silencio en la mesa lo volvía invisible: veías los platos y el mantel blanco, y las bocas que hablaban delante de ti, pero de algún modo, por algún efecto óptico, nunca veías al primo Cal. Se colaba por las rendijas. Tus ojos lo pasaban por alto.

Una vez estaba yo en los maizales, pasando las manos por los altos tallos para oír cómo crepitaban al agitarse en el aire, cuando vi de pasada una camisa de cuadros azules y me detuve. Mi mano reposaba aún sobre los tallos de maíz mientras miraba hacia delante preguntándome si era un trabajador de la finca. Luego, sin embargo, vi su pelo rojo y lo llamé.

–¿Cal Junior? ¿Cal Junior?

Se hizo el silencio. Miré y luego me dirigí hacia donde creía haberlo visto, pero no vi nada.

–¿Cal? –dije bajando la voz, insegura.

No se oía ningún ruido y por un momento pensé que quizás me había equivocado. Pero luego un violento temblor sacudió el campo, como si alguien cargara hacia mí. Los tallos de maíz empezaron a agitarse y su murmullo, que tanto me había gustado un minuto antes, se convirtió en un ruido torrencial y ensordecedor. Grité y eché a correr, y no me detuve a tomar aliento hasta que llegué a la fuente.

Volví a ver a mi primo al día siguiente, cuando volvía del colegio. Lo miré y le saqué la lengua violentamente. Él, que había levantado la mano para saludar, la dejó caer.

–Merey, ¿por qué has hecho eso? –preguntó Ava, y le conté lo que había pasado el día anterior.

–No creo que fuera él. Más o menos a esa hora lo vi marcharse al pueblo a comprar pienso para los caballos.

Me paré y la miré.
—Estoy segura de que estaba allí. Te juro que era él.
Ava clavó sus ojos marrones en los míos.
—¿Me lo juras de verdad?
Su confianza en él me llenó de dudas.
Cal Junior se me aparecía entonces igual que se me aparece ahora. Solo que Jude ya no está aquí para tenerlo a raya.

Claudia y yo nos miramos perplejas cuando, al avanzar por el camino, pasamos por el lugar donde antes había estado la casa de nuestro tío y descubrimos que había sido derruida. El coche se paró de pronto.
—¿Crees que...? —Claudia respiraba agitadamente, pero yo no respondí.
Ninguna de las dos había contemplado la posibilidad de que la venganza de Cal hubiera afectado a algo más que a la finca como negocio. No se nos había pasado por la cabeza que pudiera haber mandado derruir nuestras casas y dispersado nuestras cosas sin saberlo nosotros. Me di cuenta de pronto de que había sido una estupidez por nuestra parte. ¿Por qué no iba a sentir Cal la necesidad de apoderarse de aquellas cosas? Aunque nosotras no las queríamos, siempre habíamos dado por supuesto que, como eran nuestras, eso zanjaba la cuestión. Seguíamos subestimándolo muerto tanto como lo habíamos subestimado en vida.
Me bajé del coche y miré el lugar donde habían vivido mi tío y su familia, donde yo había ido a buscar tantas veces a mi primo después del colegio para jugar, y donde a menudo encontraba a mi tío en el porche, bebiendo con un ansia que pronto superaría la de su padre. Fue allí, una noche, cuando yo tenía quince años y él estaba tan borracho que apenas se tenía en pie, donde me contó la historia de la única mujer que podía haber mantenido vivo lo que de humano había en él. Así fue como oí hablar de Alison Lomax.
El lugar estaba cubierto de hierba marrón. Había cascotes aquí y allá. No quedaba ni rastro de lo que había habido allí,

lo cual, teniendo en cuenta nuestros recuerdos, tal vez fuera una suerte. Volví corriendo con Claudia y nos dirigimos a toda prisa al lugar donde había estado nuestra casa. La antigua casa de Julia, que había estado a menos de un kilómetro de la nuestra, había sido demolida por insistencia de nuestra abuela cuando Cal Junior había ido a vivir a la casa grande. Contuvimos la respiración cuando llegamos al camino que solía estar bordeado por frondosos arbustos que servían de lindero, pero por encima del seto vimos el pico blanco de nuestro tejado y, al doblar el recodo, apareció ante nuestra vista la casa de color miel, casi idéntica a como la recordaba: intacta, con las ventanas todavía en buen estado. Incluso seguía allí la aldaba de la libélula, aunque tenía telarañas alrededor de la base. Claudia paró el coche y aparcó delante. Dejé escapar un suspiro de alivio y me volví para mirarla, pero tenía los párpados cerrados y apretados con fuerza y me sobresalté.

–¿Qué pasa? –le pregunté.

Se apartó de mí y miró hacia delante.

–De vuelta en casa, ¿eh? Por fin se puede, ahora que todo el mundo se ha ido –sus palabras destilaban tanta amargura que se le tensó la voz.

Me encogí, azorada.

–No te preocupes. Estoy segura de que tuve mi merecido. Si algo era mamá, era justa, ¿verdad? –me sonrió, enseñándome sus dientes blancos.

–No puedes estar enfadada con mamá, Claudia.

–¿No?

–Lo que hiciste...

–¿Lo que hice? ¿Y ella?

–¿Te puso ella una pistola en la cabeza? –pregunté–. Recuerdo las cosas que dijiste, cómo le hiciste quedar, cómo hiciste que sonara lo que te hizo. Le tendiste una trampa.

–No sabía lo que hacía –me espetó.

–Pero sabías muy bien cómo hacerlo –me detuve y luego, inexplicablemente, la agarré por los hombros–. Sigues tan desafiante, después de todos estos años. ¿Es que nunca echas

la vista atrás y te odias por lo que hiciste? ¿Crees que ella quería hacer lo que hizo? No le dejaste elección, Claudia. Tuviste suerte de que no te diera una paliza. Te lo habrías merecido.
—Bueno, el destierro es mucho más feudal. Para eso solo tenía que echar mano de sus raíces italianas —esbozó una sonrisa cargada de desdén. Luego bajó los ojos—. Quítame las manos de encima.
La solté y me recosté en mi asiento. Nos quedamos calladas. Ninguna de las dos quería ser la primera en romper el silencio. Ella tamborileó con las manos sobre el volante, yo respiré hondo. Y luego abrió la puerta y se volvió hacia mí.
—Acabemos con esto de una vez —dijo.

Capítulo 13

Unos días antes de que Claudia cumpliera quince años, Piper fue al pueblo a comprar un regalo de cumpleaños para ella. Pero cuando llegó a la tienda empezó a sentirse mareada. Fue solo un momento y pareció pasársele, así que se recompuso y siguió comprando.

Pero luego, cuando estaba solo a unos kilómetros de la finca, le volvió el mareo, solo que esta vez fue seguido por un dolor penetrante que le tensó los músculos de detrás de los ojos. Se apartó de la carretera, apagó el motor, abrió la puerta y vomitó. Cuando por fin llegó a casa, se fue derecha a la cama y no cenó. Justo antes de irse a dormir, su cuñada fue a verla llevando una taza de agua caliente con limón. Piper la miró por el rabillo del ojo cuando puso la taza sobre la mesita de noche.

—No hace falta que me mires así, Piper. Si hubiera querido

envenenarte, ya lo habría hecho –dijo mi abuela enérgicamente–. Estoy segura de que con un poco de descanso se te pasará.
   Piper suspiró y se volvió de lado. Lavinia se quedó parada, mirando su espalda. Luego, a pesar de su reticencia, preguntó:
   –¿Qué sucede, Piper?
   –¿Cuánto tiempo crees que vamos a estar así? –preguntó su cuñada de repente.
   –¿Qué quieres decir? –dijo Lavinia fríamente.
   –Así... matándonos a trabajar. ¿No va siendo hora de que otra generación nos releve, se haga cargo de todo esto? ¿Cuánto tiempo vamos a estar esclavizados aquí?
   –Creo que no sabes lo que dices –dijo mi abuela lentamente–. Espera a mañana. Las cosas siempre se ven mejor por la mañana.
   –Lavinia... –comenzó a decir Piper, y se sostuvieron la mirada un momento.
   –Buenas noches, Piper –dijo por fin mi abuela, y apagó la luz al salir.

   –*¿A qué aspiras, Merey?*
   –*No lo sé. A ver el mundo, supongo. A ir a la universidad, quizá, y a estudiar Bellas Artes o algo así.*
   Al oír aquello, irguió la cabeza como una cobra y el largo pelo cayó sobre su camisón blanco. De pronto adoptó el rostro de un horrible espectro.
   –*Sois todos tan idiotas... Pensáis que fuera todo es mucho mejor, mucho más emocionante, mucho más fácil. No tenéis ni idea. Os lanzáis al exilio. ¿Es que no sabéis lo que ocurre cuando intentáis marcharos? Que llegáis al borde del mundo y os caéis.*
   –*¿Cómo lo sabes?*
   –*Eso es lo que ocurre, Meredith. ¿No te has dado cuenta aún? –volvió a recostarse con una suave risa–. Solía decírselo a Claudia los días que iba a casa y nos sentábamos a hablar. Ya sabes, cuando le pedía que fuera a verme, después de morir tu padre. Nos sentába-*

mos a hablar. Ella sabía mejor que nadie cuánto significaba este lugar para nosotros. Si hubiera tenido elección, jamás se habría marchado.

Me tensé. Sabía lo que iba a decir a continuación, pero no quería oírlo, aún no.

—Claro que a ella le habría ido bien en cualquier parte. Siempre ha tenido esa suerte.

Debido a la enfermedad de Piper, ese domingo no fuimos a la casa, así que pasaron casi diez días antes de que volviéramos a verla. Se perdió la fiesta de cumpleaños de Claudia el jueves, pero para el fin de semana parecía estar totalmente restablecida, así que nos encaminamos obedientemente a la casa grande para el asado dominical, como de costumbre. Luego, sin embargo, la vi sentada en el cuarto de estar junto a la ventana, con un agua con gas en la mano, conversando con mi abuelo, y me quedé impresionada. Estaba tan pálida y tan delgada... La piel de debajo de sus ojos estaba descolorida y el resto de su cara tenía una palidez como de yeso. Me paré en medio de la habitación y la miré. Jude se acercó por detrás y me condujo suavemente hacia un rincón de la sala.

—No se encuentra muy bien —dijo en voz baja.

—Parece que se está muriendo —mascullé.

—No se está muriendo, solo está... —me mordió el labio, pensativo—. Solo está cansada.

Me zarandeó los hombros suavemente y se fue a hablar con mi madre. Cal Junior apareció de pronto a mi lado, como salido de la nada.

—Se equivoca, ¿sabes? Es mucho peor que eso.

—¿Tú qué sabes? —le espeté.

—Sí, ya, yo solo vivo aquí. Aunque nadie parezca notarlo —hizo girar los ojos y se inclinó para susurrarme—: Espera y verás.

Mi abuela entró en la habitación tan resplandeciente como siempre para anunciar que la cena estaba servida y la seguimos al comedor.

Cuando nos sentamos y el abuelo empezó a trinchar la carne y a servir los platos, Ava dijo:
—Qué alegría verte otra vez bien, tía Piper.
Ella le dedicó una sonrisa desganada.
—Bueno, no estaba con un pie en la tumba, ¿verdad, Piper? —dijo mi abuela—. Es mucho más dura de lo que parece, Ava.
—Sí, haría falta una fuerza divina para parar a vuestra tía abuela —dijo mi abuelo con jovialidad.
Piper pestañeó rápidamente y se mordió el interior de la boca.
—¿Y qué haría falta para pararte a ti, Cal? —preguntó en voz baja.
Los demás nos quedamos de piedra en nuestros sitios.
—¿Qué quieres decir? —preguntó mi abuelo despreocupadamente, cortando todavía una loncha de carne, pero al ver que su hermana no contestaba, se volvió y la miró con el ceño fruncido.
—Piper, ¿seguro que estás bien? —preguntó mi abuela con voz tersa.
Piper se humedeció el labio y luego se echó a reír.
—No me hagáis caso. Todavía estoy... recuperándome.
Miré a Cal Junior y vi que disimulaba una sonrisa detrás del borde de su copa.

—Tu madre estaba muy unida a Jude, ¿verdad? —me preguntó mi abuela—. ¿Y tú también? ¿Le echasteis de menos cuando se marchó?

Me dieron ganas de no contestarle, pero sabía por experiencia que, si no lo hacía, me provocaría hasta que perdiera la paciencia y luego se reiría de mí.

—Sí.

—Él iba llorando cuando se marchó, ¿lo sabías? Lloraba de rabia y de angustia. Fue tan humillante para él... —soltó una risa malévola—. Y yo pensaba para mí: «Sufre como has intentado hacerme sufrir a mí».

Me sorprendió mirándola.

—No podía permitir que se saliera con la suya. No podía permitírselo. Después de todos esos años, después de todo lo que había hecho, de lo que había perdido, de lo que había sacrificado... Dios mío —se atragantó y empezó a toser penosamente.
Su tos ronca y seca llenó el aire petrificado.

Tres años después de su llegada y dos meses después de aquella cena dominical con Piper, Jude decidió organizar una fiesta de Nochevieja en Aurelia. Había convencido a mi abuelo porque, aparte de aquella vez, cuando se establecieron en la finca, no habían vuelto a dar una gran fiesta. Habían celebrado cenas, claro, y veladas a las que invitaban a un selecto grupo de conocidos, pero nunca una fiesta con música a todo volumen, luces brillantes y farolillos. A mi abuela no le gustaban. Las consideraba de mal gusto, pero ese no era el único motivo. Quería que Aurelia fuera un lugar exclusivo, un sitio que la gente se muriera por pisar. Le parecía que compartirla mermaría su valor.

Pero Jude era un hombre adulto y no quería plegarse a las normas jerárquicas de mi abuela. Invitó a vecinos, proveedores y empresarios a los que mis abuelos conocían o deseaban conocer. Mezcló a un montón de gente bajo el manto de las lucecitas y el ponche de ron. Una semana antes de la fiesta, al volver de hacer unas compras en el pueblo, mi abuela salió al maizal y le exigió delante de mi abuelo que le llevara la lista de invitados. Él rompió a reír.

—¿Para qué? —preguntó.

—Porque me he encontrado a Claree Tyler en el almacén y no ha parado de darme las gracias por haberla invitado a nuestra fiesta de Nochevieja, mientras sus críos revolvían el pienso de las gallinas. Ha sido espantoso. No quiero que la gente piense que me relaciono con personas de ese tipo.

—¿De qué tipo? —preguntó Jude afablemente—. ¿Con viudas? Porque eso es la señora Tyler.

Mi abuela se volvió hacia su marido.

—Cal, tú entiendes lo que quiero decir. Tenemos que proteger nuestro buen nombre y esta fiesta tiene que respetarlo y, lo que es más importante, tiene que ser digna de él.

—Bueno, la verdad... —mi abuelo se frotó la nuca y miró al suelo, mientras su esposa cambiaba de postura apoyando sucesivamente el peso del cuerpo en un pie y el otro, llena de irritación—. ¿Quién va a venir a la fiesta, Jude? —preguntó.

—Bueno, en realidad no hay lista como tal. He invitado a quien me apetecía. Me gusta el pueblo, es buena gente. Os prometo que no vendrá nadie a quien preferiría no conocer.

—Bueno, puede que tú no seas tan exigente como debes ser —replicó mi abuela, crispada.

—Yo prefiero considerarme abierto de miras —dijo Jude con una sonrisa.

Me lo pasé en grande en la fiesta. Pude enseñarles a mis compañeros de clase la casa que tenía, de la que tanto habían oído hablar, y se quedaron con la boca abierta y los ojos como platos cuando por fin puede mostrarles lo que nosotros considerábamos nuestro por derecho. Mi abuela parecía casi una reina por cómo se abría el gentío a su paso, por cómo aceptaba regalos y ofrecía vasos de ponche. Mi abuelo, después de algunos nervios iniciales, pareció divertirse. Estuvo jovial, generoso y sus carcajadas resonaban cuando a nuestro alrededor se hacía algún silencio en las conversaciones. Lo de Jude fue otra cosa. Bromeó conmigo y con mis amigos, hizo que quienes en circunstancias normales jamás se relacionaban con mi familia se sintieran a gusto y agasajó a quienes formaban parte de nuestro círculo de amistades como si los conociera tan bien como mis abuelos. Se sentía cómodo y hacía sentirse cómodos a los demás. Hasta Claudia le perdonó sus ofensas esa noche. Lo vi bromeando, apoyados en las columnas del descansillo, al pie de la escalera. Claudia estaba guapísima. Sonreía a Jude, con el pelo cayéndole sobre el hombro izquierdo y rozando el borde de su vestido. Estaban los dos maravillosos, aunque por una vez mi hermana no parecía ser consciente de ello. La vi tocarle el hombro y ladear la cabeza, riendo. Él respondió entrechocando su vaso de ponche con el suyo.

EL LEGADO DEL EDÉN

Y luego, al final, cuando hubo fuegos artificiales, pensé que iba a estallar de felicidad al ver estallar los cohetes en una panoplia de colores, entre silbidos, chisporroteos y estallidos que saturaban el aire y tapaban los murmullos de ebria incredulidad de los invitados.

Para mis hermanas y para mí, la fiesta fue un éxito. En enero, cuando volvimos a clase, nuestros compañeros hablaban aún de la fiesta y durante un tiempo un montón de gente cuya existencia desconocíamos nos sonreía y nos saludaba con el fulgor de los buenos recuerdos y el respeto recién estrenado.

¿Sabéis?, creo que esa fiesta fue uno de los momentos más espléndidos de mi vida. Fue entonces cuando aprecié por primera vez a la familia que tenía detrás, respaldándome, y recuerdo que pensé que Jude había sido muy listo por organizarla y que tenía que querernos mucho a nosotros y a Aurelia para haberlo hecho.

Aquello debería haberle valido el cariño de mi abuela; debería haber hecho que lo aceptara como uno de los nuestros. Fortaleció, sin duda, el vínculo que tenía con mi abuelo, que a la mañana siguiente, con la casa aún llena de despojos de la fiesta, sonrió y se preguntó en voz alta por qué no habían hecho aquello más a menudo.

Pero no fue así.

—¿*Te acuerdas de la fiesta?* —*preguntó ella.*

Estábamos sentadas en las sillas blancas, en el claro cerca del jardín. La había sacado a dar un paseo. Hacía buen día. Ella había estado muy callada y tranquila todo el día, así que mamá me había dicho que la sacara un rato, mientras todavía le durara el buen humor.

—¿*Qué fiesta?* —*pregunté.*

—La de Nochevieja que dio Jude.

—Sí, me acuerdo.

—¿*Recuerdas quién vino?* —*preguntó, mirándome, y vi en su cara el destello de un recuerdo. Le pasaba a veces. Podía engañarte, hacerte creer que había vuelto, pero era solo el eco de una voz que ya se había extinguido.*

—¿*Tú sí?*
Suspiró.
—*Cal era tan ingenuo, tan ingenuo... Una fiesta, nada más. Solo una fiesta —se pasó las manos por el regazo.*
—¿*Y no fue eso? —pregunté.*
—*No, no fue eso.*

Entre los invitados a la fiesta estaban Mike Grayson y Laurence Caulfield, propietarios de G&C Foods Limited, una empresa de productos alimentarios cuyos principales beneficios procedían de la marca de cereales que distribuían. Habían comprado hacía poco una explotación agrícola de gran tamaño en un condado vecino que pensaban dedicar a la producción de cereales para suplir su creciente demanda de materia prima.

Yo no sabía que estaban allí. No los vi. Pero mi abuelo sí.

Se conocieron el 31 de diciembre de 1985 en Aurelia y volvieron a verse un mes después, en las oficinas de G&C. Y luego una vez más, pasadas unas semanas, con Piper presente.

Y así fue como mi abuela hizo lo único que nunca he podido perdonarle, la razón de que su espíritu atormente mis sueños y mis recuerdos sin darles nunca descanso. No creo en el Dios de mi madre, ni en el cielo y el infierno de los que me hablaban machaconamente los domingos por la mañana, pero creo en cambio que de algún modo los asuntos que dejamos pendientes en esta vida nos amarran como un ancla, atando nuestros átomos con un recio lazo que hace revivir nuestro dolor.

Un infierno de otra especie.

Y ahí es donde creo que está Lavinia por lo que le hizo a Jude... y a Claudia.

Y por lo que se vio obligada a hacer mi madre después, y por lo que nunca pudo perdonarse a sí misma a pesar de que no estuviera dispuesta a deshacer lo hecho.

Yo descubriría la verdad sobre mi hermana años después,

durante las confesiones de mi abuela. Cuando sintió acercarse su fin, me pidió que prendiera fuego a todos sus papeles. Fue entonces cuando encontré las cartas que Claudia le había escrito después de su marcha: cartas llenas de ira, de remordimientos, de odio y amargura. De una necesidad desesperada de amor y reconciliación.

No las quemé.

Las escondí debajo de las tablas del suelo de nuestro desván, convencida de que no volvería a verlas.

Y luego, años después, cambiaría de idea y las desenterraría.

Y yo, la que no creía, exorcizaría el fantasma de la niñez de mi hermana mayor.

Mi casa estaba llena de fotografías. A mi padre le encantaban, le encantaba hacerlas, le encantaba enseñarlas, y después de su muerte mi madre mantuvo aquella afición suya como una suerte de homenaje a una pasión que él habría conservado de haber seguido viviendo.

Cuando se entraba en mi casa, en la pared de la derecha se veía una hilera de fotografías en blanco y negro, en marcos de madera oscura: mi padre en el campo con su hermano a su lado, mirando a la derecha, y su padre cerniéndose sobre él con la mano sobre su hombro.

Recuerdo que mi padre tenía los párpados entornados porque le daba el sol en los ojos.

Después había una foto de él y de mi madre el día de su boda; él tenía la rubia cabeza inclinada sobre el velo de ella, y mi madre sonreía a la cámara. Luego había fotografías de él y de mis hermanas en la casa de mis abuelos: el primer cumpleaños de Claudia en el comedor grande, sentada en las rodillas de mi abuelo, delante de una tarta rosa y blanca; Ava encima de una cama blanca, con un vestidito de algodón, riéndose del fotógrafo invisible; yo en brazos de Piper, viendo jugar a mis hermanas y a Charles; mis abuelos paseando por la rosaleda, ella unos pasos por delante... A medida que las paredes conducían a la escalera se nos veía crecer y abandonar el blanco y negro de nuestros inicios para colorearnos, pero aunque las personas y las expresiones cambiaban, el escenario era siempre el mismo.

Era siempre la finca.

La única constante era Aurelia.

Después de la fiesta de Nochevieja, mi madre puso una gran fotografía encima de la escalera, al torcer a la izquierda hacia las habitaciones.

Tenía un fondo de paspartú blanco y un marco de oro rojizo. Había sido tomada media hora después de que empezaran a llegar los invitados. Piper se había empeñado en ello.

–Todos juntos –había dicho, agitando las manos para llevarnos a todos hacia la fachada de la casa.

Nosotros habíamos refunfuñado alegremente y habíamos posado rebulléndonos en medio del frío, con una mezcla de nerviosismo y expectación. Mi abuelo me dejó pasar por la puerta delante de él y sonrió.

Fue una tensión nerviosa de los labios, acompañada de un suspiro. Yo pasé la mano por su brazo para reconfortarlo.

La del medio soy yo. Claudia está a la izquierda, con el vestido de gasa azul claro que por fin había accedido a ponerse, aunque el bajo era varios centímetros más largo de lo que ella hubiera querido. Ava, de blanco, está detrás de Charles, a la derecha de Cal Junior. Mi madre está de pie junto a Jude, que da el brazo a Georgia May al otro lado y delante, con su marido, está mi abuela, vestida con ese vestido de seda verde esmeralda que tanto le gustaba y con las perlas que mi abuelo le había comprado por Navidad, una semana antes. Y luego está Ethan, en lo alto del porche, trajeado y apoyado contra la columna blanca. Estaba borracho, pero no demasiado. Casi parece erguido.

Esas fotografías no eran únicamente una descripción de nuestras vidas y nuestra historia; eran el documento que atestiguaba nuestro legado. Y eso era lo que me inculcaban día

a día, a cada momento de mi niñez: esto es lo que eres; de aquí es de donde vienes.
Esto es lo único que hay.

Esto es lo que debería haber ocurrido:
Jude habría ayudado a mi abuelo a vender la finca. Habría sido un shock para todos nosotros, porque desde pequeña me habían hecho creer que, pasara lo que pasase, cambiara lo que cambiase, lo único perdurable era mi hogar. Me pregunto qué habría sentido. Seguramente me habría sentido aterrorizada, me habría entristecido, pero ¿no me habría sentido también, en cierto modo, aliviada? ¿Lo habría visto como una oportunidad de romper mis ataduras, de empezar de nuevo? Tal vez nos habríamos marchado de Iowa y habríamos vuelto a Nueva York, donde habían vivido mis padres al principio y donde yo acabaría viviendo años después.
Quizá mi madre habría vuelto a casarse. Quizá Jude habría...
Pero tal vez eso no sea más que una ilusión.
Cal Junior habría tenido que ganarse la vida por su cuenta. Quizás habría ido a buscar a su madre. Puede que lo hiciera de todos modos y que fracasara. Nunca supe qué había sido de Julia, y creo que tampoco lo sabía mi abuela. Se había ido, y eso era lo único que le importaba.
Piper podría haberse comprado una casita con un bonito jardín y haber disfrutado de su jubilación. Lo que le pasó a Ethan habría ocurrido de todos modos, pero quizá Georgia May habría tenido el coraje de dejarlo mucho antes.
Qué extraño, qué prodigioso todo esto. Podríamos haber sido libres.
Pero mi abuela habría languidecido. La habría devorado una amargura cuya oscura llama habría penetrado los jirones de su alma, consumiéndola por completo. Podría haberla matado. Anímicamente, sin duda lo habría hecho. Y no se lo habría perdonado nunca a ninguno de ellos, hasta el día de su muerte.

¿Cómo podían? Habría montado en cólera. ¿Cómo podían hacerle eso a ella?
Porque al final todo se reducía siempre a ella. ¿Verdad?

Empezó con el timbre del teléfono cuando nos habíamos acostado ya. El ruido nos despertó en nuestras camas, nos hizo levantar la cabeza de la almohada y mirar con incredulidad el despertador. ¿Sería de veras esa hora? ¿Quién sería quien llamaba? ¿Pasaba algo...?
Por fin mi madre bajó al pasillo y levantó el teléfono.
–Diga –dijo.
Ava y yo nos acercamos indecisas a lo alto de la escalera. No teníamos miedo. Aún no sabíamos nada.
–¿Qué has dicho?

La puerta estaba abierta cuando Claudia y yo entramos en la casa en la que nos habíamos criado. Se abrió del todo, sin hacer ruido, mientras contemplábamos la pintura azul y blanca del pasillo, la madera de los suelos bajo su película de polvo y los peldaños blancos de la escalera. Crispaba los nervios lo silencioso, lo intacto que estaba todo: era como si la casa hubiera estado esperándonos. Durante un minuto, ninguna de las dos entró.
Miré a Claudia y vi que estaba temblando. Pasé una mano por su brazo. Se sobresaltó y me miró... ¿asustada? ¿Era eso lo que veía en ella?
–Yo entro si entras tú –dije con un gesto.
Aunque habían pasado más de diez años, aún quedaban los recuadros descoloridos a lo largo de las paredes, donde antes habían colgado nuestras fotografías y los cuadros preferidos de mi madre, encima de mesitas cargadas con los adornos y las figuritas de porcelana que tanto le habían gustado.
Avanzamos con cautela por la casa, sin tocar nada, asomándonos a las esquinas, caminando con pasos cortos, con cuidado de no turbar ni siquiera el aire.

—¿*Qué? Despacio, despacio. No entiendo... Lavini... No, yo... ¿Hablas en serio? ¿Estás segura? No... no puede ser, tiene que haber algún error...*
Llegué a la entrada de la cocina.
—¿*Qué pasa? —le pregunté a Ava, que sacudió la cabeza mientras miraba a mamá.*
—*Voy enseguida —dijo nuestra madre, y se apoyó contra la pared, doblándose sobre sí misma—. ¿Has llamado a la policía?*
—Qué limpia está, ¿no? —dijo Claudia detrás de mí.
—Sí —contesté—. Ava lo embaló todo cuando murió mamá. No creo que se haya tocado nada desde entonces.
Entré en la cocina y, como para demostrarlo, abrí el cajón de los cubiertos. Había cochinillas correteando por los cuchillos y los tenedores.
—Mmm —Claudia se aclaró la garganta—. ¿Dónde lo puso todo?
—No sé. En el desván, supongo.
Miré alrededor. Los muebles estaban tapados con grandes sábanas blancas. De pronto vi a Ava llegando a casa después del entierro; la vi registrar la casa de arriba abajo, limpiarla, ordenarla, clausurarla para su lenta y callada muerte. Había tenido que volver sola. Claudia y yo no la habíamos ayudado. No habíamos querido. Y yo no había podido entender que hubiera tenido valor para volver. Me había parecido una prueba más de sus mentiras y, por consiguiente, de mi inocencia.
Claudia subió las escaleras y yo la seguí. El pasillo estaba tan vacío como el piso de abajo, pero todas las puertas estaban cerradas. Su habitación estaba al fondo, a la derecha, junto al cuarto de baño que ella había ocupado interminablemente todos los días antes de irnos al colegio. Esa era una de las cosas a las que habíamos tenido que habituarnos después de su marcha: Ava y yo nos poníamos a hacer cola delante de la puerta del baño, hasta que nos dábamos cuenta de que Claudia ya no estaba allí.
Cuando colgó el teléfono, se tapó la cara con las manos y deslizó los dedos para cubrirse la boca. Y entonces nos vio.

–¿Se puede saber qué hacéis ahí? ¡Volved a la cama ahora mismo! ¡Vamos! –se acercó a nosotras haciendo aspavientos, y su brusquedad nos hizo huir a nuestras habitaciones. Ella siguió gritando detrás de nosotras.
    –Pero ¿qué pasa? –protesté cuando me empujó para que entrara en mi cuarto con Ava, intentando perdernos de vista.
    –Entrad ahí y que nadie os vea asomar la cara fuera esta noche. Nadie, o juro por Dios que os doy un azote a las dos.
    Cerró la puerta de golpe al salir.
    Nos quedamos allí, mirando la puerta y oyéndola entrar en su cuarto. Oímos a través de las paredes los golpes que daba al moverse.
    De pronto, Ava se apartó de la puerta y me miró.
    –¿Dónde está Clo? –preguntó.
Desde la escalera, de vuelta al presente, vi que Claudia atravesaba el descansillo y se quedaba parada delante de la puerta de su habitación. Esperé en el segundo escalón.
    Agarró el picaporte, se oyó el chasquido del resbalón y la puerta se abrió.
    La oímos salir. Esperamos unos minutos y luego salimos de mi cuarto y nos quedamos en lo alto de la escalera.
    –Mira –dijo Ava, señalando por encima de mi hombro.
    Vi que la puerta del cuarto de Clo estaba entornada. Entré y eché un vistazo alrededor. La cama no estaba deshecha.
    –¿Crees que le habrá pasado algo? –preguntó Ava–. ¿Crees...?
    –Cállate –dije.
Claudia desapareció en su cuarto y yo subí las escaleras para reunirme con ella. El papel de la pared, de color rosa claro, con pequeñas margaritas blancas entrelazadas, estaba cubierto de manchas de moho marrón, y todo estaba envuelto en sábanas blancas, igual que abajo, excepto la cama, que estaba desnuda: solo quedaban el colchón, y encima de él, un montón de almohadas.
    Se acercó a la ventana y la abrió para que circulara el aire en aquella habitación que no había respirado desde que ella tenía dieciséis años.
    –¿Quieres hablar de ello? –me aventuré a preguntar.
    –No, ya no –respondió, mirando todavía por la ventana,

de espaldas a mí–. Pensaba que no volvería a ver esta habitación. De haber sido por mamá, no habría vuelto a verla.
–Mamá hizo lo que creyó justo –dije yo, y de pronto me chocó mi propia voz.
–No, hizo lo más cruel.
–Estás culpando a quien no debes, Clo –añadió con calma, y cuando me lanzó una mirada por encima del hombro, hubo algo que me hizo recordar cómo éramos entonces, cómo una vez habíamos compartido algo más que nuestros genes. Compuso una sonrisa que se extinguió nada más alcanzar sus labios.
–Lo mismo hizo mamá.

Dos semanas antes de que mi madre recibiera una llamada telefónica en plena noche, mi abuela se enteró de una cosa por accidente y comenzó a tirar de un hilo que acabaría provocando la marcha de mi hermana a casa de unos tíos que mi madre tenía en Massachussets, donde pasaría el resto de su adolescencia.

Ello no habría ocurrido de no ser por dos cosas: porque mi madre se había ido a pasar el fin de semana fuera, a la zona de Driftless, en el noreste de Iowa, donde pensaba acampar con Jane, y porque mi hermana aprovechó la ocasión para emborracharse.

Puedo remontarme en el curso de los acontecimientos hasta esa noche, gracias a lo que mi abuela me contaría después. A lo que tuvo que contarme.

Yo me había ido a dormir a casa de Mary Louise Draper. Recuerdo que su cuarto tenía las paredes pintadas de lila, con dibujos de nubes blancas en el techo, y que envidié su colección de bolas de cristal con nieve por dentro: su padre, que era viajante, se las había comprado por todo el país. Codicié especialmente una de Nueva York, en la que el Empire State Building brillaba bajo una ventisca de brillantina cada vez que se agitaba la bola. Mientras estábamos tumbadas en nuestros sacos de dormir, en el suelo, envueltas en la oscuridad, pensé que me encantaría dormir en una ciudad cuyas luces de color ámbar brillaran en medio de la noche como las de aquella.

Ava se había quedado en casa. Se suponía que Claudia tenía que cuidarla, pero mi hermana mayor tenía otros planes, el principal de los cuales consistía en saquear el armario de los licores de nuestro padre. Digo que era de él porque nuestra madre nunca bebía, excepto en Navidad y en las bodas, e incluso entonces se tomaba como máximo una copa de champán, que bebía a sorbitos y dejaba medio llena. Esa noche, sin embargo, Claudia había decidido que el mejor modo de aprovechar la ausencia de nuestra madre era engullir todo lo que contenía aquel armario.

Lo cual hizo en su habitación, bailando al son de la radio, mientras iba sirviéndole vasitos a Ava, que acababa por beberse ella: Ava los olisqueaba y luego los dejaba sobre la cómoda. Después, Claudia se maquilló y maquilló a mi hermana. Si hubiera estado en casa, nuestra madre le habría quitado la pintura de la cara restregándosela con agua bendita.

Claudia hizo mohines, bailó, cantó y se pavoneó, borracha perdida. Evidentemente, el alcohol le soltaba la lengua: pasó de ser la de siempre, hosca y refunfuñona, a hablar por los codos. Lamento haberme perdido la metamorfosis. Habría aprovechado la oportunidad para sonsacarle sus secretos y luego, cuando estuviera sobria, los hubiera usado para pincharla. Cuando éramos pequeñas, el genio de mi hermana era como una diana a la que lanzábamos dardos, y nada me habría procurado más placer que acertar en el centro.

Pero no era yo quien estaba allí. Era Ava.

El caso fue que Claudia se emborrachó y que, como Ava estaba agotada, nuestra hermana mayor se quedó sola en algún momento, pasada la una menos cuarto de la mañana. Hasta ese instante había estado a salvo de sí misma.

—*La encontré junto al pozo de piedra, sollozando y aullando como un animal. Tú nunca viste a tu hermana así. No, claro que no. Cuánto odio, cuánta rabia... Yo sabía mejor que nadie lo que era*

eso, pero cuando se dio cuenta de que estaba allí intentó callarse. Se metió el puño en la boca y me miró con furia por estar allí, por haberla visto en aquel momento de debilidad. Siempre fue pura presencia. ¿Te acuerdas de aquella vez que se puso enferma en la feria del Cuatro de Julio y se manchó de vomitó el vestido, y luego pegó a Piper por haberla llevado con su madre? «¡No quiero que nadie me vea!». ¿Te acuerdas?
—Sí, me acuerdo —dije. Aún tenía abierto en las manos el libro que había estado leyendo.
—Entonces me di cuenta de que también quería pegarme a mí por estar allí. Se sentía humillada por estar tan expuesta. Si hubiera sido hija mía la habría enseñado mejor, claro que hasta yo había tenido mis momentos de flaqueza. Supongo. Y para hacerle justicia a tu hermana, yo fui una ola más en el torrente de mala suerte que tuvo esa noche.
Me lanzó una mirada sagaz y me di cuenta de que iba a contarme una historia que de algún modo yo ya sabía.
—Había estado bebiendo. Apestaba a whisky, y Jude había estado allí. Me di cuenta antes incluso de que me lo dijera ella. Había una colilla de uno de esos Virginia Slims que solía fumar. Sentí su olor en ella. Se había puesto en ridículo, claro, y él la había rechazado. Y lo que era peor, había sido amable. Claudia me dijo que después había intentado abrazarla, que hasta había sugerido que podían ser amigos. Qué chico más tonto.
Se paró al ver cómo la miraba yo.
—¿Qué pasa? ¿Es que no lo adivinaste? No creerías que tu madre habría sido capaz de echarla si hubiera sido inocente, ¿verdad? Por amor de Dios, Meredith.
—No quiero oír nada más —dije poniéndome en pie—. Nunca quise participar en eso y si lo hice fue únicamente porque tú...
—Lo hiciste porque tenías curiosidad. Y no te importó cuando se trató de tus tíos, ¿no es cierto? Ahora que te toca más de cerca, ¿tienes mala conciencia? Es esa debilidad de carácter la que al final podrá contigo, Meredith. Hay cosas de las que no puedes huir, cosas sobre las que no puedes cambiar de opinión. ¿Por qué nadie de mi familia ha tenido nunca el valor de defender sus convicciones hasta las últimas consecuencias, como hice yo?

—¿Lo hizo Claudia? —repliqué.
—Claudia tenía miedo y orgullo. Con eso bastó. ¿Sabes?, yo no me había dado cuenta de que estaba loca por ese hombre. Fue entonces cuando empecé anotar que me estaba haciendo vieja de verdad. Pero ahora creo que fue solo porque no estaba destinada a saberlo hasta ese momento, tú ya me entiendes. Por eso sé que he acertado en todo lo que he hecho, Meredith. Fue todo por el bien común —levantó la cabeza de la almohada, ansiosa, y clavó sus ojos en los míos—. Comprendí entonces cómo iba a hacerlo y que ella me ayudaría, y en efecto, me ayudó. No te engañes, no pienses que fue solo una marioneta ignorante. A fin de cuentas, estuvo perfecta en su papel, ¿no crees? —se recostó sobre la sábana y suspiró.
El mundo la estaba escuchando: justo en ese momento, una ráfaga de viento agitó las cortinas como un eco de su aliento.
—Odio. Siempre se trata de eso, ¿verdad? Pero yo he descubierto que, cuando es más potente, es cuando está entrelazado con el amor.

Mi hermana se emborrachó y se fue en busca de Jude. Lo encontró junto al pozo y allí intentó besarlo, pero él no le correspondió. Le dijo con calma pero con firmeza que entre ellos jamás pasaría nada parecido y que lo lamentaba. Ella le dio un bofetón e intentó pegarle, pero Jude la agarró por las muñecas y procuró que se calmara. Luego Claudia se echó a llorar.

Después, mi abuela la encontró recostada contra el pozo en uno de sus paseos vespertinos.

Y dos semanas más tarde recibimos una llamada de teléfono.

El 2 de marzo de 1986, a las dos y media de la mañana, la policía recibió aviso de presentarse en Aurelia, la casa de Abraham Hathaway y de su esposa Lavinia. Fueron a investigar una denuncia de intento de violación. La víctima era su nieta de dieciséis años; el acusado, el primo segundo de la chica, de treinta y tres años. La presunta agresión había tenido lugar en la finca, entre las once y las doce de la noche. La víctima estaba tan histérica que había tardado dos horas en calmarse lo suficiente para hacer una declaración. Su madre, que vivía a un kilómetro de allí, ignoraba dónde había estado su hija hasta que la había avisado su suegra, que había encontrado a la chica cerca del establo, mientras daba uno de sus paseos nocturnos. Tras media hora de preguntas preliminares, la víctima fue conducida a la comisaría para hacer una declaración formal y luego al hospital para que la examinara un médico. Regresó a casa pasadas las seis de la mañana. El presunto agresor permanecía en una celda de detención, pendiente de interrogatorio.

Veinticuatro horas después fue puesto en libertad bajo fianza.

Tres días más tarde, la víctima y su familia pidieron que se retirara la denuncia. No alegaron motivo alguno, pero cuando se les dijo que el caso había pasado a la fiscalía, la víctima retiró su declaración y la policía se vio obligada a abandonar el asunto y a retirar los cargos contra el sospechoso.

No se lo tomaron a bien.

Esa noche, Ava y yo nos quedamos despiertas, esperando a que volvieran. Tumbadas en el cuarto de Ava, oímos abrirse la puerta a las seis y media. No oímos voces, pero sí ruidos en la cocina y luego el sonido de los pasos de Claudia en la escalera al entrar en su habitación. Me quedé allí, junto a Ava, tensa y ansiosa. Luego aparté las mantas y salí de la habitación con todo el sigilo de que fui capaz. Me paré en el descansillo y miré por encima de la barandilla por si veía a mi madre. Ava abrió la puerta de su cuarto, pero yo corrí por el pasillo, agarré el pomo de la puerta de Claudia y la abrí tan bruscamente que cuando entré y cerré a toda prisa a mi espalda ella ya había dado un grito de sorpresa.

—¡Chist! —dije, levantando las manos para detenerla.

Estaba allí de pie, delante de su armario, el pelo revuelto

y caído alrededor de la cara, el labio partido, los ojos enrojecidos y la cara manchada de tierra. Llevaba una chaqueta marrón muy grande y astrosa.
 –¿Qué llevas puesto? –me acerqué para tocarla.
 –Apártate de mí –dijo, quitándose bruscamente de mi alcance.
 Me quedé mirándola, desconcertada.
 –Largo de aquí –dijo al erguirse–. O te juro que vas a meterte en un lío.
 La observé atentamente. Se ciñó con más fuerza la chaqueta. Sus manos parecían amoratadas y heridas. Sus ojos se clavaron en mí. Sus dientes asomaban ligeramente por encima de su labio. Tenía un aspecto feroz.
 Retrocedí apartándome de ella y salí sin hacer ruido de la habitación.

Ese día, cuando volvimos de clase, a mi hermana y a mí nos llevaron a casa de Jane.
 –¿Es por lo que ha pasado con Claudia? –preguntó Ava cuando, después de pasar dos horas viendo la tele sin que mi madre llamara por teléfono, Jane empezó a poner la mesa de la cena para tres.
 –Tu madre cree que es preferible que os quedéis conmigo esta noche.
 –¿Está herida o algo así? –preguntó Ava, de pie en la puerta.
 Jane dudó un momento, dejó un tenedor en su sitio y se encogió ligeramente de hombros.
 –Se pondrá bien.
 –¿Por qué nadie nos dice nada? Es nuestra hermana, tenemos derecho a saber qué ha pasado –dije, enfadada.
 Jane se puso a trajinar en la cocina.
 –Vuestra madre sabe mejor que vosotras lo que os conviene. Ahora, no le compliquéis más las cosas. Portaos bien. Venid a ayudarme con las verduras.
 Me quedé allí un minuto; luego di media vuelta.

—No tengo hambre —dije, y volví al cuarto de estar y encendí de nuevo la tele.

Vi por el rabillo del ojo que Jane miraba suplicante a mi hermana. Pero Ava sabía a quién debía lealtad y fue a reunirse conmigo en el sofá. Jane suspiró y regresó a la cocina, y Ava y yo nos negamos a sentarnos con ella hasta que por fin llegó la hora de irnos a la cama y subimos a nuestras habitaciones en silencio. Estuvieron sonándonos las tripas de hambre hasta las primeras horas de la mañana.

Al día siguiente, después de clase, nuestra madre fue a recogernos y nos alegró ver su cochecito amarillo esperándonos, aunque cuando montamos su cara atajó de inmediato todas las preguntas que yo había estado rumiando la noche anterior.

Cuando llegamos a casa Claudia estaba en el jardín, acurrucada en una mecedora.

Ava y yo nos quedamos merodeando por la cocina, pero mamá nos agarró por los hombros y nos obligó a darnos la vuelta para mirarla.

—Quiero que dejéis en paz a vuestra hermana, ¿me oís? —dijo en un susurro—. No le preguntéis nada.

—Está bien —conseguí decir.

—Ahora, id a prepararos para hacer vuestras tareas. Hay mucho que hacer por aquí.

Luego llegó la cena, posiblemente la peor comida que yo había tomado nunca en nuestra casa.

Claudia se sentó a la cabecera de la mesa y, sin decir nada, estuvo mirando a nuestra madre engullir cada bocado con la vista fija en el plato, sin atreverse a mirar a su hija mayor, que observaba cada uno de sus movimientos como un pájaro de presa esperando a lanzarse en picado.

Sentadas una frente a la otra, Ava y yo las mirábamos furtivamente, enzarzadas en aquella batalla silenciosa, mientras nos esforzábamos por tragar los macarrones con queso.

—Acábate la cena —dijo mamá cuando Ava colocó su tenedor en el centro de su plato.

Ava la miró con los ojos muy abiertos.

–Hablo en serio. En esta casa no se tira la comida. Acábatela.
Y eso hicimos, hasta el último bocado helado, en silencio.

–*Tu madre lo sabía.*
A la semana siguiente, cuando me tocó atenderla, entré y cerré la puerta. Llevaba debajo del brazo La granja de Blithedale. *En cuanto entré y me senté, antes de que me diera tiempo a abrir el libro, dijo:*
–*Lo supo desde el principio. Me enteré de que fue a ver a Jude cuando lo soltaron bajo fianza.*
–*Si empiezas con eso otra vez... –le advertí.*
–*Se encaró con Claudia delante de mí. No tuvo agallas para acusarme directamente. A decir verdad, creo que no era consciente del papel que había jugado yo. Pensaba que tu hermana había ideado el plan de acusarlo de violación ella solita y que yo lo sabía pero no lo había confesado porque quería deshacerme de Jude. Fue la noche en que Ava y tú fuisteis a casa a buscarnos. Estabais asustadas porque tu madre y tu hermana habían tenido una discusión espantosa, ¿recuerdas?*
¿Recordarlo? *Había una grieta en el yeso de la pared de la cocina, de cuando Claudia le había tirado una silla a la cabeza a mamá. Ava se había refugiado en el cuarto de estar y había vomitado por el suelo al oír sus gritos. Yo entré corriendo en la cocina y me interpuse entre ellas, pero empezaron a darme manotazos mientras intentaban lanzarse la una a por la otra, entre gritos y acusaciones. Mi madre estaba como loca de rabia; mi hermana, frenética de indignación.*
–¿*Fuiste tú*? –*gritaba mi madre*–. ¿*Fuiste tú*?
–*Tu madre solo tardó dos días en acusar a tu hermana, pero sospechó desde el principio. La noche que vino a casa comprendí por cómo la miraba que no iba a dejarse engañar. Nadie conoce mejor a sus hijos que una madre. Y ella supo enseguida lo que había pasado y se llevó una decepción.*
Me incliné sobre ella y siseé:
–*Cállate. ¡Calla de una vez esa boca ponzoñosa!*
Me miró, sobresaltada.

—¿Sabías que Jude volvió a la finca después de la agresión? —preguntó.

Pestañeé.

—No, eso me parecía. Entonces, ¿Ava no te lo dijo? Ella lo sabía. Se lo dijo Cal Junior, pero evidentemente no te lo contó. ¿Por qué será? Le gustan los secretos, ¿no es cierto? Tiene un montón, como parásitos que la reconcomen por dentro. Abre una grieta en ella ¿y quién sabe qué saldrá?

Me hundí en mi sillón.

—Se plantó en nuestra cocina y se puso a gritar a tu abuelo. Tenía razón en la mayoría de las cosas que le dijo. Lo demás fueron solo ataques personales. Nunca supo cómo llevar a tu abuelo, pero creo que lo que le pasó fue que perdió por completo el control, ¿entiendes? ¿Cuántas veces no se reduce todo a eso? Estaba como loco, gritaba, lanzaba acusaciones y verdades disfrazadas de insultos, y si hay algo que tu abuelo nunca pudo soportar fue la verdad pura y dura. Como el hecho de que yo era una adúltera y de que su hija era peor que una puta y que el único hijo que le quedaba vivo era un borracho que disfrutaba torturando a su mujer. El abuelo se puso del lado de tu hermana, claro. Se negó a creer nada de aquello, a pesar de que Piper intentó hacerle entrar en razón y de que tu madre se interesaba discretamente por Jude.

—¿Por eso retirasteis la denuncia? —le pregunté, no pude evitarlo.

—Bueno, no estaba segura de cómo reaccionaría tu hermana si íbamos a juicio, y de todos modos no nos convenía que hubiera un escándalo y que se diera publicidad al asunto. Solo necesitábamos abrir una brecha. Y aunque lo que vino después fue lamentable, no fue insoportable. Tu hermana siempre se estaba quejando de vivir en la finca —sonrió con sorna—. No le tengas tanta lástima —dijo mirándome a la cara—. Era otra Julia en ciernes, te lo digo yo. Conozco una faceta de esa chica que nunca conoció tu madre. Fui yo quien la aconsejó después de la muerte de tu padre. Fui yo quien la enseñó a sofocar su ira y su odio, a utilizarlos cuando los necesitaba, como acabaría haciendo. Nadie la obligó a acusar a Jude, ni a seguir adelante con la denuncia. Lo hizo todo por venganza, por un odio nacido de la muerte de vuestro padre y de la falta de atención de vuestra madre. Una excusa muy pobre, ¿eh? Claro que las semillas podridas dan árboles enfermos. Era la niña más furiosa que yo había conocido nunca, aparte de mí. Podía hacer trizas el mundo con sus propias manos y ponerse a jugar con sus jirones como si fueran cintas. Y déjame que te diga algo, no la juzgues. Todos tenemos que interpretar nuestro papel y el suyo fue el de verdugo. Fue ella quien salvó la finca para tu primo.

Me quedé mirándola, incrédula, y luego dije algo que ni siquiera sabía que sentía y que sin embargo era cierto:
—¿A quién le importa eso?
Ella parpadeó.
—¿Qué?
—¿A quién le importa? ¿Crees que alguna de nosotros elegiría la finca en vez de la posibilidad de deshacer todo... todo eso? ¿Crees que mi madre o Dios o incluso papá, o el abuelo, que cualquiera de nosotros elegiría eso? No tenías ningún derecho, ninguno. No tenías ningún derecho a decidir por nosotros.
—¿Eres idiota? —preguntó, burlona—. ¿Sabes de qué estoy hablando? Jude intentaba que tu abuelo vendiera la finca, que la dejara en manos de un empresario de tres al cuarto. Intentaba convencerlos a él y a Piper. Francamente, yo esperaba algo más de ella, siempre hablando de dinero... Que si la última finca que habían comprado, que tenía doscientos y pico hectáreas menos que la nuestra, se había vendido por un millón de dólares... Como si eso fuera lo único que contaba. Como si tuviera alguna importancia. Nuestra finca era una finca próspera, pero para entonces nosotros éramos mucho más que eso. Éramos un nombre, éramos nuestra tierra. Levantamos esta casa de la nada. De la nada... —dejó escapar un ruido furioso y ahogado.

Eché mano instintivamente de su agua, pero me detuve antes de alcanzar la jarra. No importó. Ella no estuvo callada mucho tiempo.
—Pero él no lo sabía. Jude nunca lo entendió. Él no amaba la tierra, no la sentía. Para él era solo una cosa, un enorme juguete con el que divertirse y que podía dejar a voluntad. Pero tu abuelo... Dios mío, cómo me decepcionó. Seguía dejándose influir por los demás, en vez de buscar consejo dentro de casa. Y entonces lo comprendí, supe que tenía que darle un escarmiento para que aprendiera de una vez por todas que no debía volver a mirar fuera de las paredes de esta casa. El hogar es lo único que hay.

Bajé la mirada hasta el suelo.
–Este era el hogar de Claudia –dije susurrando a medias.
–Y volverá a serlo –respondió con el ceño fruncido–. Paciencia, Meredith.
–¿Sabes lo que haría mamá si supiera esto?
–¿Estás sorda? Ya lo sabía. Y se enfrentó a ello lo mejor que pudo. No la culpo a ella.
–No sé por qué te escucho –dije, y se me quebró la voz.
–Me escuchas porque te interesa, mi niña –dijo, sonriendo, y parpadeó pesadamente–. Y yo te lo cuento para que alguien lo recuerde cuando yo ya no pueda.

Nuestra madre mandó marcharse a Claudia menos de un mes después de que acusara a Jude de intentar violarla esa noche, junto al establo. Tenía aún algunos parientes por parte de su madre en Boston. Claudia haría allí los últimos cursos del instituto. Iba a empezar de nuevo, lejos de un lugar plagado de recuerdos escabrosos: esa fue la explicación que nos dieron. No cuestionamos la decisión de nuestra madre. Temíamos demasiado la respuesta que podía darnos. La víspera de su partida, Ava y yo nos acercamos a su puerta después de que mamá se fuera a la cama y arañamos suavemente la puerta para que supiera que estábamos allí y nos dejara pasar. Pero aunque veíamos la sombra de su lámpara por debajo de la puerta, esta permaneció firmemente cerrada.

A la mañana siguiente, nuestro tío la llevó al aeropuerto. Ava y yo íbamos sentadas en la parte de atrás de su camioneta. Nos habíamos empeñado en ir con ella para decirle adiós. Nuestra madre no intentó impedírnoslo, ni quiso acompañarnos. Dio a Claudia su maleta en la puerta.

–Llámame cuando llegues –dijo.

No abrazó a mi hermana, que se quedó allí, rígida de odio, pero tampoco desvió la mirada. Hubo un momento de silencio; luego Claudia dio media vuelta y se marchó.

Ava y yo fuimos calladas en la camioneta, camino del aeropuerto. Claudia miraba fijamente al frente y nadie intentó trabar conversación. Cuando llegamos, Ethan salió de la camioneta y fue a recoger las bolsas y la maleta. Puse la mano en el tirador de la puerta, pero Claudia se quedó donde estaba. Bajó la cabeza y por primera vez en mi vida me pareció ver llorar a mi hermana mayor.

Ava, que estaba detrás de ella, se desabrochó el cinturón de seguridad y metió una mano entre el hueco del asiento y la puerta del coche para acariciar su hombro. Claudia no intentó sacudírsela, y yo vi temblar sus hombros.

—¿Nos escribirás? —pregunté, y mi voz sonó muy débil.

Claudia titubeó; luego pareció reponerse. Ava apartó la mano. Nuestro tío se quedó fuera, las bolsas amontonadas en la acera, fumando un cigarrillo.

Claudia abrió la puerta.

—Será mejor que me vaya o perderé el avión —dijo, y cerró la puerta con firmeza a su espalda.

Ava y yo nos quedamos en la camioneta. Aunque ninguna dijo nada, sabíamos que apenas volveríamos a verla. Yo llevaba peleándome con ella toda la vida, pero hasta ese momento no tenía recuerdos de una vida sin Claudia. Había estado allí desde mi nacimiento. Eso era lo único que sabía. Por eso me eché a llorar.

Jude (que yo supiera entonces, aunque luego me enteré de que no era cierto) nunca regresó a Aurelia, y yo no volví a verlo. Había estado viviendo en la casa grande, a casi un kilómetro de la nuestra, así que no presenciamos la riña que tuvo con mis abuelos, ni le vimos hacer las maletas, ni vimos la polvareda y la grava que, como si le lanzara una maldición, arrojó su camioneta contra aquella casona blanca cargada de bellas ilusiones.

Ojalá supiera más de lo que ocurrió en realidad aquel invierno entre esas tres personas, pero no lo sé. Los hechos desnudos me los contó mi abuela en su cama cuando su lucidez empezaba a deteriorarse, pero el episodio entero sigue envuelto en misterio, como si lo viera a través de un envoltorio traslúcido. Nunca sabré hasta qué punto afectó aquello a Jude, ni qué ocurría entre Claudia y Lavinia aquellas tardes que pasaban juntas en la casa, después de la muerte de mi padre, que hizo que mi hermana reverenciara hasta tal punto a mi abuela que fue capaz de prescindir de su madre y de sus hermanas cuando ella se lo pidió.

Después del incidente con Claudia, mi abuelo empezó a beber otra vez, mi tío siguió pegando a su mujer y mi madre cerró con llave el cuarto de mi hermana mayor y nos prohibió entrar en él. Mi primo Cal, por su parte, dejó de ser un espectro para volverse de carne y hueso otra vez. Y con un ritmo que ahora que lo pienso casi me da miedo, todo aquello volvió a ser lo normal.

En casa, mi hermana mayor y yo revisamos las posesiones de nuestra infancia. No nos molestamos con los muebles. Ni siquiera estábamos seguras de que pudiéramos llevárnoslos, así que nos pusimos a hurgar en las cajas de álbumes de fotos, de joyas y figurillas, de platos y muñecas de porcelana, de juegos de té y de juguetes. Fuimos abriendo metódicamente las cajas y revisando cada objeto de nuestros padres siguiendo la norma tácita de guardar todo lo que pudiera documentar sus vidas antes y después de nacer nosotras.

Encontré el juego de té que habían comprado en su luna de miel en Quebec. Me llevé la taza a los labios, recordando las muchas veces que había bebido aire de su borde azul y desportillado.

Claudia revisaba y clasificaba cada objeto con rapidez, calibrando al mismo tiempo su valor pecuniario y sentimental. La verdad es que fue ella quien lo hizo casi todo. Yo me quedé allí, sentada de rodillas, y fue recogiendo los objetos que ella ponía en el suelo de madera para envolverlos en plástico de burbujas.

No hablamos. No nos quedamos contemplando las fotografías, ni los recuerdos. No comentamos los recuerdos que nos asaltaron cuando sentimos el olor de nuestras mantas y pasamos los dedos con delicadeza sobre cosas que antaño habíamos tratado con tanto descuido.

Eran más de las siete de la tarde cuando metimos la última caja en el coche de Claudia.

—Hay una cosa más —dije, y subí corriendo los peldaños que llevaban a la casa.

Encontré la tabla suelta junto a la ventana y la levanté. Las cartas estaban todavía allí, en una bolsa de plástico. Las recogí y bajé para reunirme con Claudia. Levantó las cejas cuando se las puse en la mano.

—¿Qué es esto? —preguntó.

Se las acerqué.

—Ábrelas.

Pero no le hizo falta. Su expresión lo decía todo cuando les dio la vuelta y vio su letra y el matasellos de los sobres. No me atreví a mirarla a la cara y ella no se atrevió a mirar a la mía, y de pronto me pareció que nuestra casa no era una casa: era una tumba y nosotros éramos los fantasmas que la habitaban porque los que nos habían precedido al menos se habían liberado con la muerte, mientras que nosotras seguíamos ancladas aún por el recuerdo.

Por blancas que parezcan, las cicatrices siguen siendo heridas tan en carne viva como al principio. Y comprendí por vez primera que huir había sido mi única salvación, porque quedarme y enfrentarme a lo que sabía...

Claudia se apartó de mí y se quedó mirando el horizonte.

No la toqué, pero tampoco me fui.

Después, pasado un rato, se llevó una mano a la boca y se acercó al coche con paso trabajoso. Yo esperé fuera. No podía irme aún. Todavía me quedaba una cosa por saber.

Así que di media vuelta y ella no me miró. Bajé por el camino de tierra y avancé por aquellos parajes que antes me eran tan familiares, hasta llegar a la rosaleda: el jardín que con tanto mimo había cuidado mi abuela, que había amado y alimentado como si fuera uno de sus hijos. De las cosas a las que dio vida, fue la única que prosperó. Para llegar tuve que atravesar el pasadizo de espalderas, que estaba medio derruido. Lo poco que quedaba estaba cubierto de manchas de moho y óxido. El jardín se había convertido en un amasijo de cizaña y hierba crecida. Mi abuela se habría llevado un disgusto al verlo, pero en cierto modo todo aquella maleza era un consuelo.

Mantuve los ojos fijos al frente y, cuando pasé junto al lugar donde había sucedido, lo sentí caminar a mi lado, pero esta vez no pude mirarlo. No quise mirarlo. Podía atormentarme donde quisiera, pero no allí.

Luego me detuve.

Estaba en el claro de la fuente del diosecillo. La fuente estaba intacta, aunque el mármol se había cubierto de un polvillo blanco. Pero no fue eso lo que me hizo detenerme. En el fondo, lo había sabido desde el principio, antes de venir. Pero aun así verlo fue muy doloroso.

Donde antes había habido tres sepulturas, había ahora tres hoyos abiertos en la densa tierra marrón: él ni siquiera se había molestado en volver a taparlos. Los había arrancado de la tierra para esparcirlos Dios sabía dónde, a mis abuelos y a Piper. Me pregunté cuándo habría pasado. Puede que fuera justo después de morir mi madre, cuando se marchó la última de mis hermanas, o puede que fuera algún tiempo después. No sé. Luego me pregunté si alguna vez se le habrían aparecido como se me aparecía él. Si no había enloquecido desde el momento en que arrancó sus cuerpos de la tierra que tanto habían amado.

Aquello había sido antaño un cementerio, un lugar de descanso eterno. La tumba de mis bisabuelos seguía allí, igual que la de mi tío, por suerte intacta. Habíamos enterrado sucesivamente a mi tía abuela y a mi abuelo, el uno junto al otro, y habíamos llorado. Cuando llegó el momento de enterrar a mi abuela, yo no había vuelto a casa. Ella había muerto unas semanas antes de los parciales, durante mi primer curso en la facultad, y yo había aprovechado los exámenes como excusa para atajar los intentos de mi madre de hacerme ir al entierro apelando a mi mala conciencia. Entonces ignoraba que a ella ya le habían diagnosticado un cáncer de pecho en fase cuatro, ni que lo sabía desde hacía un tiempo. El verano siguiente, estaría muerta.

El viento removió la gravilla de la tierra y algunas migajas cayeron a la boca abierta de las tres tumbas.

Cuando volví al coche, mi puerta seguía abierta y Claudia estaba aún sentada allí, con las cartas en las manos. Me senté a su lado. Guardamos silencio un minuto. Yo quería decirle lo de las tumbas, pero justo cuando abrí la boca para hablar, carraspeó y dijo:

—Habría hecho cualquier cosa por ella.

El temblor de su voz me hizo mirarla a los ojos. Me miró fijamente y se encogió de hombros.

—Era la única que me conocía de verdad.

Esperé a que continuara, pero no lo hizo. Por fin encendió las luces y el motor, metió las cartas en su envoltorio de plástico, las dejó sobre su regazo y nos alejamos de la finca por última vez.

Capítulo 14

El mundo giraba y, con cada una de sus vueltas, yo me iba haciendo mayor. Le susurré mis secretos a la única hermana que me quedaba y ella me habló de sus ilusiones. Jugábamos a cunitas con nuestras confidencias. En muchos sentidos, teníamos la impresión de que éramos la una para la otra. Mi madre no volvió a ser la misma desde la marcha de Claudia: con cada cumpleaños, con cada fiesta, el cambio que se había obrado en ella era más palpable, más notorio. Su amor no era incondicional, y eso la atormentaba. Seguía siendo nuestra madre, seguía queriéndonos, pero era consciente de que no nos quería como ella pensaba, porque no había sido capaz de perdonar a mi hermana y mi hermana no se lo había pedido.

Mi tío amenazó a su mujer con un cuchillo delante de su hijo en 1986, seis meses después de marcharse Jude, y a finales de esa misma semana Georgia May hizo el equipaje y se marchó a vivir con unos parientes a Florida. A mi tío no pareció importarle, y poco a poco, pero irrevocablemente, se le fueron retirando sus obligaciones en la finca. Lo único que lo salvó de la completa ruina fue que era hijo de Lavinia. Ella le hacía la compra, le limpiaba la casa, cocinaba para él, todo ello bajo un mal disimulado velo de desprecio. Y cuando estaba borracho y nos cruzábamos con él, solo hablaba de Alison, no de su esposa ni de su hijo, sino de una muchacha a la que nosotras no conocíamos y él no había visto en veinte años. Ava lo llamaba «amor».

Posiblemente murió pronunciando su nombre.

Durante los cinco años posteriores a la partida de su esposa y su hijo, mi tío bebió hasta sumirse en un estupor insensible, día a día. Para nosotras era un bufón trágico, alguien a quien evitar, a quien compadecer, y lo peor de todo era que él lo sabía y sin embargo no parecía sentir deseo alguno de cambiarlo. Sólo quería estar solo, tener un poco de paz. Luego, el 3 de septiembre de 1991, vio por fin cumplido su deseo. Su cuerpo lo encontró una persona que paseaba a su perro por el bosque, a media mañana. Tenía cuarenta y cuatro años. Su coche había atravesado el quitamiedos a unos cinco kilómetros de casa y se había despeñado por la cuneta, dando dos vueltas de campana. Lo habían encontrado vuelto del revés. Ethan no llevaba puesto el cinturón de seguridad.

Georgia May no asistió al funeral.

Y mi abuela perdió al único hijo que le quedaba.

Después me diría que, a la semana de enterrarlo, una mañana se levantó muy temprano, tan temprano que el cielo era una aguada de rosa pálido y el calor que se avecinaba enturbiaba el aire. Vio extenderse la tierra ante ella y supo que cada lugar que tocaba la luz era suyo, era de los Hathaway, y eso le dio consuelo, le dio determinación. Puso una mano sobre el vientre que había nutrido dos vidas y, en uno de sus momentos de debilidad, añoró la sosegada certeza de sus comienzos. No había llorado la muerte de su primogénito.

Nadie la había llorado, ahora que lo pensaba. Y por primera vez en su vida, sintió que algo se sacudía dentro de ella, algo que no esperaba: una traicionera punzada de mala conciencia.

Luego alzó la vista, cuando el viento levantó el polvo de la tierra, haciéndolo bailar a sus pies, y recordó quién era. Para algunos, ese día el sol no hizo más que salir por la mañana. Para Lavinia Hathaway, en cambio, estalló.

Claudia me dejó frente a la casa de Jane. Me ayudó a llevar unas cajas que, con permiso de Jane, apilamos en el cuarto de estar. Jane no preguntó qué tal habían ido las cosas, y mi hermana y yo guardamos silencio. Solo hablamos lo necesario. Después, finalmente, no quedó nada por hacer y, al sacudirnos el polvo de las manos, nos dimos cuenta de que había llegado el momento del adiós.

Jane se excusó y nos dejó solas.

—¿Desde cuándo lo sabías? —preguntó Claudia por fin.

—Desde que enfermó la abuela.

—¿Alguna vez...? —se aclaró la garganta, pero no acabó la frase.

Cambié el peso del cuerpo de un pie a otro. Luego me miró directamente a los ojos y se encogió de hombros. Porque, ¿qué podíamos decir ahora que cambiara las cosas?

—¿Sabes qué va a pasar ahora? Con la finca, quiero decir —le pregunté.

—Me trae sin cuidado, Meredith —contestó, y sacudió la cabeza—. Esto es bueno. Puede que no te des cuenta, o que no quieras creerlo, pero lo es. Solo la hemos conservando gracias a que obramos mal. Y estoy cansada. Estoy tan cansada de ser de los nuestros... De ser la que vive y recuerda. Da igual dónde vayamos o lo que hagamos, siempre está ahí. Puede que ahora, por fin, con su pérdida, podamos olvidar. Podamos dormir toda la noche de un tirón.

Se sacó las llaves del coche del bolsillo y colgó el llavero de uno de sus dedos, balanceándolas.

–Adiós, entonces –dijo.
–Sí...
Me avergüenza decir que se me quebró la voz y que miré hacia el suelo y vi alejarse los tacones de sus botas, y que al levantar la vista deseando que pasara algo, cualquier cosa, la puerta se cerró y Claudia desapareció de mi vista.

Me quedé allí, en la puerta, escuchando el ruido de su coche al arrancar y el aliento estertoroso del motor al alejarse. Y así, sin más, solo quedé yo.

Pero seguía sin estar sola.

Así pues, ¿cómo llegamos a esto?

Murieron todos, claro.

La muerte visitó Aurelia en 1991 y su estancia fue increíblemente fructífera. Levantó su guadaña y se instaló en la casona blanca para pasar allí una larga temporada. Primero se llevó a mi tío y luego, dos meses después, fijó su mirada en Piper. Su regalo para ella fue un cáncer, de ovarios y galopante. Por un irónico giro del destino, la persona que la cuidó durante su agonía fue mi abuela. Lavinia entregó a aquella mujer que había sido su eterna adversaria todo el consuelo y todo el alivio de que fue capaz. Dedicó todas sus horas de vigilia a atenderla, hasta que una noche mandó que entráramos en la habitación en la que yacía Piper para que nos despidiéramos de ella y el saco de huesos que ocupaba la cama exhaló su último suspiro. Mi abuela lloró cuando murió Piper, lo cierto es que rompió a llorar cuando puso una mano sobre su pecho y acercó un espejo a su boca y vio que no había ni sombra de aire en el cristal.

Fue la cosa más rara que yo había visto nunca, ver llorar a Lavinia. Los sollozos sacudían su cuerpo, tenía los ojos rojos y legañosos, sus aullidos brotaban con una fuerza que ni siquiera sus manos podían sofocar. No había llorado cuando habían muerto sus hijos, no lloraría cuando murió su marido, pero lloró por Piper, a la que había tratado como a una enemiga durante más de cuarenta y cinco años. No sé por qué. Esa es una de las pocas cosas que nunca me dijo. De modo que Piper se fue primero, cuatro meses después de la muerte de Ethan, la víspera de San Valentín, y luego, en mayo del año siguiente, mi abuelo murió apaciblemente mientras dormía, de un derrame cerebral. Simplemente, no despertó. Aunque los vasos sanguíneos de su cerebro habían estallado, provocándole una agudísima punzada de dolor, rápida como un relámpago, solo pasó un instante antes de que el vacío que se había abierto se tragara entera su alma. Murió junto a mi abuela y ella solo se dio cuenta cuando, al darse la vuelta por la mañana, vio lo sosegado que parecía estar. Se quedó tumbada a su lado media hora antes de avisar. Nos mandó ir a la casa y nos dio la noticia en el cuarto de estar, mientras el juez iba a levantar el cadáver. Recuerdo cómo lo sacaron en camilla, metido en una bolsa negra. Ava gimió. Cal Junior, que estaba sentado a su lado, se levantó y cerró la puerta del cuarto de estar.

Hacía calor el día que enterramos a mi abuelo. Un calor incómodo y a destiempo, así que el sudor me pegó el vestido negro a la espalda. No había brisa; el sol caía implacable sobre los deudos, mientras el mismo pastor que había oficiado el funeral de Piper y el de Ethan murmuraba por encima de nuestras cabezas. Sentada entre mi madre y Ava, me sentía incapaz de apartar los ojos del ataúd de roble lacado. Él estaba allí dentro. Si lo abría, podría verlo, vería el traje azul oscuro que solo se ponía en las ocasiones de gala porque odiaba ponerse traje. Siempre se estaba tirando del cuello de la camisa, estirándose el cuello o metiendo el dedo en el nudo de la corbata. El traje lo había elegido mi abuela. Lo había planchado ella misma antes de vestirlo.

«Levántate», pensé. «Levántate y quítatelo. Ponte tus pantalones, o tus vaqueros. Con este calor, vas a cocerte ahí abajo».

Cuando lo bajaron a la tumba, mi familia y yo nos levantamos y uno tras otro arrojamos un puñado de tierra sobre el ataúd. Al hacerlo, sentí que mi vida era lo que rellenaba los huecos entre funeral y funeral. ¿Cuántas veces había

hecho aquello ya? Mi abuela tomó un puñado de tierra y la dejó caer lentamente; mi madre arrojó el suyo suavemente; Ava imitó su ademán delicado y por fin le tocó el turno a mi primo. Ya solo quedábamos cinco, cuando antes... antes...
 Sus gestos fueron lentos, pero deliberados. Se volvió hacia el cuenco de tierra que había sobre el soporte, levantó un terrón en la palma de la mano y movió la muñeca para sopesarlo. Luego se acercó al borde de la sepultura y, apretando el puño, se agachó y lanzó la tierra de modo que cayó con estruendo, como un aguacero, sobre la placa dorada del féretro.
 El párroco titubeó, pero solo un momento, y con la *Biblia* en las manos buscó la mirada de mi abuela. No nos miramos entre nosotros. Nos mantuvimos apartados mientras los enterradores tapaban suavemente a mi abuelo con la tierra de Aurelia. Nuestros rostros, como máscaras, no dejaban traslucir nada.
 El testamento de mi abuelo se leyó durante el convite posterior. Nos retiramos a su despacho después del entierro y fue allí donde descubrimos que, tras la muerte de mi abuela, Cal Junior sería el principal heredero de Aurelia y de todos sus bienes. Cuando nos enteramos, mi abuela le sonrió. Él torció la cabeza y se quedó mirando por la ventana.
 Y entonces solo quedó Lavinia, pero para ella la Muerte tenía otros planes. Moriría, pero no tan rápidamente. La suya sería una muerte trozo a trozo y empezaría por su cabeza.
 Comenzó con una cosa de nada. Su total falta de emoción en las semanas posteriores a la muerte de su marido. Había perdido a su hijo, a su marido y a su cuñada en el plazo de un año y medio, y sin embargo se mostraba extrañamente tranquila. La gente pensaba que era frialdad o estoicismo, pero su templanza, más que una decisión consciente, era una incapacidad para hacer otra cosa.
 Luego, paulatinamente, tan despacio que casi era un fastidio, empezó a olvidar cosas. Cosas pequeñas: citas que tenía, comidas o ingredientes que se le habían acabado en

casa, nombres que tenía en la punta de la lengua y que sin embargo era incapaz de recordar. Lo achacó a la vejez. Era mayor. Luego empezó a anotar cosas cada vez que podía, pero como se le olvidaba dónde ponía aquellos trocitos de papel, empezó a usar un cuaderno. Pero al final de las conversaciones, o cuando hablaba por teléfono, se le olvidaba qué era lo que tenía que anotar, y fue entonces cuando comprendió que algo se había desanudado para siempre dentro de ella.

Así pues fijó una cita y visitó a un médico y volvió a casa siendo consciente de que por fin había llegado su hora. Le habían diagnosticado una variante de Alzheimer particularmente agresiva y le quedaba un año para deshacerse por completo. Saboreó la amargura de su muerte inminente y de la forma en que vendría, y fue entonces, allí sentada, en su cuarto de estar, mientras contemplaba la madera y el cristal bruñido, cuando tomó una decisión.

No, la muerte de mi abuela no fue violenta. Ella no la habría temido, de ser así. La suya fue más tortuosa: se sumiría en la muerte a través de la demencia, a medida que su cerebro degenerara lentamente, llevándose su cuerpo con él. Perdería la memoria y luego el habla, hasta que fuera un cascarón vacío pero vivo y todo cuanto había sido y sabido hubiera desaparecido.

Estuvo así un año entero.

Cuando la enfermedad comenzó a apoderarse de ella, mi madre, mi hermana y yo empezamos a turnarnos para atenderla. Mi primo estaba demasiado atareado en la finca para ayudarnos, y en cualquier caso Cal Junior no estaba hecho para aquello. Éramos los únicos que quedábamos, y recuerdo lo solos que nos sentíamos. Habíamos tenido una casa con abuelos, tíos y primos, y ahora solo quedábamos nosotros cinco. Aurelia, sin embargo, permanecía invariable. La finca seguía siendo tan grande y próspera como siempre. Se había expandido mientras que nosotros, sus habitantes, habíamos encogido.

Nos mudamos a casa de los abuelos. Yo tenía diecisiete

años y estaba rellenando solicitudes de ingreso en distintas universidades. Ava ya había acabado el instituto y se había matriculado en la Universidad de Duke, pero había pospuesto un año sus estudios mientras yo seguía en casa y mi abuela estaba enferma. En realidad, no quería marcharse. Quería quedarse y estudiar para matrona en la escuela de oficios del pueblo. Le encantaban los bebés: con ellos se sentía completamente a sus anchas. El día en que tuvimos que mudarnos a casa de nuestra abuela, al salir de la ducha, me la había encontrado temblando en su habitación. Estaba sentada en medio de la habitación y se había tapado con el edredón hasta la boca. Me senté a su lado, apoyé mi cabeza en la suya y la abracé. No dijimos nada, no hacía falta. Nuestra madre había intentado decirnos que aquello era temporal y necesario, que Cal Junior vivía solo en la casa y no podía ocuparse de la abuela, cuyo estado empeoraba constantemente.

–Seguimos siendo una familia –había dicho–. Y esto es lo que hacen las familias.

Nos mudamos un miércoles y Ava sonrió cuando cruzamos el umbral. Nadie habría adivinado que algo iba mal. Tiene gracia, pero ahora que lo pienso, ese momento en su habitación fue el último gesto de complicidad entre nosotras que vivimos en nuestra casa. No volveríamos a ella como nos habíamos marchado.

Ava se buscó trabajo en un restaurante del pueblo para mantenerse ocupada porque mamá insistía en que no era bueno que estuviera metida en casa todo el día. Cal Junior se puso furioso. Reprendió a nuestra madre por deslucir el nombre de la familia: hacer que una Hathaway trabajara en un restaurante común y corriente, como si estuviéramos desesperados o pasáramos necesidades. Mi madre no levantó los ojos del plato al decirle que, a pesar de que era él quien llevaba las finanzas de la familia, ella seguía siendo quien mandaba en su casa y él no tenía derecho a decirle lo que tenían que hacer sus hijas. A Cal no le gustó ni pizca. Pero en cierto modo tenía razón al preocuparse, porque fue entonces, cuando Ava se puso a trabajar, cuando me di cuenta del cambio de estatus que había sufrido mi familia. Por primera vez empecé a advertir en el rostro de la gente no el asombro y el respeto que había conocido siempre, sino un asomo de incomodidad. La primera vez que fui a ver a Ava al trabajo, me fijé en los clientes, en lo violentos que parecían sentirse cuando le pedían la comida y en cómo esquivaban su mirada cuando se inclinaba para servirles café o retirarles los platos. Me senté junto a la barra rematada en color rojo y me di cuenta de lo que pensaban cuando mi hermana se alejaba. Era el mismo interrogante que veía todos los días en las caras de mis compañeros de clase y mis profesores. «¿Estáis bien? ¿Qué está pasando allá arriba?».

Pero no había nadie, fuera de nosotras, a quien pudiéramos contárselo.

Así pues, Ava trabajaba, nuestra madre cuidaba de la abuela y yo ayudaba mientras Cal Junior nos mantenía a todas y, francamente, aquella especie de núcleo familiar que habíamos formado funcionaba bastante bien. Hicimos una familia con las brasas que quedaban de la anterior. Recogimos el testigo y tuvimos éxito, y habríamos sido felices de no ser por dos cosas.

La primera comenzó un día que mi abuela se puso a gritar y, como no había nadie más por allí, entré en su cuarto y se volvió hacia mí cuando abrí la puerta.

–Ah, eres tú –dijo.

–Sí, abuela, ¿qué pasa? –entré y cerré la puerta.

–Agua –dijo tranquilamente.

De modo que le serví un vaso de la jarra y la ayudé a beber.

–No te pareces nada a tu padre, ni un poquito. No te pareces nada a nosotros –dijo de pronto.

Yo había aprendido a no escuchar sus palabras como si fueran verdades. Mamá nos decía continuamente que ya no era ella, que su mente se estaba deshaciendo y arrastrando a su cuerpo consigo, pero de todos modos yo no podía evitar sentir que quizá las cosas que decía eran mucho más verdaderas de lo que queríamos creer, porque ya no había nada que la refrenara, que la cohibiera, que la dominara. Veía su mente como una bolsa de fluido sujeta por una goma que iba deteriorándose poco a poco, hasta que un día estallara y se vaciara. Pero el hecho de que el recipiente estuviera podrido no significaba que su contenido se hubiera alterado. Estas cosas, sin embargo, me las guardaba para mí. A nadie le habría servido de ayuda oírlas.

–Nunca has sido como nosotros, ¿verdad? Yo antes solía decir que el árbol de los Hathaway da dos tipos de frutos. Uno dulce y otro amargo. Tu padre era dulce, tu tío y tu tía, amargos. Tu hermana Claudia era amarga y Ava era dulce, pero tú, tú nunca fuiste nada. No encajabas –se detuvo y bajó la mirada–. Eso me gustaba.

Me sequé las manos en los vaqueros y alisé sus mantas.

–Nunca me has querido, ¿verdad? –preguntó. La miré a los ojos, sorprendida, mientras me inclinaba sobre ella para colocarle las almohadas, y me sonrió–. Yo a ti tampoco. Pero no te odiaba y eso es más de lo que puedo decir de algunos miembros de nuestra familia.

Me quedé allí parada un momento. Luego me aparté.

–Merey, ¿tú sabes quién soy?

–Sí –contesté–. Eres mi abuela.

–Porque no quiero olvidar –añadió con un gemido–. No quiero olvidar... –su voz se apagó y sus ojos se afilaron para clavarse en los míos–. ¿Sabes quién soy? –repitió.

–Sí, abuela –repetí despacio.

Su boca se torció en una mueca burlona.

–Te llamas Lavinia Hathaway –dije–. Vives en una finca en Iowa. Estuviste casada y tuviste dos hijos. Tu hijo pequeño era mi padre. Sé quién eres.

–Ese no era mi nombre –se inclinó hacia delante y sonrió–. No es mi nombre –soltó una risilla, llevándose las manos a la boca–. No es mi nombre –repitió, riendo–. No es mi nombre.

–Sí que lo es.

–No, no lo era –se recostó con una enorme sonrisa. Luego sus ojos se posaron en la cortina y algo pareció cambiar en su semblante hasta que perdió toda expresión.

Aproveché para marcharme. Cuando cerré la puerta, me

quedé apoyada en ella un momento, completamente perpleja, pero pensé que había tomado un momento de confusión por uno de lucidez.

Ella, sin embargo, no lo olvidó, y la siguiente vez que nos quedamos solas me preguntó de nuevo cuál era su nombre otra vez le dije lo que sabía. Entonces se enfadó, me lanzó un vaso a la cabeza y siseó:

—Idiota, ese no es mi nombre. No es mi maldito nombre.

Y como estaba confusa y asombrada, le pregunté. Le pregunté cuál era su nombre.

Abrí la puerta y dejé entrar al diablo.

A veces, con el paso de los años, me he preguntado si la capacidad de una persona para confesarle a otra sus secretos no será, quizá, un modo de imbuirla de su alma. Se convierte una en una vasija vacía que el otro llena poco a poco con su vida, de modo que sus recuerdos empapan tus pensamientos y tus sueños. No puedo contar la cantidad de veces que he soñado con una niña con delantalito de cuadros, o con una mujer que caminaba por una carretera polvorienta camino de su coche, con la mano apoyada en la mandíbula que iba hinchándosele lentamente, o con una muchacha pelirroja a la que no había visto nunca y a la que sin embargo contemplo con odio y temor.

Desde que estuve en la finca con Claudia, he empezado a soñar otra vez. Voy caminando por la carretera que me lleva a la finca. La calzada está plateada por la luna que se esconde detrás de las nubes, de modo que a ratos dejo de ver la carretera, pero aun así sigo andando. Me hallo de vuelta en la entrada, delante del cartel de letras negras, que no puedo leer, pero cuyos extremos parecen colas que se agitan en la oscuridad, y subo por el camino de grava, con paso sinuoso, hacia una casa tan blanca que brilla. Las ventanas resplandecen, llenas de luz, el aire libre arrastra las voces de dentro, fragmentos de conversación, voces, carcajadas. Me quedó parada delante de ella, esperando. Y luego se oye el

crujido de las ramas al partirse y clavarse en la tierra y oigo su voz.
«Dilo».
Me desperté jadeando, no gritando. Era todavía tarde y la habitación se veía negra y blanca, lo cual solo sirvió para agravar mi miedo, fugaz pero intenso, de estar todavía allí, todavía en un mundo en el que no quería estar y que sin embargo, a diferencia de este, era en color.

Capítulo 15

Alquilé un coche, guardé las cajas y me senté ante el plato de huevos revueltos que me había preparado Jane.
Por encima del borde de su taza de café, me preguntó:
–¿Estás segura de que quieres irte hoy?
–Es hora de volver –dijo con voz queda.
–Te contaré lo que pase. Con la finca, quiero decir.
–No te molestes. No quiero saberlo. Se acabó.
–¿Sí?
Levanté la vista del plato y dejé en suspenso el tenedor.
–A tu madre se le rompería el corazón si viera en lo que os habéis convertido –Jane dejó su taza y cruzó las manos sobre el regazo–. No se habrá acabado hasta que hagáis las paces.
–Las paces –masculló. Dejé el tenedor–. Jane, ¿sabes lo que pasó la noche antes de que me fuera a la universidad?

Se removió en su asiento.

—No —dijo—, pero sé que para tu madre fue durísimo ver lo que os había pasado.

Sacudió la cabeza.

—Ava nunca le dijo lo que pasó y me alegro, porque creo que la habría destrozado tener que dejar de querer a otra hija. Las paces... La paz es para los que pueden redimirse de sus actos. Y yo no puedo. Nunca podrá deshacer lo que pasó, y de ello nunca podrá salir nada bueno.

Jane tembló. Parpadeó, el rostro convertido en máscara, pero noté que su mente se movía a toda velocidad.

—Gracias por haberme acogido, te lo agradezco. Y sé que fue Ava quien llamó antes de que llegara y que por eso tenías la habitación preparada...

—Yo no...

—No hacía falta que lo dijeras, me di cuenta cuando llegué. No sabía que todavía era tan predecible —empujé mi plato y me levanté.

—Antes erais todas tan felices... —dijo con pesar.

Me noté sonreír.

—Entonces no nos conocíamos unas a otras.

Recorrí kilómetros con las cajas en las que llevaba la vida de mi familia en la parte de atrás del coche. Mi primo iba conmigo, encendía un cigarrillo tras otro, sin decir nada. Yo no necesitaba que hablara: me bastaba su compañía.

Y ahora...

Y ahora...

He dicho que éramos felices, de no ser por dos cosas, ¿verdad? Y la segunda, la segunda era...

Ava, yo no lo sabía. No lo sabía.

No sabía lo que estaba viendo.

Un par de horas después, me encontré por casualidad con una boda. La gente salió en tropel de la iglesia, seguida por los novios, de negro y blanco. Los invitados les lanzaron

confeti, que cayó en una delicada nube rosa y anaranjada. La novia agachó la cabeza y su sonrisa brilló sobre las rosas que llevaba en la mano, mientras su flamante marido besaba su pelo.
Irradiaban felicidad.
–¿Sabes dónde está enterrada mi madre? –preguntó Cal Junior a mi lado.
–No, Cal, no lo sé.
–No... –arañó el cristal de la ventana con el dedo–. Yo tampoco.

Una noche, cuando descansaba en un motel, tuve otra vez aquel sueño. Estaba al pie de la loma, pero no entraba en la casa. Oía el ruido y su voz detrás de mí, y empezaba a temblar, pero no me movía. Una nube pasó por detrás de la luna, ancha y brillante como un dólar de plata.
Como el dólar de plata que tenía mi padre cuando yo era pequeña y que hacía girar una y otra vez entre sus dedos para hacerme reír.
Cal Junior estaba ante mí, sonriendo.
–Dilo y bajaré la luna para ti.
Nos miramos de frente. Yo no podía verla a ella, pero sabía que estaba allí, escuchando. Quería ser valiente, pero no lo era. Nunca lo fui.
Así que lo dije.
Y él bajó la luna y vi que era solo, como siempre, un vulgar dólar de plata.

Estoy sentada en Cathy's, un pequeño restaurante con manteles de cuadros, mesas de madera oscura y velas cuyas sombras se deshacen entre la madera de roble de la decoración. Estoy en Ohio, concretamente en Raynsville, un poco al sur del estado. Ha sido un viaje largo, algo más de dos días, y estoy cansada. Estoy sentada a la mesa, al fondo del local, detrás de una cortina de gasa azul. Aquí nada combina, pero

los camareros te dejan en paz y te rellenan la taza de café sin preguntas ni preámbulos.
 Llevo aquí cerca de media hora. Miro la carta desganadamente, pero no quiero comer. En la mesa junto a la mía hay una pareja que picotea de su ensalada. Apenas se han hablado desde que se sentaron, y me digo para mis adentros, «¿Por qué lo hacen? ¿Por qué salen ante personas como yo, que observan sus movimientos y su falta de contacto o comunicación y comprenden lo infelices que son el uno con el otro? ¿Por qué no lo ocultan? ¿O es que ya no les importa? ¿Quieren que alguien lo vea, que alguien lo note y les diga sí, nosotros también lo sabemos, no son figuraciones vuestras? ¿Es eso lo que buscan: una especie de reconocimiento, porque ya ni siquiera pueden decirse hola entre ellos?».
 La mujer deja de comer y me mira a los ojos. Me ha pillado observándola. Desvió la mirada.
 Chaqueta de color camel, vaqueros oscuros, el faldón de una camisa blanca.
 —¿Te importa que me vaya a la Universidad de Nueva York? —dije mientras hacíamos las maletas.
 —No, no me importa —mintió, y siguió doblando mis jerséis.
 —Ava, es verano. Allí tiene que haber como cuarenta grados —dije, quitándole el jersey azul de las manos.
 —Sí, y en invierno habrá cuarenta bajo cero.
 Le lancé una mirada.
 —Volveré antes para llevarme más ropa, Ava.
 —Yo creo que no —dijo, y su coleta se agitó sobre su hombro cuando se inclinó sobre la maleta.
 —Claro que sí —dije, dolida.
 Abrió la boca para contestar, pero se detuvo.
 —No cambiará nada —puse la mano sobre su hombro—. Esta sigue siendo mi casa.
 —Entonces, ¿por qué quieres irte tan lejos?
 No pude contestar. Sacudió la cabeza y siguió doblando.
 —¿Tú no quieres marcharte? —pregunté.
 —Constantemente.
 —Entonces, ¿por qué no lo haces?

Se detuvo y se quedó mirando al frente, y por un instante recordé que era la mayor de las dos.
—Meredith, no siempre puede una tener lo que quiere.
Meneé la cabeza, enfadada.
—Quizá sea porque no lo deseas lo suficiente.

Me levanto cuando la veo, pero se sienta sin siquiera mirarme y se quita el bolso y lo cuelga del respaldo de la silla. Lleva el pelo recogido en un moño suelto y no se ha quitado la tarjeta del hospital. Me echa una rápida ojeada y luego hace una seña a la camarera y pide café con leche.
Le ponen rápidamente una taza y una jarrita delante.
—¿Quiere una carta? —le pregunta la camarera.
Me mira y yo aparto los ojos de su cara.
—No, ahora, no —contesto por ella.
Envuelve la taza con las manos. Paseo la mirada por el local antes de aclararme la garganta. Se lleva la taza a los labios y veo el brillo de su anillo de casada. Trago saliva. No fui a su boda.
—Bueno... —dice, mirándome por fin.
Había sido Ava quien se había empeñado en organizar una fiesta de despedida, aunque solo estábamos los cinco. Se había pasado toda la tarde cocinando y haciendo dulces, llenando la cocina con el aroma de las tartas y la carne recién hechas. Había sido ella quien había colgado las serpentinas por la casa y quien había decorado la mesa con velas y sacado la porcelana fina.
—Ava, yo no quiero estas cosas —había dicho yo, mirando las cintas amarillas y blancas del porche.
—Cállate y ayuda, ¿quieres?
Yo sabía que estaba sobreactuando. Era su modo de enterrar su dolor, pero solo conseguía agudizar el mío. Veía su soledad inminente y quería decirle que no necesitaba irme, que era feliz quedándome con ella. Pero no era cierto. Sentía que, si no me iba en ese momento, ya nunca me iría.
—¿Cómo fue? —pregunta mirando su taza.
—Fue, eh... —carraspeé otra vez—. Fue duro.

—¿Distinto?
—Sí... —me sale la voz estrangulada. Toso—. Eh, la casa del tío Ethan ya no está. La demolió.
—Pero ¿la de mamá estaba bien? —dice con repentina urgencia.
Me sorprende que le importe. Debe de notárseme, porque su semblante se endurece.
—Sí, estaba bien. Eh... Encontramos todo lo que guardaste. Gracias.
Hay un silencio.
—Sí, fue impresionante cómo guardé todo lo que poseíamos yo sola, después del entierro de nuestra madre, mientras Claudia y tú estabais ocupadas... ¿ocupadas haciendo qué exactamente? —se encoge de hombros, sosteniéndome la mirada—. Cosas importantes, seguro.
—Sí, bueno, ¿dónde estabas tú esta vez? —siseo—. ¿Dónde estabas? —y entonces miro alrededor.
Veo que la mujer de la ensalada nos mira rápidamente antes de volverse hacia su marido y que rompe a hablar al advertir la hostilidad de mi mirada. Vuelvo a concentrarme en la mesa. Su rostro parece impasible.
—Se acabó —dijo en voz baja—. Se acabó por fin. No volveremos a verla.
Arquea una ceja y mira su taza.
—Yo la veo constantemente.
Siento que mis ojos se agrandan.
—Antes... antes sentía... sentía que todavía estaba allí —dice suavemente—. Pasé años soñando con ella. Doblaba la esquina de una calle y veía a papá o a Charles. Una vez incluso pensé que... —se interrumpe y pienso: «Voy a decirle que a mí me pasa lo mismo, lo de mis sueños, lo de mis visiones. No estoy loca, no estoy sola».

Mamá había levantado su copa para brindar por mí, estábamos los cinco sentados alrededor de la mesa. Todo el mundo había levantado su copa menos la abuela, que estaba mirando la llama de una vela.

—Por mi bella e inteligente hija pequeña, que va a dejarnos para

volver al lugar donde conocí a vuestro padre y me casé con él. Espero que consigas todo lo que buscas y que te sientas colmada y feliz, y que te marchas sabiéndote querida y valorada –hizo una pausa–. Y añorada. Por Meredith.
 –Por Meredith –repitieron Ava y Cal Junior.
 Mi madre me lanzó una mirada sagaz.
 –Es hora de madurar, Merey.
 –La verdad es que no entiendo por qué me has llamado –dice de repente–. Porque, ¿para qué has venido en coche hasta aquí para traerme un montón de cosas que no quiero ni necesito? ¿Por qué me has obligado a venir amenazando con presentarte en mi casa si no venía a verte? ¿Es así como van a funcionar las cosas a partir de ahora?
 –Yo no te he amenazado...
 –Pues conmigo no cuentes, Meredith. Si crees que puedes... presentarte cuando te...
 –Yo no... no... no intentaba...
 –No voy a permitir que me impongas nada, que me exijas que te dedique tiempo. Tú no, tú ya no tienes ningún derecho...
 –Lo siento –me derrumbo de pronto–. Lo siento muchísimo. No...
 –Pues ¿sabes qué, Merey? Que no es eso lo que...
 –Yo esa noche no lo sabía, no lo sabía. Te oí y pensé, pensé...
 Abre la boca y una oleada de comprensión inunda sus rasgos, pero yo no puedo detenerme.
 –Pensé que tú querías. Que lo decías de corazón por cómo os comportabais el uno con el otro. Quiero decir que siempre estabais... Y ahora sé, lo sé, lo sé, que no fue así, pero entonces no lo sabía. Porque tú nunca nos lo dijiste a ninguna, nunca dijiste...
 Se yergue en la silla y deja su taza.
 –No quiero hablar de eso aquí.
 –Pues yo tengo que hacerlo. Tengo que hablar de ello.
 –Está fuera de lugar.
 La miró con incredulidad, desesperada.

—No me importa.
Me mira a los ojos y su boca se afina.
—Volver allí, ver lo que ha hecho con la casa... Siempre pensé que lo mejor para todas era alejarnos de allí, pero nunca escaparemos. Lo llevamos en la sangre. No hay escapatoria. He intentado fingir, he intentado olvidar, pero no puedo.
—¿Olvidar qué? –pregunta con frialdad–. ¿Olvidar a quién? Parece que no tienes muy claro de qué estás hablando.
—La noche de la rosaleda...
Levanta una mano.
—Te he dicho que no quiero hablar de eso.
—Por favor...
—¿Necesitas que te ayude a pasarlo? ¿Quieres que te dé la manita y te diga que no tiene importancia? Pues yo creo que no. Tú has vuelto, tú has decidido volver, y lo que eso te haya removido es asunto tuyo. No eres problema mío. Yo ya he tenido suficiente.
—Siento no haber estado allí cuando murió mamá.
Hace girar los ojos.
—Sí, eso ya lo has dicho antes.
—Es que no soportaba verte. No podía soportar estar allí, volver allí, contigo, después de... –los dientes me castañetean contra los labios–. No quise creerte y era lo más fácil porque la alternativa significaba que lo que hice, lo que no hice fue... Me convertía en... Y a eso no podía enfrentarme, no podía, no podía.
Se levanta.
—Me marcho.
Agarro su mano, pero ya se va.
—No –dice, y se desase de mi mano–. Te he dicho que pares.
—¡Oigan! –oigo gritar a una camarera cuando salimos las dos del restaurante–. ¡Oigan! ¿Se puede saber adónde van?

—*Esto parece mierda.*
Mamá dejó su copa y se quedó mirando a mi abuela.

—*Mierda* —*repitió Lavinia con voz ronca*—. *Estáis todos comiendo mierda.*
—*Lavinia, estás cansada, deberías irte a la cama.*
Mi abuela arqueó el cuello y gritó hacia el pasillo:
—*¡Cal! ¡Ven aquí y llévate esta mierda!*
Miré a mi primo, pero él se recostó en su silla y arrojó su servilleta al plato.
—*Ya empieza otra vez.*
—*¡Cal! ¿Dónde diablos te has metido?* —*gritó mi abuela, mirando hacia la puerta.*
Mamá se levantó y se puso a su lado.
—*Dios mío, está siempre con esa golfa de su hija. Me pone enferma. Si supiera lo puta que era... Siempre riéndole las gracias como un bobo. Ojalá se hubiera muerto en el dichoso accidente de coche.*
Nos quedamos allí un minuto, mudos de espanto, y luego, de pronto, ella rompió a llorar.
—*Nadie me hace nunca caso. ¡Nadie!* —*chilló*—. *Lou, ¿es que estás sordo? ¡He dicho que limpies esta porquería!* —*empujó un plato con la mano y se estrelló contra el suelo.*
Mamá, que estaba a su lado, la ayudó a levantarse mientras Ava y yo la rodeábamos.
—*No, no* —*dijo mi madre, apartándonos*—. *Ha tenido demasiadas emociones y solo vais a agobiarla. Ayúdame, Merey. Ava, tú recoge esto, ¿quieres?*
Se oyó el áspero arañar de una silla. El primo Cal se levantó, salió de la habitación y cerró de golpe la puerta de casa al salir a la noche.

—Tenga, tenga —digo, sacando un puñado de dinero y dándoselo a la camarera mientras salgo apresuradamente tras mi hermana.

Ava camina con paso decidido, pero la alcanzo.

—Sé que me odias, sé que merezco que me odies, pero te juro que si pudiera deshacerlo, si pudiera volver atrás y cambiar las cosas, lo haría.

Se gira y por un segundo creo que va a pegarme, pero luego sigue andando.

—Lo haría porque no lo sabía y porque desde que me enteré, desde que me di cuenta, he estado... Ha sido... ¡Escúchame! –grito de pronto, agarrándola del brazo.
Pero se aparta y me mira de frente.
–¿Qué? ¿Cómo ha sido, Meredith? ¿Has sufrido, lo has pasado mal, has tenido remordimientos o mala conciencia? –dice parodiando desdeñosamente un gemido–. ¿No puedes dormir por las noches? ¿Es eso? ¿Te reconcome la culpa? Pues aunque así sea, ¿a mí qué? ¿A mí qué? ¿Crees que esto es por lo que pasó esa noche? Pues no. Es por lo que pasó después.
Me apartó de ella y se pasa la mano por la boca antes de bajarla.
–¿Quieres que te abrace y te diga que no pasa nada? ¿Quieres que me siente contigo y que nos lamentemos juntas por mamá y por la finca? Pues déjame decirte algo, Meredith. Todo lo que te está pasando te tiene que pasar porque es consecuencia de lo que hiciste.
–Yo no lo sabía –balbuceo–. ¿Cómo iba a saberlo?
–¡Porque yo te lo dije! –grita.
Me agarra del brazo, me lleva hacia una callejón y me empuja contra la pared.
–Te lo dije, te escribí explicándotelo y nunca me devolviste las llamadas. No quisiste ayudarme cuando mamá se estaba muriendo. Me dejaste allí y te importó un bledo lo que pasaba entonces y lo que pasaría después. ¡Me dejaste en el infierno sin pensártelo dos veces!
–Eso no es cierto, no es cierto.
Me levanta la cara con la mano y me obliga a mirarla a los ojos.
–Te marchaste lo más lejos que pudiste y no te importó qué o a quién dejaras atrás. Me dejaste allí sabiendo lo que me hacía.
Sacudo la cabeza, lágrimas de rabia me corrían por las mejillas.
–No –la agarro de la muñeca–. Es que ya había oído esa historia antes.

–¿De quién la habías oído?
–De Claudia, y resultó ser un montón de mentiras.
Aparto su mano y me retiro, encarándome con ella.
–Se lo dijiste, lo dijiste –estoy jadeando.
Sacude la cabeza con incredulidad.
–Entonces es que nunca me conociste.

Yo había ayudado a Ava a recoger mientras mamá se ocupaba de la abuela en el piso de arriba. Tardó mucho en bajar.
–Lo siento mucho, Merey –dijo, tendiéndome los brazos.
–No, mamá, no pasa nada. No te preocupes.
–Dios mío, y esas cosas que ha dicho delante de Cal, sobre su madre... –su mirada rozó mi coronilla–. ¿Está muy disgustado? –miró a Ava.
–El primo Cal no ha vuelto –dijo ella.
–Ay, Dios. Ava, ¿puedes ir a buscarlo? Tú siempre has sido buena con él.

Nos quedamos allí, en silencio, mirándonos la una a la otra. Yo apenas puedo soportarlo, así que me encorvo, apoyada contra la pared.
–Lo siento, lo siento –levantó las manos y las dejó caer. Estoy agotada. Me agarro las rodillas con las manos.
Ella guarda silencio.
–¿Por qué no volviste nunca? –pregunta–. ¿Porque te daba vergüenza? ¿Porque te avergonzaba lo que habías visto o porque volver significaba que tendrías que quedarte en casa y afrontar la verdad? ¿Por qué elegir lo difícil cuando es mucho más sencillo quedarse en Nueva York y fingir que la mala era yo?
No me sale la voz.
–¿Sabes?, tuve que cuidar de la abuela y de mamá hasta que murieron y no tenía a nadie, más que a él. ¿Tienes idea de lo que fue eso para mí?

La miro horrorizada.

—No hace falta que vengas aquí a decirme que lo sientes —le brillan los ojos mientras habla—. Para mí eso no es suficiente. Nunca será suficiente.

Abro la boca, pero de ella no sale nada, ni un solo sonido. Luego, de pronto, comienzo a gritar. Me tapo la boca con las manos para sofocar mi alarido, pero se cuela por entre mis dedos, un aullido animal que se escapa por las rendijas y estalla como una inundación, arrastrando todos los diques en un torrente de recriminaciones y desesperación.

La estaba llamando. Había sido yo quien me había ofrecido a buscarla.

Se habían ido hacía mucho rato, los dos, y mamá había empezado a preocuparse.

Apuntaba con la linterna hacia la oscuridad y hendía con sus círculos de luz blanca la densa neblina púrpura del anochecer.

Recuerdo que el aire iba cargado de olor a azaleas y del canto de los grillos, mezclado con el murmullo del viento entre los sicomoros.

Mientras balanceaba ociosamente la mano libre e iba pasando la linterna por el camino que conocía tan bien, empecé a pensar en lo mucho que iba a echar de menos mi casa, y por un momento me permití sentir el miedo que me daba en realidad marcharme de la finca, la vida fuera de Aurelia, y me atenazó el temor a lo desconocido y el anhelo de una vida nueva.

El viento de verano había aliviado agradablemente el calor agobiante de la tarde, pero aun así me estremecí.

Y entonces lo oí.

Oí el crujido de los palitos al clavarse en la tierra. Me giré, me aparté del camino y bajé a la rosaleda. Los oí antes de verlos. Él hablaba en voz baja, casi en susurro, pero su voz me llegaba en medio de la quietud de la noche.

—Dilo —ordenó, y luego repitió con más fuerza—. ¡Dilo!

Y luego otro ruido. Al principio ni siquiera me di cuenta de que era ella. Era un ruido que nunca antes le había oído.

—Dilo, dilo, Ava.

EL LEGADO DEL EDÉN

No se oyeron más ruidos, sino un lento y rítmico susurro de tierra y movimiento. Avancé lentamente y vi sus piernas tendidas sobre el suelo, las de ella pegadas a las de él.
Apagué la linterna.
—¡Dilo!
Y luego vi que levantaba las piernas y que ella estiraba las suyas y sofocaba un gemido.
Se rompieron más helechos junto a sus cabezas. Le oí gruñir por el esfuerzo. Las piernas de ella arañaban la tierra y las de él se movían cada vez con más ímpetu. Parecían estar corriendo.
Y entonces la oí a ella, la oí decirlo entre un grito y un sollozo y, cuando lo dijo, empezó a llorar: un ruido suave pero firme, que escapó de su boca mientras sus piernas caían y se quedaban quietas.
Miré entonces a través del jardín y vi su cara apartada de él, su cuerpo completamente quieto mientras él empezaba a ganar velocidad. Parecía que se estaba haciendo la muerta, él la sujetaba por las muñecas, tenía el vestido subido hasta la cintura. Pero no estaba muerta, porque levantó los ojos y me vio.
Abrió la boca para gritar, pero no le dio tiempo.
·Porque yo huí.

Ahora estamos en su coche. Voy encorvada en mi asiento y lloro durante sabe Dios cuánto tiempo mientras ella, sentada a mi lado, espera a que se me pase. Y luego se hace el silencio. Los sonidos se apagan y me dejan sin nada. Se remueve en el asiento y juguetea con la hebilla de su cinturón de seguridad.
—Siento haber venido —digo por fin.
Suspira.
—Ni siquiera ahora, después de tantos años, puedo escapar —dice más para sí misma que para mí—. Cuando ya no estabais ninguno y mamá estaba enferma y solo quedábamos nosotros, me di cuenta de cuánto lo odiaba él. Me dijo que siempre lo había odiado, que detestaba hasta el último palmo de aquel lugar.
—No entiendo —dije.

Ava suspira, mirando hacia delante. Parece cansada.

—La abuela creía que estaba obsesionado con la finca porque quería que fuera suya, por eso quería que se hiciera cargo de la finca, pero esa nunca fue su intención. En cuanto no quedara nadie, pensaba hacerla pedazos. Le echaba la culpa de haber perdido a su madre —se encoge de hombros—. Al final, llegaba siempre a la conclusión de que era el buen nombre de la familia lo que había hecho que el abuelo se librara de ella, y eso nunca se lo perdonó a ninguno de los dos. Nunca les perdonó que le dejaran sin ella. La apartaron de él, y él decidió quitarles lo único que les importaba.

—Pero estaban muertos —dije, confusa.

Me mira con desgana.

—Debe de ser agradable no saber cómo funcionaba su cabeza.

Me miro las manos.

—¿Cuándo decidiste creerme?

Hay una pausa.

—No sé —digo. Miento. Lo sabía.

Recuerdo esa noche, recuerdo que soñé con ella una y otra vez las noches siguientes. Cada vez que cerraba los ojos, aquel recuerdo se encendía en el proyector de mi mente; luego me despertaba jadeando y me daba cuenta de lo que había visto. De lo que había huido.

—Me marché, maduré —prosigo—. Empecé a comprender que esas cosas no eran solo... no eran nunca tan sencillas. Y poco a poco... No quería creerlo. No quise creerlo durante mucho tiempo.

Respira hondo.

—¿Sabes?, durante mucho tiempo pensé que quizá tenías razón. Que tal vez me lo había buscado, después de todo lo que había pasado cuando era pequeña. Pero luego me acordaba de que le había suplicado y de que a pesar de que le dije lo que le dije, no fue...

—No entendí lo que vi.

—Lo sé.

—Al principio, no lo entendí.

—Lo sé —se detiene—. Pero yo te lo dije.

Me quedo callada otra vez.

—Por favor, perdóname —es solo un susurro, pero resuena en mis oídos.

No habla. Luego se inclina hacia delante y se abraza al volante.

Y yo me quedo allí, a su lado, y seguimos sentadas en su coche, con aquellas palabras colgando en el aire mientras el mundo sigue girando a nuestro alrededor.

Epílogo

Aurelia se vendió un mes después. La adquirió un comprador anónimo. Una semana después recibí una carta del notario informándome de la completa liquidación de la finca y de todos sus bienes. Volví a guardarla en el sobre y la dejé en el fondo de un cajón.

Mi apartamento está aún más desordenado que antes. Las cajas de la limpieza que hice con Claudia bordean las paredes de mi casa apiladas en bloques y torres de color marrón y beis.

A veces bajo una caja y rebusco en ella, saco algunas cosas y las sostengo en la mano. Me limito a mirarlas, a evocar recuerdos que me llevan a través del espacio y el tiempo, a lugares llenos de calor y bienestar. Luego me canso y vuelvo a guardarlo todo en su caja. No sé qué hacer con todo eso. No puedo desembalarlo. Saco los objetos como si fueran piezas de un museo y los miro, utilizándolos como conductos para viajar al pasado.

No sé qué ha hecho Claudia con las cosas que se llevó, ni con las cartas. No hemos vuelto a hablar desde que nos vimos en Iowa.

Intuyo que la leve muesca en su armadura ha vuelto a soldarse a toda velocidad. Volveremos a nuestra rutina de intercambiar breves mensajes muy de tarde en tarde, pero entre tanto las dos necesitamos nuestro espacio. A veces me pregunto cómo lo hace, cómo puede serle tan fácil seguir con su vida de compras y fiestas. Pero creo que quizás esté siendo injusta.

Puede que también ella abra las cajas y sopese los objetos en su regazo pensando en lo que fue y en lo que pudo haber sido con la misma punzada de remordimientos que siento yo. Pero aunque así sea, ¿cómo voy a saberlo? Ella no me lo diría aunque se lo preguntara.

¿Sabéis?, una vez oí que, en griego, nostalgia significaba literalmente dolor de una vieja herida. Supongo que eso me convierte en una masoquista, porque cada noche me pellizco la costra de mis cicatrices y vuelvo a abrir las venas para que manen los recuerdos, hasta que me corren por la cara en forma de lágrimas.

No puedo evitarlo.

Ojalá pudiera.

Ojalá pudiera dejar de pensar en esa noche en la rosaleda, o en ese día en Ohio. Pero revivo ese momento una y otra vez, en el restaurante, en la calle, en el coche. Estoy sola; no me queda otra compañía que la de mis pensamientos. Han dejado de acudir a mí, mis familiares. Desde que vi a Ava se han ido: han vuelto a bajar a sus tumbas sin previo aviso, tan rápidamente y con tan poco esfuerzo como salieron de ellas.

Pero eso no significa que no los vea.

Porque cada noche tengo el mismo sueño. En cierto modo es un consuelo. Sin él, los echaría de menos.

¿Qué creéis que significa?

Voy caminando por la carretera que me lleva a Aurelia. Es de noche y la carretera está plateada por la luna. Me hallo en la entrada, frente al cartel de letras negras que no puedo leer, pero cuyos extremos parecen colas que se agitan en la oscuridad, y subo por el camino de grava, con paso sinuoso, hasta una casa tan blanca que brilla. La luz resplandece en las ventanas, el aire libre arrastra las voces de dentro, voces que reconozco y que ansío oír de nuevo. Subo los escalones del porche y toco a la puerta.

La abre él.

Detrás veo el hueco del pasillo que lleva al cuarto de estar y sé que están todos allí, esperando a que me reúna con ellos. Lo deseo muchísimo, pero primero tengo que pasar por su lado.

—Bueno... —se apoya en el marco de la puerta, una sonrisa se extiende por sus labios.

Miro detrás de mí, pero la oscuridad lo envuelve todo. La luna ha desaparecido.

—¿Puedo entrar? —pregunto, asomándome por encima de su hombro.

Oigo la risa de mi abuelo por el pasillo.

—Claro —contesta tranquilamente—. ¿Cuál es la contraseña?

—¿La contraseña?

—Ajá —saca un cigarrillo y enciende una cerilla—. Adelante —dice en tono juicioso—, dilo.

Me quedó mirándolo.

—Dilo.

«Dilo».

—¿Sigues con tus juegos? —pregunto—. ¿No eres ya mayor para eso?

—Nunca se es demasiado mayor, niña —dice mientras suelta anillos de humo. Flotan en el aire y se disipan cerca de mi cara.

—Cal Junior, ¿quién es? —pregunta mi abuela, pero no puedo verla porque la puerta está entornada y me tapa la vista.

—¿Y bien? —insiste.
Me quedo callada, pero solo un momento.
—Te quiero —susurro.
Y así, sin más, me abre la puerta.
Y entro en casa.

Agradecimientos

Aunque el acto de escribir pueda ser muy solitario, el proceso de publicación no habría tenido lugar sin la participación de las siguientes personas: mis asombrosas agentes, Sallyanne Sweeney y Beth Davey, sin las que esto literalmente no habría sido posible; mi editora, Krista Stroever, que fue la primera en arriesgarse con una desconocida: espero que esto compense tus esfuerzos; Juliet Mushens, por el maravilloso apoyo que me prestó de principio a fin; la señora Wells, mi profesora de lengua, que fue la primera en alentar lo que antes no había sido más que un hábito vergonzante; y mi marido, Jack Davy, que me mantuvo unida con pegamento y celofán y que fue el mejor sostén, consejero y defensor de este libro.

www.ingramcontent.com/pod-product-compliance
Lightning Source LLC
LaVergne TN
LVHW030336070526
838199LV00067B/6309